记忆中的星光

光明日报65年文艺作品选萃

光明日报 65周年纪念文集

彭程◎主编
李宏伟◎副主编
宫苏艺 韩小蕙 付小悦 饶翔 赵玙 文艺橙◎编辑

光明日报出版社

光明日报65周年纪念文集

光明之路　光荣之路

——光明日报 65 周年纪念文集总序

光明日报总编辑　何东平

“光明照耀东方大陆，人民胜利的新时代已经到来！”——著名报人、出版家、光明日报首任总编辑胡愈之为光明日报撰写的发刊词言犹在耳，仿佛在倏忽之间，这张报纸，就迎来了它的 65 岁生日。

65 年，白驹过隙。当我们翻开一沓沓发黄的光明日报，历史在这里复活。那一行行朴拙的文字，争先恐后地唤醒一段段沉睡的往事，勾画一个个尘封的细节。从宏观到微观，从点到面，从事到人；或说理，或叙事，或写意，或工笔，点点滴滴，细致入微地记录了共和国的历史。

创刊时由毛泽东同志倡导、中国民主同盟主办；1953 年由中国各民主党派、全国工商联合办；1957 年由中共中央宣传部和统战部领导；1982 年明确为中共中央主管和主办；1994 年 8 月，确定为中共中央直属事业单位，由中共中央主管主办，中宣部代管——65 年，尽管历经各种变迁，但光明日报放眼国家政治大局，立足知识界、服务知识界，在党的领导下促进知识分子进步的宗旨，始终没有变；致力于构建“知识分子的精神家园”的追求，始终没有变。

今天，我们纪念光明日报创刊 65 周年，与其说是在纪念一张报纸不平凡的新闻之旅，不如说是在重温中国共产党新闻事业的伟大历程。

在中国共产党历时近一个世纪逐步建设的新闻事业中，光明日报是一个独特而极其重要的样本，是不可或缺的有机组成部分。它记录了中国共产党团结知识分子、带领知识分子并最终引导其走上光明之路的履痕；它勾勒了中国共产党的知识分子政策因应时势、艰难探索最终柳暗花明的轨迹；它见证了中国共产党在新时期号召知识分子为改革开放贡献才华与智慧、为实现“中国梦”付出热情和汗水的努力。正如习近平同志所强调的，推动全党学习历史唯物主义基本原理和方法论，更好认识国情，更好认识党和国家事业发展大势，更好认识历史发展规律，更加能动地推进各项工作。我们重温、纪录光明日报的历史，也是尝试运用历史唯物主义基本原理和方法论，总结党的新闻工作经验，把握党的新闻工作规律，在今天的互联网时代，探索如何更好地坚持正确的舆论导向，更好地弘扬社会主义核心价值观。

1948年8月，毛泽东与胡愈之在西柏坡的一次畅叙，开启了光明日报走上光明之路的起点。然而，把这张报纸置于一个纵深而宏阔的背景去考察，我们发现，它起意于毛泽东萦绕一生的办报情结，它承继了中国知识分子对中华文化的薪火相传，赓续了中国知识分子追求真理、勇于担当的光荣传统，更呼应了红色政权在百废待兴时对新生力量的渴求——毛泽东说：“一个阶级的政权没有自己的知识分子那是不行的。”它应时而生，应运而生。它由一群知识分子创办，服务于新中国的知识分子和民众。它传播新知，开启民智，广设言路，畅达视听。诚如100多年前，梁启超在《知新报》发刊词中所说：“报者，天下之枢铃，万民之喉舌也，得之则通，通之则明，明之则勇，勇之则强，强则政举而国立，敬修而民智。”

虽然在创刊之初，光明日报的“政治任务在于团结城市中广大群众，宣传新民主主义革命理论、共同纲领、人民政府政策法令政令、民盟政治主张，并配合中共及各民主党派人民团体的政治宣传工作”，但这张由知识分子云集的中国民盟创办的报纸，一开始就具备了浓郁的文化气质。在充分保证时政报道正常开展的同时，光明日报开设了一系列专刊、副刊，并延聘著名专家来主持，如《经济周刊》由沈志远主持，《大学》周刊由费孝通主持，《史学》专刊由范文澜、翦伯赞主持，《文学遗产》副刊由陈翔鹤主持，《哲学》专刊由金岳霖、郑昕先后主持……正所谓水涨船高，由著名专家担纲，这些专刊、副刊的学术水准自然就有了一个高起点的开局，学术建设自然就有了一个不低的门槛，学术视野一开始就不囿于一片狭小的天地。一时间，光明日报的专刊、副刊云蒸霞蔚，蔚为大观，堪称当时中国的学术重镇。

光明日报的专刊、副刊办得有声有色，引起了文史涵养深厚的毛泽东同志的高度关注。他常常在报纸上批阅，或就某一篇文章要求印发给中央高层会议传阅，或请其他报纸转载，还以编辑部的名义向作者约稿……1958年10月25日，光明日报刊登启事："本报五种专刊（哲学、史学、文学遗产、文字改革、民族生活），因调整版面，决定自11月起停刊。"正在郑州的毛泽东看到后，当即指示：《光明日报》的副刊如《哲学》《文学遗产》等，应继续办下去，不要停刊。他说，他看《光明日报》就是看这些副刊的。我发现，在《毛泽东年谱》中，毛泽东提到光明日报多达49处。

在光明日报这个学术平台上，曾经发生过几次著名的学术论争：1959年关于蔡文姬《胡笳十八拍》著作权的争论；1959年的"为曹操翻案"；1963—1964年关于"时代精神"的讨论；1965年关于《兰亭序贴》真伪问题的辩论……等等等等，不一而足。当时中国第一流的学者们对此抱着极大的热情，投身其中，你来我往，各抒己见，针锋相对，不亦乐乎。在新中国学术史上，那是一个星河灿烂的年代。

当然，在光明日报65年的历程中，最熠熠生辉的，莫过于"真理标准问题"的大讨论。一篇《实践是检验真理的唯一标准》并由此引起的思想解放运动，深刻改变了中国历史的进程。邓小平说："不要小看实践是检验真理的唯一标准的争论。这场争议的意义大了，它的实质就在于是不是坚持马列主义、毛泽东思想。"关于真理标准的讨论，与"五四运动"、延安整风运动并列为现代中国"三次深刻的思想解放运动”。

同声相应，同气相求。光明日报一直以团结知识分子、服务知识分子为己任，历数十载而不渝。翻开一张张沧桑的光明日报，一个个打眼的名字不时闪现：梁漱溟，郭沫若，周谷城，马寅初，范文澜，翦伯赞，陈垣，荣孟源，邓广铭，周培源，茅盾，巴金，邓拓，费孝通，郑振铎，何其芳，田间，叶公绰，吴晗，秦牧，郭小川，叶圣陶，冰心，钱学森，钱三强，钱伟长，华罗庚，苏步青，丁玲，钱钟书，萧乾，陈翔鹤，余冠英，谭丕模，吴组缃，浦江清，游国恩，林庚，刘盼遂，王任叔，萧涤非，王季思，朱东润，唐圭璋，艾青，臧克家，孙犁，王力，沈从文，李一氓，郭绍虞，罗根泽，夏承焘，俞平伯，陆侃如，冯沅君，冯至，李季，叶浅予，丰子恺，赵树理，老舍，高士其，何香凝，华君武，梅兰芳，徐迟，吕叔湘，姜亮夫，王昆仑，王朝闻，刘大杰，宋涛，钟敬文，黄楠森，季羡林，任继愈，陈景润，张广厚、王选……人人握灵蛇之珠，家家抱荆山之玉，阵容严整，气象万千。光明日报就像一座舞台，这些文化科教名人在其上恣意挥洒才情，留下灿烂的光与影；而这座舞台，也因为他们的华彩演出，为中国知识界留存了绚丽的篇章。他们是中华文化的续命之人，“薪尽火传，不知其尽”，千古流传，江河不废。

知识分子视光明日报为“精神家园”，光明日报也一直为知识分子鼓与呼：不遗余力地宣传推广他们的成就，不辞辛劳地为他们的疾苦奔走，不屈不挠地向邪恶势力作斗争，为中国知识界作出的努力不可胜道——字字句句践行学术的“百花齐放”“百家争鸣”，中国学术的有生力量得以培养和储备；为大批在“反右”和“文革”中遭受迫害的知识分子平反昭雪：吴晗、马寅初、孙冶方、张志新、遇罗克；为维护知识分子的权益大声疾呼：怀柔殴打女教师事件，韩琨事件，黑米专家的遭遇；为科研成果的推广不惜笔墨：王选的汉字激光照排系统经由光明日报报道而最终掀起了中国汉字印刷技术的革命。在今天，为弘扬社会主义核心价值观，推出了一大批感人至深的时代楷模：

全国道德模范、“最美乡村教师”、一个个重大典型。

光明日报是一张勇于担当的报纸，是一张敢领风气之先的报纸。1955年1月，光明日报在全国的报纸中，率先将文字竖排改为横排，一年之后，全国响应；“文革”结束，光明日报在全国报纸中，率先取消在头版报眼刊登“语录”的陈规，其他媒体纷纷效仿。

65年来，在光明日报，这样的例子不遑枚举，它们叠加在一起，铸就了光明日报的荣光。我们的路，是一条光明之路，更是一条光荣之路。因此，当报社机关党委为纪念光明日报创刊65周年发起社训征集时，赞成票最高的是：与真理同行，与时代同步。

在光明日报创刊65周年到来的时候，我们捧出这套《光明日报65周年纪念文集》——包括《光明日报65年大事记》《我们的光明之路——光明日报65年口述实录》《光明日报65周年纪念画册》《思想的历程——光明日报65年理论文章选萃》《记忆中的星光——光明日报65年文艺作品选萃》，向那些难忘的岁月致敬，向光明日报报道过的成千上万的知识分子和其他社会贤达致敬，向一代又一代为光明的事业呕心沥血的前辈报人致敬，向65年来陪伴光明日报、关心光明日报的读者朋友致敬。

这套文集中，《光明日报65年大事记》以编年体的形式，勾勒了本报65年来重要报道、事业发展、队伍建设等方面的脉络和概貌，一册在手，“光明”随行。

《我们的光明之路》则是对部分光明日报离退休老同志、在职同志、曾在光明日报工作过的老领导老同志及部分与光明日报有过密切交往的社会名流的采访实录，他们口述的“光明人”和“光明故事”，构成了我们光明日报最珍贵的集体记忆。

作为图册集，《光明日报65周年纪念画册》直观地再现了光明日报65年来的峥嵘岁月。照片中的很多人虽然作古，但他们的音容笑貌，他们为光明日报作出的贡献，不会因时间的流逝而褪色。

《思想的历程》和《记忆中的星光》则是对中国知识界的礼敬之作，

分别精选了光明日报历年来部分有影响的理论文章和文学作品。这些文章，不少虽面世已久，今天读来，仍如春初新韭、秋末晚菘，意蕴悠长。抱憾的是，篇幅所限，遗珠之憾难免。

这套文集的面世，得到了多位曾在光明日报任职的老领导、光明日报离退休老同志、曾在光明日报工作过的同志以及与本报友情深厚的各界朋友的大力支持，社内各位采访者、编者和有关同志也付出了辛勤的劳动，在此，我代表光明日报编委会和本文集编辑委员会，向他们致以诚挚谢意。

日月光华，旦复旦兮。光明之路，前途远大。我们正继续着一项伟大的事业。在65周年之际回望历史，为的是从历史中汲取前行的力量；在65周年之际回望历史，为的是站在历史的瞭望塔上，放眼“中国梦”触手可及的远方。在我们迈向新的征程的时候，我们愿与中国知识界重温65年前中国伟人毛泽东为本报创刊写下的著名题词：团结起来，光明在望！

2014年5月21日

前言

时光荏苒，光明日报迎来了自己的65岁生日。

这个年龄的人生，正值花甲和古稀之间，经历了波澜起伏的生命历程，积淀了丰厚深刻的人生感悟。而与共和国同龄的光明日报，则仿佛一面镜子，忠实地映照出这六十多年波澜壮阔、可歌可泣的历史进程，映照出中国人民追求祖国强盛、民族复兴的伟大实践。翻阅一沓沓装订成册的光明日报合订本，那一个个版面上，那一行行文字间，回荡着时代的足音，迸发出真理的光芒，陶冶着一代代读者的灵魂，让他们向着光明美好的目标砥砺前行，奋斗不息。

作为一份在中国知识界影响巨大的报纸，密切联系文艺界和文艺家，是光明日报一个深厚悠久的传统。大量刊发文学作品，也成就了报纸的一个鲜明的特色。在65年的漫长岁月中，光明日报推出了难以计数的优秀文学作品，成为一个备受瞩目的重要文学阵地。一代代作者，特别是众多文艺名家，为报纸创作了各种题材和体裁的文学作品，堪称精美的精神食粮，哺育了几代报纸读者。其中名作佳构仿佛群星闪烁，有的作品甚至写入了当代文学史，成了中国当代文学发展历程中具有标志意义的篇章。

收入本书中的这些作品，基本上都是发表在光明日报的文艺副刊上。65年中，副刊的名称、内容、刊期等多有变化，创刊之初是以《朝阳》的名字面世，后来相继更名为《收获》、《文艺生活》等，其后又以《东风》冠名，以“思想性、文化性、艺术性、知识性”为办刊宗旨，时间跨度长达四十年之久。在20世纪末，改名为《文荟》，继承了“名家名作，兼容并蓄”的传统并不断创新。在此基础上，又于2012年进一步增加版面，扩充内容，以《光明文化周末·文荟》的阵容和容貌，面对今天的广大读者。尽管刊名几经变化，内容设置分分合合，但在作品的价值追求上，却具有内在的高度一致性，那就是关注丰富多彩的生活，描绘美丽的大自然，讴歌真善美，鞭笞假恶丑，致力于提升人们的道德情操和审美能力，追求思想性和艺术性的统一。阅读这些作品，能够真切地触摸时代的脉搏，感受社会风云的激荡，看到共和国巨人不断克服挫折大踏步前进的身影，听到人民群众追求美好幸福生活的心声。

因此，在纪念报纸创办65年之际，编辑出版一部文艺作品选，其意义和必要性不言而喻。然而，困难也是显而易见的：一边是数量浩繁的优秀作品，一边是不超过30万字的选集容量，如何遴选取舍？这是一桩颇有难度且具挑战性的工作。经过反复商讨，我们确立了这样的几点作为编选本书的基本遵循：首先，是每位作者最多只选发一篇作品；其次，是入选作品最长不超过5000字；第三，以散文随笔为主，其他文体少选或不列入选择范围。

显然，这诸多削足适履的限制，势必会影响到很多佳作的入选，如王蒙的短篇小说《夜的眼》、李瑛的长诗《一月的哀思》、黄宗英的报告文学《大雁情》等，都无缘于此选本，殊为遗憾。又如数十年间刊发的旧体诗词蔚为大观，单单其中广为传诵的名篇就足以编成若干煌煌卷册，但考虑到本来就已经十分逼仄的篇幅空间，也只好舍弃不取。事实上，这种遗珠之憾，是每个参与编选此书的人都切实体验到的，且伴随着整个工作过程。反复地比较权衡，一次次地筛选取舍，一回回地忍痛割爱，最后的结果，便是呈现在读者朋友面前的这部选集。倘若它尚能够较为准确地折射出文艺名家的创作成就和艺术追求，反映出副刊的整体面貌和特点，获得广大读者的认可，我们将会备感慰藉。

优秀的文学作品，具有超越具体时空的属性。诗经楚辞、唐诗宋词历久弥新，千百年后吟诵起来仍然令人沉醉，这部选集中的作品，以其时间上的贴近性，当更能够引发今天读者的共鸣。当然，文艺家作为社会历史进程中的具体个人，文艺作品作为对特定社会生活的反映，势必会受到时代意识形态的影响，有个别文章中的某些感受和思考，也许在今天看来会感到隔膜或陌生，但它们却是当时情境下作者思想和情感的真实流露。因此，出于对历史真实性的尊重，入选的所有作品，除了纠正明显的字词错误，完全保持了原貌。相信读者朋友在阅读中会有自己的客观理性的评判。

此书编选的过程，也是一次集中深入地学习和欣赏的过程。那些名篇以其不凡的立意题旨和生动的文笔辞采，让我们真切地感知到什么是好作品，需要具备哪些要素才能成就一篇好作品。那些泛黄变脆的纸张、漶漫模糊的字迹，也让我们感知到前辈编辑们所付出的心血，对他们高度的敬业精神和精湛的业务水平深感敬佩，也益发清晰地意识到了自己作为文艺副刊编辑肩负的职责。回顾总是和前瞻相连。我们一定不辜负前辈们的努力，不辜负广大读者的期待，把副刊进一步办好，办出特色，办出品位，不断地向读者奉献出精美丰盛的精神食粮，为美好的生活增添一份色彩和芬芳。

目录

目录

目录

目录

目录

目录

颂“朝阳”

茅盾

光明日报的副刊取名为“朝阳”，我觉得这个名字非常恰当，非常有意义。“朝阳”二字是从“光明”这报名上想出来的。从自然现象看，“朝阳”上来了，然后大地光明；那末，“朝阳”是先于“光明”的，也可以说，“朝阳”是“光明”的来源。不过，从这张报纸看，“朝阳”是副刊，俗所谓“报屁股”，倒是先有“光明”，然后带出“朝阳”来的，——这样咬文嚼字那当然是开玩笑，但我猜想光明日报把它的副刊取名为“朝阳”，它的尊重这副刊的意思确是再明白也没有了。我是报纸副刊的投稿者，自然要双手赞成。

另外，如果从“朝阳”上面看，还有更重大的意义。中国现在是沐浴于朝阳之中了，历史展开全新的一页，中国这一轮朝阳，将把它的光明照射到东方乃至西方的每一黑暗的角落。中国人民翻了身了，人民将发挥出无限潜藏的光和热。而“朝阳”这公开的园地一定也将反映这人民的光和热。请看“朝阳”出现的第一天就开列了一大串的“请写稿来”的号召，我是全心全意拥护它这号召的，自己惭愧无可贡献，但确实准备做一个忠实的读者，多沾着些光和热。这一篇短文一面表示我的热烈的祝颂，一面也表示我的高兴和渴望，至于糟蹋了“朝阳”的宝贵篇幅，那真是惶恐之至的。

(1949.06.16,03 版)

一顶轿子(小说)

刘绍棠

(一)

张家庄的周万喜老头，是远近闻名的吹鼓手，不管什么歌曲，拿过来就能吹，而且吹得像老早就会一样。他早先在本庄地主朱抓子开的轿子房当伙计，头年土改，分朱抓子浮财时，他不要樟木箱子檀木柜，单挑那褪了色的轿子，他老婆和闺女金枝跟他吵了老大半天，也没拗过他。

周万喜把轿子抬回家，花些钱买了油彩，把轿子漆得非常好看，又和农会商量好，轿子房出买卖，借用公共的四面大鼓，答应本村嫁娶用轿子收一半钱，又联络了十几个人，轿子房就正式开张了。

可是轿子房开张好几个月，也没人照顾。

金枝是妇女会干部，思想挺进步，早就不赞成她爹开轿子房，别庄的妇女干事，见着金枝就闹："金枝，轿子房开张没有？别人不坐，就留着抬你啦！"说得金枝脸红得像喝了酒一样。

回到家，金枝就跟她爹说："劈了吧，这废物东西有啥用？"金枝妈也说："这吃不了咽不了的玩艺儿，趁早劈了烧火。"周万喜老头子一听就火啦，"娘们家眼窝子浅，等买卖好了，你准得宝贝似的供着它。"金枝妈知道再言语就要挨骂了，只好低头"吭吭"生气，金枝在一旁也耷拉着脸噘着嘴。

（二）

旧历年，村里非常热闹，小学生扭秧歌打花棍，一群年青小伙子也闹开了小车会，周万喜把轿子也抬了出去，把毛主席的像片摆在里面，吹着喇叭，打着大鼓，跟小车会后面走。

不少的人指着轿子说："多好看呀，瞧绣得那鲜火。"周万喜老头子笑着对一群年青姑娘说："赶明儿你们出门子就用这轿子抬，好不好？"他心里别提多乐了，心想："这回轿子一露，大伙全看过了，买卖准错不了。"

当天闹完了，金枝对她爹说："爹！这回毛主席坐咱轿子啦，也算挺光荣的，还不劈了。"周万喜一点不着急，反而笑咪咪的说："毛主席坐了咱的轿子，是个大吉利，往后买卖准旺，哪能劈呀？"金枝没好气的说："这封建玩艺见不解渴不解饿，要它干吗使？"周万喜说："谁说不解渴不解饿？等买卖旺了再瞧。"金枝妈也答了话："如今新派头，谁还坐轿子，趁早别妄想了，还不如那工夫要个大柜好呢。"

周万喜老头子反倒不言声了，心里可有"一定之规"——拿块破布擦轿子上的灰尘。

（三）

庄上几个年青姑娘快要结婚了，周万喜心中暗暗欢喜："这几档子买卖算是煮熟的鸭子——跑不了啦！"每天早晚没事，拿块破布擦个没完，累得满头大汗也不停手。

一天又一天的过去了，但却没人来定轿子，周万喜心里打了鼓，跟他老婆说："你去到秀云二俊家问问，她们出门子要是坐轿子，咱们这个收一半钱。"金枝妈慢条斯理的说："我又不指着轿子活着，我才不去哪，你指着你去呀！你挣八万紫金我不眼热。"把周万喜顶得干翻白眼，说不出来话。

金枝由地里回来，周万喜问她："秀云她们出门子定轿子没有？"金枝说："秀云二俊都是妇女干部，对象也是干部，还能坐轿子？您别妄想了。"周万喜像火一样的兴头，像被泼了一瓢凉水一样。

（四）

秋后，金枝也要结婚了，对象是个区干部，周万喜打算叫金枝坐轿子，其实他心里另有一番打算："金枝是妇女会的头目人，她要是坐轿子，别人准得跟着学，这一来，买卖就旺了。"可是金枝说啥也不答应，爷俩吵得脸红脖子粗，周万喜老头子脑门子青筋一突一突地，跺着脚大喊大叫。

这时进来一大群姑娘，有的十七八，有的八九岁，一进来就问："周大爷犯啥肝火呀？"周万喜像得着宣传机会一样。"让你们说，出门子不坐轿子成啥样？晚嫁才不坐轿子。"他这一说把大伙儿都招乐了，一个十八九的姑娘说："你别顽固了，新社会坐封建轿子，多寒蠢。"刚八岁的小珍说："臭轿子白叫我坐我都不干。"

周万喜老头子像泄了气的皮球一样，蹲在炕角唉声叹气。

金枝趁着机会给她爹说了一套道理，金枝妈埋怨个没完，周万喜后晌饭也没吃，躺在炕上翻来覆去睡不着，脑子乱得跟乱麻一样，心里可起了斗争，最后他明白了："新社会的风俗改了，这一辈的年青人不坐轿子，下一辈更没人坐了，当初挑个什么不好，挑这废物，没开张倒赔了油漆钱。"后悔可也晚了。 第二天早晨，周万喜将轿架劈成劈柴，煮熟了早晨的棒子渣粥。

（1950.09.15，03 版）

谁是最可爱的人

魏巍

在朝鲜的每一天，我都被一些东西感动着，我的思想感情的潮水，在放纵奔流着。它使我想把一切东西，都告诉给我祖国的朋友们。但我最急于告诉你们的，是我思想感情的一段重要经历，这就是，我越来越深刻地感觉到谁是我们最可爱的人！

谁是我们最可爱的人呢？我们的部队、我们的战士，我感觉他们是最可爱的人。

也许有的人在心里隐隐约约地说：你说的就是那些“兵”吗？他们看来是很平凡，很简单的哩，既看不出他们有甚么高明的知识，又看不出他们有丰盛细致的感情。可是，我要说，这是由于你跟我们的战士接触太少，因此，你没有能够了解到：他们的品质是那样的纯洁和高尚，他们的意志是那样的坚韧和刚强，他们的气质是那样的淳朴和谦逊，他们的胸怀，是那样的美丽和宽广！

让我还是来说一段故事吧。

还是在二次战役的时候，有一支部队向敌后猛插，去切断军隅里敌人的逃路。当他们赶到书堂站，逃敌也恰恰赶到那里，眼看就要从汽车路上开过去。这支部队的先头连（三连）就匆匆占领了汽车路边一个很低的光光的小山岗，阻住敌人，一场壮烈的搏斗就开始了。敌人为了逃命，用三十二架飞机，十多辆坦克，和集团冲锋向这个连的阵地汹涌卷来。

整个山顶都被打翻了，汽油弹的火焰把这个阵地烧红了。但勇士们在这烟与火的山岗上，高喊着口号，一次又一次把敌人打死在阵地前面。敌人的死尸像谷个子似的在山前堆满了，血也把这山岗流红了。可是敌人还是要拼死争夺，好使自己的主力不致覆灭。这激战整整持续了八个小时，最后，勇士们的子弹打光了，蜂拥上来的敌人，占领了山头，把他们压到山脚，飞机的汽油弹，把他们的身上烧着了火。这时候，勇士们是仍然不会后退的呀，他们把枪一摔，身上、帽子上冒着呜呜的火苗向敌人扑去，把敌人抱住，让身上燃烧弹的火，也要把占领阵地的敌人烧死。……据这个营的营长告诉我，战后，这个连的阵地上，枪支完全摔碎了，机枪零件扔得满山都是。烈士们的尸体，做着各种各样的姿势，有抱住敌人腰的，有抱住敌人头的，有卡住敌人脖子，把敌人擦倒在地上的，和敌人倒在一起，烧在一起。还有一个战士，他手里还紧握着一个手榴弹，弹体上沾满脑浆，和他死在一起的美国鬼子，脑浆崩裂，涂了一地。另有一个战士，他的嘴里还衔着敌人的半块耳朵。在掩埋勇士们遗体的时候，由于他们两手扣着，把敌人抱得那样紧，分都分不开，以致把有的手指都折断了。……这个连虽然伤亡很大，但他们却打死了三百多敌人，特别是，使我们部队的主力赶上聚歼了敌人。

这就是朝鲜战场上一个最壮烈的战斗——松鼓峰战斗，或者叫书堂站战斗。假若需要立纪念碑的话，让我把带火扑敌及用刺刀和敌拼死在一起的烈士们的名字记下吧。他们的名字是：王金传、邢玉堂、胡传九、井玉琢、王文英、熊官全、王金侯、赵锡杰、隋金山、李玉安、丁振岱、张贵生、崔玉亮、李树国。还有一个战士已经不可能知道他的名字了，让我们的烈士们千载万世永垂不朽吧。

这个营长向我说了以上的情形，他的声音是缓慢的，他的感情是沉重的。他说他在阵地上掩埋烈士的时候，他掉了眼泪。但他接着说："你不要以为我是为他们而伤心，我是为他们而骄傲！我感觉我们的战士是太伟大了，太可爱了，我不能不被他们感动得掉下泪来。"

朋友们，当你听到这段英雄事迹的时候，你的感想如何呢？你不觉得我们的战士是可爱的吗？你不觉得我们的祖国有着这样的英雄而值得自豪吗？

我们的战士，对敌人这样狠，而对朝鲜人民却是那样的仁义，充满国际主义的深厚热情。

在汉江北岸，我遇到一个青年战士，他今年才二十一岁，名叫马玉祥，是黑龙江青岗县人。他长着一副微黑透红的脸膛，稍高的个儿，站在那儿，像秋天田野里一株红高粱那样的淳朴可爱。不过因为他才从阵地上下来，显得稍微疲劳些，眼里的红丝还没有退净。他原来是炮兵连的，在有一天夜里，他被一阵哭声惊醒了，出去一看，是一个朝鲜老妈妈，坐在山岗上哭。原来她的房子被炸毁了，又在山里搭了个窝棚，但窝棚又被炸毁了。……回来，他马上到连部要求到步兵连去，因为步兵连的需要，就批准了他。我说："在炮兵连不是一样打敌人吗？""那，不同！"他说："离敌人越近，越觉着打得过瘾，越觉着打得解恨！"

在汉江南岸的日日夜夜里，有一天他从阵地上下来做饭。刚一进村，有几架敌机袭过来，打了一阵机关炮，接着就扔下了两个大燃烧弹，有几间房子着火了，火又盛，烟又大，不敢到跟前去。这时，他听见烟火里有一个小孩子哇哇哭叫的声音。他马上穿过浓烟到近处一看，一个朝鲜的中年男人在院子里倒着，听小孩子的哭声还在屋里。他走到屋门口，可是屋门口的火苗呼呼的已经进不去人，门窗的纸边已经烧着。小孩子的哭声随着那浓烟滚滚的传出来，听得真真切切。当他叙述到这里的时候，他说："我能够不进去吗？我不能！我想，要在祖国遇见这种情形我能够进去，那么在朝鲜我就可以不进去吗？朝鲜人和我们祖国的人民不是一样的吗？我就用脚踹开门，扑了进去。呀！满屋子灰洞洞的烟，只能听见小孩哭，看不见人。我的眼也睁不开，脸烫的像刀割一般。我也不知道自己的身上着了火没有，我也不管它了，只是在地上乱摸。先一摸摸着一个大人，拉了拉没拉动，又向大人的身后摸，才摸着一个小孩腿，我就一把抓着抱起来跳出门去。我一看小孩子，是挺好的一个小孩子呀，他穿着个小短褂儿，光着两条小腿儿，小腿乱蹬着，哇哇地哭。我心想："不管你哭不哭，不救活你家大人，谁养活你哩！"这时候，火更大了，墙上的纸也完全烧着了。我就把他往地上一放，就又从那火门里钻进去了。一拉那个大人，她哼了一声，再拉又不动了。凑近一看，见她脸上的血，已经把她胸前的白衣流红了，眼睛已经闭上。我知道她不行了，才赶忙跑出门外，扑灭身上的火苗，抱起这个无父无母的孩子。……”

朋友，当你听到这段事迹的时候，你的感觉又是如何呢？你不觉得我们的战士是最可爱的人吗？

谁都知道，朝鲜战场是艰苦些。但他们是怎样的呢？有一次，我见到一个战士，在防空洞里吃一口炒面，就一口雪。我问他：“你不觉得苦吗？”他把正送往嘴里的一勺雪收回来，笑了笑，说：“怎么能不觉得！咱们革命军队又不是个怪物！不过我们的光荣也就在这里。”他把小勺儿干脆放下，兴奋地说：“拿吃雪来说吧，我在这里吃雪，正是为了我们祖国的人民不吃雪，他们可以坐在挺豁亮的小屋里，泡上一壶茶，守住个小火炉子，想吃点什么，就做点什么。”他又指了指狭小潮湿的防空洞：“你再比如蹲防空洞吧，多憋闷的慌哩，眼看着外面好好的太阳，光光的马路不能走！可是我在那里蹲防空洞，祖国的人民就可以不蹲防空洞呀，他们就可以在马路上不慌不忙的走呀，他们想骑车子也行，想走路也行，边溜达，边说话也行。那是多么幸福的呢！所以，”他又把雪放到嘴里，像总结似的说：“我在这里流点血不算什么，吃点苦又算甚么哩！”我又问：“你想不想祖国呀？”他笑起来：“谁不想哩，说不想那是假话。可是我不愿意回去。如果回去，祖国的老百姓问：‘我们托付给你们的任务完成得怎么样啦？’我怎么答对呢？我说‘朝鲜半边红，半边黑’这算什么话呢？”我接着问：“你们经历了这么多危险，吃了这么多辛苦，你们对祖国，对朝鲜有甚么要求吗？”他想了一下，才回答我：“我们甚么也不要，可是说心里话，我这话可不定恰当呀，我们是想要这么大的一个东西，”他笑着，用手指比个铜子儿大小，怕我不明白，又说：“一块‘朝鲜解放纪念章’，我们愿意戴在胸脯上，回到咱们的祖国去。”朋友们，用不着繁琐的举例，你已经可以了解到我们的战士，是怎样的一种人。这种人是什么一种品质，他们的灵魂是多么的美丽和宽广。他们是历史上，世界上第一流的战士，第一流的人！他们是世界上一切善良爱好和平人民的优秀之花！是我们值得骄傲的祖国之花！我们以我们的祖国有这样的英雄而骄傲，我们以生在这个英雄的国度而自豪！

亲爱的朋友们，当你坐上早晨第一列电车走向工厂的时候，当你扛上犁耙走向田野的时候，当你喝完一杯豆浆、提着书包走向学校的时候，当你兴致勃勃安安静静坐到办公桌前计划这一天工作的时候，当你向孩子嘴里塞着斑烂的蔬菜的时候，当你和爱人悠闲散步的时候，朋友，你是否意识到你是在幸福之中呢？你也许很惊讶的看我："这是很平常的呀！"可是，从朝鲜归来的人，会知道你正生活在幸福中。请你们意识到这是一种幸福吧，因为只有你意识到这一点，你才能更深刻了解我们的战士在朝鲜奋不顾身的原因。朋友！你已经知道了爱我们的祖国，爱我们的领袖，请再深深地爱我们的战士吧，他们确实是我们最可爱的人！

（四月一日草成）

（1951.04.11，04 版）

他们和我们（小说）

张天翼

一中队到师范部参加表演去了，那里有一个慰劳荣军和烈属军属的晚会。

我们二中队可另外有任务：要出版一份特大号的墙报。墙报主编是杨行敏。杨行敏打算着，怎样才能把这个工作做好。墙报组当然很棒：要编得怎样出色就怎样出色。那可说的是平日。今天晚上——好像就不那么十分保险似的。说不定有人要叽哩咕噜：

“嗯，让一中队去和叔叔姑姑们会面，去表演，让大家给他们一中队鼓掌。我们可就得闷声闷气在这里编墙报！难道我们不会表演么？我们墙报组里就有李小琴——唱歌分明是全校第一。……”

于是杨行敏跟大家谈了一阵。结果很好。杨行敏总括了大家的意思，提出了一个口号：

“又要编得好，又要编得快，又要注意保密。”

就在今天晚上——一定要一声不响地把墙报编好，一声不响地把墙报贴出去。明早好叫大家吃一惊：哈咦，哪里忽然一下子冒出一张墙报来了！这么大，这么好！谁编的呀？

那么，就可以毫不稀罕的样子回答：

“还有谁？——二中队。”

就这样，一吃了晚饭，杨行敏这一组人就一个个溜进了学校，到队部办公室里专心一志地着手工作了。

全校都静悄悄的，没有谁来打搅。将近八点钟，墙报快要编好了——李小琴已经把版式画好，稿子也都由杨行敏最后校对过，只要照着计划贴上去就行——忽然电话铃响了起来。

杨行敏刚站起身，赵家林就三步两脚抢了出去，接上了电话：

“喂，喂！”

电话里有好几个孩子在哇啦哇啦。原来是一中队的几个队员——从师范部打来的。

“请您找周老师接电话……”

“周老师开会还没回来，”赵家林拼命地嚷，生怕对方听不见。“喂！还，没，回，来！懂么？……什么？听不明白！……别几个人一块儿说话！你们选出一个代表来说话！”

“唷，还要我们选出个代表来跟他说话哩！……谁呀，你是？”

“你管我是谁呢！……什么？什么？说大声点！”

“这是个什么人？”那边发生了疑问。“是个聋子？”

赵家林火了：

“你们才是聋子哩！”

“哦，赵家林！是赵家林！”

赵家林连耳根子都发了红。正不知要怎样才好——

“我来，我来，”杨行敏跑来接过了听筒。“喂！……什么？我不是赵家林。……不是就完了。唵，不是！……什么？找赵家林？”杨行敏踌躇了一下。“嗯，他倒是在这里。”

赵家林伸出那只沾得黑一块红一块的右手来，紧紧捂住了传话器：

“让他们知道我们在这里么？”

“顾不得这些小问题了，”杨行敏斜靠在桌上，耳朵贴近了赵家林手里的听筒。“他们一定是有更重要的事。你好好跟他们说话吧，别闹得不团结。”

那边大概是换了一个人说话。这回受话器里叫得很清楚，连杨行敏在旁边都听出来了。他张大了眼睛看着赵家林：

“什么？他们要一条裙子？”

可是赵家林没工夫回答，因为那边不断地在那里说话：

“喂，赵家林！喂，劳驾，千万别忘了：周老师要是回来了，请她想法去借一条长裙子。……喂，一定要要！”

“朝鲜裙子么？”——杨行敏立刻想到了这个，就忍不住凑近传话器去插了一句嘴。

他姐姐正有那么一条裙子。长长的，淡绿色的，这是朝鲜一位女同志送给姐姐的纪念品。

“不错！对，对！”那边又七嘴八舌的了。“越快越好。……喂，请你告诉周老师：九点钟就要用。”

赵家林是个办事仔细的人。他生怕那边把电话挂上，就提高了嗓子使劲大叫：

“那——那——喂喂喂！周老师什么时候回来，那可说不定呀。……可不是，没有把握！”

杨行敏想了一想，小声说：

“问问他们看，干什么用。”

这时候受话器里很嘈杂，显然是他们在那里商量什么。隐隐的还夹着鼓掌的声音，一阵又一阵。好热烈的晚会！

这边两个队员互相看着。聚精会神地等着。

“喂，赵家林！就告诉你罢！我们要表演一个精彩节目——临时加上去的。……没有裙子可不行。怎么办呢？……对，对，非常重要的节目。……”

“吓唷，我当是什么了不起的大问题哩！”杨行敏把脸掉了开去。“不过是要表演！”

赵家林还一个劲儿问“什么节目？”“谁表演？”——那边可就再也不肯泄露秘密了。

“准是许华表演。你看着吧！”杨行敏猜。

要一条朝鲜裙子？——有的是！假如是我们二中队要表演，假如是我们李小琴要上台，那——保你不成问题！可是许华……

许华算是他们一中队的“艺术家”。一中队有些队员竟拿她来骄傲，说什么“许华比李小琴唱得好！”就那么瞎吹一气！

今晚可不知道他们参加了一些什么节目，也不知道现在临时要加演的重要节目又是怎样的。晚会里有那么多叔叔，有那么多姑姑——那不消说，不论你表演什么，不论你是不是唱得最好，大家都也会热烈地鼓掌，称赞，叫“再来一个！”也许还有人会这么想：

“一中队演得多好！到底强些。”

我们二中队呢？——谁也不知道二中队有些什么本领。除非把墙报抬上街去游行，一直抬到晚会会场里……

一想到这里，杨行敏就咬起嘴唇来。

可是现在——好哇，看他们一中队拿什么去表演那个“精彩节目”罢！他们缺少了服装，哼！

“开灯吧。”赵家林说了一声，转身就跑。

原来电话不知什么时候给挂上了。

等杨行敏回到了队部办公室，大家已经把赵家林围在中间，你一言我一语地讨论开了。

忽然听见李小琴叫：

“我有办法！”

杨行敏吃了一惊。

“什么！”

屋子里一下子很静。

“我可以去找一条裙子！”李小琴眼睛里发亮，“我现在请假一小时：我就去！”

杨行敏跳了起来，一把拉住了她：

“上那儿找呀，你？他们并不是要普通裙子，是要……”

“我知道我知道！当然是朝鲜裙子！”

“谁还有朝鲜裙子？”杨行敏睁大了眼睛。

李小琴很快地说：

“我上我姑妈那里去找……嗯，不是！我是说姑妈的机关里……”

她越是着急，越是一时讲不清楚。

其实事情很简单。姑妈的机关里有一位保健员，就是郑姐姐。郑姐姐有一个很要好的旧同学，就是刘姐姐。正就是刘姐姐的妹妹——也就是小刘姐姐，看见过。

“还不明白么？”

“你姑妈那里可远哩！”有谁提了一句。

不错，要坐十五分钟公共汽车，下了车还得走两里路。

“可是那里到师范部就不远了。”李小琴连忙说明。

“我一借到了就往那里送。我走得快，误不了。”

“晚上你一个人走……”

“我陪她去！”赵家林赶紧从字纸篓里掏出一团废纸来，使劲擦着手上的脏，“我也请一个钟头假！”

杨行敏可把李小琴拦住了：

“白跑！你有把握么，这么转弯抹角地去找？”“可怎么办呢，马上就要表演……”

“吓唷，你这么操心！究竟是谁表演呀？——他们还是我们？”

“什么他们我们的！”李小琴惊异起来。“不都是演给叔叔姑姑们看的么？表演好了——不都是我们队的光荣么？赵家林，我们走！”

同学们嚷：

“对呀，对呀，快去罢……你们可有车费没有？”

“有！”——他俩一冲就跑出去了。

杨行敏愣了一愣，好像一下子惊醒了似的。

“啊呀，差点儿做错事！”

他一蹦出房门，也就往外面飞奔。在校门口追上了，他就一把抓住了他俩的胳膊：

“得了，你们不用去了！我去！”

“你去？你又不认识！”

“不是不是！”杨行敏激动得几乎哭出来，“用不着跑你那么远。……我家里就有。……我本来——本来不想替他们解决……是我不对……”

听杨行敏结里结巴说了一会，李小琴和赵家林才知道是怎么回事，才知道杨行敏的姐姐就有一条真正的朝鲜裙子。

他们立刻就决定了这么办。杨行敏由赵家林伴着，到家里取了那条裙子，让赵家林一个人送到师范部的晚会会场里去。这一点是赵家林提出来的：

“我一个人送去就行了。一下了电车就是师范部门口。不要紧。你快回去工作。”

杨行敏把赵家林送上了电车，才走回学校里去，二十分钟之后，赵家林打电话来了。

“喂，杨行敏么？……喂，裙子送到了。二中队的同志们都高兴得跳起来。大家都感谢你，还建议要表扬你哩。”

“什么！”杨行敏脸上忽然发了热，“喂，你没告诉他们么？你没说那个那个——那件事么？”

“哪件事呀？”

“哪，就是那个——那个详细情形——怎么回事——你说了没有？”

“我还没仔细说哩，我来不及……”

“嗨，你这个人！”杨行敏着急起来，“喂，你快把实在情形跟他们说一说呀：该表扬的是李小琴。别搞错了！”

（1952.05.31，05 版）

夏天的青岛

黄药眠

暑天，一列列的火车从各地方载来了许多客人到青岛来休养。旅客们，带着满身的汗水和灰尘一跳下火车来给海风一吹，马上就会觉得：真的，我已到了青岛来了。

跑出火车站，看到马路上不慌不忙地行走的路人，他们感到这是些幸福的被酷热遗忘了的人们。

青岛三面环海，是在胶州湾入口处的左端。青岛市的正面是一个半月形的海湾。湾后侧是小港大港，是停泊渔船商船的地方；湾的东侧也是许多半月形的海湾，那是海水浴场和休养区的所在地。马路，除了沿海的长堤以外，都是顺着山坡建筑起来的。有时从海滨回头看那些街道，我们就会觉得，好像整个青岛市被层叠起来，耸立在我们的面前。

干净无尘的马路，陂陀起伏，像是给海风吹起来的飘带。路两旁种有梧桐树，树并不高，但枝叶婆娑。中午时候它们的阴影就在路的边缘上绣出了一幅幅玲珑的图案画。有好些街道它们就像是一个大公园，每一个小住宅面前都有一个小小的园林，从那些短墙、铁栏杆、木架后伸出来的紫薇花、夹竹桃、长春藤以及一些灌木的枝柯，就常常于无意中低下头来吻着人们的头发。

从整个说来，青岛这个城市是富于色彩的，线条是美丽的。多彩的墙，紫红色的屋瓦，浓绿的树木，这里那里吐出来的一些淡紫色的轻烟，各种格式的窗子，各种形态的屋顶，再配上下面的碧绿的海水，上面的蓝蔚的长天，屏列在远方的紫色的山峦。整个青岛又像是一首歌，它每天都在悠悠的歌颂自由祖国的海上的朝霞与美丽的黄昏。

每到黄昏，堤岸上有多少行人啊！有些人下了班就在堤边散步，有些则坐在堤边椅子上眺望，有些人拉着手风琴在唱歌。海风是顽皮的，它老在抚弄着海军士兵们帽子后面的飘带。在涨潮的时候，海水冲击着礁石和堤岸，激起来的水花，就变成了微雾。远伸到那海中的栈桥上，时而有人凭着栏杆指点着那些在黄金色的空气中微微颤动的归帆。有些人则俯瞰着澎湃的怒潮，好像在那里沉思。燕子从你头上掠过去，然后又消失在辽远的天空。

是的，这就是青岛了。

顺着堤向西行，转过一个海角，那又是另外一个海湾，沿途有鲁迅公园，有水族馆。而湾的中部一片平沙，那就是第一海水浴场了。

过去在解放以前能到青岛海滨来避暑的只有帝国主义者，官僚，贵族和有钱人。但是今年在政府的号召下，来青岛休夏的人是那么多。未到第一海水浴场，从山坡上远远望过去，沙滩上全是黑点，全是人。这里有工人，有士兵，有学生，有科学工作者，有教授，有机关干部，有家庭妇女。以年龄来说，有七十多岁垂着长髯的老人，有还在母亲怀抱里吃奶的孩子。如果你仔细去听他们说话，则这里有说北京话的，有说上海话的，有说福建话的，真是南腔北调。

盛夏的太阳谁不怕呢？但这里却不。每个人都光着臂膊躺在沙滩上，让太阳晒满全身，晒得每个人都露着古铜色的光泽。

在这光辉的太阳照耀下，每个人的面容都是健康而快乐的。不管是睡在沙滩上的人们，抑是浮沉在海水深处的人们，是帐篷下闲话的人们，抑是站在水边戏水的人们，他们都变成为海和太阳的孩子，格外显得年轻。欢笑好像是浪花不时在这里那里激荡起来。

有时，有些青年士兵整队而来，脱去衣服后，首先就在沙滩上练习游泳的姿势，然后才整队下海。有时有些打着红领巾的孩子们，在小队长领导下在沙滩上插上了“少年航海队”的呼啦啦的红旗，然后一个个跳进水里去。孩子们的身影就消失在这水花飞溅之中。

在沙滩上我也碰见一二位科学界的老人，坐在帐幕下的大藤椅上闭目养神，让海风吹起他的稀疏的头发。但有时又注目在远处，好像有所思索。究竟他脑子里想的是什么呢？是数学方程？是天象？是海洋？

在沙滩上，我又碰见高士其先生。他还是那么满面红光，精神饱满。他问起许多旧朋友，这些朋友的名字老实说我都忘记了，但他还记得，这足见他的记忆力比我好。尽管他走一步路，说一句话，写一个字，都是那么艰难，那么费力，但他还是充满着欢乐的精神在工作。自然科学家是和大自然斗争的战士，高士其先生不幸在这个斗争中受了伤，可是他一息尚存还是坚持下去战斗下去，他这种保尔·柯察金的精神是十分令人敬服的。我常常想，在他的灵魂深处，究竟有什么力量在鼓舞着他前进呢？我想这是因为他有把整个生命都献给为人类社会美好幸福的将来而奋斗的精神。他看见了人类的幸福，所以也就忘记了自己的不幸。有些人很能工作，但在灵魂深处缺乏这一点点东西，所以作起工作来也就没有力量了。

太阳渐渐西沉，沙滩上的人影也越拖越长越来越少了。士兵们已整队回去，其余的人也都各人携着一个小包包，或乘公共汽车，或步行，或坐着凉悠悠的马车回到市区去。人声沉寂了，海水开始在沙滩上喃喃细语起来。海滨，夕暮的空气是那么澄清，回头看青岛市的后侧，只见一座小山向海面倾斜，山上一丛丛的绿树，间杂以紫黄红白各种颜色的房子。山脚下鲁迅公园的尖顶小亭，水族馆的玲珑小巧的楼阁，以及海边紫红色的石礁和海水激起来的白色浪花，看起来真像是象牙雕就的彩色的浮雕。在那浮起来的右礁上有时坐着几个海军士兵，有时坐着几个学生，或青年伴侣。我想，面对着大海和夕阳，他们一定有不少青年人的美丽的梦。

从第一海水浴场上去，是一片空旷的草地，那是人民广场，再过去是公园。公园里树木荫翳，也有几个花坛，但绝大部分还保存着很多自然的野趣。有些小径隐没在草丛之中，有些深密的树林，人简直就很难进去。樱花路旁，全种的是樱花；牡丹路旁全种的是牡丹。你可以想像，当这些花开的时候，这一带会是多么美丽哟！

从这里沿着大路走过去，太平角路紫荆关路一带，那才真是青岛的休养区。过去帝国主义统治时代，是洋大人的避暑休养之地。但现在，中国劳动人民之所创造的，又复归于劳动人民。巨大的树木，静静地拱卫着这些一座座的房子，藤蔓装饰着长廊。红花点缀在绿色的窗子面前，摇着头好像对风说，不要吹得那么响，免得吵醒了那些因工作疲劳而正在休养的人们。有些房子面都是用玻璃包裹起来，于是全室通明，人们在里面移动，就好像游泳在绿色的空气之中。

再过去就是湛山大道。这里有总工会的休养所。一座座别墅形的小房子。短墙内有花圃。百日红和菊花正在开着。屋前的走廊，放着一些藤椅，棋盘；矮桌子上还放有好些书报。我们经过时，走廊上没有人，棋盘上，矮桌子上正摇动着细碎的花影。

湛山大道上有两幢很引人注目的白色船形大楼，那是纺织工人休养所。房子是全白的，从外形看，它们是朴素、干净。屋子里，中间是过道，两边是一间间小房子，和普通的宿舍差不多。但就全部的构造来说，一进去就使人发生宽敞而通明的感觉。每间房子有两张床位或三张床位，中间放一张四方桌。我们进去的时候，一个二十岁左右的小姑娘正伏在桌子上写信。她穿着休养所的白色衣裤，胸前露出红色的衬衣。她是一个从无锡来的女工，样子很像初级中学的女学生。房间外面有一个小小的走廊。凭栏远眺，它面前正是一望无际的大海。海风吹来，水面上起了一层薄雾。房子里全是风，坐在房子里，也如同坐在海滩上一样凉快。燕儿岛从左边突了出来，于是就构成了很大的海滩。但这个海滩并没有人游泳，据说这一带鲨鱼很厉害，所以把它封锁起来了。

这里有文娱室，有些工人正围坐在桌旁玩牌，有些在沙发上看画报，有些人则仰卧在帆布椅上养神。三楼有宽广的晒台。到了晚上，大家可以坐在这里乘凉，开会，也可以看海上的月亮，仰观天上的星星。

这个休养所里，每年有一万多工人来休养。有二三十年工龄的老工人，也有二十上下的少女，有从东北关外来的也有来自极远的南方。他们都是劳动模范或积极分子，在休养所里也不时开座谈会交流经验。

是的，我希望将来每一个劳动者每年都能够有一段时间作这样愉快的休息。

八月，太阳晒得更热，海风吹得更凉，这是海水浴的理想的季节。九月以后，居留在青岛休养的人们就渐渐减少了。但当他们匆匆赶赴车站，向青岛市投下临行时最后一瞥的时候，谁能免去那一种留恋之情呢？而当他们回到工作岗位上，带着充沛的力量去从事工作的时候，一想起青岛海滩上的愉快的夏日，谁又不会对青岛和青岛的人们表示感谢之情呢！是的，青岛增加了我们工作的活力！

（1953.08.24，03 版）

中国人民杰出的艺术家

——齐白石老人

吴祖光

可尊敬的老人，杰出的画家齐白石先生今年已经九十四岁了。九十四年，几乎相等于一个世纪。这是一个动荡不安的世纪，我们的祖国充满了战争、灾祸，充满了惊天动地却又苦尽甘来的变化。但是，老人从十一岁开始做木工，学绘画，写字，刻印，做诗，一直坚持着自己的劳动到今天没有间断。他的作品得到中国广大人民的喜爱和国际方面的重视。

上千年来中国的绘画界几乎是士大夫阶级的画家占据了整个的天下。在这当中，木匠出身的白石老人是一个特殊的人物。他出生在湖南湘潭县南百里的杏子坞星斗塘的贫苦农家。虽然从幼小时便喜爱读书认字，但因为家贫难以达到愿望。到八岁时才由母亲把往年积存的四斗谷子卖出去读了半年书。但半年之后仍旧由于贫困辍学，并且让这八岁的小小劳动力去牧牛砍柴来适应贫家的需要。然而他仍在空闲时候读书写字。在后来的"白石自状略"中他这样写着：

"王母曰：'……今既力能砍柴为炊，汝只管写字！

俗语云：

三日风，四日雨，

那见文章锅里煮？

明朝无米，吾孙奈何？惜汝生来时，走错了人家。’

于是将论语挂于牛角，日日负薪，以为常事。”

白石先生就是在这样的艰苦环境中坚持苦学的。不认识的字祖父用手指画在膝盖上，用火钳画在炉灰上教他认识。在十二岁时，祖父死了。父亲把全家仅有的家财变卖一空安葬了祖父。家里越发穷了，白石只得也参加了耕作，但是年幼力弱，无力扶犁；父亲叫他学了木工；从粗工转入制作精微器物，雕刻桌椅花纹。这时因为选花样，得到了一本“芥子园画谱”。这是他第一次发现这样可爱的画本，在每天夜晚做完工回家时，“以松油柴火为灯，习画，凡十余年。”

这说明了他的不同于一般画家的学画过程，他是先学得雕花木匠的技巧，然后才学作画的。这也说明了他后来如何又成为雕刻印章的名家。就雕花木工来说，他“矜炫雕镂，无不刻画如神”。他小名阿芝，“芝木匠”是当时乡下无人不知的可亲的人物。

二十岁以后，白石的画名渐为人知；因之得从两位民间画师萧芗陔、文少可学习画像，兼做了画工。他学会了“传神”和“写照”的写生方法，当地的士绅人家经常请他为祖先画衣冠像。他画像工细的程度能在纱衣里面透视袍褂上的团龙花纹，被人称为绝技。在二十七岁时他才得到一位不收学费的老师教他读书。因为他仅在八岁时读过半年书，识字太少，只好用同音通假的方法，暗中自注生字的音写在书页背面，温书时偷看。从学唐诗开始，经过多年的苦学，白石先生又成为后来著名的诗人。尤其他的题画诗，紧紧结合他劳动生活的素材，流露着深挚的人情味。

白石先生对于刻印也曾进行十年的苦练，如他自己记的：“余学刊印，刊后复磨，磨后又刊。客室成泥，欲就干，移于东复移于西，移于八方，通室必成池底。”

学刻印时他摹拟古人丁龙泓，黄小松，赵为叔等的成法，但到了晚年便“轶乎规矩之外”，创造了他独有的风格。

同样的，他的绘画，四十岁以后从绝端的工细改变了作风，走上了“写意”的道路。“写意”的画派在中国是有传统的，但是白石的“写意”画绝没有过去文人雅士的笔墨游戏的作风，而是现实生活精微的提炼。

画幅的内容亦常常流露着生活的辛酸感情和深邃的讽刺。譬如在他中年以后，战乱频仍的悠长的年代，他有时为谋生活，有时为避兵乱，游荡了半个中国；随时都怀念着自己的星斗塘老屋和家人。这样有一幅题为“扶梦还家”的画，充溢着梦也思家的乡愁：远山、石壁、老树、篱笆和两间欹斜的瓦房，一个红衣的孩子跑出房门，伸手迎着对面策杖而来的老人。并且题了这样的诗：

老屋风来壁有声，
删除草木省疑兵；
梦中大胆还家去，
且喜儿童出户迎。

另外的一幅画的小鱼、中鱼和老鱼在激流之中表现了三种不同的姿态。他这样设计着：小鱼们勇敢地在激流中逆流而上，中鱼则在中流徘徊不进，而老鱼便索性掉过头来不进而退了。这应当是老人对人生的体会和讽刺，也就是从他的生活的角度里所概括的过去的社会现象。

老人在七十六岁时生了他最小的孩子耋根。有一幅画老人送孩子上学，孩子哭了，老人题了这样的诗：

处处有孩儿，
朝朝正要时；
此翁真不是，
独送汝从师。
识字未为非，
娘边去复归；
莫教两行泪，
滴破汝红衣。

从穿着古人服装的老人和孩子的形象中，从两首题画诗中，老人的深厚的亲子之爱跃然纸上。

另外一张山水画，远处有云、山、夕阳，近处是堤岸、小桥，桥边一棵从根处便倾斜过去、然后才向上长上去的一棵枯柳。老人从一家字画店买回这张他二十年前的画，他端详很久，说：“这是一张好画。最好是这棵树，这一段斜的树枝，牧童放牛的时候可以坐下歇一歇，老牛走过时可以停下来擦痒。”

这应该就是老人幼年的生活，他的画是随时都和生活紧紧结合的，而他的话又充满多少对生活的热爱！他想得这么好：这么可爱的倾斜的柳树，这么可爱的活在老人心头的牧童和老黄牛。

从学画开始，白石就在家养了很多草虫，像纺织娘、蚱蜢、蝗虫之类，还有其他生物。他经常注视着这些小生物的生命的活动，掌握了小生物的精神和外形。早期的工笔改变到晚期的写意，在形神两方面达到了更加提炼精微的地步。

譬如他画樱桃，那样鲜红晶滢，玲珑浮凸，好像可以掐得出水来。他画鱼虾，透明的鱼虾就好像活在水里一样。他画的青蛙，一笔下去就使人感到青蛙腿部肌肉的跳跃。他独创的红花墨叶的两色花卉充溢着青春的秾艳。不着色的浓淡几笔的墨笔画，虽只用单一的黑色却更是奇丽而多彩。人们特别喜爱他画的鸡雏，纷呈着多少不同的姿态，幼稚的，然而又是精神饱满的富有性格的小生物。

老人的现实主义的，紧密地和生活连接着的绘画，为中国人民深深喜爱。这都是由于他的苦学，他对事物的精密细致的观察，他的结实的功力加上他的天才，才达到了脱尽前人窠臼，而致于笔到神到，无所不能的化境。他这样说：“用我家笔墨，写我家山水。”又说：“作画要在似与不似之间，太似为媚世，不似为欺世。”明确地说明了他对于作画的体会和气概。

描述他的画是多余的，他的画本身才是最好的说明，但是听：他对自己作品的评定吧。他说：自己最好的是诗，其次是刻印，再次是写字，最后才轮到作画。他说这样的话时是笑着的，因为人们一般只说他是画家。

在这九十四年悠长的岁月里，白石先生的作画生涯已经延续了八十年。这在世界艺术史上也应该属于奇迹。然而更应该属于奇迹的是在这八十年来他只有两次间断十日未能作画：一次是六十三岁时生了一场大病，“人事不知者七日夜”；第二次是六十四岁时母亲在故乡死去。这样的“锲而不舍”的勤劳作风已为新中国年青一辈的艺术工作者树立了光辉的典范，使年青人想到这里便觉得惭愧而奋发兴起。

白石先生一生刻苦作画，他的操守和他的艺术更有着一样高的格调。

四十一岁时，有人要为他“捐一县丞”，他笑谢而离去。八十二岁时，他久居沦陷的北京，敌人和伪政府官员不断来求他作画，他在大门上贴了一张告白：

“中外官长要买白石之画者，用代表人可矣，不必亲驾到门。从来官不入民家。官入民家，主人不利。谨此告知，恕不接见。”

他“重到陶然亭望西山”，作了这样的词，流露了对祖国复兴的渴念：

城郭未非鹤语，
菰蒲无际烟浮；
西山犹在不须愁，
自有太平时候。

两年以后，伪北京艺术专科学校为了讨他的欢心，派人送了几吨煤给他。那时北京严寒，但是人民买不到煤烧。老人宁愿挨冻，把煤退回去了，并且附了一封信：

“顷接艺术专科学校通知条，言配给门头沟煤事。白石非贵校之教职员，贵校之通知误矣。先生可查明作罢论为是。”

这时他画了一幅螃蟹，题着诗：处处草泥乡，行到何方好？往岁见君多，今年见君少。

他把敌人比作横行一世的螃蟹，老人虽然足不出门，已知敌人已到日暮途穷之时了。

在乱世中，老人表现了坚定、清白、勇敢、不屈的气节。他盼念太平时候的来到，诅咒敌人的灭亡。应该说，这一切都不是空想，在九十岁的前一年他终于看到北京的解放，整个中国大陆的解放，看到了中华人民共和国的成立。在北京解放的头几个月中，老人和毛主席见了面；殷切关注他的生活起居，为他修整了已经濒于破败的房屋。

老人真正回到他的祖国来了。他热忱拥护人民政府。他为了保卫世界和平的事业献出了力量。三年来他把像征和平的鸽子作了主要的画材。在亚洲和太平洋和平会议席上，他的纵横丈余的大画“和平万世”笔墨淋漓，气韵雄劲，受到每个观众的叹赏。

一九五三年的一月七日是白石先生九十三岁的生辰。这一天白石先生接受了中央人民政府文化部授给他的荣誉奖状，称他为“中国人民杰出的艺术家，在中国美术创造上有卓越的贡献”。这是人民给他的崇高的荣誉，群众再三向他鼓掌，欢呼。老人笑了，是发自衷心的喜悦；天真，幸福，笑得像一个孩子一样。

老人早已是白须白发。但是近两年来，谁也看见他脑后的头发渐渐转成了黑色。老人的青春是长驻的，并且又奇迹般地长出更新的生命的力量。

(1954.04.24，03 版)

海边诗抄

艾青

礁石

一个浪，一个浪
无休止地扑过来
每一个浪都在它脚下
被打成碎沫、散开……

它的脸上和身上
像刀砍过的一样
但他依然站在那里
含着微笑，看着海洋……

1954年7月25日

珠贝

在碧绿的海水里
吸取太阳的精华
你是虹彩的化身

璀璨如一片朝霞

凝思花露的形状
喜爱水晶的素质
观念在心里孕育
结成了粒粒真珠

1954 年 7 月 25 日

海带

寄生在大海
随水流摇摆
怨海潮把它卷带
抛撇在沙滩上
从此和水属分开
任风吹，太阳晒
心里焦渴地期待
能像往日一样
在水里自由自在
但命运不给
较好的安排
就这样一天天
枯干、碎断
慢慢变成尘埃……

1954 年 7 月 25 日 智利海边

（1956.12.22，03 版）

春节忆父亲

严文井

还有几天就是春节了。想到我童年时期的春节，眼前忽然浮起了父亲愁苦的面容。

在我的印象里，父亲对于过年不大热心，而且在那一阵，像是显得有些什么不高兴。有几次他还因为母亲办多了年货，跟她争吵起来。当时我们虽然不敢做声，可是心里是同情母亲的。我们实在不懂为什么那可口的鱼肉、七巧果盒里的甜食、美丽的大红蜡烛，和一包包的鞭炮会引起父亲的烦躁。

不过，偶尔也有例外的情形。我记得有一两年的春节，父亲兴致很高。在除夕前好几天，他就买纸自己动手扎花灯。他能扎飞机灯和轮船灯。这样的灯街上没有卖的。除夕晚上，他让我们提着灯跟他上街。他很得意地观察街上的人怎样欣赏他的手工。这样转一趟回家，他禁不住还要和母亲说说笑笑，和孩子们打打闹闹。就是可惜这样的春节不多。

父亲好多年来就是中学英文教员。据说他在清末曾经是一个激进的新式人物，还一度参加过辛亥革命。他反对旧式婚姻，不信宗教。我很小的时候，就常听他说人是猴子变的，耶稣不能死而复生这一类的话。可是在吃年饭的时候，他又讲起忌讳来了。如果这个时候孩子们偶尔说了“死”和“病”这类不吉利的字眼，那一定会引起他的不高兴。

你说他这方面有些迷信保守吗，可是他又不怎么尊重那些旧的风俗习惯。他从来不守岁，也不准孩子们守岁。这也使得我们扫兴。我们非常羡慕别家的孩子，他们通夜不睡，又吃又玩，该是多么快乐啊！

大概是我十二岁的那年吧，除夕晚上，父亲还是和平常一样在十点多钟的时候睡觉了。我和两个大一点的弟弟商议好，大家悄悄守岁，说什么也不睡。这件事做起来真不容易。我们只不过坚持了两个多钟头，就感觉没有味道了。零食早已吃光了，鞭炮早已放完了，蜡烛也灭了，后来，火盆里木炭也烧尽了。我们手脚都冻得痛起来了，只好上楼，和衣坐在自己被子里。后来还是母亲给了我们台阶下。她听见我们唧唧咕咕说话的声音，就起来给我们每人吃了一碗红枣汤，哄我们睡下了。

我到十五六岁的时候，才开始懂得了父亲的一些心情。他一生道路上充满了坎坷，心里很少真正快活过。每过一次年，他确实就像过一个大难关。这时候前面摆着的差不多是同样的问题，如何找到职业，来对付可能的失业，如何借钱和偿还旧债。对于这样的生活，他越来越想反抗。他经常在家里大骂国民党和蒋介石。但是他没有找到进行反抗的积极有效办法。

1933 年春节时，发生了下面这样一件事情。

这一时期，父亲和学校当局的关系很坏，眼看不久又有受排挤失业的危险。旧年又来了，家里剩的钱很少，他心情很沉重，不知道怎样才能度过这个年关。

除夕那天，他忽然有了主意，想出了一副对联，五个字一句：

莫忘新国耻，

不过旧历年。

这对联还显得不完整，他继续推敲了一阵，又改成七个字一句：

大家莫忘新国耻，

小宅不度旧历年。

他特别满意“大家”对上了“小宅”，兴奋起来，马上出去买了红纸，托一个字好的朋友把对联写好，回家就贴到两扇大门上。他很高兴自己发明了这个可以安然度过年关的办法。

初一早上，他还怕有人来拜年，就带着我们几个大一点的孩子出去看电影。在外面，他的情绪始终很好。但是我们回家的时候，忽然发现那副对联已经被扯掉了，门扇上只留下几片红纸角。父亲非常惊讶，就问母亲是怎么回事。原来当父亲贴那对联的时候，母亲担心那样做法会得罪人，就提出反对过。孩子们虽然不懂这许多，可是也反对贴对联。因为不管得不得罪人，反正不能不过年呀。当时父亲没有理这些意见。第二天早上，我们出去以后，我的四弟忽然灵机一动，就自告奋勇去揭掉了对联。这一来几乎使得父亲的计划落空，因为对联揭掉后，就又有人来家拜年了。听到这情况，父亲马上暴跳如雷，抓起鸡毛掸子就满屋追着四弟打。这一场风波足足闹了半个多钟头。打过了四弟，父亲气还不能平。他立刻又找来一张白纸，不做什么对联，也不管自己字的好坏，提笔就写了一段话。大意是：我不过年，不想给人家拜年，也不愿意人家给我拜年。希望来拜年的人不必进屋自讨没趣。这张纸条张贴出去以后，就没有一个人来拜年了。父亲也一连几天皱着眉头，待在家里不出去。这个春节就这样在一种难堪的气氛里悄悄度过。不久，父亲被学校解聘了。

两年以后，我离开了家，越走越远，从此再也没有和父亲在一起度过一次春节。在这个世界经历着巨大变化的时候，时光运行显得是多么快啊。现在，又一个春节要来到的时候，父亲去世已经五年多了。

父亲啊！为什么你的面容总是显得这样烦恼、恐惧和愁苦呢？难道这些就代表你的性格么？难道你就不喜欢欢笑么？不，不是这样的。父亲啊！我知道你是多么盼望幸福的和平的生活，你是多么喜爱节日里的欢乐气氛啊！那么，你就笑一笑吧，笑一笑吧，就好像现在你能和我们在一起过一个快乐的春节一样！

（1958.02.17，03 版）

十万英雄人民的功绩

——我为什么写“十三陵水库畅想曲”

田汉

伟大的十三陵水库工程象征了中国人民无比的社会主义干劲，不止是全中国人民由它的提前完成得到鼓舞，也鼓舞了许多兄弟国家和全世界的进步人民。因而6月11日那天在莫斯科，在巴黎各地都有人为它举行庆祝，十三陵水库工程就是这样具有全民的和国际的重要意义。

这一伟大工程的顺利进行也创造了许多新的经验，本来要至少二年以上的准备才能动工的，由于采取了边勘测、边计划、边施工的革命方法，使它能在四个月内完成任务，这不要说有些不怀好意的外国观察家做了悲观的“看风凉”的估计，就在我们国内也不缺乏对这工程的“观潮派”，“与时间赛跑，跟洪水争先”，真能做到吗？不是瞎说吗？

事实证明真正“瞎说”的是那些眼光短浅、不相信人民群众伟大力量的人们。觉悟了、站起来了、组织起来了的人民，只要他们下定了决心，鼓足了干劲，就没有能阻挡他们的困难，没有办不成的事！这还需要再多的说明吗？你到十三陵水库去看看吧。

在十三陵工地参观之后就想至少写一首诗，或写一个独幕剧来纪录这个工程，来描写一下这个伟大的交响乐。由于忙，没有动手。青艺的吴雪同志金山同志来找我，要我写一个多幕话剧，金山说要恢复以前在上海搞救亡戏剧的战斗作风，我写一页，他排一页。我也不假思索地答应下来了，他们就派熊伟同志到我家每天坐索。我每天还是要参加会，要应付一些临时的或答应过的急要，能不能完成任务起先是没有把握的，但因水库工地十万英雄的干劲鼓舞了我，也不过三五个不眠或少眠的晚上还是把最后一场写完了。我很爱“话剧加唱”的形式，这里面插了好几支歌，首先是瞿希贤同志陈紫同志应托谱成了水库颂歌和打夯歌，接着张定和同志和姚牧同志从报纸登的我的歌词谱成投寄，一方面青艺的导演，演员，美术家们，随剧本的每一新页摸索着创造人物形象。总之一切都恢复了突击传统，也打破了保守成规。

这也是一个边勘测、边设计、边施工的创作方法。倘使这个戏还有什么看头，那将主要是导演、演员、美术家们的功绩。我是响应党及时反映当前政治斗争，生产斗争的号召的，但也不敢孤立的求快。我希望做到边演边改，把这剧本改得真足以纪念十万英雄人民的功绩。

“畅想曲”这剧名是青艺的朋友想出来的，比较生一些，但一时也想不出更好的，就“自我作古”吧。

6月23日夜

(1958.07.06,03 版)

哀念郑振铎同志

俞平伯

郑振铎同志的死，为中国和国际文化界人士所同声惋叹，原不仅仅他的朋友们；但在他熟朋友中间，更觉得这是无可弥补的损失。

他死得这样突然，我听到这坏消息，只觉心头受了重重的一击。说悲、恐、惊，都还不太恰当。

一般说来，总该是震惊沉痛罢。人生是这样的有缺陷。你有了惊恐悲哀，若不借语言文字表现出来，就好像心里短少点什么，又好像少做了一件对得起人的事情；但是如把它表现出来，那么，你的真情有时就会被这表情达意的工具所限制住了。不能期望读者都来了解言外之意。我虽写这一篇小文，不得不为之踌躇。

当然，人生另有比这大得多的缺陷，古语所谓“彩云易散琉璃脆”。像振铎这样兴高采烈，活泼前进，对一切人和事都严肃认真，却又胸无芥蒂的大孩子，谁想得到他会有这样不幸的遭遇。比之乐曲，在旋律上是极端不调和的。如深思力索下去，真会叫你发痴。他比我整大了一岁，看起来却至少比我年轻两三岁；换句话说，他虽整整活了六十岁，只差两个月，实在还是个青年哩。光风霁月的神情，海阔天空的襟怀，将永远活在凡认识他的，无论新知旧友的记忆里。人却一去不复返了！

以振铎的生平，难道没有可叙述的？我们正不必替他夸张，他在中国文艺界和文化界总有过不小的贡献，留待将来的论定。我深深感觉着，最难得的是他的天真。所谓“阅世渐深，天真愈减，虽不必是一个公式，至少，一个人大概不免这样。振铎亦花甲年华了，却老是这样的天真。他心里的青春和他面貌上的青春，一般的可爱。他也有不少的缺点。其中有些，果然是真的。其另一些，一半由于天真所造成的，但在人世里，不能不说它是缺点罢了。举个例子来说，如他有点轻易许人，又似嫉恶过严，好像轻率，又好像感情用事，意气用事。随你怎样说他都行。但不可埋没的，是他爱人的真心。惟其爱人深切，所以容易为他们欢欣，也容易为他们生气了。这在朋友中间，比较容易理解的。

对我来说，他比我先进，也是我的畏友之一。在“二十年代”中，为了爱国运动，我们之间曾有过一阵争辩。当然，那时候大家都是孩子气，他却比我早认透了帝国主义凶恶的面貌，而革命的第一步就是“反帝”。他接触人民革命的实践也比我早，也比我积极。1952 年以后，在文学研究所，他应当是我的领导人，大家还和从前一样，老朋友般的相处着。他过于信任我了，有时我不免辜负他的期待，至今歉然。我有好处，他不放过赞美我的机会，我有缺点，他也不客气地对我说。如他常说：“平伯，你不能这样子。”记得今年春天，在他的黄化门寓所茗话，虽只短短的一会对我却是永远不能，也是不该忘记的。

人人都一往而不返。但他的一往不返，显得这样兀突，使后死者殊难为怀。我只写了一副短短的挽联：

“两杯清茗，列坐并长筵，会后分襟成永别。

一角小园，同车曾暂赏，风前挥涕望重云。”

几十年的交谊，实非短短的俪偶文字所能包括的；所以这里只叙说他和我最后两面的情形：第一次在十月八日，第二次在十三日，到十七日他就死了。

话说得很平常，却需要一点注释。上联是：文学所开会，大都拼着许多长条案，上面铺着白布。所里只供给白开水。振铎喜欢吃茶，常带着一小匣茶叶。他喜欢和老朋友们坐在一起，往往把他携来的叶子放一点点在我们的茶杯里。十三日我到所中，时间比平日略早些。振铎也就来了，遂在他的办公室小坐。他沏了两杯茶，开会的时刻也就到了，茶还没有喝什么，觉得很可惜。我们便各人携了一只茶杯、一个茶碟，上楼去开会，仍旧并坐在一排。我因那日下午还有教课，先走了一步。会尚未散，也没有能够向他握别。谁知这是最后的一面！只有天知道。

下联是：比这次稍早一点的上星期三，也一样的开会，一样的并坐吃茶，却有伯祥。会散后一同搭乘铎兄的车回城。他要顺途到他的宝禅寺街的新居看看，我们也跟了去。这是所老房子；相当大，池廊亭榭都有，却暗淡了。里边正搬进了许许多多的书籍。有的地方，书架排得这样挤，人要扁着身子才能勉强通过。有一位同志，在那边招呼。厅很宽敞，前面伸出一大方块暗廊檐，大约叫抱厦罢。振铎还说，这里可以借你们昆曲社做曲会。又说，不久他们就要搬家，等他从国外回来，就到新房子里来了。这大屋，他大概一天也没有住过的，我想。

挽联做得不好，哀感却是真实的。但感情虽然真实，能够借这个表现出来么？恐怕不能。下联结句，以碧落代黄泉。要从漫漫的太空里去找长逝的故人，明知这是痴想，有时却由不得自己这样抬头一望。

再说追怀故人，与其用深悲极痛那样的套话，还不如说淡淡的悲哀呵。这样的悲哀，它倒的确不妨碍我们的日常生活和工作。但虽说是淡呵，却会悄悄地，暗暗地，偷偷摸摸地向你袭来，使你有时惘惘然，若有所失，有时木木然发呆等等。假如警觉地仔细寻去，又好像没有什么了。

振铎爱书成癖。万卷楹书身后不知怎么样了。他生前曾说，可以捐给公社开办一个图书馆。我想不久一定会有妥善的安排的。记得古诗有云："亡书久似忆良朋"，恕我倒过来用，今后，我将时时追念这一本永远找不回来的好书。

（1958.11.16，06 版）

小相声一则

老舍

前几天华君武同志画了一张漫画，戏问侯宝林同志，为什么有些相声听了不可笑。我也当面问过宝林同志，可惜都没有时间作详细的讨论。据闻，有人以为相声是可以不招笑的。因撰小相声一则。

甲：相声总得要招笑……

乙：（抢着说）也不尽然！

甲：那么，相声得招人掉眼泪？

乙：未为不可！

甲：那，为什么不听悲剧去呢？

乙：你管不着！

甲：先生，我看你是把艺术形式全搀合在一块儿了。

乙：怎么？

甲：你看，喜剧、悲剧、大鼓书、相声……都各有不同，各有各的形式。

乙：地道形式主义！

甲：你别乱插咀行不行？一种艺术形式要求一种艺术效果。比如说：悲剧使人悲，喜剧令人喜。

乙：相声呢？

甲：你忙什么呀？我这就告诉你：相声要招笑，因为它要讽刺，幽默。

乙：也不一定！比如说，我要说一些政治思想，就不该逗哏取笑。

甲：那，你就该去作报告，或者写一篇论文，不必说相声。

乙：我偏要说相声！

甲：那，你是找错了形式。

乙：形式！形式！你干脆就是不重视政治！

甲：别乱批评人！我是说，政治性强的相声也得按照相声的形式去创作。它叫人听了可笑，笑完又会咂摸出其中的政治思想，受到潜移默化的教育。

乙：不这样不行？

甲：大概是不行，比如说你写的是悲剧，可是叫人哈哈大笑起来，这就分明是人家否定了你的悲剧形式，看不下去了，还怎么接受其中的思想教育呢？相声也是这样，它是用相声的手法进行教育，不同于政治报告。

乙：我就不信你这一套！

甲：你为什么不信呢？

乙：你看，我说过不招笑的相声！

甲：听众的反应如何，可得闻乎？

乙：效果很好！

甲：怎么个好法？

乙：那天正赶上星期日，小剧院卖满儿。我上去那么一说呀，马上全体肃静，好象都睡着了。

甲：对！你把大家都说困了嘛！

乙：说困了？不大一会儿，有好几十位都捂着鼻子，含着眼泪往外走。

甲：实在听不下去了！

乙：听不下去了？他们受了感动，想找个僻静地方思索思索去。等到我说完了，还没走的听众非常地活跃起来。

甲：都热烈地给你鼓掌！

乙：没有！

甲：都喊：再来一个！

乙：喊倒是喊来着，可不是再来一个。

甲：喊什么来着？

乙：退票！

（1959.07.15，03 版）

明代的科举情况和绅士特权

吴晗

明、清两代五六百年间的科举制度，在中国文化、学术发展的历史上作了大孽，束缚了人们的聪明才智，阻碍了科学的进展，压制了思想，使人们脱离实际，脱离生产，专读死书，专学八股，专写空话，害尽了人，也害死了人，罪状数不完，也说不完。

这些且不说，光就考试时的情况说，也是气死人的。明末艾南英《天佣子文集》有一篇文章专讲考举人时的苦处：

考试这一天，考场打了三通鼓，秀才们即使遇到大冷天，冰霜冻结，也得站在门外等候点名。督学呢，穿着红袍坐在堂上，灯烛辉煌，围着炉子取暖，好不舒服。

秀才们得解开衣裳，左手拿着笔砚，右手拿着布袜，听候府县官点名，排个儿站在甬道里，依次到督学面前。每一个秀才，有两个搜检军侍候，从头发搜到脚跟，光着肚子光着腿，要好几个时辰才能全搜完，个个冻得牙齿打战，腰以下都冻僵了，摸着也不像是自己的皮肤。要是大热天呢，督学穿着纱衣裳，在阴凉地里，喝着茶，摇着扇子，凉快得很。秀才们呢，十百一群，挤立在尘埃飞扬的太阳地上，按制度不能扇扇子，穿的又是大布厚衣。到了考场，几百人夹坐在一起，腥气、秽气，蒸着、熏着，大汗通身，衣裳都湿透了，却一滴水也不敢入口。虽然公家有人管茶水，但谁也不敢喝，喝了就有人在你卷子上打一个红记号，算是舞弊犯规，文章尽管写得好，也要扣分，降一等。

冷天也罢，热天也罢，都得吃苦头。

考的时候，东西两面站着四个瞭望军，是监场的，谁也不敢抬头四面看，有人困了站一下，打一个呵欠，和隔壁考生说话，以至歪着坐，又是一个红记号打上了，算犯规，文章尽管好，也扣分，降一等。弄得人人腰脊酸痛，连大小便也不得自由，得忍着些。

连动手动脚，抬头伸腰的自由也被剥夺了，苦哉！

考试坐位呢，是衙门里的工吏包办的，他们得赚一点钱，贪污了一大半经费，临时对付，做得很窄小，两个手膀也张不开；又偷工减料，薄而脆，外加裂缝，坐下重一点，就怕塌下。加上同号的总有十几个人，坐位是用竹子联着的，谁的手脚稍动一下，联号的座便都动摇了，成天没个停，写的字也就歪歪扭扭了。

这篇文章写得实在好，道尽了考生的苦处，也道尽了封建统治者不把学生当人的恶毒待遇。文章里用督学的拥炉、挥扇相对衬，更把考生的苦况突出了。清朝继承了明朝这一套，《儿女英雄传》写安骥殿试时，自己背桌子考篮的情况，可以参看。

这样苦，为什么人们还是抢着考，唯恐吃不到这苦头呢？是为了作官，顾公燮《消夏闲记摘抄》记明朝人中举人的情况：

明朝末年的绅士，非常之威风。凡是中了举人，报信的人都拿着短棍，从大门打起，把厅堂窗户都打烂了，叫作“改换门庭”。工匠跟在后面，立时修整一新，从此永为主顾。

接着，同姓的地主来和您通谱，算作一家，招女婿的也来了，有人来拜你作老师，自称门生。只要一张嘴，银子上千两的送，以后有事，这些人便有依靠了。

出门呢，坐着大轿，前面有人拿着扇啦，掌着盖啦，诸如此类。连秀才出门，也有门斗张着油伞引路。

有婚丧事的时候，绅士和老百姓是不能坐在一起的，要另搞一个房子叫大宾堂，有功名的人单坐在一起。

清人吴敬梓所作《儒林外史》，穷秀才范进中举一段绝妙文字，正是顾公燮这一段记载的绝妙注脚。

到中了进士，就更加威风了。上任作官，车啦，马啦，跟班啦，衣服用具啦，饮食用费啦，都自然会有人支应。上了任，债主也跟着来，按期还债。（陶奭龄《小柴桑喃喃录》上，周顺昌《烬余集》二“与吴公如书”二）

即使中不了进士，光是秀才、举人，也就享有许多特权了。其一是免役，只要进了学，成为秀才，法律规定可免户内二丁差役。明朝里役负担是很重的，要是有二十亩田地的中农，假如家里不出一个秀才，一轮到里役，便得破家荡产，（《温宝忠遗稿》“五士民说”）以此，一个县里秀才举人愈多，百姓便越穷，因为他们得把绅士的负担分担下来。（顾炎武《亭林文集》“生员论”）第二是可以有奴婢使唤，明制，平民百姓是不许存养奴婢的，大明律规定：“庶民之家，存养奴婢者，杖一百，即放从良”。第三是法律的优待，明初规定一般进士、举人、贡生犯了死罪，可以特赦三次，以后虽然没有执行，但是，还是受到优待，秀才犯了法，地方官在通知学校把他开除之前，是不能用刑的。如犯的不是重罪，便只通知学校当局，加以处分了事。第四是免粮，家道寒苦，无力完粮的，可由地方官奏销豁免。因之，不但秀才自己免了役，免了赋，甚至包揽隐庇，借此发财。廪生照规定由国家每年给膏火银一百二十两，不安分的便揽地主钱粮在自己名下，请求豁免，“坐一百，走三百”，不动腿呢，每年一百二十两，多跑跑县衙门呢，一年三百两，是当时的民间口语。第五便是礼貌待遇了。顾公燮所记的大宾堂是有法律根据的，公元1379年8月明太祖颁布法令，规定绅士只能和宗族讲尊卑的礼法，至于宴会，要另设席位，不许坐于无官者之下。和异姓无官者相见，不必答礼。庶民见绅士要用见官礼谒见。违反的按法律制裁。

有了这样多特权，吃点苦头又算什么呢？

明清两代的知识分子，在通过考试之前，封建统治者把他们不当人看待，加以种种虐待。但是，在成为秀才、举人、进士之后，便成为统治集团的一员了，和庶民不同了，他们分享了统治阶级的特权，成为特权阶级了。最近有人讲明朝后期情况，把秀才也算在市民里面，把他们下降为庶民，在我看来，是不符合客观存在的历史事实的。

（1959.08.26，03版）

叠砖歌

巴人

叠一块砖，再叠一块砖，
看祖国的大厦呵，
要直建上云端！
叠一块砖，再叠一块砖。
我不是个诗人，
我不是个歌手；
我是个平凡的泥瓦匠，
让劳动代替我的歌喉。
看祖国的大厦呵，
正高耸在云端；
那屋顶上的五星红旗，
迎骄阳，直飘拂的欢。
叠一块砖，再叠一块砖，
我们都是平凡的泥瓦匠；
欢呼那屋顶上的五星红旗，
正卷住个光芒四射的太阳。
别说十年的时间是短的，
我们已赶上了历史二百年；

听天风浩浩歌唱，
有红龙在云间盘旋。
让劳动代替我们的歌喉，
祖国的大厦呵遍缀星斗；
五星红旗唤醒了人间的奴隶，
不落的太阳把全世界黑暗驱走。
叠一块砖，再叠一块砖，
劳动是幸福的源泉；
祖国呵，要建座人类的乐园！
叠一块砖，再叠一块砖……

（1959.09.05，04版）

访保加利亚诗抄

闻捷

到多瑙河去

汽车在盘山路上飞奔，
迎着翻卷的白云、呼哨的风，
穿过赤桦、白杨、青松的林子，
越过重叠的巴尔干山峰。
眼前是起伏的丘陵地带，
这儿一座小村，那儿又一座小村，
果子树环抱红瓦、白墙的小楼，
木栅上爬满结荚的萝藤。
远处的小河青光闪闪，
两岸有红花、绿草、漫游的羊群，
那儿走着牧羊姑娘和刈草青年，
扬起清流飞湍似的歌声。
路边的土地散发着芳香，
向日葵托起金盘，玉蜀黍摆动红缨，
那些收割小麦的康拜因能手，
面带太阳般灿烂的笑容。

成熟的季节，繁荣的农村，
沿途尽是丰收景象和欢腾的人群，
高压线的铁塔伴送我一同前进，
直到蓝色的多瑙河滨。

1959.08.07，写于多瑙河畔

斯大林水库

青光闪闪的斯大林水库，
微波上飘着一层淡淡的雾，
四周屏立着起伏的山峦，
山上覆盖苍郁的松树。
白色帐篷散布在水边，
林子里点缀着彩色的木屋，
这儿为来自四乡八镇的游人，
准备下清净舒适的住处。
蓝天上白鹤鼓翼飞翔，
鱼群在浅水里相互嬉游追逐，
林木深处有黄雀纵情歌唱，
蝴蝶在花圃上翩翩起舞。
水面浮过欢乐的人群，
沙滩上飘来的歌声随波起伏，
几艘带着三角形白帆的快艇，
溅起了喷泉似的水珠。
人们曾在这儿辛勤劳动，
有权利享受这无尽的幸福，
旭日也在水上投下通红的光辉，
为人们铺下一条光明的路。

1959.08.28，索非亚

（1959.09.09，03版）

除夕童话

杨朔

除夕，满天飞着霜，大街小巷响着零零碎碎的爆竹声。屋里挂起红纱灯，烧起透旺的炉火。孩子们围着我，叫我讲古今。猫啊狗的讲了又讲，孩子们还是不满足。再讲点什么呢？

好吧，就讲点刘胡兰的事情给你们听。怎么？都听过了？不对，我要讲的，你们没听过。你们总以为刘胡兰已经不在人世，其实她还活着。不久以前，我在挺远挺远的阿尔巴尼亚，还见过她。

你们知道阿尔巴尼亚在那里么？说的对，孩子，是在巴尔干半岛上。这是个风景特别出色的山国，到处都是橄榄林，一年四季绿葱葱的，真像神仙世界一样。说起它的人民往年的历史，可半点都不像神仙。多少世纪以来，他们受着别的民族的蹂躏，那种种灾难啊，比起你们的头发，还难数清。可是，即使敌人把阿尔卑斯山压到他们身上，他们的腰也不会弯。阿尔巴尼亚的每一条河，每一座山，都是这个民族所创造的英雄史诗的见证。

最好的见证要算北部斯库台城的罗柴堡古堡。这座古堡修在一座山头上，形势极其险要。究竟是那年修的，不清楚，反正至少也有两三千年了。古时候阿尔巴尼亚人依据这座城堡，反抗罗马，反抗土耳其的侵略，谁知道进行过多少次惊天动地的血战。我曾经在一个阴雨的冬天，爬到山上，走进古堡里去。城墙、城门、堡子里的地牢、议事厅等等建筑，都是石头垒的，好多处颓塌了，满眼都是乱石头，显得又森严，又荒凉。我觉得，每块石头都在向我悄悄诉说着当年的旧事。石头还会说话么？会的。不信你瞧，这里有个洞，又深又黑，不知是做什么用的。我蹲在洞口往里望，下边还有石头凳。石头凳明明白白在对我说：“这不是寻常的洞，这其实是条暗道，古时候城堡一旦被人包围，就靠这条暗道跟外边通消息。”洞的出口在那儿呢？一个戴白毡帽的放羊孩子指点给我看，原来在山下一条大河的对岸。这里又有一眼枯井，井上的石头上磨出一道深沟。这块井口的石头又分明在告诉我说：“你看，千百年来，守堡子的人天天从井里取水，生生把我身上磨出一道绳子印。”

怎么，孩子，急啦？你们紧等着听到刘胡兰的事情，我倒扯的离题这样远，急也难怪。不过讲古今好像栽树，先得有根，才能有梢。所以你们得耐着性子，从根听起。再说古堡，那里远近流传着一个动人的故事。

当年刚修城堡时，山势太险，修一半，倒了；又修一半，又倒了，高低也修不起来。有人说，必须埋一个妇女进去，才能修起。当时有三兄弟，每天他们的妻子轮流来送饭。三兄弟便约定，明天谁的妻子来，便把谁的妻子埋进去，可是谁也不许事前透露消息。当天夜晚回家，老大心眼儿不正，告诉了妻子；老二的心也是歪的，也告诉了；只有老三忠厚诚实，什么都没说。到第二天，大嫂头痛，不能去送饭；二嫂脚痛，也不能去。三嫂又年轻，又美丽，又善良，自己情愿去。她有一个最心爱的孩子，先给孩子喂饱了奶，哄着睡了，才背着饭篮子来到城堡跟前。一到，大家便要活埋她。年轻的母亲哭了。她懂得，只有修起城堡，才能抵挡住那些侵犯她的国土的强盗。为着祖国，她甘愿献出自己的生命。但她有热切的心愿，希望能让她继续哺育自己的孩子。于是她自动躺到城基上去，让城墙在她身上砌起来，外边只留着她的一只眼，一条手臂，一个奶房，还说继续喂孩子奶吃。直到今天，不管天多么晴朗，城墙也滴水。据说，这就是那位善良而勇敢的母亲的奶水。几千年来，她的奶水一直哺育着这个民族的子女，使他们忠于祖国。

尼克·恩德勒柯便是这奶水抚养大的孩子之一。

罗柴垡古堡的正北是一片大湖，湖的南半部归阿尔巴尼亚管，北半部却是南斯拉夫的。小尼克的家就在湖边上。他只有十二岁，长的聪俊，在小学四年级念书，每天下学后，便到野地去放羊。这件事发生在1949年。有一天过午，天阴沉沉的，小尼克让棉花团也似的羊群在湖边吃草，自己坐在草地上温习功课。有三个人朝着他走来，穿的都很整齐，好像是当地政府的工作人员。小尼克连忙站起身，行了个少先队的举手礼。

当头的一个人约摸三十多岁，满脸是笑，露出一排雪白的牙齿，抚摩着小尼克的头，问他叫什么名字。小尼克说了。那人欢喜的说："巧啊，我的儿子也叫尼克，怪不得一见你，我心里就爱。"说着坐下，一边抽烟，一边跟孩子亲亲热热地说笑着。他问小尼克家里都有什么人，问村里的情况，问劳动党都做些什么活动，还问边防军的驻地、人数、武器一类问题。

小尼克的心里镗地一声，敲了警钟。这究竟是几个什么人呢？问这么多怪问题。要说是政府的工作人员吧，怎么对样样事都很生疏？说不定是外来的奸细呢！

小尼克心里正寻思着，那个白牙齿的人站起来，拍着后身的尘土说："好啦，天不早了，我们也该走啦。我们想到斯库台市外一个村庄去，路不熟，你带我们去吧。"

小尼克支吾着说："我怕回来晚了，赶不上吃晚饭……"

那人满脸堆着笑说："怕什么？赶不上吃晚饭，就在路上买点吃的，有羊肉，又有酒，比在家里吃的强的多。"便从腰里掏出几十元"里克"，塞进小尼克手里，接着又说："只要你肯替我们政府多做点事，将来还会多给你钱。"小尼克把钱递回去，转了转眼珠说："我不要。替我们政府做事是应该的，我不拿你们的钱。不过你看，这一大群羊怎么闹？得让我先把羊赶回村去，回头再来给你们领路。"

也只好这样。小尼克嘱咐那三个人耐心等着，吆呼着羊群回到村里去，不上半小时，果然又回来，大家立刻便上路。小尼克到底是个孩子，贪玩，路上看见只蜻蜓，也要想法捉住，用线拴上，又放它飞着，一路牵着走。那三个人心里焦急，催他快点赶路，也催不动。

那白牙齿的人笑着问道："你喜欢打猎不？"

小尼克说："怎么不喜欢，我们这一带水地多，有的是野猪、野鸭子，我就是没有猎枪。"

那人说："要猎枪还用犯愁。你快点走，赶明儿我送你一枝，就可以打野鸭子了。"

小尼克说："要有猎枪，我才不稀罕打野鸭子呢。"

那人问道："你打什么呢？"

小尼克做了个端枪的姿势，闭着一只眼，瞄准那人的面门说："专打野猪。"

那人笑起来说："瞧你多调皮。"

这时他们爬上一座山，正顺着一条羊肠小道走，一面是山涧，一面是长满艻树的山岭。天空的阴云裂开点缝，露出落山的太阳。那白牙齿的人不觉一愣，站住脚问道："你是不是带错路了？到斯库台去该往南走，怎么倒往东走？"

小尼克头也不回说："你跟着走吧，横竖不会错。"

那人大声吆喝说："站住！方向明明不对，还说不会错。你这是往那儿带我们？"

小尼克回过身说："带你们到应该去的地方。"

那人气的叫道："放屁，还不给我快往回走！"

小尼克冷冷地笑着，动都不动。那人显出一脸凶相，上来一把抓住孩子的前胸，骂道："你再不动，打死你这个小孽种！"

小尼克挣扎得满脸通红直着嗓子叫："撒手！……你撒什么野？边防军叔叔，快打野猪啊！"

山岭上响了枪，艻树林里闪出边防军的身影。那奸细唰地变了脸，咬牙切齿骂道："小魔鬼，我送你到地狱去！"一下子把尼克推到山涧下去，扭头想跑，早叫山上冲下来的战士前后堵住，于是三个奸细一齐落网。原来小尼克趁着到村里送羊的当儿，早叫人给边防军送了信，事先在这一带设下埋伏。

几个边防军急忙绕到山涧下去，一看，勇敢的小尼克满脸是血，紧紧闭着机灵的大眼，再也不睁开了。他还十分年幼，但他正像那位传说里的年轻母亲一样，为着祖国，毫不吝惜地献出自己年幼的生命。他死了，他的精神却深入到每个阿尔巴尼亚孩子的心灵里去。有的少年宫用尼克·恩德勒柯的名字命名，有的小学校改叫这个名字，更有无数孩子们都拿小尼克的品德来要求自己。

我在地拉那的米吉安尼小学就见过一群这样的孩子，也正是在那里，我看见了刘胡兰。

11 月，阿尔巴尼亚落着冷雨。有一天傍晚，我冒着小雨来到米吉安尼小学，特意去会一群孩子。一迈进清洁的教室，我就溶化到一百多个男女孩子的热情里了。他们最大的十三岁，最小的八岁，一个个眼睛闪亮，显得聪明而又大胆，十足表现出小尼克的精神。

这时一个叫雪莉菲的小女孩走到讲台跟前，开始朗诵自己写的诗句。她才十一岁，穿着一件雪白的紧身毛线衣，红领巾像火焰一样在她胸前飘舞着。她的眼色碧蓝，蓝得真像海水；她的嗓音又清又脆，好像一串一串小铃铛，好听得很。快听听她念的诗句吧：中国兄弟／我热爱你们的国家就像爱我自己的祖国一样／我热爱你们的党和毛泽东同志就像爱我们的劳动党和霍查同志一样／我热爱你们的英雄刘胡兰就像爱我们的尼克·恩德勒柯一样／请记着在蓝色的亚得里亚海边上／在勇敢的山鹰之国里／刘胡兰还活着／永远活着……

雪莉菲是那样激昂热烈地朗诵着诗句，她的脸上泛起一片红光，好像彩虹一般。我想起那天到罗柴堡古堡去，下山的时候，正当晚晴，天空现出水淋淋的彩虹，也许是那彩虹落到雪莉菲脸上了吧？她的精神是那样美，使你觉得她就是那位传说里的年轻母亲的化身。一听她念到有关刘胡兰的诗句，我一时倒觉得，站在我眼前的不是别人，而是刘胡兰，一个活在亚得里亚海边上的刘胡兰。

其实还不止一个。那天晚间我会见的，原来是阿尔巴尼亚的刘胡兰班。

现在我的故事讲完了。你看，孩子们，我说我在阿尔巴尼亚看见过刘胡兰，不是谎话吧？

（1960.02.10，06 版）

古战场春晓

秦牧

在 1961 年春天降临之前，我来到广州北郊的三元里高地上盘桓。看着莽莽苍苍、一片锦绣、“河水萦带，群山纠纷”的大地，不禁激起了凭吊怀古的豪情。

南国春早，真正的春天在崭新的日历刚刚掀开的时候，实际上已经来临了。这比冰天雪地的东北几乎要快上半年。这一带村落，现在都属于三元里人民公社，是出色的蔬菜产地，以水利工程和机耕驰名。在温煦的阳光之下，田野里东一片、西一片，都是菜园。芥兰开满了白花，白菜簇生着黄花，椰菜在卷心，枸杞在摇曳，鹅黄嫩绿，蝶舞蜂喧，好一派艳阳天景色，那条从三元里村旁掠过的公路，繁荣热闹极了，小叶桉树夹道笔立，婆娑摆舞，远看象煞江南暮春的杨柳。一队队汽车奔驰过去了，一辆辆兽力车呀呀地拉过去了，还有络绎不绝的肩挑手提的行人，都各各在公路上卷起了尘土。好一番和平劳动、熙熙穆穆的气象！这一带田野是开阔的，南望越秀山上，庄严雄伟，曾经常常被用来作为广州风景标志的五层楼，正和这里小土阜上的三元里抗英斗争烈士纪念碑遥遥对峙。远处群山起伏，白云山、飞鹅岭象是绿色的围屏。大地到处给人一种壮阔开朗的印象。在历史名城的郊野，这样的河山气概，我们是常常可以领略到的。

被郁郁苍苍的扁柏、蒲葵、一品红、木麻黄环绕着的三元里抗英斗争烈士纪念碑，在晴空下，金色的字迹正闪闪发光。我登临这里已经好几遭了，但今年第一次来到，望着翡翠似的原野，俯瞰着名闻世界的这个叫做“三元里”的乡村，却激荡着不平常的感情。“指点江山，激扬文字”那样的名句飞到了我的心头。今年是1961年，今年5月底，是三元里等一百零三乡人民，在鸦片战争时代抗击英帝国主义侵略军大获胜利一百二十周年纪念日。“六十年一个甲子。”今年刚好是三元里人民抗英斗争的辛丑年之后的第二个“辛丑”。一百二十年过去了，中国已经完全变了样。然而正象一位苏联历史学者站在这座巍峨的纪念碑下说过的话一样：“这就是中国近代史的开端吧！”是的，这是中国近代史上气势磅礴的第一页。以三元里人民斗争为起点，如果以一个个的“年代”来划分，那么可以这样说：其后十年有太平天国的革命，将近后六十年有义和团的斗争，后七十年有辛亥革命，后八十年有中国共产党的成立，快接近一百一十年的时候新中国终于宣告诞生。中国是经历过一百多年的奋斗才从帝国主义制造的血泊中站起来的。望着这已经回春的天鹅绒似的土地，想起百多年来的往事，真按捺不住一种“折戟沉沙铁未销，细将磨洗认前朝”的心情。这条车水马龙的广州北郊大道，这个中国近代史上的反侵略圣地，这座人烟稠密的村庄，今年将有多少人要前来凭吊瞻仰！

这一片阳光灿烂、山川明丽的大地，原来是一百多年前的大战场！你在这里纵览低徊，会禁不住想起整个黑暗的十九世纪的事情。

十九世纪是帝国主义的壮年期，这一个世纪里面，帝国主义完全不披任何外衣，象野兽一样到处闯撞掠夺。正象他们用一个持刀海盗的画相作为香烟商标，用帆船作为许多商行标记一样，战船和枪炮就是他们的徽号。整个十九世纪，在亚洲、非洲、美洲、澳洲，都普遍发生帝国主义者血洗大地的惨剧。但是在另外一方面，各洲的人民，又几乎都不约而同地进行过猛烈的、可歌可泣的斗争。有些斗争，还是绵延一百几十年的。英国在几个世纪之间发展成为当年的头号帝国主义。它用在国内圈地养羊的办法迫使大批农民流离失所；用“流荡罪”把破产农民投进监狱和驱进工厂；掠夺印度、非洲、澳洲等殖民地的原料来大办工业。用对“偷”一条围巾的劳动人民也处以死刑的严刑峻法来建立它的生产秩序。然后又挟着大宗鸦片和纺织品来撞毁我们这个东方古国的大门。当鸦片战争发生，林则徐被腐败的清廷革职谪戍，广州城里的总督、巡抚、将军、总兵都在侵略者面前变成了软壳蟹和叩头虫的时候，他们大举入侵了。他们勒索了“赎城费”，他们到处杀人、放火、奸淫、掳掠，甚至挖坟墓，射“活靶”，他们志得意满、骄横跋扈极了。然而侵略者没有想到，他们脚下竟有一座活火山。他们在三元里调戏妇女的事件终于点燃了这座火山。人民反侵略斗争的队伍，一两日间，由几千人发展到几万人。眼前这一片锦绣大地，就是当年杀声冲天，使英国侵略者自承“恐怖到极点”的战场了。

凭吊着这个辽阔的古战场，使人想起了“开平社前擂大鼓，裂裳为旗竹为弩”、“三元里前声若雷，千众万众同时来”的诗句。我仿佛看到一百多年前战争的情景：那时，螺号呜呜，锣声当当，满山旗帜，遍地人潮，一面“黑底牙边白三连星”的神旗迎风飘动，指挥着战阵。在“三元古庙”点了香烛。向这面旗宣誓过“旗进人进，旗退人退，打死无怨”的三元里的愤怒群众，以及邻近一百多乡的战友，抬着各式各样的原始武器：刀、矛、藤牌、三尖枪、长棍、抬枪、挠钩追歼着敌人；队伍中甚至还有儿童和妇女。这时天仿佛也愤怒了，狂风暴雨，闪电雷霆。狼狈的敌人从会战的地点——牛栏岗败退下来，结成方阵，颤栗逃命。在白茫茫一片的豪雨景色中，漫山漫野的中国人民举着武器追歼着他们，用挠钩把他们从队伍中拖出来劈死，或者用锄头把陷在泥淖里的敌兵锄死。眼前这一片土地上曾经布满“大英帝国”士兵的尸体，他们有些再也顾不得“尊严”，跪在地上，举手求饶了……

怀着抚摸一砖一石的心情，我走进了三元里，来到里北的“三元古庙”，这座创建于乾隆以前的道教神庙（道教以天、地与水为“三元”），是当年斗争的总指挥部，它近年已经被修葺一新并且变成展览馆了。环庙四株老榕，苍劲魁梧；庙前一方平塘，涟漪潋滟。在这座庙里凝视那些历史文物，端详陈列在庙中的当年的武器和那面令人振奋的“黑底牙边白三连星旗”（复制品，原件存北京），抚诵着碑廊中百多年前的修庙碑记，令人禁不住涌起一种“继往开来”的翻身民族的自豪感。

一百二十年的时间久远么？是的，相当久远了。然而现在这里还活着受过当年挺身战斗的人民豪杰亲切的教诲的人物呢。三元里首先奋拳痛击英国兵士的韦绍光，他的曾经亲聆乃祖謦欬的孙子韦文祖一直活了七十一岁，去年才逝世。三元里现在还有一位李姓的老人，祖父也参加过抗英的斗争，晚年时曾把许多战斗故事亲口告诉过他。他谈到当年群众公议“十六岁以上，六十岁以下男子一律上阵杀贼”的往事，还禁不住激动得目光灼灼呢。

一百多年过去了，然而那面光辉的战旗和一些古老武器被一代代保存下来，令人荡气回肠的战斗故事被一代代亲口传授下来，英雄的民族感情何等深厚！

在十九世纪的中叶，当中国上空乌云密布，三元里的斗争、太平天国的革命事迹传到欧洲的时候，马克思预言过：“将来中国的桌子也会跳舞”，恩格斯预言过：“过了不久以后，我们就会看到世界上最古老的帝国（指中国）进行生死之际的斗争，同时我们也会看到亚洲新纪元的曙光。”现在，站在三元里的阳光之下，令人不禁回想和印证着这著名的历史科学预言。

中国人民以和十九世纪最强大的帝国主义打了一场硬仗，并使他们的兵士跪地求饶揭开了自己的近代史。其后一百一十年，历经忧患屈辱，当新中国从血泊中站立起来的时候，又把扬言要打过鸭绿江来的当代最强大的帝国主义，阻击于朝鲜战场上，重新出现了使他们的兵士跪地求饶的一幕。这里面包含了多少的历史规律和真理呵！

盘桓在这个古战场上，想着帝国主义已经日近黄昏了，眺望早降的绿野春光，随着庄稼的香气扑人而来的，是许多凝聚着古人感情的诗句：“苟能制侵陵，岂在多杀伤。”“岂伊地气暖，自有岁寒心”。阿，我们美丽的土地，英雄的人民！

（1961.02.21，04 版）

黄山松

丰子恺

没有到过黄山之前，常常听人说黄山的松树有特色。特色是甚么呢？听别人描摹，总不得要领。所谓“黄山松”，一向在我脑际留下一个模糊的概念而已。这次我亲自上黄山，亲眼看到黄山松，这概念方才明确起来。据我所看到的，黄山松有三种特色：

第一，黄山的松树大都生在石上。虽然也有生在较平的地上的，然而大多数是长在石山上的。我的黄山诗中有一句：“苍松石上生。”石上生，原是诗中的话；散文地说，该是石罅生，或石缝生。石头如果是囫囵的，上面总长不出松树来；一定有一条缝，松树才能扎根在石缝里。石缝里有没有养料呢？我觉得很奇怪。生物学家一定有科学的解说；我却只有臆测：《本草纲目》里有一种药叫做“石髓”。李时珍说：“《列仙传》言邛疏煮石髓。”可知石头也有养分。黄山的松树也许是吃石髓而长大起来的吧？长得那么苍翠，那么坚劲，那么窈窕，真是不可思议啊！更有不可思议的呢：文殊院窗前有一株松树，由于石头崩裂，松根一大半长在空中，象须蔓一般摇曳着。而这株松树照样长得郁郁苍苍，娉娉婷婷。这样看来，黄山的松树不一定要餐石髓，似乎呼吸空气，呼吸雨露和阳光，也会长大的。这真是一种生命力顽强的生物啊！

第二个特色，黄山松的枝条大都向左右平伸，或向下倒生，极少有向上生的。一般树枝，绝大多数是向上生的，除非柳条挂下去。然而柳条是软弱的，地心吸力强迫它挂下去，不是它自己发心向下挂的。黄山松的枝条挺秀坚劲，然而绝大多数象电线木上的横木一般向左右生，或者象人的手臂一般向下生。黄山松更有一种奇特的姿态：如果这株松树长在悬崖旁边，一面靠近岩壁，一面向着空中，那么它的枝条就全部向空中生长，靠岩壁的一面一根枝条也不生。这姿态就很奇特，好象一个很疏的木梳，又象学习的“习”字。显然，它不肯面壁，不肯置身丘壑中，而一心倾向着阳光。

第三个特色，黄山松的枝条具有异常强大的团结力。狮子林附近有一株松树，叫做“团结松”。五六根枝条从近根的地方生出来，密切地偎傍着向上生长，到了高处才向四面分散，长出松针来。因此这一束树枝就变成了树干，形似希腊殿堂的一种柱子。我谛视这树干，想象它们初生时的状态：五六根枝条怎么会合伙呢？大概它们知道团结就是力量，可以抵抗高山上的风吹、雨打和雪压，所以生成这个样子。如今这株团结松已经长得很粗，很高。我伸手摸摸它的树干，觉得象铁铸的一般。即使十二级台风，漫天大雪，也动弹它不了。更有团结力强得不可思议的松树呢：从文殊院到光明顶的途中，有一株松树，叫做“蒲团松”。这株松树长在山间的一小块平坡上，前面的砂土上筑着石围墙，足见这株树是一向被人重视的。树干不很高，不过一二丈，粗细不过合抱光景。上面的枝条向四面八方水平放射，每根都伸得极长，足有树干的高度的两倍。这就是说：全体像个“丁”字，但上面一划的长度大约相当于下面一直的长度的四倍。这一画上面长着丛密的松针，软绵绵的好像一个大蒲团，上面可以坐四五个人。靠近山的一面的枝条，梢头略微向下。下面正好有一个小阜，和枝条的梢头相距不过一二尺。人要坐这蒲团，可以走到这小阜上，攀着枝条，慢慢地爬上去。陪我上山的向导告诉我：“上面可以睡觉的，同沙发床一样。”我不愿坐轿，单请一个向导和一个服务员陪伴着，步行上山，两腿走得相当吃力了，很想爬到这蒲团上去睡一觉。然而我们这一天要上光明顶，赴狮子林，前程远大，不宜耽搁；只得想象地在这蒲团上坐坐，躺躺，就鼓起干劲，向光明顶迈步前进了。

1961年5月10日记

（1961.05.25，04版）

理想的范本

——《武松打店》

梅兰芳

盖叫天先生专程到首都来传艺，在一次招待文艺界的晚会上，我又看了他演出的《武松打店》，这本是一出常见的短打武生戏，可是盖老的精湛的演技，却使观众如饮醴泉佳茗，舌本回甘；如观法书名画，寝馈难忘。最近关于狄德罗“理想的范本”的说法，曾引起争论，我现在想借这句话来说明盖老这出积六十年锤炼工夫的《武松打店》，真正达到了“理想的范本”的境界，是后生晚辈应该向他老人家学习的。

武松杀了西门庆、潘金莲，不愿连累邻里，约齐人证物证自行投案，这场官司是他早就打定了主意的，而如此从轻发落，发配孟州，已完全出乎他的意料。所以施耐庵笔下描写武松起解时的心情，是比较稳定的。

盖老出场后，从动作神情中就体现了武松在起解途中怡畅稳定的心情，使观众回顾到《狮子楼》的急风暴雨，成为动与静强烈的对照。

武松进店后，发现可疑之处，断定是黑店，立刻留心观察店中环境，密切注视女店主的举动。在持烛进房时，孙二娘在他腰里摸了一把，武松觉察了，回过头来问她“可有酒？”孙：“有酒”，武：“俺的量大”，孙：“我的酒狠”，武：“不用”，孙：“不用就罢”。上面这几句对白是江湖上互相试探的“切口”。盖老处处用眼神暗示孙二娘，仿佛说：你们的把戏，我都明白。目的在于警告她休得在太岁头上动土，因为从戏的规定情景中，武松只想度过一宿，并无动武打架的意思。盖老在这里深刻地表达了这位久闯江湖的武都头胆大心细、有备无患的英雄性格。

武松在准备战斗前，解腰裙，脱褶子，这也是短打武戏中习见的动作，但盖老演来敏捷干净，准确漂亮，和杨小楼先生在《落马湖》“走水边”一场，将进门时随手脱下褶子一样好看。这就像名家作画，那怕随手点几个苔点子，都别有丰姿，洒脱不凡。

“摸黑”一场，形容彼此蹑足无声的进退攻守，如飞燕出巢，惊蛇入草，一手一式，轻而不浮，快而不滑，简捷了当，绝无拖泥带水，虚耗时光的毛病，是谓大家。

和孙二娘对打如“搭、叉、搭、跨”等动作，本是“手把子”每套中必有的东西，但到了盖老手里，显得那样清楚紧凑而有戏。坐在桌上抬腿“漫”孙二娘的头，是慢动作中最见工夫的。翻“抢背”轻软利落地站起来亮一个高相，这是很高的艺术手法，无怪乎引起了全场的掌声。踩刀、扔桌等特技，在盖老演来，总是不慌不忙、好整以暇，像风行水面，自然成文。这场戏真可以说是严丝合缝、风雨不透。阎少泉同志的孙二娘，演技纯熟，无懈可击，也起了衬托作用。

盖老的演技所以能够老当益壮、出神入化，是和他几十年来的热爱艺术、勤学苦练分不开的。他在自营生圹的石牌坊上刻着“学到老”三个字，走过的行人都要看一看，也都会想到这位老先生虚心好学的精神。我觉得他不仅是学到老，而且是练到老。

我记得 1950 年，全国戏曲工作者会议在北京召开，有一天，白天开会之后，晚上在大众剧场观摩演出。我演了《奇双会》的“写状”一折，盖老演的是《武松打店》。转瞬十年，他已是七十五岁的老人了，在台上不喘气，不出汗，身手还是那么灵活矫健。当然，心情舒畅，会使人不老，同时也说明了他寒暑不辍，坚持练功的成果。我们必须知道，想要树立起一个“理想的范本”就必须要付出长期的辛勤劳动，其他捷径是没有的。

我曾说演员的艺术进修，大体上要经过少——多——少三个阶段。盖老壮年时的表演，翻扑搏击，坚实充沛，这是“多”的阶段，也是在观众中树立威信，大量进行艺术创造的阶段。今天盖老的演技则达到了精炼浓缩、以少胜多的“少”的阶段了。但是“多”的阶段，也是一个重要的时期，艺术道路的正确与否往往就决定在这一时期，那就是演员掌握的技术，必须为剧情和人物性格服务，否则就会陷入油滑堆砌、哗众取宠的迷途，不能自拔，难以达到少的阶段。我愿青年人在勤学苦练、循序前进的基础上，还要锻炼到耳聪目明，心中有数，善于辨别精粗美恶，这样庶几可以避免歧路亡羊的危险。盖老走过的艺术道路，就是我们最好的模范。

（1961.07.13，04 版）

延安的歌声

吴伯箫

感人的歌声留给人的记忆是长远的。无论那一首激动人心的歌，最初在哪里听过，哪里的情景就会深深地留在记忆里。环境、天气、人物、色彩，甚至连听歌时的感触，都会烙印在记忆的深处，像在记忆里摄下了声音的影片一样。那影片纯粹是用声音绘制的，声音绘制色彩，声音绘制形象，声音绘制感情。只要在什么时候再听到这种歌声，那声音的影片便一幕幕放映起来。“云霞灿烂如堆锦，桃李兼红杏”，《春之花》那样一首并不高明的歌，因为是当小学生的时候唱的，便带来一整套辛亥革命以后启蒙学堂的生活。“我们是开路的先锋”，反映出一个暴风雨来临的时代；“我的家在东北松花江上”，描绘出抗日战争初期一幅动乱的景象。……

我以无限恋念的心情，想起延安的歌声来了。

延安的歌声，是革命的歌声，战斗的歌声，劳动的歌声，极为广泛的群众的歌声。列宁在纪念《国际歌》的作者欧仁·鲍狄埃的文章里说：“一个有觉悟的工人，不管他来到哪个国家，不管命运把他抛到哪里，不管他怎样感到自己是异邦人，语言不通，举目无亲，远离祖国，——他都可以凭《国际歌》的熟悉的曲调，给自己找到同志和朋友。”我们可以这样理解：《国际歌》是全世界无产阶级的共同的声音，共同的语言。我们也可以这样看延安的歌。在延安，《国际歌》就是被最庄严最普遍地歌唱的。

回想从冼星海同志指挥的《生产大合唱》开始吧。那是1939年夏初一个晚上，在延安城北门外西山脚下的坪坝上。煤汽灯照得通亮。以煤汽灯为中心，聚集了上万的人。印象中仿佛都是青年人。少数中年以上的人，也是青年人的心情，青年人的襟怀和气魄。记得那个时候我刚刚从前方回到延安，虽然只出去四五个月，也象久别回家那样，心里热呼呼的，见到每个人都感到亲热。不管认识不认识，见到谁都打招呼。会场上那穿着一律的灰布军装，朴素整洁，打扮得男的女的都那样漂亮。大家说说笑笑，熙熙攘攘，像欢度快乐的节日一样。是的，正是欢乐的节日。是第一个五四青年节。就是在那天晚上，我们听了伟大的领袖毛泽东同志那篇有名的报告：《青年运动的方向》。说的这时候，是报告完了，热烈的鼓掌、欢呼以后，大家正极兴奋的时候。那真是“意气风发，斗志昂扬”；只是大家酣醉在幸福里，那时还想不出这样形容恰当的文字。每个人都咀嚼，回味报告里的深刻意义和精辟的语句：“革命的或不革命的或反革命的知识分子的最后的分界，看其是否愿意并且实行和工农民众相结合。”“今天到会的人，大多数来自千里万里之外，不论姓张姓李，是男是女，作工务农，大家都是一条心。”咀嚼着，回味着这些语句，同时等候大合唱开始。

露天会场。西边是黑黝黝的群山。东边是流水汤汤的延河，隔河是清凉山。南边是隐隐约约的古城和城上的女墙。北边是一条路，沿了延河，蜿蜒过蓝家坪、狄青牢，直通去三边的阳关大道。合唱开始，大概已经是夜里十一点了。

就在那样不平凡的时刻，在那个可纪念的地方，我第一次听见唱：

二月里来，好风光，

家家户户种田忙。……

冼星海同志指挥得那样有气派，姿势优美、大方；动作有节奏，有感情。随着指挥棍的移动，上百人，不，上千人，还不，仿佛全部到会的，上万人，都一齐歌唱。歌声悠扬，淳朴，像谆谆的教诲，又像娓娓的谈话，一直唱到人们的心里，又从心里唱出来，弥漫整个广场。声浪碰到群山，群山发出回响；声浪越过延河，河水演出伴奏；几番回荡往复，一直辐散到遥远的地方。抗日战争的前线后方，有谁没有听过，没有唱过那种从延安唱出来的歌呢？

延安唱歌，成为一种风气。部队里唱歌，学校里唱歌，工厂、农村、机关里也唱歌。每逢开会，各路队伍都是踏着歌来，踏着歌回去。往往开会以前唱歌，休息的时候还是唱歌。没有歌声的集会几乎是没有的。列宁记十九世纪七十年代德国工人歌咏团，说他们是“在法兰克福一家小酒馆的一间黑暗的、充满了油烟的里屋集会，房子里是用脂油做的蜡烛照明的。”在黑暗的时代里，唱唱歌该是多么困难啊。在延安，大家是在解放了的自由的土地上，为什么不随时随地集体地、大声地唱歌呢？每次唱歌，都有唱有和，互相鼓舞着唱，互相竞赛着唱。有时简直形成歌的河流，歌的海洋。歌声一波未平，一波又起，接唱，联唱，轮唱，使你辨不清头尾，摸不到边际。那才叫尽情地歌唱哩！

唱歌的时候，一队有一个指挥，指挥多半是多才多艺的，既能使自己的队伍唱得整齐有力，唱得精采，又有办法激励别的队伍唱了再唱，唱得尽兴。最喜欢千人、万人的大会上，一个指挥用伸出的右手向前一指，唱一首歌的头一个音节定定调，全场就可以用同一种声音唱起来。一首歌唱完，指挥用两臂有力地一收，歌声便戛然停止。这样简直把唱歌变成了一种思想，一种语言，甚至一种号令。千人万人能被歌声团结起来，组织起来，踏着统一的步伐前进，听着统一的号令战斗。

延安唱歌，也有传统，那就是陕北民歌。

《信天游》唱起来高亢、悠远，《蓝花花》唱起来缠绵、哀怨。那多半是歌唱爱情，诉说别离，控诉旧社会剥削压迫的。过去陕北地广人稀，走路走很远才能碰到一个村子，村子也往往只有几户人家散落在山峁沟畔。下地劳动，或者了牲口驮脚，两三个人一伙，同不会说话的牲口嘀嘀冬冬地走着，够寂寞，诉说不得不诉说的心事，于是就唱民歌。歌声拖得很长很长，因此能听得很远很远。人还没看见，已经先听见歌声了；或者人已经转过山头望不见了，歌声还余音袅袅，不绝如缕。

时代变了，延安的歌就增加了新的曲调，换上了新的内容。二十年前那个时候，主要是歌唱革命，歌唱领袖，歌唱抗战，歌唱生产。延安唱的歌很快传到各抗日根据地，后来又传到解放区。日本投降以后，哪里听到延安的歌声，哪里就快要解放了。“把秧歌扭到上海去”，这个口号提出的时候，延安的歌声直接变成了解放的先声。譬如《三大纪律，八项注意》那首歌吧，从苏区唱起，一直就是红军、八路军、新四军和人民解放军的先遣部队。哪个地方的人民最痛苦，哪个战场上的战斗最艰巨，这首歌就先到哪里。听见这首歌，连小孩子都知道人民的救星来了，毛主席的队伍来了。它是黑夜的火把，雪天的煤炭，大旱的甘霖。人们含着笑又噙着欢喜的眼泪听这首歌。我甚至养成了这样一种习惯，听别人唱这首歌，仿佛也是自己在唱。听见声音，就仿佛同时看见了队伍，看见了队伍两旁拥挤着欢迎队伍的人群。人群里，年长的是大娘、大爷，同年的是大哥、大嫂，兄弟、姊妹，都是亲人。又仿佛队伍同时是群众，群众又同时是队伍，根本分不清。这首歌，唱一千遍，听一万遍，我都喜欢。

这里就不说我喜欢那首唱遍世界的歌，《东方红》了。那是标志着全国人民对伟大领袖衷心爱戴的歌，又是人民群众自己创作的歌。谁不喜欢呢？从心里，从灵魂的深处。

（1961.10.01，04版）

荒沙的改造

叶圣陶

我们出赤峰市区，往西北走十多里，参观当铺地生产大队。远远望见林木葱郁，连成一片，也不知道有多少亩宽广。及至身入林中，高树成行，浓荫蔽日，渠道里的水缓缓流动，静心听可以听见流水的声音。地里的玉米高过人头，高粱又比玉米高得多，全都叶肥实饱，也像是矮矮的树林。这些庄稼地，一大块一大块的，让高高的柳树林杨树林榆树林围住，不留一点儿空隙。大队书记陈同志在地里抓起一把干泥片，有三四分厚。他说庄稼长得好，主要靠引洪淤灌，这就是今年淤积的。一连淤积几年，就把土质改好了。所谓引洪淤灌，就是在洪水时期引导河水灌地，让它沉积在地里。洪水从上游下来，带来肥分极多，淤灌一回比施一回肥更见功效。这是改造沙地的好办法。

在1950年以前，这当铺地只是一片荒沙，没有什么树林，没有什么渠道。大风刮起沙土，天昏地暗，白昼也得点灯。开了门儿没法走出去，因为刮过来的沙土齐了房檐了。在芒种以后才开始种庄稼，芒种是阳历六月上旬的一个节气。只能种一些六十天内能够成熟的东西，如糜子黍子之类。十年九旱，种了下去看看不成了，就重新播种，一年里头重播三回五回是常事。因此，人民生活困苦，一年里头吃不上三个月饱饭。谁料想仅仅经过十多年，到现在全队四百一十九户，户户有五百元以上的收入，大部分人家在银行里开了户头存了款呢！

当铺地完全改变自然面貌，就靠固沙，造林，兴修水利，改良土壤这几项工作。当初提出种树，很有些人表示怀疑。沙是活的，通过来冲过去像是波浪，怎么能在沙的波浪上种树呢？互助组就说试着瞧吧，先栽些沙蒿沙枣之类，让这些东西的根子固住表面的沙，再栽些容易成长的树吧。栽了果然见效，群众的信心就来了。而且觉得风沙不像先前那样放肆了，假如修渠道，不至于一转眼间就让沙掩没了。于是逐年加栽些树，逐年修些渠道，到1958年受着“大跃进”的浪潮的冲击，一连几年，树栽得更多，渠道修得更起劲儿。细列逐年增长的数字，看起来会嫌啰嗦，单说目前的情况吧。护路有林，护渠有林，护河岸有林，还有经济林，用材林，果树林，防风带。全队九千二百多亩地，让树林占着的就有五千八百亩。水利方面呢，干渠两条，一条十八里，一条二十五里，支渠七条，其中三条各长五里，还有五里长的防洪坝，还有个水电站。全队九千二百多亩地，水浇地就占到百分之九十以上，可以说基本上水利化了。

树林和渠道逐渐增多，加上引洪淤灌，气候改变了，土壤也改变了。原先要芒种以后开始播种，如今可以提早五六十天，可以种麦子玉米高粱了。比一比前后的单位面积产量吧，1949年才七八十斤，1958年升到二百二十斤，十年工夫增多了两倍光景，不是改造自然取得胜利的明效大验吗？

还有三年工夫就改变了自然面貌的呢。通辽市有这么一个地方，原先也是一片荒沙，别无所有，1959年修成个沙坝水库。这回我们去参观，只见地里长着茂盛的庄稼，草地上散布着改良种的牛群，荒沙变为绿原了。我写了一首诗，现在抄在这儿。

大坝万米众聚沙，辽河引水一道斜，
波光云影顿涌现，干渠东出分枝杈。
沙土解渴气沾润，庄稼牧草绿无涯，
沼泽水滋蒲苇盛，清池风动红莲花。
远从长江移鱼种，银鳞塞北新有家，
一尾何止十斤重，烹鲜共叹鱼味佳。
人力胜天岂虚语，党群奏绩良堪夸，
三年全改自然貌，谁信先时荒沙而外更无他。

为什么用沙筑坝呢？这是因地制宜，当地石料土料都缺，多的是沙，那就用沙吧。沙坝成吗？成。略微有点儿渗水，问题不大。倒是西北风猛烈的时候，波浪冲击，要刷去坝坡的沙不少，是个必须解决的问题。解决的办法已经研究出来，只要坡度再缓些，让坝高与底线成为一与十二之比，就不至于被冲刷了。而且已经着手加工，现在加到一与六七之比了。我的诗里说“大坝万米”，是就整数而言，实际还不止，是一万一千米。佛经里说聚沙成塔，只是一种幻术。现在亲眼看见聚沙成坝，而且是一万一千米长的一道大坝，长城似的拦在明净如镜的水库的东边，怎能不立刻联想到建设社会主义的总路线，联想到两条腿走路的方针，并且震惊于组织起来的伟大的人力呢？再说荷花，无论红的白的，鱼，无论大的小的，本来都很平常，没有什么稀罕。但是在三年以前还是一片荒沙的这个地方，看到小池塘里开着红艳艳的复瓣荷花，吃到一盘又一盘的鲜鱼，一种异常复杂的感觉萦绕心头，简直没法描摹。我们谈到这一点，彼此都说真是那样，大概因为感动太深，联想太广，倒成为不能以言语形容了。

(1961.10.14，04 版)

从文物谈谈古人的胡子问题

沈从文

（胡子，小事也，但是也需要调查研究，才能够明白它的问题，说它时下笔才有分寸，画它时才不至随意乱来。）

《红旗》十七期上，有篇王力先生作的《逻辑和语言》文章，分量相当重。我不懂逻辑和语言学，这方面得失少发言权。惟在末尾有一段涉及胡子历史及古人对于胡子的美学观问题，和我们搞文物所有常识不尽符合。特提出些不同意见，商讨一下，说得对时，或可供作者重写引例时参考，若说错了，也请王先生不吝指教，得到彼此切磋之益。

那段文章主要计三点，照引如下：

1. 汉族男子在古代是留胡子的，并不是谁喜欢胡子才留胡子，而是身为男子必须留胡子。

2. 古乐府《陌上桑》说："行者见罗敷，下担捋髭须。"可见当时每一个担着担子走路的男子都是有胡子的。

3. 胡子长得好算是美男子的特点之一，所以《汉书》称汉高祖"美须髯"，《三国志》也称关羽"美须髯"。（引原文，标点和数目字为笔者所加。）

王先生说的"古代"界限不明白，不知究竟指夏、商、周……那一朝代，男子必须留胡子？有不有可靠文献和其他材料足证？

其次，只因为乐府诗那两句形容，即以为古代每一个担着担子走路的男子都是有胡子的，这种推理是不是能够成立？还是另外尚有可靠的证据，才说得那么肯定？

其三，即对于“美须髯”三字的解释，照一般习惯，似乎只能作“长得好一部胡子”的赞美，和汉魏时“美男子”特点联系并不多。是否另外还有文献和别的可作证明？

文中以下还说：“到了后代，中年以后才留胡子”。照文气说，后代自然应当是晋南北朝唐宋元明清了，是不是真的这样？还是有文献或实物可作证明？

私意第一点概括提法实无根据，第二点推想更少说服力，第三点对于文字解说也不大妥当。行文不够谨严，则易滋误会，引例不合逻辑，则似是而非，和事实更大有出入，实值得商讨。

关于古人胡子问题，类书谈到不少，本文不拟作较多称引，因为单纯引书并不能解决具体问题。如今只想试从文物方面来注注意，介绍些有关材料，或许可以说明下述四事：一、古代男子并不一定必须留胡子。二、胡子在某一历史时期，由于社会风气或美学观影响，的确逐渐被重视起来了，大体是个什么式样，又有什么不同发展，文献不足征处，我们还可从别的方面取得些知识。中古某一时期又忽然不重视，也有个社会原因。三、美须髯在某些时期多和英武有关，是可以肯定的，可并不一定算美男子。有较长时期且恰恰相反，某些人胡子多身分地位反而比较低下。可是挑担子的却又决不是每人都留胡子。四、晋唐以来胡子式样有了新的变化，不过中年人或老年人，即或是名臣大官，也并不一定留它。这风气直继续到晚清。

首先可从商代遗留下的一些人形加以分析。故宫有几件雕玉人头，湖南新出土一个铜鼎上有几个人头，另外传世还很有几件铜刀、铜戈、铜钺上均有人的头形反映，又有几个陶制奴隶相，在安阳被发掘出来，就告给我们殷商时期关于胡子情况，似乎还无什么一定必需规矩。同是统治者，有下巴光光的，也有嘴边留下大把胡子的。而且还可用两个材料证明胡子和个人身分地位关系不大，因为安阳出土一个白石雕刻着花衣戴花帽的贵族，和另外一个手带桎梏的陶制奴隶，同样下巴都是光光的。（如果材料时代无可怀疑，我们倒可用作一种假说，这时期人留胡子倒还不甚多。）

春秋战国形象材料新出土更多了些。较重要的有：一、山西侯马发现两个人形泥范，就衣着看，显明是有一定身分的男子，还并不见留胡子的痕迹。二、信阳长台关楚墓出土一个彩绘漆瑟，上面绘有些乐舞、狩猎，和贵族人物形象，也不见有胡须模样。三、近二十年长沙大量出土战国楚墓彩绘木俑，男性中不论文武，却多数都留有一点儿胡须，上边作两撇小小“仁丹胡子”式，或者说“威廉”式，尖端微微上翘，下巴有的则留一小撮，有的却并没保留什么。同一形象不下百十种，可知和当时某一地区社会爱好流行风气，必有一定关系，并不是偶然事情。（如艺术家用来作屈原塑相参考，就不会犯历史性错误。）但其中也还有好些年龄已够并不留胡须的。另外故宫又还有个传世补充材料足资参考，即根据列女传而作的《列女仁智图》卷，上有一系列春秋时历史著名人物形象，其中好几位都留着同样仁丹式八字胡须，亦有年逾不惑并不留胡子的。这画卷传为东晋顾恺之稿。若从胡子式样联系衣冠制度分析，原稿或可早到西汉，即根据当时作的四堵屏风画稿本而来。（也许还更早些，即因为胡子式样不尽同汉代）。另外又还有一个洛阳新出西汉壁画，绘的也是春秋故事，作二桃杀三士场面，这应当算是目下出土最古的壁画。却由此得知，当时表现历史人物形象一点规律，如绘古代武士田疆古冶子时，多作须髯怒张形象，用以表示英武。武梁祠石刻也沿此例。此外反映到东汉末绍兴神相镜上的英雄伍子胥，和沂南汉墓石刻上的勇士孟贲，以及较后人作的七十二贤图中的子路，情形大都相同。如作其他文臣名士，则一般只留两撇小胡子，或分张，或下垂，总之是有保留有选择的留那么一点儿。其余不问是反映到长沙车马人物漆奁上，还是营城子辽阳壁画上，和朝鲜出土那个彩绘漆竹筐边沿孝子传故事上，都相差不太远。同时也依旧有丝毫不留的。即此可知，关于古代由商到汉，胡子去留实大有伸缩余地，有些自觉自愿意味，并不受法律或一定社会习惯限制。实在看不出王先生所说男子必需留胡子情形。

至于汉魏之际时代风气，则有更丰富的石刻、壁画、漆画、泥塑、及小铜铸相可供参考。很具体反映出许多劳动人民形象，如打猎、捕鱼、耕地、熬盐、舂碓、取水、奏乐，以及好些在厨房执行切鱼烧肉的大司务，极少见有留胡子的。除非挑担子的是另一种特定人物，很难说当时每个挑担子的却人人必留胡子！那时的确也有些留胡子的，例如：守门的卫士和拥　迎客的侍仆，以及荷戈前驱的伍佰，即历史书上所谓身执贱役的某一类封建爪牙，却多的是一大把胡子，而统治者上中层本人，倒少有这种现象。即有也较多作乐府诗另外两句有名叙述："为人洁白皙，鬑鬑颇有须"，不多不少那么一撮儿样子。可证王先生的第三点也不能成立。因为根据这些材料，即从常识判断，也可知当时封建统治者绝不会自己甘居中下游，反而让他的看门人和马前卒上风独占作美男子！

其实还有个社会风气形成的相反趋势在继续发展，值得注意，即魏晋以来有一段长长时期，胡子殊不受重视。原因多端，详细分析引申不是本文目的。大致可说的是它和年青皇族贵戚及宦官得宠专权必有一定联系。文献中如《后汉书》佞幸传、贵戚传、宦者传，和干宝《晋纪总论》、《晋书五行志》、《抱朴子》、《世说新语》、《颜氏家训勉学篇》，以及乐府诗歌，都为我们记载下好些重要可靠说明材料。到这时期美须髯不仅不能成为上层社会美的对象，而且相反已经成为歌舞喜剧中的笑料了。《文康午》的主要角色，就是一个醉意蒙胧大胡子，可以作证。此外还有个弄狮子的醉拂菻，并且还是个大胡子罗马人！我们能说这是美男子特征吗？不能说的。

其实即在汉初，张良的貌如妇人，和陈平的美如冠玉，在史传记载中，虽并不见得特别称赞，也就看不出有何讥讽。到三国时，诸葛亮为缓和关羽不平，曾有意说过某某"不如髯之超群绝伦"。然而典略却说，黑山黄巾诸帅，自相号字，饶须者则自称"羝根"。史传记载曹操见匈奴使者，自愧形质平凡，不足以服远人，特请崔琰代充，本人即在一旁捉刀侍卫。当时用意固然以为是崔琰长得魁伟，且有一部好胡子，具有伟人气派，必可博得匈奴使者尊敬。但是结果却并不成功。因为即使脸颊本来多毛的匈奴使者，被曹操派人探问进见印象时，便依旧是称赞身旁捉刀人为英挺不凡，并不承认崔琰品貌如何出众！魏晋以来胡子有人特别爱重是有记录的，如晋书称张华多姿，制好帛绳缠须。又南史说崔文仲尝献齐高帝缠须绳一枚。都可证明当时对于胡子有种种保护措施，但和美男子关系还是不多。事实正相反，魏晋之际社会日趋病态，所以"何郎敷粉荀令熏香”，以男子而具妇女柔媚姿态竟为一时美的标准。史传叙述到这一点时，尽管具有深刻讥讽，可是这种对于男性的病态审美观，在社会中却继续发生显明影响，直到南北朝末期。这从世说记载潘安上街，妇女掷果满车，左思入市，群妪大掷石头故事及其他叙述可知。总之，这个时代实在不大利于胡子多的人！南朝诗人谢灵运，生前有一部好胡子，死后捐施于南海祇洹寺，装到维摩诘塑相上，和尚虽加以爱护，到唐代却为安乐公主斗百草剪去作玩物，还可说是人已死去，只好废物利用，不算招难。然而五胡十六国方面，北方诸胡族矛盾斗争激烈时，历史上不是明明记载过某一时期，见鼻梁高胡子多的人，即不问情由，咔嚓一刀？

到元魏拓跋氏统一北方后，照理胡子应受特别重视了，然而不然。试看看反映到大量石刻、泥塑和壁画的人物形象，就大多数嘴边总是光光的，可知身属北方胡族，即到中年，也居多并不曾留胡子。传世《北齐校书图》作魏收等人画相，也有好几位没有胡子。画中胡子最多还是那位马夫。

至于上髭由分张翘举而顺势下垂，奠定了后来三五绺须基础，同时也还有到老不留胡子的，文献不足征处，文物还是可以帮我们些忙，有材料可印证。除汉洛阳画相砖部分反映，新出土有用重要材料应数近年邓县南朝齐梁时画像专墓墓门那两位手拥仪剑、身着两当铠、外罩大袍的高级武官形象。其次即敦煌二二〇窟唐贞观时壁画维摩诘下部那个听法群众帝王行从图一群大臣形象。这个壁画十分写实，有可能还是根据阎立本兄弟手笔所绘太宗与宏文馆十八学士等形象而来，最重要即其中有几位大臣，人已早过中年，却并不留胡子。有几位即或相貌英挺，胡子却也老老实实向下而垂了。总之，除太宗天生虬髯为既定事实，画尉迟敬德作毛胡子以示英武，始终还看不出胡子多是美男子特点之一的情形。一般毛胡胡倒多依旧表现到身分较低的人物身上，如韩干《双马图》那个马夫、《肖翼赚兰亭图》那个烹茶火头工、底张湾壁画那个手执拍板的司乐长，同样在脸上都长得是好一片郁郁青青！

那么是不是到中唐以后，社会真有了些变迁，如王先生所说人到中年必留胡子？事实上还是不尽然。手边很有些历代名臣画相册，因为时代可能较晚，不甚可靠，不拟引用。宋人绘著名的《香山九老图》却有好些七八十岁的名贤，下巴还光光的。此外《洛阳耆英会图》、《西园雅集图》，都是以当时人绘当时事，应当相当可靠了，还是可见有好些年过四十不留胡子的，正和后来人为顾亭林黄黎洲蒲留仙写真差不多。

就这个小小问题，从实际出发，试作些常识性探索，个人觉得也很有意义。至少就可以给我们得到以下几点认识：

一、胡子问题虽平常小事，无当大道，难称学术，但谈学术的专家通人，行文偶尔涉及到它的历史时，若不作点现实唯物的调查研究，就不可能有个比较全面具体的认识。如只从想当然出发，引申时就难于中肯，而且易致错误。以讹传讹，影响就更不好。

二、从文物研究古代的梳装打扮、起居服用，生产劳作，车马舟舆的制度衍进，及其应用种种，实在可以帮助我们启发新知，校订古籍，得到许多有益有用东西，值得当前有心学人，给予一点应有的注意。古代事情文献不足征处太多，如能把这个综合文物文献研究工作方法，提到应有认识高度，来鼓励一些学习文史、占有一定文献知识的年青少壮，打破惯例，面对近十年出土这以百万计文物，和传世更多文物，分别问题，大胆认真摸个十年八年，我国文化史研究方面有许多空白点或不大衔接处，一定会可望得到许多新发现和充实。希望新的学术研究有新的进展，首先在研究方法上必须有点进展，且有人肯不怕困难，克服困难，来作作闯将先锋！

三、从小见大，由于我国历史太长，任何一个问题，孤立用文献求证，有很多地方都不易明白透彻。有些问题或者还完全是空白点，有些又或经后来注疏家曲解附会，造成一种似是而非印象，有待纠正澄清，特别是事事物物的发展性，我们想弄清楚它求个水落石出，势必需把视野放开阔些，搁在一个比较扎实广博的物质基础上，结合文物和文献来进行，才会有比较可靠的新的结论，要谈它，要画它，要形容说明它，才可望符合历史本来面目！

至于这种用文物和文献互相结合印证的研究方法，是不是走得通？利中是否还有弊？算不算得是在学习运用历史唯物主义或实践论的方法？我想从“结果”或可知道。以个人言，思想水平既低，古书读得极少，文物问题也只不过是懂得一点皮毛，缺少深入，搞研究工作，成就自然有限。即谈谈胡子问题，总还是不免随处会错，有待改正。但是如国内文史专家学人，肯来破除传统研究文史方法，注意注意这以百万计文物，我个人总深深相信，一定会把中国文化研究带到一个崭新方向上去，得到不易设想的新的丰收！

9月12日

附　记

两月前见南方报上消息，有很多艺术专家，曾热烈讨论到作历史画是否需要较多历史背景知识，这些知识是否重要，例如具体明白服饰家伙等等制度。可惜不曾得见全部记录。我对艺术是个外行，因此不大懂得，如果一个艺术家，不比较用个实事求是态度来学学历史题材中的应有知识，如何可以完成任务的情形。我只照搞文物的一般想法，如果鉴定一幅重要故事画，不论是壁画还是传世卷册，不从穿的、戴的、坐的、吃的、用的、打仗时手中拿的、出门时骑的乘的……全面具体去比较求索，即不可能知道它的内容和相对年代。鉴定工作求比较全面，还得要这些知识。至于新时代作历史画塑去教育人民，如只凭一点感兴来动手，如何能掌握得住应有历史气氛？看惯了京戏、和饱受明清板刻和近代连环画薰陶的观众，虽极容易通过，感到满意，艺术家本人，是不是也即因此同样感到满意？我个人总那么想，搞历史题材的画塑，以至于搞历史戏的道具设计同志，如把工作提高到应有的严肃，最好是先能从现实主义出发，比较深刻明白题材中必须明白的事事物物，在这个基础上再来点浪漫主义，加入些个人兴会想像，成绩一定会更加出色些。到目前为止，我们一般历史画塑实在还并未过关，这和艺术家对于这个工作基本态度有关，也和我们搞文物工作的摸问题不够细致深入，提参考资料不够全面有关。因为照条件，本来可以比七十二贤图、五百名贤图、水浒叶子、晚笑堂画传等大大跃进一步，事实上还不易突破。于是画曹操还不知不觉会受郝寿臣扮相影响，作项羽却戴曲翅幞头着宋元衣甲如王灵官，不免落后于时代要求。今后让我们共同协力合作，来过这一关吧。这个小文的写作，也可算是我赞同作新的历史画塑、历史戏，要从历史唯物主义工作方法认识出发，来具体搞历史形象问题一点意见，而历史画塑过关问题，责任也并不单纯在画家一面，实在我们博物馆搞文物工作同志有责任未尽，应当加强学习，加强调查研究，至少能作到比较全面掌握有关材料，且把它系统整理出来，提供有关需要部门，作为参考，在凡事一盘棋情形下，使工作得到共同的提高！

9月15日北京

（1961.10.21/10.24，04版）

关于胡子的问题
——答沈从文先生

王力

前些时候拜读了沈从文先生关于《不怕鬼的故事》的注释的文章（登载在1961年6月18日《光明日报》），觉得很好。我特别赞成沈先生这样一个建议：在《辞源》这一类的词书中，有关文物的词条，都要经过文物学专家审订。这样做，就是吸收了学术上的新成就，特别是利用解放后出土文物的知识，弥补历代文献的不足，同时也纠正前人的一些错误。这是非常值得做的一件事。这对于文化史的研究，汉语史的研究，都将有很大的帮助。早就想要走访沈先生，请教一切。最近《光明日报·东风》副刊上登载沈先生的《从文物谈谈古人胡子的问题》，是针对我的《逻辑和语言》一文而发的，文中有很多有用的知识。沈先生不吝教诲，非常感谢。我想简单地和沈先生讨论一下关于胡子的问题；希望将来能和沈先生谈谈语言学和文物学的协作问题。

我在《逻辑和语言》一文中，大意是说概念外延的广狭不足以说明语言是否富于表现力。说到这里时举胡子为例。有人说英语能区别“髭”与“鬚”，我们只说“胡子”，显得汉语词汇太贫乏了。我说中国古代不但能区别“髭”与“鬚”，而且能分出“髯”来。我们也不说古代汉语能多分了就是好的，这只说明时代不同，社会风俗习惯不同，因而词汇也发生了变化。古代男子一般都是有胡子的，所以上下胡子和髯需要区别一下，近代有胡子的人少些，所以就不再需要区别了。这个意见，现在我还是坚持的。

我在《逻辑和语言》一文中，措词有欠斟酌的地方。例如我在引了《陌上桑》“行者见罗敷，下担捋髭鬚”以后说：“可见当时每一个挑着担子走路的男子都是有胡子的”。这话就欠周到。如果挑担的人很年轻，还没有长出胡子来，自然就没有胡子。我又说：“汉族男子在古代是留胡子的，并不是谁喜欢留胡子才留胡子，而是身为男子必需留胡子”。这话更不妥了。我用了“必需”二字，好像有谁强迫命令似的。最不妥当的是那个“留”字。后代有了刮胡子的风俗，才有所谓“留胡子”；古代还没有刮胡子的风俗，哪里谈得上“留胡子”呢！

我和沈先生的分歧，就在刮胡子这个问题上。我认为古代的汉人是没有刮胡子的风俗的；刮胡子都只是特殊情况。自从清人入关以后，强迫汉人剃头，于是连胡子也剃了，从此刮胡子才真成了风俗，留胡子反而变成了特殊情况了。

从社会发展的历史来看，人们在原始社会里自然是不知道刮胡子这一回事的。石器时代，人们拿什么来刮胡子呢？青铜时代，恐怕也还是没有剃刀让人刮胡子。让胡子长在嘴唇上，也不妨碍吃东西。在上古时代，让胡子自然生长，正像让头发眉毛自然生长一样。剃去头发眉毛或胡子，在上古时代是一种刑罚。大家知道，髡刑就是剃去头发；此外还有一种耐刑，就是剃去胡子。《礼记 · 礼运》：“故圣人耐以天下为一家。”孔颖达注云：“古者犯罪，以髡其鬚，谓之耐罪。”说文：“耏，罪不至髡也。”耏就是耐。许慎说“罪不至髡”，可见耐刑比鬚刑更轻些。但毕竟是一种刑。段玉裁、桂馥、王筠、朱骏声等对于说文“鬚”字讲解很详细，这里不细说了。我只想指出，剃胡子作为刑罚这一点很重要。既然作为刑罚，谁愿意自己把胡子剃了，让别人误会自己受过耐刑呢？

古代的宫刑，是同时把须眉拔掉或剃掉的。《史记 · 吕不韦传》记载，嫪毐被判处宫刑，“拔其鬚眉为宦者”。司马迁《报任安书》把剔毛发看成比关木索、被棰楚更为受辱，最后是腐刑（宫刑），跟嫪毐的事联系起来看，大约宫刑总是同时剃去鬚眉的。

还有一种特殊情况，那就是男扮女装的时候。班固《幽通赋》注：“卫蒯聩乱，子羔灭髭鬚，衣妇人衣，逃，得出。”如果子羔像现在的人那样，经常把胡子剃得光光的，男扮女装时也就容易得多了。

青年人的胡子，是史不绝书的。现在只举一个例子：曹彰讨乌桓有功，曹操高兴得捋着他的胡子说：“黄鬚儿竟大奇也！”黄色的胡子不见得很好看，曹彰还没有把它剃了，可见在一般情况下男人不剃胡子。《颜氏家训·勉学篇》叙述梁朝全盛之时，贵游子弟无不熏衣剃面，傅粉施朱，这是作为一种恶习来批判的。

唐宋时代的文人有染鬚、镊鬚的习惯，唐宋诗中咏此事者颇多。那是嫌自己老了，胡子白了，所以要把白胡子染黑或镊去。假如当时一般人都剃胡子，何不索性剃去呢！

古代的泥塑、石刻、壁画等所塑画的人像，其中有有胡子的，有没有胡子的，似乎并不能证明古代有剃胡子的风俗。人在年轻的时候，胡子还没有长出来；即使有了很短的胡子，也还用不着塑出、画出。

古代画家所画的古代名人像，我没有研究，不敢多谈。我想各个画家的作风不一样，难以一概而论。其中还有一些特殊的情况，譬如司马迁被画成没有胡子的，恐怕就是因为他受了宫刑。

京剧人物的胡子，恐怕还是有很远的传统的。岳飞死时三十九岁，舞台上的岳飞总是挂胡子的。诸葛亮渡江联吴时只二十七岁，而舞台上借东风的孔明已经有了很长的胡子，这胡子未免挂得太早一点，但是我们如果不认为历史剧必须拘泥历史，借东风的孔明挂胡子还是可以的。如果依沈先生所说，年逾不惑的人，甚至七八十岁的老头儿也还没有胡子，反而形成一种反常的情况，在戏剧中给人一种不真实的感觉。对历史画来说，恐怕也是如此。

沈先生文中谈到美感的问题，恐怕对我的意思有点误解。我的意思是说，既然一般男子都有胡子，就更令人多注意胡子好看不好看的问题，特别是青壮年的胡子好看不好看的问题。汉高祖美鬚髯，恐怕主要指的是青壮年的时代。我对于《陌上桑》“为人洁白皙，鬑鬑颇有鬚”两句，和沈先生有不同的了解。沈先生了解为“不多不少地那么一撮儿样子”，我则认为罗敷的四十岁的丈夫胡子长得很长，令人觉得很美。《说文》：

"鬑，鬋也，一曰长皃（貌）。"段玉裁注："此别一义，谓须发之长。《陌上桑》曰：'为人洁白皙，鬑鬑颇有鬚'。"朱自清、叶圣陶、吕叔湘合编的《开明文言读本》，把《陌上桑》的"鬑鬑"注为"形容鬚发的长"，那是正确的。（人们误解这句话，大约由于有个"颇"字。其实"颇"字在古代可以用作极度形容语，《正字通》和《康熙字典》都说："多有曰颇有。"这话是有根据的，汉书中就有一些"颇"字应该解作"甚"。）由于大家都有胡子，所以如果一个男子长不出胡子来或胡子太少就令人感到不美。《典略》载李庶没有胡子，"人谓天阉。"这里不牵涉到留不留胡子才算美的问题，而只是胡子长得美不美的问题，因为古人并没有刮胡子的风俗。

沈先生文中还涉及外族人的问题。胡子长得多不多，自然与种族有关。胡人的胡子一般比汉人的胡子多些，这还不能以此证明古代汉人一般都是刮胡子的。

沈先生主张从文物来证明古代文化，这一点应该肯定下来。至于怎样证明才算合适，大家可以讨论。我对于文物学是外行，需要向文物专家们学习许多东西，这里所说的是否有当，还请沈先生指教。

（1961.11.18，04 版）

玫瑰

叶君健

小青种了一盆花。花的枝叶长的非常茂盛，有一个花苞还裂开了一个缝，像是在微笑。栽花的盆子本来是姥姥装煤球的一个土钵。因为它底上有一个洞，边上又有一个缺口，姥姥就把它扔在屋檐下。小青把它捡来，装满了黄土，并且用一块小瓦片补好了那个缺口。一个煤球钵就这样变成了花盆，现在居然还长出了一丛玫瑰花。花儿浓密的枝叶漫到盆外，它的缺口也就看不见了。

"哟，好大一个花苞，简直有拇指那么粗！"星期天的早晨，姥姥在打扫窗台的时候，好像发现了一个什么秘密似的这样叫了一声。

于是她放下鸡毛掸子，找出一块柔软的小布片，认真地擦起花儿的叶子来——她发现它上面有了灰尘。在她擦的时候，忽然又发现花苞的裂缝里隐隐地露出了几根粉红色的花蕊。她不禁又惊叫了一声："哟，就要开花了！"

小青正伏在大方桌上做功课。他一听见姥姥这一连串惊奇的叫声，就三步并做两步地走过来。可不是，玫瑰要开花了！他的脸上立刻现出了两个笑涡。但是不，他把笑又收回去了。事情哪有这样简单？他回想起他种玫瑰的经验——这里面有愉快，但也有辛酸。那是一年半以前的事：

有一天，他忽然注意到学校的门房叔叔用插枝的办法种了许多玫瑰花：教务处、教室窗台上、会客室，什么地方都有他培养的玫瑰花，浅红的、深红的、粉红的、紫红的……各色各样的花，真是好看极了。他不禁对玫瑰也感兴趣起来了。所以从那时起他也偷偷地种起玫瑰花来。就是在那个破瓦钵里他插过好几回枝。记得头一次插进的枝，压根儿就没有发过芽。那是因为盆里的土质不好，充满石灰渣和瓦砾的缘故。第二次插的枝，总算长出了三四片叶子，但是不到三个星期就枯萎了，因为他有好多天忘记了浇水。第三次的试验总算有了结果：结了两个花苞。但是一阵狂风袭来，不仅把它们吹落了，连枝子也被折断了。这是因为他早晨上学的时候，看见天气那么好，特别把它搬到院子中央来晒太阳，中午回来时他忘记把它搬进来——虽然他早已从广播的天气预告中知道午饭后会有暴风雨。现在这盆花是他第四次的试验了。这次他接受过去的经验，小心翼翼地培养它，但谁会知道，在最后的一刻钟它会不会又出什么事故呢？

“你在想什么？”姥姥打断他的沉思问。

“我在想这颗花苞会不会开成花。”

“傻孩子，你太爱费心思了。”姥姥笑嘻嘻地说。“花苞已经裂了缝，还愁开不了？我现在要出去买菜。不信等我回来时它就会开出一朵花——一朵顶漂亮的花。”

她把房间收拾了以后，就提着菜篮子开门出去了。她开门的时候有一只蜜蜂趁势飞了进来。它径直飞到这盆花上，绕着它打旋。无疑地，它是想要采蜜。它的鼻子真尖！它绕着玫瑰发出嗡嗡的歌声，小青听了一会儿，不禁又笑起来。这时那个花苞也似乎笑起来了，而且还似乎是在对着他笑呢。它似乎是在说：“你看，我现在要开花了，蜜蜂已经迫不及待地要来采我的蜜了。”

“是的，你现在要开花了。”小青在心里对它说，但是没有发出声音来，他弯下腰在花儿上深深地吸了一口气。整个的花树发出一阵清香。它不仅成了一个花丛，而且还能发出花的气息。这次它真的长大成型了！

温暖的太阳从窗玻璃射进来，照在这盆花上，花枝似乎在伸展，花苞也似乎在伸展。在花丛上旋飞的那只蜜蜂忽然落到花苞上来。起初它犹疑了一阵，于是它忽然翘起后身，使劲地把头往花苞的裂缝里一钻，好像是决心要吸尽花蕊中的蜜似的。不知它是吃醉了呢，还是睡着了，它再也没有把头伸出来。就在这时候，第一个花瓣张开了，接着第二个花瓣也张开了，第三个花瓣也张开了……看啊，玫瑰花儿果真开了——开了一朵粉红色的花！

多可爱啊！这样美丽的花儿应该多有几个人——特别是喜爱花的人——来欣赏才好。可是现在这儿只有他单独一个人。这未免太可惜了。据说花开的景象不会太长，最长也不过一个晚上。想到这里，小青急了。他这一急就记起了一位同学来。这就是和他在教室里共一张桌子的翠儿。她很喜欢花。每次下学的时候，她总喜欢在门房外逗留一会儿，看看门房叔叔陈列在窗前的几盆玫瑰花。可是她这几天没有上学，因为她病了，躺在床上起不来。

提起她的病，小青的心一沉，脸颊上不自觉地烧起来，因为这病可能与他有关。那是上星期五的事情。他们俩放学回家的时候，正遇着刮大风。他拉着她没命地跑。刚跑了没几步，她就跌倒了，伏在地上起不来。他不但没有扶她，反而用轻蔑的口吻讥笑她，说："女孩子，真不行！连跑路都不会！"她在地上挣扎了一阵，终于还是站起来了。她气冲冲地在他后面喊着说："我希望从今以后再也不要见到你！"从那天以后，他果然就没有再见到她了。他每次看到自己旁边的那个空位子时，他的心里就感到不安；但是为了"面子"，他又没有勇气去向她道歉。现在他亲手栽的玫瑰花开了，而她又喜爱玫瑰花，要不要趁这机会去拜望她一次呢？

他还没有来得及回答自己的问题，就已经用双手捧起了这盆花。他急急地走出了大门，但是他的步子却很稳：他怕惊动了那只睡在花里的蜜蜂，真幸运，当他走到翠儿家里的时候，花仍然还在开，蜜蜂也没有飞走。

翠儿真的躺下来了，她睡在靠窗的一个小床上，眼睛微闭，面色发黄。他轻轻地把花放在她床边的小桌上。他没有想到，这个动作惊醒了她。她慢慢地睁开了眼睛。她一看见小青就发起愣来，好象是说：你怎么来了，我不是说过从今以后不要再见你吗？但是这句话还没有说出口，她的视线已经被桌上的那盆花吸引住了。她那无神的眼珠立刻亮了起来，好象她的病在这一瞬间就忽然痊愈了。事实上，她的咀唇上这时飘出了一个微笑。这微笑好象是说：多美丽的花呵，是你送来的吗？

小青轻轻地点了点头，也微笑起来。但转念一想，他觉得这个表情还不够，所以他又用响亮的声音补充了一句："是我亲手种的花！"

"你看，你又骄傲起来了！"翠儿说。

出乎意料之外，这句类似谴责的话这次没有在小青心里引起任何反感，他倒是觉得，只有真正的好同学才会提出这样真诚的意见。他一时感动，就直率地说："翠儿，这几天可叫我寂寞死啦，我真想你！"

"那么我明天就去上学吧！"

"怎的，你的病好了吗？"

翠儿点点头。"一见到这盆花，不知怎的，我的精神就立刻恢复过来了，病好像是跑掉了似的——"她说，但她马上又停住了。她把右手捂住嘴唇，用一个低得近乎私语的声音继续说："你看，花苞上的这只蜜蜂的后腿在颤抖，是不是我们说话的声音惊醒了它？"

他们再也没有敢讲话了。在庄严的寂静中，小青轻轻地向门那儿移动着步子。他一面走，一面掉转头向翠儿微笑，意思是说："明天在学校见吧！……"

小青到家的时候，姥姥已经买菜回来了。她正望着窗台发愣。"那盆花呢？"她关心地问。

"送给同学翠儿去了。"他回答说。

"你怎的忽然想起送给她呢？"

"因为她病了，她最需要看那样美丽的花。"

（1962.01.13，04 版）

教子篇

黄永玉

三十多年前，家乡西门坡有个七岁的小哑子，很会画画，可惜谁也没留意，他的穷爸爸也不爱惜他，常常为了一点小事就揍得他几天出不得门。我那时大约九岁吧？有位姑婆也住西门坡上，因此有机会和这个小哑子交上朋友。我当时是个初小四年级学生，在课堂画画常得百分的人物。

小哑子的爸爸是割马草和猪菜的吧？所以我不是总能见得着他的。他那么小小年纪，就要帮助父母操劳生活。我们碰在一起就画画。家乡那时候说来见笑，哪里有白报纸和颜料，我们的画纸就是红砂岩石板路（青石板不上画），画笔是墙头剥下来的石灰片，这个小哑子是个真正的天才！活在这样一种特殊的环境里，没念过书，不能说也不能听，居然能吸收生活中最美妙的东西，画出那么丰富、那么传神的几百种动植物的作品来。

有时候，我比一只公鸡的手式，他就画出一只公鸡来；可不是一般一挥而就的草率简陋的作品，而是一只真正的、起码可以引领三十只母鸡的公鸡，一位神气十足、气象万千的王者。它是一幅非用半个钟头不能完成的“大杰作”（一般孩子的画大多只花十数分钟）。直到现在，每当一回忆起这位伙伴，我就不免十分惭愧而自卑，他永远是我心目中的大师。可是，以后三十多年，我再也没有听到这个小哑子的消息了。可能他早被饿死了。旧时代真正的天才的“弃婴”，来不及得到党和人民的抢救就断气了的，何止千千万万！这样真正有“天份”的孩子如果成长起来，能活到新社会，不就是一万个吴道子、阎立本、赵子昂、陈老莲、齐白石吗？

我的两个孩子都是解放以后出生的。做父母的在日常生活中有时也为他们的成长有所哀乐。新社会给了他们一万个好处，但是也有一个条件太好的“坏处”。这可是以前料所不及的。

孩子们不懂历史，只能从小人书上去读昨天的艰难日子。孩子们把一切现有的当作从来就有的。有时他们发问：

鸦片是什么呀？

蒋介石是什么呀？

皇帝有什么用啊？

他们应该知道许多新的东西，也应该知道许多过去的东西。我们从前在乡下想得到一支铅笔有多么艰难，舅舅就因为我想得到一支铅笔画画而大骂我没有出息的。旧时代认为画画没有出息也颇令我的孩子大惑不解：“干吗画画会挨骂呀？爸爸！”

孩子们画画，究其实质，是一种较有趣的“儿戏”。它的好处在于可以从这种玩意中去学习认识生活，爱生活，扩大孩子的眼界，培养想象能力。

因为专业的关系，教孩子认识历史和生活比画画费力。画画是我们生活工作的一个部分，我们的日课；给孩子带来耳闻目睹的影响比直接教育的机会多。而认识生活和历史则不然，那要花许多时间和精力。愿不愿孩子们长大以画画为业呢？愿意，我觉得这工作很有意思。不单希望自己的孩子画画，刻木刻，也努力地在教学中多培养一些画家出来。我们国家这样大，好的画家总是不嫌多的。

如果孩子们长大之后不禀承父志，不干画画这一行行不行呢？由他去吧！我也会帮助和鼓励他们去干他们愿意从事的工作。这样说，我是充满自豪感的。做一个颇懂艺术的生物学工作者、人民警察、解放军、医生一定是很有意思的。勉强自己孩子长大之后完全照父母意思去办事，十成有五成靠不住，那毛病总是出在我们对自己的“家教”本领过于自信的缘故。

所以孩子们画画这件事，在我家里只是沟通彼此之间语言的、认识生活的一种特殊手段。因为对我来说，这容易办一些，熟练一些；要使用生物学家的、人民警察的、解放军的、医生的语言来教育孩子，我不会，也无法学，学会了，我家的孩子也听不懂。

对于自己孩子之所以画画的情况，就是这一些。作为教育孩子的条件来说，每家都有自己的教育孩子的专业语言。在他们三两岁时，我帮助他们学习过正确掌握毛笔的方法和使用水墨颜色的步骤。以后经常所谈的只是生活中有趣的、可以入画的东西，一种提示，一种启发。形象准确、透视解剖这些东西，可以不提。（年龄增长，这些要求他们自己会去解决）孩子不因章法局促，倒能画出一些有趣的东西来。我一直留意提防他们去模仿任何古今大师们的作品。不让他们小小年纪就堵塞了用自己感情的眼睛去观察生活的机会。

只要留意一下美术展览会上的儿童观众的数目，就不用担心我们将来会缺少画家了。看画展已成为人民艺术生活的一个重要部分，观众进场交参观费就和买电影票一样自然。孩子们成为画家或什么家的可能，是不必担心的。但是，孩子们还颇为缺乏祖国历史和生活知识，还不太知道生活的“甘苦”！他们有点孱弱，娇嫩，没有经过风霜，不够坚韧。这是我深以为憾的，觉得做娘老子的责任重大！

（1962.05.31，04版）

永久的忆念

杨沫

有些事情是终生难忘的。每当想起抗日战争时期的一些遭遇，心里说像饮了醇酒般荡漾起一种美妙的充满诗意的激情。没有言词可以赞美，我要记下我的忆念。

这是1944年底，抗战胜利的前夜，我那时正在冀中大清河北的平原上。

青纱帐消失了，大地上一片光秃、寂静。这时，敌人突然向刚刚恢复一些的抗日根据地来了个“铁臂合围”。拂晓，我和我工作的报社同志们在睡梦中就被敌人包围了，但我们进入地道里。傍晚，敌人退走了，我们走出地道。为了跳出敌人的包围圈，立刻，我们赶出三十里外，来到雄县拒马河边的夏辛庄。因为这里已经一年多没见敌人的踪迹。

几个男同志住在一个院子里，我被分配住在另一家人家。这人家紧靠着拒马河边，只有母女俩。夜不算太晚，我走进那间低矮的但暖腾腾的小屋时，母女俩都还在灯下做针线。母亲约摸四十多岁，憔悴、黄瘦，女儿十六七岁，长着两只机灵好看的大眼睛。她一见我，燕子般飞下炕来，一把把我拉上了热炕头。一边摸着我冰冷的手，一边用那好看的眼睛盯着我，一边还神秘地微笑着。我和她娘俩围坐在炕上的小油灯旁，袜子破了，我脱下来想借个针线缝补，不料女儿却一把抢了过去，而且还拿起我的鞋子看了几眼，三下两下就比着绞成个底样。我知道她看我的鞋破了想替我做鞋。我笑着说：

“不用了，我还有鞋。再说不知哪天才能再到你们这村来……”真的，游击生活，常有时一个村子去过一次，就永远没有机会再去了。

女儿摇头，紧捏着底样，要哭似的：“这长时候不见你们了，大姐，你可一定再来呀！”母亲也这么说着，我只有微笑点头。

夜深了，该睡了，我没有被子就和女儿睡在一个被窝里。奔波了一天，真想睡。可是小姑娘却偎在我的怀里，睁着两只大眼在我耳边咕哝着：“大姐，你可一定再来呀！……”“大姐，我跟你们一块儿去当八路军行么？妈守寡，就我一个，要不，我早走了……”

我紧捏着小姑娘的手，那纯真的火一样的热情，驱走了浓厚的睡意，我低声向她讲着抗战的道理，告诉她在村子里也一样可以和敌人斗争……我们不过是第一次相逢，可是，多么快，我们已经是心心相印了。

母亲似乎真有点怕我这个八路军带走她的女儿，她几次咳嗽着催我们睡。我们终于欢快地睡着了。好梦才一忽儿，突然一阵急促的打门声又把我们惊醒过来。开始，我们以为是自己的队伍，小姑娘要跑去开门。我制止了她。再一听不对头——打门声粗暴，隐隐地夹杂着骂声。我迅即肯定这是敌人，也可能是来捉我的。为了不连累这母女俩，我又迅即决定冲出村外去。（因为这村没有地道。）我把一包文件交到女儿手里说：“要紧！一定藏好！我看看情况能出村就出村，不能，我也到别的院去。”

“大姐，可不能……”小姑娘紧拉着我的手，她的手微微颤抖着。

打门声更急了，母亲的脸吓得更加焦黄。我不能再犹豫，甩开小姑娘的手，一下子跑到通向别家的篱笆旁。这时小姑娘才仿佛同意了我的意见，她把文件包很快但又很仔细地塞到一堆柴草里，拉着我跳过了篱笆。我们在昏黑的夜里越过两重院落飞跑到拒马河边。

淡淡的星光下，一条大河横在面前。河水虽然结了冰，但不知厚薄。看看黑糊糊的四周，不见敌人的动静，我们站下来喘着气。停停，我低声对小姑娘说：“你还是回去吧，看妈妈不放心。”

“不！我地理熟，咱们就伴走。”说着她拉住我的手快步走下河床。我们互相搀扶着一同履过还不太坚硬的冰河，接着又急急爬上了河旁的大堤。伏在堤坡上的一棵大树下，我屏息又向四周谛听：在我们两旁并不太远的堤上，似乎都有敌人大皮靴的走动声……

“快走！”我拉了小姑娘一把，想一同滚下堤那面去。可是，这时，小姑娘忽然紧抱住我的肩膀，慌促地在我耳边小声说：“大姐，我要回去——你一个人走吧！”

我的心动了一下。怎么？小姑娘害怕啦？那也好，离村不远，她回去也许比跟我在一起更好些。没等我说话，小姑娘用她那双在黑夜里闪闪发光的大眼睛依恋地看了我一下，一扭身顺着原路跳下河去。

我望着她的背影在心里叹了一声：“小姑娘毕竟是小姑娘呵！”就滚下大堤向茫茫黑夜里奔去。

黯淡的苍穹下，荒漠的旷野里，我一个人在冰冷的土地上匍匐前进。寒风砭骨我不知冷，身上刺破了我不知痛。因为在离我不远的两边大路上，敌人的大队人马正悄悄地迎面而来。为了不被发觉，我就在漫野里用双肘支着身体向前爬行。我向东，这正是我们头天晚间来夏辛庄时经过的道路；敌人向西，看得出，日寇正准备向我们的河西根据地来个突然袭击。

爬行很慢，东方已经发出青色的曙光，晃动着的敌人、车、马已经逐渐显出清晰的轮廓。我不能停下来，必须在天亮前赶到前面村庄找个人家掩蔽起来。可是，我又不能站起来走，因为这样敌人会发现我的。

我觉得时间过得很慢，可是看看更加发亮的天空，我又觉得过得太快了。眼看天就大亮了，敌人的大队还是络绎不绝于途。怎么办？等天亮了被敌人发现把我捉住或打死么？不行！终于我下了决心，管它三七二十一，我站起身就向前面的村子奔去。好容易到了村口，我隐在一棵大树后又小心地观察了一下，村庄静悄悄的没有一点人声，于是我走进了村口，然后向两旁紧闭着的街门观望着——打算找个人家走了进去。虽然这里四周都有敌人的炮楼，但人民是我们的。我相信随便走进那一家，都会有一颗火热的心把我留下来。我正在考虑着怎样打门、打那一家合适的时候，突然，有两个男人，影子似的闪到了我的身旁，只说了一声“我的妈呀”，就一人一只胳膊把我架到旁边一扇稍稍凹进去的墙壁旁，接着搬起戳在旁边的几捆高大的高粱秆，把我掩藏在里面。然后才轻声对我说：“同志，敌人就在这村里。你先藏一会儿，我们不来，你可别动！”

“同志”，这是个多么激动心灵的字眼呵！我真是又惊又喜。惊的是敌人总跟我形影不离；喜的是我找到了要找的人，有了这些人我还怕什么。天已经亮了，我躲在街头上不动了，这才觉得衣服太单薄了，而且都已汗湿。彻骨的寒冷正一阵阵鞭子似的向我身上抽来。我忍住牙齿的打颤，因为在我前面不过三五步远的高粱秆外面，鬼子和汉奸正在街上来来去去地走动、呼喊。大皮鞭通通响着、枪栓阵阵拉着、村干部委曲婉转应酬着敌人的声音，全都清楚地传到高粱秆后面来。我蹲在冰冷的土地上谛听着这一切。想着，这是个多么奇妙的世界呀！几捆高粱秆，四只有力的手臂就把我和那罪恶血腥的深渊隔绝了。敌人正出动大批兵力到处搜捕共产党八路军和抗日人员，而我离他们只不过三五步远……

过了不知多久，忽然，高粱秆移动了。一个男人向我探头小声说："快！"

我跳出高粱秆，又是一只有力的手臂拉着我，我们三步两步窜进了附近的一扇小门里。门后掩藏着一位老太太立即把门关好。我们在阳光下走进后院一间僻静的小屋里，不相识的老太太二话没说立刻帮我梳洗打扮起来。我把沾满泥土的脸洗净，头发梳好，又把满是污泥的棉袄脱下，换上了老太太已经给我准备好的小花袄，然后端端正正坐在炕上的纺车后面，等这一切都在几分钟内做完了，老太太给我去做饭，那位拉我进来的男人这才开口："同志，会纺线吗？——纺吧！"

我顺从地纺起线。那个男人坐在炕沿点起烟锅。真奇怪，他一边吸烟，一边抬头向后窗户外面望着，一边还不时扭过头来向我微微一笑。我停下抽线的手，好奇地顺着他的视线也向窗外望去——呵，原来在对面高房上，清清楚楚地，一个伪军端着大枪正在放哨。原来如此！怪不得他和老太太谁也不和我多讲话呢。

可是，我们终于还是小声谈起来了。他告诉我他是这村的支部书记。他听两个应酬敌人的村干部说，高粱秆后面还藏着一位女同志，他想时间长了，终是危险。于是，在二三百雄县伪宪兵队还在这村折腾的现时，他设法把我引到老太太家里来。在这儿装成老太太的住家女儿会保险得多……

听了他的话，我纺线的手微微颤抖了。这不是怕，这是骄傲和感激混在一起的撼动心灵的感情。我不禁停下纺车看着支部书记。这是个面目黧黑的四十多岁的中年人，两只大手长着厚厚的茧子，一身破旧衣服，一望而知是个老长工。半晌，我才说：“你看，村子这么多敌人，你自己跑出来帮助我多危险。”

他磕打着烟袋微笑着，说话怪有风趣：

“不要紧。我们把狗日的们调到别的街上去了。同志，你在那好堡垒里，后来听不见动静了吧？”说着话，我发现他那安详的黑色眼睛里，忽然闪着一种智慧而自信的光芒。这光芒给了我莫大的喜悦和力量，我的心沸腾着……虽然我没有问他们想什么办法调走了敌人，但我确信他说的是实话。当我正因大群敌人在我面前过来过去而不安的时候，忽然街头静了下来，接着支书就把我接到老太太家里来了。

说着话，我们又一同向对面房上的敌人哨兵瞥了一眼。连老太太在内，我们都忍俊不住地露出了会心的微笑。

这个晚上，我又回到了夏辛庄来找大眼睛的小姑娘，准备找到文件和我们的人再向别处转移。可是那间傍河小屋里只有母亲没有女儿。母亲正在一把鼻涕一把泪地叙述女儿送走我不久又跑回来，从柴草里拿走我的文件包就不见了。直到如今敌人走了，人们都回家了，可是她还不见回来……听到这里，我的心狠狠翻搅了一下，小姑娘被捕啦还是被害啦？那么文件也……我和一屋子老乡在黯淡的灯光下叹息着，那母亲更哭得泪人似的。正在这时，小姑娘两手高举着我那个小包包，燕子似的飞了进来。一进屋见了我，不管母亲怎样抓她搂她，她一头撞到我的怀里，闪着两只机灵的大眼睛笑着说：“大姐，我抱着你的包包睡着啦。”

“你在哪儿来？”我抚摸着她沾满柴草的头发问。她看了看一屋子的人，摇摇头说：“保守秘密！反正你的文件一点也没损失——我是为了它才跑回村来的呀！”

多少年过去了，小姑娘机灵的大眼睛和那双高举文件包的小手总不时闪现在我眼前。伴着这美丽的形象同时出现的是，另一双长满茧子的大手和那张浑厚而黧黑的脸。可惜他们的姓名我已经不记得了，（因为在那些年代，我常常碰见这样的人。）但这并不妨碍我对他们的怀念。我相信这怀念会一直继续到我生命的终结。

（1962.07.07，04 版）

马缨花

季羡林

曾经有很长的一段时间，我孤零零一个人住在一个很深的大院子里。从外面走进去，越走越静，自己的脚步声越听越清楚，仿佛从闹市走向深山。等到脚步声成为空谷足音的时候，我住的地方就到了。

院子不小，都是方砖铺地，三面有走廊。天井里遮满了树枝，走到下面，浓荫迎地，清凉蔽体。从房子的气势来看，从梁柱的粗细来看，依稀还可以看出当年的富贵气象。

这富贵气象是有来源的。在几百年前，这里曾经是明朝的东厂。不知道有多少忧国忧民的志士曾在这里被囚禁过，也不知道有多少人在这里受过苦刑，甚至丧掉性命。据说当年的水牢现在还有迹可寻哩。

等到我住进去的时候，富贵气象早已成为陈迹，但是阴森凄苦的气氛却是原封未动。再加上走廊上陈列的那一些汉代的石棺石椁、古代的刻着篆字和隶字的石碑，我一走回这个院子里，就仿佛进入古墓。这样的环境、这样的气氛，把我的记忆提到几千年前去；有时候我简直就像是生活在历史里，自己俨然成为古人了。

这样的气氛同我当时的心情是相适应的，我一向又不相信有什么鬼神，所以我住在这里，也还处之泰然。

但是也有紧张不泰然的时候。往往在半夜里，我突然听到推门的声音，声音很大，很强烈。我不得不起来看一看。那时候经常停电。我只能在黑暗中摸索着爬起来，摸索着找门，摸索着走出去。院子里一片浓黑，什么东西也看不见。连树影子也仿佛同黑暗粘在一起，一点部分辨不出来。我只听到大香椿树上有一阵窸窸窣窣的声音，然后咪噢的一声，有两只小电灯似的眼睛从树枝深处对着我闪闪发光。

这样一个地方，对我那些经常来往的朋友们来说，是不会引起什么好感的。有几位在白天还有兴致来找我谈谈，他们很怕在黄昏时分走进这个院子。万一有事，不得不来，也一定在大门口向工友再三打听，我是否真在家里。然后才有勇气，跋涉过那一个长长的胡同，走过深深的院子，来到我的屋里。有一次，我出门去了，看门的工友没有看见。一位朋友走到我住的那个院子里，在黄昏的微光中，只见一地树影，满院石棺，我那小窗上却没有灯光。他的腿立刻抖了起来，费了好大力量，才拖着它们走了出去。第二天我们见面时，谈到这点经历，两人相对大笑。

我是不是也有孤寂之感呢？应该说是有的。当时正是“万家墨面没蒿莱”的时代，北京城一片黑暗。白天在学校里的时候，同青年同学在一起，从他们那蓬蓬勃勃的斗争意志和生命活力量，还可以吸取一些力量和快乐，精神十分振奋。但是，一到晚上，当我孤零一个人走回这个所谓家的时候，我仿佛遗世而独立。没有人声，没有电灯，没有一点活气。在煤油灯的微光中，我只看到自己那高得、大得、黑得惊人的身影在四面的墙壁上晃动，仿佛是有个巨灵来到我的屋内。寂寞像毒蛇似的偷偷地袭来，折磨着我，使我无所逃于天地之间。

在这样无可奈何的时候，有一天，在傍晚的时候，我从外面一走进那个院子，蓦地闻到一股似浓似淡的香气。我抬头一看，原来是遮满院子的马缨花开花了。在这以前，我知道这些树都是马缨花；但是我却没有十分注意它们。今天它们用自己的香气告诉了我它们的存在。这对我似乎是一件新事。我不由得就站在树下，仰头观望：细碎的叶子密密地搭成了一座天棚，天棚上面是一层粉红色的细丝般的花瓣，远处望去，就像是绿云层上浮上了一团团的红雾。香气就是从这一片绿云里洒下来的，洒满了整个院子，洒满了我的全身，使我仿佛游泳在香海里。

花开也是常有的事，开花有香气更是司空见惯。但是，在这样一个时候，这样一个地方，有这样的花，有这样的香，我就觉得很不寻常；有花香慰我寂寥，我甚至有一些近乎感激的心情了。

从此，我就爱上了马缨花，把它当成了自己的知心朋友。

北京终于解放了。1949 年的 10 月 1 日给全中国带来了光明与希望，给全世界带来了光明与希望。这一个具有重大意义的日子在我的生命里划上了一道鸿沟，我仿佛重新获得了生命。可惜不久我就搬出了那个院子，同那些可爱的马缨花告别了。

时间也过得真快，到现在，才一转眼的工夫，已经过去了十三年。这十三年是我生命史上最重要、最充实、最有意义的十三年。我看了很多新东西，学习了很多新东西，走了很多新地方。我当然也看了很多奇花异草。我曾在亚洲大陆最南端科摩林海角看到高凌霄汉的巨树上开着大朵的红花；我曾在缅甸的避暑胜地东枝看到开满了小花园的火红照眼的不知名的花朵；我也曾在塔什干看到长得像小树般的玫瑰花。这些花都是异常美妙动人的。

然而使我深深地怀念的却仍然是那些平凡的马缨花。我是多么想见到它们呀!

最近几年来，北京的马缨花似乎多起来了。在公园里，在马路旁边，在大旅馆的前面，在草坪里，都可以看到新栽种的马缨花。细碎的叶子密密地搭成了一座座的天棚，天棚上面是一层粉红色的细丝般的花瓣。远处望去，就像是绿云层上浮上了一团团的红雾。这绿云红雾飘满了北京。衬上红墙、黄瓦，给人民的首都增添了绚丽与芬芳。

我十分高兴。我仿佛是见了久别重逢的老友。但是，我却隐隐约约地感觉到，这些马缨花同我回忆中的那些很不相同。叶子仍然是那样的叶子，花也仍然是那样的花；在短短的十几年以内，它决不会变了种。它们不同之处究竟何在呢?

我最初确实是有些困惑，左思右想，只是无法解释，后来，我扩大了我回忆的范围，不把回忆死死地拴在马缨花上面，而是把当时所有同我有关的事物都包括在里面。不管我是怎样喜欢院子里那些马缨花，不管我是怎样爱回忆它们，回忆的范围一扩大，同它们联系在一起的不是黄昏，就是夜雨，否则就是迷离凄苦的梦境。我好像是在那些可爱的马缨花上面从来没有见到哪怕是一点点阳光。

然而，今天摆在我眼前的这些马缨花，却仿佛总是在光天化日之下。即使是在黄昏时候，在深夜里，我看到它们，它们也仿佛是生气勃勃，同浴在阳光里一样。它们仿佛想同灯光竞赛，同明月争辉。同我回忆里那些马缨花比起来，一个是照像的底片，一个是洗好的照片；一个是影，一个是光。影中的马缨花也许是值得留恋的，但是光中的马缨花不是更可爱吗?

我从此就爱上了这光中的马缨花。而且我也爱藏在我心中的这一个光与影的对比。它能告诉我很多事情，带给我无穷无尽的力量，送给我无限的温暖与幸福；它也能促使我前进。我愿意马缨花永远在这光中含笑怒放。

（1962.10.01，04 版）

最后的访问

——悼念作家李劼人

韦君宜

12 月 25 日，听到四川老作家李劼人逝世的消息，我惊愕得简直难以相信。自然，按年岁说，这位老作家已经不为短寿；但是，回想起只在一个多月以前我去李老家中组稿时，他那滔滔不竭的词锋和创作计划，还有，只在十八天以前他给我们编辑部写的那十分认真的索取资料的信，我不能不感到这位老作家的死是太突然、太突然了！他还有无穷的东西要等着写、必须写，怎么就能带着这许多未完成的心愿而死去！

11 月 12 日，我们两个编辑和一个作协的干部一道去成都郊外李老的寓庐“菱窠”拜访。当我们走进那陈设清雅的客堂间时，李老刚从旁边通连的书房里走出，那显然是正在写作，望得见桌上的文稿还堆在那里。他穿一件薄薄的夹袍，精神依然和春天来北京时一样，十分健旺，也不戴眼镜，目光四射，谈笑风生。他晓得我们这些编辑的来意，无非是谈稿子，开口就笑着说：“今年可是进展得太慢了，写得太少了！太少了！”原来，他在 1961 年完成了《大波》第三卷，从 1962 年着手写第四卷，到这时已写了九万多字。他一个劲儿地说，因为今年会开得多，社会活动多，因此写得慢。但是，他决定，无论如何要在 12 月底以前写完十二万字。这样，《大波》第四卷就可以在 1963 年脱稿了，接着好再干别的。

我们是知道一点他在创作上的打算的：《死水微澜》、《暴风雨前》写辛亥前夜，《大波》写辛亥，《大波》以后还准备写，就问他是否就是那么接着来。他笑着说："那下一部的计划已经考虑得比较具体化了，准备写五四时代各种各类知识分子的动态，定名为《激湍之下》。"还附带解释道："你看，'微澜'、'大波'、'激湍'，波澜越来越大了。就是这个意思，要一直写下去。"但是，说到这里他又告诉我们：在《大波》结束后，还准备再写一个中篇历史小说：《张献忠》。现在已经搜集了不少的材料，民间传说、稗官野史都有，要还张献忠一个本来面目，那会是一件很有意思的工作。

当编辑的总不免有点害怕自己约的稿子落空，一听这话我们就有点急了，不知他老人家究竟要写哪一部？他却笑着安慰我们："没有关系，写部中篇是中间插一下，调剂一下子啊。随便写的！《激湍之下》也得要写，都写！《激湍之下》是主要的。"

于是他郑重地谈起自己的全部创作计划。他说：《激湍之下》以后还准备写国民党统治时期、抗日战争时期……一直写到解放为止。他的意图是想写一套类似巴尔扎克《人间喜剧》那样的，由若干部作品组成的大书，来反映由辛亥以来三四十年的四川社会。所不同的是《人间喜剧》的写法是横的，而他这一套是纵的，顺着时代写下去。但同样是想容纳这几十年社会生活政治经济等各方面的变化，将来可以当作社会生活史来读。

他声音很高，谈起这个令人鼓舞的计划时又是那么神采飞扬的，使我们也记不得作家的年龄了。我说："那您还要写好多部啊！"他说："是的，我计划写到八十五岁！"说到这里他轻轻点点头，一笑："如果活不到那样岁数，那就没有办法。能写多少我总要写多少。"

他告诉我们，写这部作品的主要麻烦是怎样进入当时的生活环境。所写的生活距离现在已经五十年了，要写得使自己的心神完全走进那五十年前的"古人社会"才行，决不能让当时的人讲现在的语言，穿现在的服装，用现在的器物。这类细节必须认真，不能潦草。常常写到半截，得起来出去参加社会活动，回到现实生活；一会儿又再回来，努力钻进那“古人社会”。他一边说一边笑着：“麻烦！麻烦！”但是，看来显然很欢喜这种“麻烦”。他接着说：“会，那是要开的。人代会你不让我去开？那不行。不去视察？也不行！”不管怎么，他还是坚持着这个“麻烦”的工作方式。

谈得高兴起来，他走进了书房，把正在写作中的《大波》第四卷原稿拿给我们看。那是厚厚一叠素元书纸的稿本，用毛笔写的。纸上没有格子，但是那一笔端正挺秀的小字，一行行像拉了线似的笔直，行对行、字对字，行行字数一般多，完全和写在格子里一样，看惯了各式各样龙蛇飞舞的稿子，一见这部稿真觉眼前一亮。我不由不在心里惊叹老作家的“基本功”这样结实！

他还谈了别人的作品，以及创作中的得失，觉得《大波》从正面来写重大史实太吃力，下一部恐怕还从侧面写好……谈得那么畅快而又充满信心，滔滔不绝，真个是“词源倒流三峡水”，我们告辞出门时都很高兴，心想：1963年他这部稿子肯定能完成，年底恐怕就可以问世了！

12月6日他还有手札给我们，谈稿子，还说要买书，也依然是那样端正挺秀的字体，那样信心十足的口气。这信是11日收到的，谁能想到，会在十四天之后就收到了他的噩耗！

我和这位老作家只有业务上的来往，但是，我能清楚地感觉到：这是一个损失，一个很大的损失！这是一个生命力多么强的人，一个使人一见就不容易忘记的人！我怎能相信他那些雄图壮志竟永远不能实现了，他的《大波》竟成为永不能完成的遗稿了！不知究竟是写成了十万字呢？十二万字？他一定会是直到死前还在写的，这是一位到死还在工作，死在岗位上的人啊！古人曾歌颂强毅的风格可以“廉顽立懦”，我想：凡是浪费自己生命的人，在这位老作家面前也是会红脸的。短短的接触使我感到受了鼓舞，故写此记，敬致哀悼。

（1963.01.12，04版）

妇道人家

——探泉小记之二

黄宗英

沿着沙河边的小路，走进村里已是正午。大田里的人们，都三三两两扛着铁鐯回家了。穿过竹林，我来到爱娣家门口，见门还锁着，就一步跑到猪棚里来找她。听到猪群急躁的讨食的叫声，就知道她准是在给猪“开饭”哪。秋风吹到身上已有些凉意了，爱娣还只穿着个上海郊区妇女最喜爱的肚兜，露出圆圆的肩膀和黑里透亮的背脊，下身可系了个又厚又长的人造皮围裙，脚上是双高统套鞋。阳光从篱墙空隙里钻进来，映在她那红朴朴笑咪咪的脸上。她看见我来了，并没有停止工作，拎起猪食桶子，一边走一边问我：“老黄，你稿子交脱了！”我接过铲子搅着猪食，痛快地大声回答：“交脱了！”一转眼，她又拎着空桶回到灶边来了，趁我盛食的空档，她舒了口大气：“那好在乡下玩一阵了，那好不要写了。”我说：“这不是来了吗？！不过写还是要写的，毛豆拔起种萝卜呀。”

“旧年写到今年，还要写？”“你旧年养猪到今年，还要养？”“大家都想吃肉啊，哈哈哈哈……”走出好远了还听见她的笑声，又听她叫：“来吔，来吔！”我走进猪棚问：“你是叫我，还是叫它们？”她偏过头去，用指头点了我一下子，才招呼我：“你来看，你来看。”此刻，猪棚里只听到有节奏的叭唧叭唧的响声。这是一个生产队的饲养场，经常也不过三十来头猪，爱娣一个人照料着。今年供应市场派购任务完成得好，给队里赚了一千多元。这个队社员私养的猪苗，一个劳动力分一头，也都是由猪场里供给的。猪多肥多，生产队大面积的蔬菜也增了产。爱娣正一只手扶着猪栏，一只手拨拉开那头把爪子伸到食槽里去的、不懂得友爱互让的小花猪。爱娣那副神气，配上那一窝象吹足了气的橡皮玩具般的小猪，我在年画里，在景德镇的瓷雕艺术品里，都似曾见过呢。

吃完中饭，她把工作交托给共青团员全娣。我忙说："我头一天来，就害你误工可不行。"她说："你放心，这个月我比男劳力做得工分还不少呢。我本来今天下午是要休假搞搞家务的。"说着，就在门前空地上支起木架，搭上晒帘，搬出棉胎。于是，我们就在晚芦粟的荫下，开满着红白小花的扁豆架旁，一边话家常，一边缝着棉被。不一会儿，爱娣的三个大孩子放了学，挎着满篮的羊草回来了。托儿所里那六岁的小妹妹，也围到妈妈脚前脚后转。我行完最后一条线，爱娣端出一碗碗绿豆粥来。我推却不了，就一边喝着香喷喷的绿豆粥，一边听着爱娣夸耀今年社里的好收成。

爱娣就是这么个结结实实、快快活活、有说有笑的农村妇女，是劳动的能手，是慈爱的母亲，是个豁达开朗的姐妹伴儿。你不会想到她本是个"苦命胚子"。

前年冬天，一个早晨，我背着简单的行囊，踏碎小径上的霜花，来到沙河边上。生产大队的干部，领着我往爱娣家走去，一路走他一路说："你说要住到贫农家里，呶，这家就是。一个寡妇，三十多岁，拖着四个孩子，最小的还只有四岁，男人死了，可怜爱娣从小做童养媳妇，现在……"于是，一个悲愁的妇人的影子掠过我的脑际。更因为前几天刚看完柔石的小说《二月》。沙河上小拖轮的汽笛长声的叫着，我想到卅年代的小说里，那个在船头上抱着孩子哭肿了眼的年轻的寡妇。……

没想到，迎着我的却是一张红朴朴笑咪咪的脸，看来爱娣早就在家等着我啦。她接过我的行囊，跟着又舀来一盆洗脸水。在热腾腾的雾气里，我看她忙活着抱进满捆的干稻草给我垫床。一边说："我伲房子小来，地方龌龊来，小人闹来。"房子确实矮小一些，挂在梁上的篮子老是要碰我的头。地方倒不龌龊，小人也不闹，都上学、去托儿所了。晚上，听着有线广播，我和大孩子在灯下小桌小凳上一起做完功课；又做了会“手影子戏”，哄着那小的洗了脚，睡在我床里厢。我也就半盖着被坐在床上，因为这屋里最适合我坐的就是床了。爱娣看见我正把换洗的衣服往个空枕套里塞，就问：“做啥？”“做枕头，我到乡下来的老办法。”“噢唷，僚城里人真会得将就。”说着拉开柜子，翻啊翻的，给我翻出一只软篷篷的新枕心，又找出一条“幸福牌”大花枕巾来。刚关上柜子，看见我脱了薄棉袄后，穿着机织的细绒线衫，又“噢唷”起来了：“僚城里人舍不得线啊？穿这样薄的绒衫，蹲在江边地里拔菜，不要把你骨头吹裂开？”于是她再开开柜子，翻出一件墨绿色的粗绒线衫，“命令”我明天换起来。我看着她把几双不同尺码的新套鞋、球鞋、和一些不同颜色的布料等等都放回到柜子里去。这些东西，在我走过的翻身农民家里，本不稀奇。不过，这是在一个要拉扯四个孩子的寡妇家里，不能不引起我的深思。我本来这天晚上还打算和她谈谈，了解她的一些困难和苦处，可是她头一落枕就睡熟了。只有辛勤劳动了一天，又对明天无所忧虑的人，才会睡得那么香甜。四个孩子轻微的鼻息，和谐地呼应着。小女儿的胖脚丫，从厚厚的棉被里蹬出来，横在我的肚子上。尽管窗外北风呼呼地叫着，小屋里是温暖的。这不是一座普通的小屋。爱娣和她的四个失去了父亲的孩子，是睡在人民公社的怀抱之中。

其实，爱娣并不是没有忧愁的。有一晚，我睡到半夜三更，被刺眼的电灯光弄醒了。看到爱娣盘腿坐在床上，手里拿着已经纳了半只的袜底。她拉线的手很缓慢，她的心事好像不轻。我悄悄地问：“怎么啦？爱娣。”她叹了口气，坐到我床边来，“老黄，你说，到底选啥人好？”哎呀，原来她在为明天选举干部在发愁。爱娣思考着：“干部就是定秤的准星。××文化是有，嘴也会说，出的主意听听讨俏，可是，心里头没有穷人……”“寿生呢？”“寿生年纪轻，太性子急，事情该讲十句，他只讲两句。现在好多了，没有拉不直的绳子，没有改不脱的毛病。他还是一心为集体的。”“进根叔呢？”“进根叔做事一板一眼，不讲面子，不讲私情，成事就得有这样的人。”“你呢？”“哎呀，我一个妇道人家，懂得什么？”

可是，第二天，在选举大会上，我听着唱票，一笔笔往几个候选人的名字下面画道道，这个“妇道人家”爱娣的名字下的“正”字越画越多，她终于以全票当选了生产队的干部。

我私下探问群众，为什么选爱娣，老婆婆说：“她厚道、老实、勤俭。”小后生回答：“她处处响应党的号召。”阿公夸赞她：“管猪棚，精粗饲料上明明白白。”男人们说：“论力气不比我们差好多，论心劲我们跟不上她，她尽捡人家不愿做的事情做。”妇女们说：“她出工早，收工迟，不争工分，不斗气。”群众是心明眼亮的。这一届队委会的干部们工作得怎么样？你不用问，空气也会向你透露消息。晚上，我们在小学校的操场上看完电影，我一手提着小板凳，一手拉着爱娣的小女儿，借着月光，沿沙河堤岸走回村来。年轻人的笑语打破夜的寂静。阿婆阿嫂们约我明天去串门，帮他们给部队里和在外地上学的儿孙写信，让他们安心在外习文练武。探照灯在头顶上射出一道道银箭，小学生们一路玩着打 U-2 美蒋飞机……当人声四散开去时，能隐隐地听到远远近近断断续续的砧板响和有节奏的舂米声，沙河里的汽轮和木船的橹桨掩抑着欢欣，羞涩地低唱着城乡情歌，青蛙和纺织娘也在伴奏。金色的秋天悄悄地来了。咦，从什么时候起，秋天对人们不再是萧索、苍凉、悲伤、焦愁的了？！每一个秋天，在我们的国家里，都带给人们更多的幸福和更美好的愿望。就在这沙河边上，在这座小小的村庄里，我也能看得见、听得着、感觉得到，我们人民前进的脚步是坚定的、有力的、稳健的、欢快的。

（1963.03.09，04 版）

老师

王安忆

这是发生在一年多以前的一件事……

一天，我因为写一篇知识青年搞科研的总结报告，来到一所小学校。

时间已经过了晚九点。隔壁房里不时传来说话声：

“甲一小时走十里，乙一小时走八里……”这是一个老年妇女的声音。听得出来，是老师在给学生补课。

“甲一小时走十里，乙一小时走八里……”苍老的声音重复着，没有一丝一毫的不耐烦：“几小时以后，甲能赶上乙呢？”

“使劲追啊，追得越快，赶上得越早。”这是一个稚嫩的、清脆的声音。显然是胡闹，这肯定是个淘气包。

“好好想想。”老师对他还是十分耐心。

“先加吧？”学生猜谜似地说。

“不，我再讲一遍，先算出甲比乙每小时多走几里……”

静默了，听见笔在纸上沙沙的声音；过了一会，那脆嫩的声音又说：“要是甲绊倒了腿呢？”

老师仍然不理他：“然后再怎么做呢？”

“乘。”又是在猜谜。

我真想大声喊起来：“用除法，笨瓜！”

可是那老师又细声慢语地讲下去，不厌烦地重复着。那小家伙是否认真了一点呢？我正在想，忽听到桌椅吱吜吜地发出声音。这时，一声又惊又喜的尖叫传来："蛐蛐！"然后是一阵乒里乓啷的声响。

"先学习，一会儿再玩。"

"跑了，跑了。"孩子大叫着，"你别管我嘛。"

我再也忍不住了，丢下笔，冲了出去。

隔壁是总务室。我一闯入，老师和学生都愣了。学生是个十多岁的男孩，老师已是满头花发了，都站在墙角。我不由分说，拽起孩子的胳膊往桌子跟前拖；那老师却拉住我的手，连声地说："轻些，轻些"，好象我真会把胳膊给拉断似的。

可能是蛐蛐跑了，小鬼玩的心思没有了，也可能是我这铁塔似的大汉坐阵，反正，在老师不厌其烦的讲解中，他总算搞清楚甲啥时追上乙。孩子要走，老师说，天晚了，要送他，出去找手电了。看着她匆匆走去的背影，我不觉想，真是个好老师啊！我突然想起刚才孩子大声嚷嚷的话了。

"喂，她不是你的老师？"我问。

"过去是，现在不是。"

"怎么回事？"

"我们造反造掉的呀！"小家伙得意地偏着头望着我。

"你们造的是哪门子反哪？"我又好气又好笑。

"造修正主义教育路线的反呀！她一天到晚要我们读书。"

"那是为你们好。"

"我们要反潮流，不当小绵羊。"孩子嘟起小嘴，大眼睛扑眨、扑眨地瞧着我。

老师来了，对我抱歉似地笑笑，拉起孩子的手，要送他回去；孩子却挣脱了，好象要显示自己是个大人似的，大模大样地走在头里了。我跟到门口，目送他们远去，回头却看见走廊里贴满了一排大字报，题目是《不当小绵羊，要当小闯将》……在昏暗的灯光下，我浏览了一下，大都是批判一位老师的，心里涌上一种说不出的滋味。走进屋，我打量了一下房间，看见办公桌上放着一本备课笔记。翻开来看，第一页是一张表，写着某天晚上，给牛牛补语文；某天晚上，给阿宝补算术；长长的一列。

我放下本子，不解地抬起头，这时我看见桌上墨水瓶旁边，有一个小小的镜框，里边是一帧紧围着黑色边框的周总理照片。

我正出神，老师进来了。这时，我才看清她，眼睛布满了血丝，眼角聚集了好多的皱纹。

我忍不住说："孩子不想学，您还教他？"

"他父亲要他来的。他是个老工人，他要孩子有文化，别象他那样，当一辈子睁眼瞎。"

"可是他不好好学。"

"老人经常出外搞基建，平时不在家；我们当老师的，就得多操点心。"

"可是孩子造您的反！"

"这不怨他，他小。"她说着，心情有点沉重。

我的心不觉也沉重起来，眼前出现了孩子那双清得象泉水一样的大眼睛，觉得是不能怨他；那么，该怨谁呢?

"他长大了，不但不当睁眼瞎，还要攻尖端科学，攻四个现代化。"老师满怀希望地说。我有点吃惊地看看她，她没有看我，两眼凝视着桌上的周总理的相片。

"这些孩子，小时候都是淘气的。"她挪开桌上的备课笔记，我看见在玻璃板下一张叠一张的陈列着好多相片：扛枪的，拿钢钎的，开拖拉机的，还有医生、演员、科学工作者……她那布满皱纹、有些疲倦的脸上浮起了欣慰的笑容。

"要能让这些苗苗，一茬接一茬地长成材，该有多好啊。"老师向往地说。

"可是，这风头……"我没说下去，只是望了望窗外走廊上的大字报。

"苗苗嫩，咱们就得为他们遮遮风，挡挡雨；不管怎么说，咱们要为国家培养人才，是吗？"

我忽然感觉到，在这瘦弱、苍老的老师身上，有一股子和她外形不相称的拗劲，一股子折不断、拧不弯的劲。我又好象有点明白了，在这平凡而又艰难的工作里，什么东西吸引这位老师，使她在自己的工作岗位上，顶风冒雨，用尽一生的心血。

时光流逝，一转眼，一年多过去了。

我常常想念着这位老师。粉碎了“四人帮”，批判了他们炮制的“两个估计”，横加在老师身上的精神枷锁砸烂了。我想，她亲眼看到了黎明，看到了朝霞，看到实现四个现代化的宏伟远景，她一定会更热情，更耐心地培育那些孩子们的。

真巧，在地区先进教师代表大会上，我又看见她。脸上浮现着安详的微笑，眼角的皱纹舒展了。在热烈的掌声中，她敏捷地登上讲台，愤怒批判“四人帮”迫害教师的罪行……

（1977.12.18，04版）

看话剧《丹心谱》

曹禺

苏叔阳同志创作的、北京人民艺术剧院上演的《丹心谱》，是一个很好的话剧。我曾看过联排，彩排排和演出，每一次观看，心中都十分激动。我想，使我激动的原因是很多的，但主要还是剧中的人物给予我的深深的感触与感召。

作为一个戏剧创作人员，多年来，我倾心于人物。我总觉得写戏主要是写“人”；用心思就是用在如何刻划人物这个问题上。而刻划人物，重要的又在于揭示人物的内心世界——思想和感情。人物的动作、发展、结局，都是来源于这一点。《丹心谱》，正是努力地在刻划人物上下了功夫的。

我曾和许多人一起看过这个戏。有逻辑思维的科学家（当然，他们也用形象思维而且有丰富的感情的），有饱经风霜的老干部，还有我年轻的孩子们。我和他们一起落下了感动的泪水。我想，这就是因为剧中的人物，从各个不同的角度，触动着、振动着、激动着我们的心，从而教育了我们。之所以能达到这样的境地，首先，这些人物是在我们的生活之中。也就是说，真实。我相信，有许多老科学家会在老医生方凌轩的身上看到自己的影子。方凌轩的独白，正是他们的所思，方凌轩的经历，正是他们曾走过的路。而方凌轩又是更加强烈地，鲜明地，集中地表现了他们，这些为社会主义祖国的科学事业献出终生的人。

方凌轩，这位老知识分子，他作为剧中的主人公是成功的。他耿直，刚强，纯洁。他心不存私念，敢于直言，认真不苟。性格表现的很突出。这位老医生深深地爱他之所爱，他心中的圣火与光明——敬爱的周总理。他卑视那些丑类，并且，决不以轻蔑了之。当他洞察了“四人帮”及其亲信的阴谋，他凭着自己正直的心，奋勇地迎上去，给以痛击！他并不感到自己是英雄，他是在行他的路，而这条路，正是毛主席、周总理为他指出的。

作为方凌轩的女婿庄济生，那又是另一番“功夫”了。这是一个伪君子！他从政治上投机，到科学上撒谎，从出卖原则，到出卖灵魂，而这一切都来自他极端的利己主义！说他是一个“风派”人物，我觉得很合适。庄济生并不张牙舞爪，丑态百出。他是在他的生活中，或说在戏剧的发展中，逐渐地暴露了他污浊的内心。他自以为精明，在政治大搏斗的漩涡中，不被吞没，最好是扶摇而上，他是什么都干得出来的，以至背叛人民，用他卑劣、渺小的心胸，对待人民无限崇敬和爱戴的周总理。然而他有着伪善的面孔，一个“孝顺的女婿”，一个“忙碌的党委委员！”谁能说，我们的生活中没有这样的人呢？“四人帮”的社会基础正是这样一伙为自己而活着的丑恶小人。

耿直的方凌轩终于真正地认识了他！戳破了他空虚的内心！方凌轩怒斥庄济生那一段戏是很精采的。剧作者只用了简练而有力的几句话：“滚！”又一声：“让他和我划清界线！锁上大门！”让人们感到斗争如此地切肤相关，又如此地惊心动魄！

这样的一对翁婿，从思想上的水火不容，而发生深刻的矛盾，剧烈的冲突。正是通过这点，推动了戏剧情节的发展，直至最后的决裂一场！夫妻、母女、翁婿，曾是血肉相连的人物之间，发生了深刻的不可调和的斗争！庄济生被同志、家人、历史所唾弃！然而方凌轩最后对他说：“在你面前还有两条路：一条路，彻底毁灭；另一条路，改过自新。只要你能走上自新之路，我们方家的大门还是为你敞开的！”但得到的回声，是庄济生因空虚、孤立而发出的歇斯底里的“笑”，这些都是对于人物内心世界很好的披露！试看，如若没有这些笔墨，人物无力，那么再曲折、离奇的情节，也难以触动观众的心。

《丹心谱》一剧中，人物是有力的！除了方凌轩和庄济生之外，其他人物也十分生动。

其中方凌轩的至友，对当时的政治情势爱发个“牢骚”的老中医丁文中，就很有独特的个性。他有一付锐目，看人入骨三分，又有尖利的喉舌，与“风派”人物每见必战，击中要害！人物的语言痛快、淋漓，令人不忘！

再有，方老的学生郑松年，我觉得他象一株质朴的树木，根扎得深，因而立得牢，邪风不染，污泥不沾，可亲而又可爱！

方老的家人，妻子吴愫心，女儿方静淑，也给人以很深的印象！她们母女二人，一个爱丈夫，一个爱父亲。然而她们不仅是作妻子的爱，作女儿的爱，她们是爱方凌轩的心，这样一颗火热的心。所以她们患难与共。在方静淑与她的丈夫庄济生关系的处理上，毫不生硬。人们完全能够理解这样一对夫妇决裂的结局。并且为方静淑离开了耻辱而宽慰！

院党委书记李光，这个人物我也认为是成功的。他的每段戏，都不妨称之为恰到好处。他没有慷慨陈词，也没有绵绵话语，然而作为一个党的工作者的形象，是感人的！他不以激昂、强勇而耀人耳目，而是以平静、沉着、真诚而动人肺腑，正是他引导方凌轩认识了斗争的实质，并吸取了力量！剧中其他的人物，报社记者梁晨，方凌轩的侄孙女吴丽芳及退休工人老赵等等，都是活生生的，各有特色。甚至连没露几次面的那位“贾宝玉”陈新生，也如同小火花，闪出了亮光！

我对这些人物很有兴趣。正是因为作者成功地通过对这些人物的刻划及他们之间的矛盾冲突来揭示作品的思想意义，满腔热情地歌颂周总理，歌颂忠心耿耿为人民，坚持科学研究的医务工作者，无情地鞭挞“四人帮”及其亲信。写戏在塑造人物上，是要下功夫、费心思的。因为剧本的成功与失败，思想、内容表达的深刻与肤浅，我认为是取决于人物的刻划。

必须说，在《丹心谱》这个戏中，还有一位没有出面的人物，那就是我们最敬爱的周总理。他没有走上舞台与我们相见，然而，他是深深地走进了我们的心中。在方凌轩的身上，在李光的身上，在郑松年等等的身上，我们都看到了周总理教诲的力量！“○三”新药的试制是一场激烈的斗争，然而以死相争，保卫周总理，这才是最最激动着我们的！在那些冰封雪冻的时辰中，正是周总理的心，温暖着我们的心！深夜，周总理给方凌轩老夫妻打来电话，关心“〇三”新药的试验，关怀他们一家，让人万万也想不到。然而，再一深思，总理正是这样的啊！我们有这样的总理是多么、多么的幸福！当方凌轩的医案印得，新药试验成功，准备向周总理汇报喜讯的时候，哀乐传来！他离开了我们。但是他的精神，他的理想，他的一片丹心，永远鼓舞我们去生活、斗争。

《丹心谱》的意义正在于此。

最后，我想提一下，《丹心谱》是北京人民艺术剧院恢复名称后的第一个戏，如果说《丹心谱》还有另一层的意义，我的感觉就是，她焕发了这个剧院的青春！周总理曾亲切地关怀过北京人民艺术剧院的许多演出，和同志们促膝交谈，谆谆教诲。今天，在华主席为首的党中央领导下，被“四人帮”压制的话剧事业又挺起了胸膛！北京人民艺术剧院排演《丹心谱》就是要继承毛主席和周总理的遗志，加倍努力地工作。这是又一个长征的新的起点。让我们为这伟大的时代放声歌唱，让我们为人民贡献出艺术生命，让我们为实现祖国的四个现代化用尽心力，让敬爱的周总理望着我们前进吧！

（1978.04.19，04 版）

林冲的转变

吴组缃

《水浒传》在创作上所取得的思想性和艺术性的成就，突出地表现在主要英雄形象的塑造上。这些英雄来自不同的阶级阶层，各有不同的典型意义。各个英雄造反上梁山，成为义军的骨干，都在火炽的阶级斗争中走过了不同的道路；这是他们性格成长或思想转变的过程，同时也是当时封建统治愈益暴露其罪恶日臻分化瓦解的过程和义军基本队伍不断发展壮大的过程。

第十回《风雪山神庙》是本书著名的章回之一，着力描写林冲的思想转变，从一个封建统治的依附者，一变而为革命的英雄。在诸多主要英雄中，林冲的典型性格有它独特的代表性。他受封建统治者的雇佣与赏识，凭家传武艺吃饭，地位和处境比武松、李逵等人高得多，优越得多。他是属于社会中上阶层。他的被逼上梁山，对体现统治政权的崩溃和义军的发展成长，都有特别重要的意义。

从第七回开始，在关于鲁智深的章回里就写了林冲的出场。这个“八十万禁军枪棒教头林武师”，头戴青纱抓角儿头巾，脑后两个白玉圈连珠鬓环；身穿绿罗战袍，腰系银带；脚穿皂靴，手拿一把西川折扇：完全是个有身家地位的官人。他家从父亲一代就做武官，鲁智深对他说，年幼时在东京“认得令尊林提辖”。他家有年轻美貌、有教养的妻子，有聪明伶俐的使女。日子过得很美满。作者安排他在同已经沦为一无所有的流浪者鲁智深相识的场合与读者见面，使之互相对比映衬，是有丰富的言外之意的。

作者认识得很清楚，象林冲这样的人，要他造反上梁山，那距离太远，是非常非常困难的。作者认为，人的性格，都有社会根源，都和他的生活境遇相联系，并且随着他的经历遭遇不断地发展变化。它不是天生的，不是无缘无故形成的，也不是一成不变的。正因为这种朴素的辩证唯物观，《水浒传》里的英雄人物固然显得不同于一般的平凡人，但又总是含有浓厚的生活气息，具有丰富的深刻的社会现实性，使我国中世纪英雄传奇作品显现出一个新面目。林冲和其他主要英雄典型性格的塑造及其发展正是这样。

作者进而描写林冲的内心，开门见山，一下就抓住他的性格的一个特点，即症结之所在。林冲出场，是同娘子到岳庙烧香；同鲁智深相识结拜后，正谈着，使女锦儿来告诉，说有人拦路调戏娘子。这是作者精心的安排：对一个当时的英雄，妻子被调戏，那是奇耻大辱，不可容忍的。林冲本要大打，跑去一看，却是高太尉的义子高衙内，此人在东京“倚势豪强”，专一戏弄人家妻女，外号“花花太岁”。林冲扳过他肩胛一看，先自手软了。但怒气未消，两眼瞪着那后生。他感受到社会恶势力的沉重压迫。这时鲁智深带着二三十个子弟来帮林冲厮打，林冲反倒极力劝解，说本要打他一顿，太尉面上不好看，自古道，不怕官，只怕管，不合领他“请受”，权且让他一次。鲁智深说，“你却怕他本官太尉，洒家怕他甚鸟？”林冲还是把他劝住了。事情很简单，话也说得老实：他要保住饭碗，和由此而来的身家地位，绝不能和统治者决裂。这一下，林冲灵魂深处的思想实质就给挖出来了。

若是到此为止，林冲自会忍受侮辱，要把这个“禁军教头”做下去。但是高衙内肆无忌惮，听受爪牙的献计，收买了林冲的好友陆谦，再把林冲娘子骗去，企图加以污辱；接着高太尉又出面支持儿子，设下毒计陷害林冲，把林冲刺配沧州，并买嘱董超、薛霸在路上弄死他。林冲被迫给娘子写了休书，娘子自缢而死。于是，娘子被调戏这个小小情节，一步步发展成为有重大社会政治意义的事件；借着这一事件，把当时罪恶的封建统治一直暴露到最上层。这种暴露是深刻有力的。同时借此写林冲这个安分守己、忠实善良的武师弄到家破人亡、性命难保的地步，还是逆来顺受，再三容忍：他为对自己下毒手的董超、薛霸向鲁智深讨饶；在柴进庄上，忍受那个洪教头的傲慢无礼，惟恐刮了别人的面子，给自己闹下乱子。他的这种不断被揭示出来的内心世界，跟他长期来的身分和教养是完全符合的。有些论者曾说，林冲作为英雄性格的特点就是“忍”，说他能忍人之所不能忍，是个“能忍”的英雄。这种看法是完全错误的。没有什么抽象的“忍”，要看具体内容：对人民群众、对被压迫者能忍能让，不事事争较，自是一种表现阶级友爱的美德；对罪恶滔天的封建统治者那样暗无天日的欺凌与陷害，却苟安偷生，不敢挺身反抗，算得什么英雄性格的特点？事实正好相反，这种“忍”是林冲思想的阶级烙印，直接阻碍他成为反抗封建统治的英雄。作者正是在批判他，这是很明白的。在具体描写里，林冲就是在生死斗争中最终克服了这一严重弱点，亦即转变了思想立场，而后才走上反抗道路，成为起义英雄的。这就是作者思想观点的高明之处。在长夜漫漫的中世纪黑暗时代，这样的描写确乎人莫能及，算得一个“奇迹”。

当然，作品对林冲思想性格的描写，除了上述这一方面，同时还描写了另外的方面，如他的好义守信、爱重武艺、克己待人，以及处事冷静稳健等等，都是作为他的英雄本色而着意加以肯定的。但是他的思想的症结问题，即他的性格的主导方面，却是对统治者逆来顺受，不敢反抗。从故事开始即突出这一阶级烙印来加以描写，以为后来思想转变的张本；尽管作者在伦理思想上存在着严重局限，但对林冲性格的这种处理，认识还是很明确的。在我国古代这就叫做“爱而知其丑”。

以上是就第十回以前讲的。第十回一开头，写林冲和李小二的关系，着重描写林冲克己好义的英雄本色，并且把这一关系安排为本回情节发展的一个线索。林冲曾经救助李小二免送官司，为他赔了钱财，又接济他路费。在那黑暗的社会里，这样扶危济困的一片热肠，李小二怎不铭心刻骨地感激？所以一口一声称恩人，说“我夫妻二人正没个亲眷，今日得恩人到来，便是从天降下。”林冲说：“我是罪囚，恐怕玷辱你夫妻两口。”林冲在枉屈祸难之中，一点不想自己的苦，只为别人打算；这虽是轻描淡写，却很深刻，有分量。接着陆谦等人来店，嘱咐李小二找差拨管营。李小二为维护林冲，警惕着设法探听。但他是个普通小市民，惟恐林冲性急闯祸，连累了自己。这就和林冲的心胸器度有明显的区别。《水浒传》描写人物，往往三言两语，就写出人物内心深处的特征。惟其能够抓住性格特征，所以人物彼此之间自能产生种种对比映衬的作用，使人物性格更加鲜明突出。下面写林冲大雪天到草料场，接替一个老军的差事，那老军对林冲悉心照料，一点没有忌恨的意思，把火盆锅碗留给他，还指着大葫芦，告诉他在何处买酒；接着又写了酒店老板，都是极其次要的人物，都是简单几笔的勾勒，也无不具有个性，见出处在被压迫地位的人民彼此间相亲相助的关系及善良心性。这跟那个压迫人的上层统治社会，无处不成为鲜明的对照。

林冲睡在草料场屋子里，风吹屋动，他想这屋如何过得冬，天晴，要叫泥水匠来修理。因为冷，几块炭火不管事。于是照老军的嘱告，出去买酒，路过古庙，还去顶礼，说神明保佑，改日再来烧纸。买了酒，回住处，草料场已经倒塌。他一面想着怎么好，一面还怕火盆内炭火没有压灭。想到路过的那古庙可以安身，就锁上已倒的草屋门，搬了被子到庙里，用石头靠住了门，而后睡下。凡此，写得极其细致，而不是烦琐。因为从生活描写中无不深入到人物的内心世界：看来他处此境地，仍然想好好过平安日子，没有丝毫反叛的意思；另一方面，这些情节一步步连续发展着，使之形成关键的具体场景，以展开最后血的斗争与思想转变的描写。这是以周密的手法，圆熟的技巧，安排了许多生活细节，造成浓厚的环境气氛，使景物的描写、情节的发展和人物内心的展示，相互结合起来。那总的目的就在表现人物思想性格的转变。

最后，草料场被陆谦等放火，陆谦等三人在古庙门外对话，林冲隔着门，句句听在耳里。他们洋洋得意，说要拾一块林冲的骨头回去，让太尉、衙内知道他们会办事。于是在这一具体场面下，林冲忍无可忍，拨开靠门的石头，大喝一声，先把差拨、富安两人搠倒，而后再把陆谦丢翻，用脚踏住。这里的描写也只是几笔，也深入精到地写出了林冲的精神内心：第一，他是个老练的武艺能手，对付这几个小丑，从容沉着，游刃有余。对三人，他分清主次，先用枪搠倒两个，乃是为了要好好对付陆谦，陆谦才是他的主要对象；第二，更为重要的是，把陆谦作为主要对象，是抓住了导致林冲转变的一个思想要点，亦即使林冲最终走上反叛之路的基本思想。太尉高俅的种种诬陷与迫害，林冲一直容忍着。因为在他思想里，对于主要的罪魁祸首高俅是不敢触犯、也不想触犯；这本是一个严重的思想问题；而对于原是有较好交情的陆谦的卖友求荣，则认为不可容忍。因为这是负义行为，在他看来，这是最可恨最可杀的。当迫害开始，陆谦受高衙内之嘱，骗他去喝酒，使衙内趁机骗他娘子那次，他就已对陆谦不肯饶恕，怀了刀各处找陆谦不得；这次听李小二报告，知道又是陆谦来谋害他，又买了解腕刀，各处去找，也未找着。其实都因为他自己没有和统治者决裂的决心，所以一再犹豫因循。现在是第三次，隔着门，亲耳听到陆谦说的话。那真是仇人相见，分外眼红。他一脚踏住陆谦，丢开了枪，抽出刀，说："我自来又和你无甚冤仇，你如何这等害我？正是杀人可恕，情理难容！"陆谦说，不干小人事，是太尉差遣，不敢不来。这话也揭出了陆谦卑鄙无耻的灵魂。林冲骂道："我与你自幼相交，今日倒来害我，怎不干你事？"于是这个一向安分守己的好人竟剜了陆谦的心肝。所以，这里杀人的几笔描写，和以前的情节紧紧联系，抓住了林冲的一个基本思想，逐步发展而来，而林冲的思想转变也就有根有源，水到渠成，看来是自然而然的。他杀了统治者的爪牙，就再也不能在统治阵营内混下去，唯有投奔梁山。于是林冲反叛了。

就我所读过的写人物思想转变的作品说，象《水浒传》这样写得真实自然、深入精到，实在不是很多的。

林冲经过艰苦的思想斗争，克服了思想性格上的弱点，转变了立场以后，精神面貌就显得焕然一新：他雪夜上梁山，路上碰见几个烤火的老军，因讨酒被拒，就发怒大闹起来，他再也不能那么"温良恭俭让"了；尤其重要的是，上梁山后火并王伦，他是个最活跃最坚决的主将。他确实成为义军的骨干、革命的英雄了。

（1978.08.08，04版）

秋色新赋

峻青

首都十月，正是天高气爽的大好季节。

白天，晴空万里，看不见一丝儿云花。天，仿佛是刚刚用水揩洗过似的，显得特别的高，特别的蓝，特别的晴朗；简直是蓝得耀眼，晴得出奇。夜间，亮晶晶的星儿，象宝石似的，密密麻麻地撒满了辽阔无垠的夜空。乳白色的银河，从西北天际，横贯中天，斜斜地泻向那东南大地。望着它，人们仿佛觉得能听见它那潺潺流动着的水声……

我们家乡有句古老的农谚说：

“天河亮灿灿，家家有吃穿。”

我不知道这句农谚是否有一定的科学道理，但我却知道：它是表现了人们渴望生活安乐富足的一种心愿。

这农谚今年果然应验了。

最近，来自家乡的一位老战友告诉我：胶东半岛，在继今年夏季小麦的丰收之后，又迎来了一个秋季作物的大丰收：高粱、玉米、花生……都长得特别好。还有水果，是的，水果，这向来享有水果之乡盛誉的胶东半岛上，满山遍野到处都是水果，梨呀苹果、葡萄、柿子……真是品种繁多，琳琅满目，都是名驰遐迩，誉满中外的上乘佳品，今年也都硕果累累，压弯了枝头……

我的这位朋友是怀着无限喜悦和激动的心情来告诉我这个喜讯的，我也是满怀无限喜悦和激动的心情来分享着乡亲们的丰收欢乐。

“回去看看吧，”我的这位乡亲说。“你应该回去看看，再写出一篇象《秋色赋》那样的作品来。你已经有十多年没写这样的文章了，现在是时候了。”

听了这盛情的邀约，听了这意味深长的话语，我的心，更加激动得不行。

“你已经有十多年没写这样的作品了。”

这话语里面，是多么耐人寻味，又包含着几许酸辛啊！

是的，我已经有十多年没写这样的作品了。但我相信：乡亲们是知道我为什么十多年没写这样的作品的。因为他们和我全都懂得：作品来源于生活，现实中没有那样的生活，那时，又怎么能写出那样的作品来呢？因此，我知道，我的乡亲不是在责备我，而是在对我进行热情的安慰和鼓励。

我永远忘不了你的安慰和鼓励。特别是在困难的时刻——

记得：两年前的秋天，那时候，正是我们祖国面临着极端严重的时刻：伟大导师毛主席和敬爱的周总理、朱德委员长相继逝世，“四人帮”剑拔弩张，猖狂横行。巨大的悲痛和忧虑象山一样沉重地压在全国人民的心头。乌云笼罩着祖国的大地。那时也正是秋收季节，但半岛上却看不见半点儿丰收的喜悦。这一年，不，应该说连续几年，庄稼都长得不好，收成很坏。自上而下的狠揪“走资派”和猛批“唯生产力论”的黑风，刮得昏天黑地，山川寂寥。那时候，我自己也正病倒在故乡的老家中。乡亲们经常来看我，怀着的都是忧郁、沉重的心情。这当中，就有我的这位老朋友，他那时，已被作为“走资派”打倒，在靠边劳动。记得，那是一个落叶萧索的黄昏，他坐在我躺着的炕头上，一双因激动而颤抖的手，紧紧地握着我的手，眼睛却从窗上望着外面那乌云翻滚的灰色的天空，声音沙哑地说：

“老伙计，你看，这就是秋天。这就是欧阳修《秋声赋》里面描写的那个秋天。我问你：在这样的秋天里，你还能写出《秋色赋》那样的文章不能？”

我沉默不语，心象铅一样的沉重。

“不，这样的秋天，是决不会长久的。我相信：有一天，你一定还会写出新的《秋色赋》来的！”

这钢铁般的铿锵有力的话语，终于象火山爆发似的从我的这位惯于沉默寡言的朋友嘴里迸发出来了，也象火山爆发似的那样有力地震撼和激励着我的心。

我知道：这不止是他对我个人的期望和鼓励，也道出了他自己和全国人民的共同信念和强烈愿望。

事情正如我的这位朋友所预料的那样：没过多久，我们就听到了那震撼世界的春雷："四人帮"被粉碎了，社会主义的春天，又重新回到了祖国大地。

就在这一年的冬天，我又看到了数年未见的一幅振奋人心的画图：亲爱的乡亲们，怀着对华主席党中央的无限感激之忱和对"四人帮"的无比仇恨，在胶东半岛上，掀起了一个轰轰烈烈热火朝天的农业学大寨大干快上的新高潮。

那长时期被"四人帮"压制和破坏了的革命积极性，象火山爆发，象洪水决堤似的，势不可挡地迸发出来了。那情景，是真够动人的了。在那滴水成冰的三九寒冬里，在那大雪纷飞朔风呼啸的山野间，到处都是顶风冒雪大干苦战的人群，到处都是红旗招展人欢马叫的场面。真是：满山笑语，遍野歌声。好一幅大干快上龙腾虎跃的壮丽景象！

现在，离开那个时候，刚刚两年。在这短短的两年内，我们举国上下，四面八方，发生了多么深刻、多么巨大的变化啊！我们辽阔的大地上，呈现出一派令人欢欣鼓舞的安定团结兴旺发达的景象啊！要在这样一篇短短的文章里反映出这种巨大变化是绝对不可能的，连万分之一都不可能。我想，也许是不需要的。因为这是全国人民以至全世界人民所有目共睹有耳共闻的。大家知道的比我所知道的要多得多。那到处都可以听到的愉快的歌声，欢乐的笑容，心情舒畅生动活泼的局面，就是最有力的证明。

胶东半岛的农业丰收，只不过是沧海之一粟而已。

写到这里，我不禁又想起了那句家乡的古老农谚：

"天河亮灿灿，家家有吃穿。"

是的，银河灿灿，阳光煦煦，确是丰收的预兆，繁荣昌盛的象征。但是，这阳光、这银河不是别的，而是我们的华主席和党中央。正是华主席、党中央提出来的抓纲治国的伟大战略决策和新时期总任务的英明号召，象抚育万物生长的阳光一样，象从银河里向大地上倾泻着的充沛的雨水一样，灌溉滋润着祖国大地的沃土，鼓舞和焕发着亿万人民的冲天干劲和雄心壮志，创造出和正在创造着惊人的成绩。改变和正在改变着我们伟大祖国的面貌。

“现在是时候了。”

啊，乡亲们，我的好乡亲们，我一定不辜负你们的期望，一定会尽快地回到你们当中，不止是看看，而且要和你们一起来共同进行收割，共同分享这丰收的喜悦。并且一定会再次写出新的《秋色赋》来。但是，且住。这新的《秋色赋》，不是已经写好了吗！对，已经写好了，代我完成这篇作品的，就是你们自己——我的亲爱的乡亲们。这作品，是你们在华主席党中央抓纲治国的伟大战略决策指引下，在新时期总任务的感召下，用你们自己的勤劳的双手写成的，用那满山遍野绚丽灿烂的丰富色彩写成的。

还有什么比这更美更好的作品呢？

(1978.10.01，04 版)

忆赵树理同志

马烽

赵树理同志逝世的时候，我还在乡下“学习班”里劳动。也就是说还没有获得“解放”，还没有通信和探亲的自由。这一噩耗也是过了好久以后，由同情我们的一些工作人员悄悄透露给我的。我听了，当然感到十分悲痛，十分惋惜。

赵树理同志是我所尊敬、所热爱的作家之一。战争时期，我们虽然不在同一个根据地，但他的作品却是在那时候就读过了，而且不只读过一遍两遍。我从他的作品中得到不少教益，也受到很大的启示。我最佩服的就是他笔下的人物是那样的活灵活现，真可谓“如闻其声，如见其人”；他的作品的主题，也正是当时根据地农村现实生活中的真实反映。后来我读了一些介绍赵树理的文章，逐渐懂得了：他所以能够写出这样好的作品来，除了其他原因之外，最重要的一条就是他长期深入生活，熟悉农村中各种各样的人物。

我认识赵树理，是在全国解放初期，那时候我们都到了北京，虽然不在一个单位，但常常见面，工作上也有一些来往。那时北京市成立了一个业余的“大众文艺创作研究会”，主要任务是团结一些过去写章回小说的作者以及曲艺界的朋友们，共同学习，共同提高。“研究会”还创办了一个叫《说说唱唱》的通俗刊物。主编是老舍，赵树理是副主编，我是编委之一。当时至少每个月要开一次编委会，检查上一期的刊物，研究下一期的发稿计划。给我印象最深的一件事是：一九五〇年夏天，正是大力宣传婚姻法的时候，刊物急需要发表反映这一题材的作品，但编辑部却没有这方面的稿子。编委会决定自己动手写。谁写呢？推来推去，最后这一任务就落到了老赵头上。这是命题作文章，也叫做“赶任务”。一般的说来是“赶”不出什么好作品来的。老赵却很快“赶”出了一篇评书体的短篇小说《登记》。这篇小说曾轰动一时，很快被改编为戏曲，改名为《罗汉钱》，搬上了戏剧舞台。他在这篇作品中，不仅揭露了封建婚姻的罪恶，歌颂了自由婚姻的美满，更重要的是塑造了小飞娥、张木匠、艾艾、小晚、燕燕等一些栩栩如生的人物。我当时曾这样想过：如果这任务落在我的头上，即使给我半年时间专门去搜集材料，也不可能写出这样动人的作品来。老赵为什么能够在短时间内“赶”出《登记》来呢？最根本的原因还是他生活基础雄厚。脑子里早就形成了那些呼之即出的人物。就连那些“罗汉钱”、张木匠用锯梁打老婆之类的细节，也不是临时去“搜集材料”所能搜集起来的，而是作者长期深入农村生活的积累。

赵树理在一些谈创作经验的短文里，或是在和青年作者的谈话中，总是一再强调深入生活的重要性。而首先他自己就是身体力行毛主席指示“长期地无条件地全心全意地到工农兵群众中去”的楷模。过去在根据地的情况就不要说了。就是全国解放以后，他虽然由于工作的需要到了大城市，但他仍然是念念不忘他所熟悉的太行山区农村，每年总要挤出一定的时间到乡下去。不是参观，不是作客，而是——照他的说法叫做和农民“共事”。也就是共同生活，共同劳动，共同去改变农村的面貌。

我没有和赵树理同志一块下过乡。一九七一年我获得“解放”后，曾在他蹲过点的一个村庄附近的另一个村庄插过二年队。他蹲过点的那个村子我也去过。提起赵树理来，大人小孩都熟悉。他们告诉我：老赵在这里蹲点的时候，正是大办农业社的那阵子，他不仅参与办社的大事，连改革农具，修补房屋，调解家务纠纷等等他都参与，而且是认真地帮助解决这些问题。吃饭时候，他常常是端着饭碗在饭场上和农民们聊天，也常常和喜爱文娱活动的人们一块唱上党梆子。谁都不把他当作家看待，而是看做他们当中的一员。从这里也可看出老赵深入生活的一个轮廓。

甚至有人指给我看那里是“旗杆院”，那里是“刀把地”，那个人是“王玉生”——这些都是中篇小说《三里湾》中的地名、人名。我知道老赵的这部作品，并不是某一个村的村史，但从这里也可看出他的作品是以现实生活做依据的。他的作品，不仅过去受到了广大读者的热爱，就在他被打成“黑作家”、“中间人物”祖师爷，受到“严厉批判”的时候，他的那些被称之为“毒草”的作品，照样在群众中偷偷流传着。可见林彪、“四人帮”妄图要打倒一个真正的作家，也是不容易的。

“文化大革命”前二年，老赵为了深入生活方便，干脆把家搬回了山西，从事农村的实际工作，他在好几个县里担任过具体职务。后来他被“揪出来”的时候，正是在晋城县委担任副书记。

赵树理同志和我们永别了。他留给我们的除了驰名中外的那些作品之外，还有最重要的一条经验：这就是长期深入生活。

（1978.10.15，04 版）

忆何其芳

荒煤

两三个月前，有同志让我写篇文章纪念其芳，我答应了。可是，悼念亡友，特别是认识较久，又受到林彪、“四人帮”长期迫害的老战友，心情十分激动，难以提笔。到了中秋节这天深夜，我躺在床上，被雨后显得格外清亮柔和的月光浸透了全身，我终于在怀念和似乎寂寞的心情中想到了其芳同志。

我第一次见到何其芳同志，就是一九三八年秋天，中秋节前后。

记不清是在什么场合见的面了。我到延安鲁艺，开始是在戏剧系工作，但是我和沙汀同志原在上海就熟识，常去看他，大概就是经过沙汀介绍认识的。反正，第一个印象，觉得他不象个“诗人”——我脑子里的《画梦录》的作者，大概是个瘦弱、苍白的人，因为《画梦录》给我的印象，它的思想与感情是那么纤细、柔弱，还带着些迷惘、忧郁的情调。没想到其芳却是矮矮胖胖，圆圆的脸上带着几分憨笑，也并不显得聪明。于是发生可笑的疑问：他怎么会是《画梦录》的作者，并且会同沙汀跑到延安来？

认识不久，沙汀、其芳就随着贺龙同志去晋西北前线了。他们还没有回来，我又到太行山前线去了。直到一九四〇年春天，我自太行回来，才重新一起在鲁艺文学系工作。

这时鲁艺已经搬到桥儿沟。我们都住在东山一排窑洞里，周立波、严文井、曹葆华、舒群和我，就是他的邻居和亲密的伙伴。那时候，我们多数还是单身汉。灯油不够用，为了节省灯油，我们经常聚集在窑洞外谈天。都是年青人（只有葆华年纪稍大一些），在延安这样一个环境中一起工作、生活，每个人又都是搞创作的，于是我们谈天的范围很广。爱情、工作、创作、理想，无所不谈，有时也争论。我还记得，有一次其芳和葆华争论，将来谁的诗拥有更多的读者；其芳在爽朗的笑声中就这样自信的宣布："将来我的诗集摆到书店里，你看！就是要比你的读者多！"他笑得那么天真，讲得又很认真，把我们都逗乐了。葆华也没有为此生气。我们都很了解其芳，他心里想的，口头上讲的，都是真的，一致的。他并没有认为这是恶意，或是对人不尊重，更不觉得是嘲笑，他不过是认真地讲了他心里的话罢了。

他对人没有恶意。他心里也存不住话。工作中有不同意见和看法，学生中发生了什么使他感到不安和不快的事，发现了文学系同学中的好作品，工作中感到什么困难，甚至他恋爱中的烦恼、欢乐，他都要对我们讲。我们已经养成一种习惯：如其芳晚间迟迟没有上山时，就在窑洞外边等他"汇报"。更不用说，当他写了得意的诗章，他一定要对我们朗诵。他的心始终是向他的战友打开的。正因为天真、坦率，无论在生活或工作中，其芳有时也有烦恼、苦闷、痛苦的。除了向我们倾诉之外，我还清楚地记得：他有时还会站在山头大声叫嚷道："哎哟，怎么得了哦！"使得全东山的同志都知道我们的其芳有了不称心的事。

其芳这种性格是可爱的、可贵的。同这样心直口快，心口一致，胸无成见的同志在一起工作，也真省事、真令人感到愉快。特别是现在看到经过"文化大革命"之后造成了一些老同志之间的不正常的情况，更不禁感到和其芳这样的同志在一起工作，真是一种幸福！

在延安文艺座谈会讲话前夕，毛主席找了鲁艺文学系、戏剧系的几个教员去谈了一次话。我们和毛主席度过了一个难忘的下午。

从杨家岭返回鲁艺的途中，暮色苍茫，我们每个人都陷于沉思中，回忆这次幸福的会见，大概也都在仔细考虑自己的感受。我觉得其芳是认真地考虑了许多许多问题。例如他后来曾兴奋地谈论到：毛主席对《聊斋志异》这部作品，给了很高的评价，特别是对《席方平》这篇作品的具体分析，使他感到非常意外。我只记得毛主席说的大意，认为这篇作品含义很深，实际上是对封建社会人间酷吏官官相卫，残害人民的控诉书。毛主席还对一个艺术细节的描绘表示欣赏，就是写到两个鬼奉冥王命令把席方平锯成两半时，对席方平表示同情，故意锯偏，以保存席方平有一颗完整的心。毛主席称赞这个细节写得好。毛主席还说，这篇作品应该选入中学国文课本。其芳就一再埋怨自己，说他读过《聊斋》，对其中的故事也比较熟，为什么他就没有能看到作品有这样深的意义。其实，我也是比较熟悉《聊斋》的，我就没有象其芳这样认真考虑这个问题。

总之，自从延安文艺座谈会讲话之后，我们每个人思想当然都有进步和变化。但是，我感到其芳的变化很大。他原来是以歌颂派自居的，他写了许多诗，都是热情歌颂延安的。甚至在鲁艺文学系的同学中间，也有些何派小诗人。但其芳对此不满足了。在鲁艺文学系整风时，他认真地以毛主席的"讲话"精神来检查教学工作，检查他的创作、思想、情感。

有一天晚上，出乎意外，他到我的窑洞里来，认真地严肃地作了个检查。说他认为报告文学没有什么艺术价值，不过是政治的需要。他认为这种思想不符合毛主席的政治标准第一，艺术标准第二的指示。因此，他觉得，我从前方回来，一直坚持写了些报告文学，是好的，他却对这些作品不够重视。我笑了。他不高兴了，他说他是认真检查这个问题的。我忙声明，不是认为他太认真，正巧，我发现我自己也有这种思想；尽管多写了几篇，我自己也并不很重视。我还认为，只有小说才算是真正的创作。他也笑了。他说他也不满足于写诗，认为诗究竟不能概括伟大的历史时代，他还想写长篇小说哩。于是，我们共同作了检查，高高兴兴谈了许久。

抗日战争胜利后，我们分手了。他跟随周总理到重庆工作去了，我则又到了华北前方。全国解放后，我们再也没有在一起工作过。后来我们都在北京工作，却也始终没有长谈过。

一九五六年夏天，我们两个人都因病住进北京医院，难得的机会使我们又长谈了几次。他极为热情地谈到他的工作，谈到他参加的土改运动，不知不觉地谈起了他的长篇小说。我也谈到我的长篇小说的设想。最后，我们两个都还发了点"牢骚"：为什么我们两个老是分配到行政工作岗位上，不能搞一段时间的创作，可是，我们两个出了医院，据我了解，我们都还是积极忙于自己的工作，没有能提笔来写长篇小说。

“文化大革命”期间，我只见过其芳一次。大约是在一九六七年夏天，我在东风市场门口碰到他，那时我们都是正在不断被揪斗的“黑帮”人物，所以双方都没有招呼、讲话，但是我看到他向我笑了一下，还是笑得那么天真，丝毫没有什么沮丧消沉的情绪，使我为他感到高兴，我也不禁对他笑了一笑。

一九七六年四月初，我在重庆图书馆书库里清理书籍，听到别人在谈，其芳第二天要来图书馆书库找什么资料。听到这个消息，我这天晚上失眠了。我很想见见他，又觉得不见为好。见了能谈什么呢？能够详细谈什么？他算是“解放”了，时间也不算很早。我当时还没有真正“解放”……后来，我决定请假，避免和他会见。不过，第二天还是从侧面探听了一下。听人说他已经老态龙钟，走路都须要人扶持了。我又十分懊悔。我简直想象不出总是使人感到精力饱满，从来乐呵呵的其芳会变成这个样子。

一九七七年六月间，我在重庆接到姚时晓同志的一封信，说其芳知道他和我还有通信关系，请他告诉我，他正在写延安文艺座谈会讲话前后的回忆录，让我无论如何把回忆起的一些情况写出来寄给他。我确实回忆起延安鲁艺时期的许多情景，准备写。可是回忆使我激动、兴奋，常常噙着热泪，却一个字也写不出来。在好几张纸上只写了其芳的名字，似乎除了呼喊这个又熟悉、又亲切、又陌生的名字，我再也不能写出别的字来了。

一天，在《人民日报》六版右角上发表了其芳一首诗，看到何其芳名字下面注明遗作两个字，心底突然颤栗了一下；我心里一面想，是搞错了吧，立即又想到这怎么可能搞错呢。反复对遗作这两个字看了好多遍，这时候，我才真正悔恨，我丧失了本来还可以和其芳见面的最后机会，是多么值得惋惜的事啊！

没有几天，从报纸上看到其芳追悼会的报道。我有种奇怪的感觉，我并不象前几天那么激动了，但是，只是在这时候，才真正感到其芳永远离开了我们！

更没有想到，我真正“解放”了，我又回到文学队伍里来，而且又和沙汀一起回到其芳“创业”，直到他在逝世前夕还坚守的工作岗位上来。

整整四十年过去了，我们从一九三八年到延安的青年时代，走过了一条漫长的道路。这是一生中最重要的年代，从青年到成熟时期的时代，也是经过许多斗争有了较丰富经验的年代。可是，由于林彪与“四人帮”的干扰破坏，剥夺了我们十年左右的时间，身心都受到迫害而不能不造成各种程度的创伤。这对其芳这样一个比较天真热情而又憨厚的同志来讲，这种创伤是会很深的。仅仅就他写了那么真挚地悼念毛主席的新诗，竟然得不到发表的地方这一件事，也可想象到他会有怎样的悲愤和痛苦了。他那些最后发表的诗歌之所以如此充满激情，既表达了他对“四人帮”的强烈的憎恶和仇恨，又那样热情洋溢地歌颂粉碎“四人帮”的伟大的胜利，更表达了他还满腔热诚要踏上新的长征的雄心。这些诗就是他在十年沉重压抑下猛烈迸发出来的心灵的火花！

可惜的是，他刚刚宣布在他“有些变异”的老年的血管里面还流着青春的血液，还准备进行新的长征时，他却突然放下了“四人帮”怎么也禁锢不住的笔，停止了他的歌唱。而人民是多么期望听到他那热情澎湃的更多更新的歌唱啊！

从《画梦录》到热情歌颂毛主席歌颂毛泽东思想，其芳走的是一条不平凡的道路。有个老朋友告诉我，其芳这个人始终有些天真。这是他的优点，但有时也不免成为缺点，有些“书生气”，还不善于在复杂的斗争中认清人。因此，在“文化大革命”期间，在个别问题上，也就难免听信了一些人的话，讲错了几句话。其芳后来自己也认识到了，叹息道：“我认为他们是党派来的，怎能不相信他们呢？”我相信，这是老实话。其实，许多人也都有过这种经历，不过是时间、过程有长有短罢了。有的老朋友说其芳终究还是“诗人”的气质多一些，缺少一点政治家的气质，这话也有一定的道理，这并不是贬辞。我倒宁愿其芳是这样一个诗人。不是还有一种卖身投靠、出卖灵魂，追随阴谋家，似乎要爬上“政治家”地位的所谓“诗人”么？

其芳这种人，在旧社会，肯定是被人看作“书呆子”，有些傻气。他很可能被一些有心人视为志趣相投的“知己”，但更可能是满腹才华，终于不能“得志”，受嘲弄、受污辱、被作践，郁郁而死。在我们新社会，这就叫做老实人，是好同志，好朋友。毛主席给他“认真”这两个字的评价，就是对其芳的一个最好的、也是最高的评价。

我不想谈其芳的工作和著作的成就了，这有待于文学研究所更多的和他一道“创业”共同战斗过的同志来谈。中国有句老话，叫做“文如其人”。我回忆其芳的为人，也许对研究他著作的同志还有点帮助吧。

现在其芳已经安息一年多了。前几日又听到葆华逝世的消息。新的长征开始了，正是感到更需要老战友的鼓舞和督促的时候，尤其期望更多的老战友结伴投入新的战斗的时候，怀念其芳这样的好同志，我还能说些什么呢？

我只想说一点：我真挚地希望其芳的朋友们，曾和他一起战斗过的同志，都学习其芳这种“认真”的精神；我想，这就是最好的纪念。

（1978.10.22，04版）

结婚(小说)

贾平凹

清早起来，木匠老汉“伐”了锯，就搬过院中的那一堆木板，用墨斗在上边细细地量尺吊线，老汉量着量着，似乎看见板上弯弯扭扭写着字，凑近看了，都是“张老三记”。再瞧瞧，块块板上都有。老汉就嘿嘿地笑起来了；这枣村的老三，一生好酒，却醉酒不醉事，竟花这么好的木头来做寿棺。木匠老汉正干着活，见院墙豁口处人头一闪，大呼大叫：

“哎呀，老哥！”

木匠老汉吓了一跳，锯在手里停了，颤得铮铮响动；回头看时，豁口处“冬”地跳进一个人来。

“是老三！又来催工了？莫是急着要进土？瞧一搭上锯就快了！”

老三一把夺过了锯，要说什么，却噎得吐不出来，就坐在捶布石上一拉一扯地出气，痰在喉咙响着，忙说：

“快收起锯了，好天爷，一锯也不敢拉了！”

“噢？”木匠老汉却吃惊了。

“不做寿棺了，以后儿子会给做的。”老三说，“儿子要结婚啦，你想想，人一生能结几回婚？活该他们告诉家里这么迟的，我和他娘商量了一夜，一夜没睡呀！你想想，现在时兴大立柜，儿子还干着公家的事，怎么能没有个大立柜？不给我做了，我急什么呢？一早我就往这儿跑，你瞧，你瞧瞧——”

他从贴身的肚兜上的口袋里掏出一张纸来。木匠老汉凑在眼前看了，就嘿嘿地笑起来：

“这是大立柜图纸嘛！式样好，式样好！”

“这叫‘捷克式’的哩！”

木匠老汉一时也乐了，用指头在老三的光头上敲着，说：

“我说你这酒老三呀，儿子逢上你，算是积了福了！这么贤明的老人，晚年一定福如东海，为什么就要早早做那寿棺呢？”

说到老三心上了，自然话就多了：

“就是，人老心思就多，难道儿子将来能将亲娘老子用席裹着埋了不是？老哥啊，立柜是人前看的物件，就看你的手段儿了！十天怎么样？”

“这么紧的？”

“紧呀！他们的好日子定在阴历十五，这十天里一定要赶出来呀！”

“一定，一定。”木匠老汉应着又拿起墨斗在木板上重新画来画去。老三就陪着他，一会看看图纸，一会瞧瞧画线，末了，拉起锯来，一个扯上，一个拉下，兹儿铮，兹儿铮，锯随线走，屑随声下。太阳爬过屋脊上的时候，两人早是满头满脑的热汗了。老三直起腰来，拿拳头在后腰眼捶着说：

“老哥，歇歇吧。”

老三伸手就从腰带上摘下酒葫芦，说：

“来，喝一口！”

葫芦里却没酒了。

“你等着，我到街上打半斤八两的，好久不见了，哥俩过过瘾。”老三站起来，就从院门走出去了。

木匠老汉也站起，一个人先慢慢锯起来了。他听着老三的脚步响过墙拐角，却不响了，在和一个人打招呼：

“哎？你怎么也来了？”

“我怕你又进酒店里去喝了。”木匠老汉听出是老三的老伴声。

“儿子是你的，就不是我的？”

“那你现在那儿去？”

“打些酒呀。”

“看，看！还是个喝！天子皇帝也没你这个福分，眼下正用钱了，你还是个抱着酒壶！”

“就让喝这一回吧，就全忌了。”

“是汉子，说忌就忌！给我，这几个钱儿还可以给娃们买件花枕巾。你把章子给我，我到队里领了那余粮钱去。”

“干啥用场？”

“买毛毯。现在讲究那玩意儿哩！”

“天爷，盖起那贵物！咱那阵，是条破套子……”

“那是啥时候，能和现在比？”

“我想给我换条新腰带，一直都舍不得的。”

“哼，没一百哩，快进土的人了，还‘漂’不够！孩子们的事：单子呀，被子呀，花钱不花？你再到外头借些钱吧，买个小圆桌吧。”

“买那干啥，真会排场！”

“排场？我问你，咱有几个儿子？你一辈子办过几件红白喜事？你不怕外人笑话？你还让儿子将来养不养活你？”

院门没有声了。木匠老汉想喊那老三老伴进屋来坐，才要出声，那老三话又响了：

“好吧，我马上就去借。”

“那我回去啦。”

“你脚下留神点。”

“别管我！多操心儿子的事，比你关心我强！”

两处脚步声。老三推门进来了。握着酒葫芦，给木匠老汉笑着，就递过来一根纸烟，说：

“老哥，酒来不及灌了，家里有些事，我得快去，过十天我叫人来拉立柜；我忙，就不来专门请你了，十五那天，你一定要来喝喜酒啊！”

第十天的早晨，木匠老汉刚刚做好立柜，张老三就派三个小青年用车运走了。木匠老汉才要歇下来，东邻柳村盖学校，老汉又被请去了。下午参加婚礼的人回来，这个说，菜全是荤菜，那个说，酒全是“西凤”，年轻人眼红新房中的摆设，老年人却说：这老三，这一下把多年积攒的底子全掏空了。木匠老汉在心里说：明日一早，无论如何也该去贺贺了。第二天，木匠老汉就上枣村来了，进了老三家的槐木院门，院子里落着厚厚一层炮屑纸，瓜子皮，烟屁股。木匠老汉高叫一声："贺喜来了！"就见堂屋走出一个漂亮的小伙来，上身涤咔，下身块巴，却弯腰扛着几块木板，冬地在院子里撂下了，抬头望望，就快活大叫：

"阿伯！快进屋喝酒，我正要去找你呀！"

"找我喝什么酒呢？"

"红西凤！"新郎说，"专门留给你三瓶哩！"

"哎呀，留得那么多。"

"还请你留下住几天，做副门呀！"

"做门？这会儿还做什么门？"

小伙子理了理乱了的头发，说：

"我结婚了，我和我爸要分家呀。"

"分家？！"木匠老汉站在那里，眼睛眨了又眨。小伙子说：

"不分怎么过呢？分开了好，自己好管理自己。"

木匠老汉脑袋立时麻起来，酥酥酥地，就一动不动了。他就站在那里，听见有一种细声细气的收音机音乐，正从西厢挂着花窗帘的窗子里飘了出来，只显得院子里很安静。突然，东厢的窗子里传来了低低的吞泣声，而且有了说话声：

"不要抹眼泪了，孩子结婚，是红日子，不敢晦了气的。酒葫芦给我，我给你灌上一壶去。"

(1979.05.13，04版)

不解

黄裳

人类都有从婴儿长大起来的经历。长大了，我们就说是“成熟”了。这时再回想婴儿时代的言行，有时是会觉得可笑的。但这“可笑”的感觉是善意的，并不令人疾首蹙额。譬如，小孩子最常见的一种行动、语言和心理状态是好奇，他或她遇到一切感到新鲜事物，都要问自已的妈妈、爸爸或任何“成熟”了的同伴，“这是什么？”上海话就是“啥末事？”

想想有时也确是很可笑的。哪里来的那许多“不解”呢？因此我们通常就谓之“幼稚”。

逐渐成熟起来以后，这种幼稚的行为就日益减少，最后有的人就再也不提出这种“愚蠢”的问题，好象是已经通读了“百科全书”的学者，对世事一一洞彻，无不通晓了。这时，人们就有另一种好听的说法，“阅历已深”；不客气的就称之为“老油条”。

“油条”而“老”，真是惹厌的事物，没有谁会欢迎。但有的人却甘居“老油条”而不疑。那哲学根据就出自庄生。生活在“材与不材之间”的状态是最为安全的。既不会被伐了去当栋梁，连烧火也不够格。这样就能笑嘻嘻地在“不生不灭”之间活下去，直到终其天年。说来说去，哲学教授在讲台上穷年累月地分析、批判的老庄哲学，那精义怕也不过如此。

一个国家里“老油条”多起来，是很危险的。

我的年纪也已不小，但“阅历”还不能说是很深。多年的老习惯了，每天都要走进书店里去看看，即使明知买不到什么书也还是要去看看。因此就经常发生一种“不解”。书架上总是放得满满的，但都不是我想买的书。喜欢的书么，有时也有几本，但只放在玻璃柜里，以饱眼福，连摸也摸不到。我们现在的白报纸供应，还不能说已经十分充裕了，为什么不印些大家十分需要的书呢？

我自己的想法是，如果真的把白报纸全部印了群众热烈欢迎的书，一下子就卖光，架子上变得空落落的，那可不大好看。这想法无疑是幼稚的，连自己在这里提出也不免脸红。

至于那满架我所不想买的书，也大可不必为之担忧，出路总是有的。我们有数不清的买书“豪客”，那就是天南海北各种机构的图书室的采购员。他们来到书店柜台前面，把背包一放，问道，“有什么新书？”“统统各买五本”。……交易一下子就办成了。一个科研机构，买五套《黄庭坚和江西诗派》干什么呢？我也不解，但自然没有问。其实要找那答案也很容易，就在隔壁的旧书店里，架子上也是满满的，都是前些年印的“法家”著作，都盖着公章，什么化工厂、农机站，都有旧藏的一大叠“法家名著”放在那里，书都是崭新的，手指都不曾碰过。想想也不奇怪，工人们干了一天活，想灯下钻研什么“法家”的精义的，到底是不多的。

不解，也就是疑问。必须先有了“不解”，才会寻求答案。人类的进步就是在无穷尽的“不解”获得解答的过程中完成的。我这里提出的一点，真可谓“鸡毛蒜皮”，无关“大局”，而又很不全面，殊有以偏概全、以个人好恶代替群众意见之弊。但我是不怕“老油条”的讥嘲的，姑且说说，希望得到各方面的原谅。

（1979.06.10，04版）

小草在歌唱

——悼张志新烈士

雷抒雁

一

风说：忘记她吧！
我已用尘土，
把罪恶埋藏！
雨说：忘记她吧！
我已用泪水，
把耻辱洗光！
是的，多少年了，
谁还记得
这里曾是刑场？
行人的脚步，来来往往，
谁还想起，
他们的脚踩在
一个女儿、
一个母亲、

一个为光明献身的战士的心上？
只有小草不会忘记。
因为那殷红的血，
已经渗进土壤；
因为那殷红的血，
已经在花朵里放出清香！
只有小草在歌唱。
在没有星光的夜里，
唱得那样凄凉；
在烈日暴晒的正午，
唱得那样悲壮！
象要砸碎礁石的潮水，
象要冲决堤岸的大江……

二

正是需要光明的暗夜，
阴风却吹灭了星光；
正是需要呐喊的荒野，
真理却被把嘴封上！
黎明，一声枪响，
在祖国遥远的东方，
溅起一片血红的霞光！
呵，年老的妈妈，
四十多年的心血，
就这样被残暴地泼在地上；
呵，幼小的孩子，
这样小小年纪，
心灵就刻下了
终生难以愈合的创伤！

我恨我自己，
竟睡的那样死，
象喝过魔鬼的迷魂汤，
让辚辚囚车，
碾过我僵死的心脏！
我是军人，
却不能挺身而出，
象黄继光，
用胸脯筑起一道铜墙！
而让这罪恶的子弹，
射穿祖国的希望，
打进人民的胸膛！
我惭愧我自己，
我是共产党员，
却不如小草，
让她的血流进脉管，
日里夜里，不停歌唱……

三

虽然不是
面对勾子军的大胡子连长，
她却象刘胡兰一样坚强；
虽然不是
在渣滓洞的魔窟，
她却象江竹筠一样悲壮！
这是二十世纪，七十年代，
社会主义中国特殊的土壤里，
成长起的英雄
——丹娘！

她是夜明珠，
暗夜里，
放射出灿灿的光芒；
死，消灭不了她，
她是太阳，
离开了地平线，
却闪耀在天上！
我们有八亿人民，我们有
三千万党员，
七尺汉子，
伟岸得象松林一样，
可是，当风暴袭来的时候，
却是她，冲在前边，
挺起柔嫩的肩膀，
肩起民族大厦的栋梁！
我曾满足于
月初，把党费准时交到小组长的手上；
我曾满足于，
党日，在小组会上滔滔不绝地汇报思想！
我曾苦恼，我曾惆怅，
专制下，吓破过胆子，
风暴里，迷失过方向：
如丝如缕的小草哟，
你在骄傲的歌唱，
感谢你用鞭子
抽在我的心上，
让我清醒！昏睡的生活，
比死更可悲，
愚昧的日子，
比猪更肮脏！

四

就这样——
黎明，一声枪响，
她倒下去了，
倒在生她养她的祖国大地上。
她的琴呢?
那把她奏出过欢乐，
奏出过爱情的琴呢?
莫非就此成了绝响?
她的笔呢?
那支写过檄文，
写过诗歌的笔呢?
战士，不能没有刀枪!
我敢说：她不想死!
她有母亲：风烛残年，
受不了这多悲伤!
她有孩子：花蕾刚绽，
怎能落上寒霜!
她是战士，
敌人如此猖狂，
怎能把眼合上!
我敢说：她没想到会死。
不是有宪法么，
民主，有明文规定的保障;
不是有党章么，
共产党员应多想一想。
就象小溪流出山涧，
就象种子钻出地面，
发现真理，坚持真理，

本来就该这样！
可是，她却被枪杀了，
倒在生她养她的母亲身旁
法律呵，
怎么变得这样苍白，
苍白得象废纸一方；
正义呵，
怎么变得这样软弱，
软弱得无处伸张！
只有小草变得坚强，
托着她的身躯，
抚着她的枪伤，
把白的，红的花朵，
插在她的胸前，
日里夜里，风中雨中，
为她歌唱……

五

这些人面豺狼，
愚蠢而又疯狂！
他们以为镇压，
就会使宝座稳当；
他们以为屠杀，
就能扑灭反抗！
岂不知烈士的血是火种，
播出去，
能够燃起四野火光！
我敢说：
如果正义得不到伸张，

红日，
就不会再升起在东方！
我敢说：如果罪行得不到清算，
地球，
也会失去分量！
残暴，注定了灭亡，
注定了“四人帮”的下场！
你看，从草地上走过来的是谁？
油黑的短发，
披着霞光；
大大的眼睛，
象星星一样明亮。
甜甜的笑，
谁看见都会永生印在心上！
母亲呵，你的女儿回来了，
她是水，钢刀砍不伤；
孩子呵，你的妈妈回来了，
她是光，黑暗难遮挡！
死亡，不属于她，
千秋万代，
人们都会把她当作榜样！
去拥抱她吧，
她是大地的女儿，
太阳，
给了她光芒；
山岗，
给了她坚强；
花草，
给了她芬香！
跟她在一起，

就会看到希望和力量……

一次，张志新烈士被带去陪决，为了防止她抗议，被用泡沫塑料塞进嘴里，又用透明指纹胶把嘴糊上。（这首诗将在《诗刊》八月号发表，本报征得诗刊社同意，先期刊登。）

（1979.07.08，04版）

青春常在的古希腊悲剧

李健吾

两千五百年前左右的古希腊悲剧，我们今天看到了！它是那样的悲壮、那样的激动人心、那样的山河为之吞声！为了它的成功的演出，我们必须感谢希腊国家剧院！我们从每一个细节的处理上，每一个角色的任务上，都体会到艺术家们的大胆而有特色的艺术创造。

《被缚的普洛米修斯》的幕启了，面对我们的是一片沉寂、黑暗与严肃。

黑色的调子始终主宰着周围。而演员的宽大的衣著全部是白色。对比在这里是显明的。用意是可以理解的。

河神女儿组成的合唱队象河水一样清澈翻腾，她们从头到尾代表观众，由畏怯、同情走向勇敢；她们是流动的。她们的地位变化多端，或在台左，或在台右，或在台口，或在暗处，层次分明，而又错落有致。无论是在歌唱，无论是在走动，都流露出真纯的感情。她们象群鸟一样翩翩起舞。而在主要角色上场时，她们又象受惊的小鸟一样纷纷闪在两旁。

受苦受难的伊俄上场了；她的激情象奔泉一样直泻而下，她的泣诉透露出暴君私生活的糜烂与丑恶。

这一切是动。

而静的永远是被钉在悬崖之上的普洛米修斯！他为人类而受罪；他为未来而忍痛；如果暴君掌握着对他的惩罚，他却掌握着自己还击的时刻，还有暴君的命运！力量似乎在暴君那里；但力量始终在囚徒这里。雷在击，电在闪，他跟着地在下沉。然而观众深深知道，他将永远成为人类事业的明灯。

希腊国家剧院给我们带来了这看上去似乎简单而实质却异常宏伟的戏剧，它是人类辉煌成就之一，在人类文化的开端。

世界戏剧的兴起是各自为政，先后不约而同的。来到今天，文化交流日频，我们不能忘记二千五百年前左右的古希腊悲剧和喜剧，它在世界戏剧文学史上，给我们提供了四个伟大的名字：悲剧方面有艾斯库罗斯，索福克勒斯和欧里庇德斯，喜剧方面有阿里斯托芬。他们的朴素、瑰丽、奇伟的戏剧构思把我们带到人类早期活动的各种境界。就连戏剧分类，悲剧与喜剧，也是从这时期开始的。

所谓悲剧，在原来的字义上，只是“山羊之歌”的意思。悲剧的起源和山羊有密切联系。有人猜想，合唱队最初由人扮成山羊，因而后来就把戏叫做“山羊之歌”。另外还有两种说法，一种说山羊是奖品，送给剧本获胜者的；一种说山羊是牲物，献给酒神的。年月太久，搞不清楚，反正和山羊有关就是了。戏是从酒神颂演变出来的。悲的意义是后人研读大部分剧作归纳出来的一种抽象概念。实际上，有些戏化悲为喜，有些戏惨而不悲，有些戏以神意为归宿，有些戏以情节为线索，总之，什么样的戏都有，而多数则写几个传说中大家族的没落的重大变故，用“悲”字来形容还是说得过去的。它的现实意义在于启示和教育。

喜剧是即兴的，幻想的，政治的，在这一意义上是非常现实的，可以跟活人开玩笑，可以自由议论国家大事，不管怎么样，手法上光怪陆离，忽天忽地，想入非非。这完全和后来的如实的生活喜剧是两回事，而它却是那样生气勃勃。

这回希腊国家剧院由于演出时间的限制，只能演出两个有范例性质的悲剧给我们看。一个是我们上面说的《被缚的普洛米修斯》，写的是神仙世界，却也充满了欺压和反抗，恐惧与斗争：神仙世界并不太平。另一个是在各方面都进一步有反抗精神表现的欧里庇得斯的悲剧：《腓尼基的少女》。戏概括了传说中俄狄浦斯王一家的悲惨事故。作者在悲剧意境上，能把戏提炼到极度的要数他了。他的剧作留下来的较多，影响较大，说明当时观众多么醉心于他的魅力。他的回肠荡气的笔力、他的气势磅礴的激情操纵，都是一时无两的。他的《腓尼基的少女》也显示出他欲擒先纵的结构能力。

希腊国家剧院的美好的演出是高超的。这和院长米诺吉斯先生的长期熏陶是分不开的。我们感谢剧院来访，我们走进、并将酩酊于这一戏剧宝库。

（1979.11.06，03 版）

有一个李文元

李季

最近这大半年来，每当工作稍有空闲，有机会独自坐在桌边，执笔写点什么时，我总是情不自禁地写下这几个字：有一个李文元……

这是一个普通的业余文学作者的名字。解放初期，我在武汉编辑《长江文艺》时，从来稿里发现一篇反映农村生活的小说。作品写得并不特别好，还带有许多初学写作者所不可免的稚嫩痕迹，但有浓烈的河南农村生活气息，语言也清新可读。这引起了编辑部同志们的注意；在那时候，能够从来稿里发现一位这样的业余作者，这自然是一件使人欢欣的事。经过往返通信，他根据编辑部的建议，对作品进行了补充、加工，我们在刊物上发表了这篇小说。当时，我们为了进行文艺普及工作，在工、农、兵群众中培养业余作者，就吸收他为“长江文艺通讯员”。在编辑部的帮助下，他又写作并发表了好几篇小说，受到了读者和当地文艺界的注意。

一九五二年冬天，我离开武汉到甘肃玉门油矿去了。这之后，我就很少听到他的消息，只是偶尔在湖北、河南的文艺刊物上，读到过他的一两篇作品。再晚一些时候，大约是在一九六〇年的四五月间，我刚从茂名油矿访问归来，在火车上，偶然碰到一个过去在武汉工作时认识的、并非搞文艺工作的同志。在交谈中，他告诉我，听说李文元因为写了一篇什么文章，受到了批判，还被抓了起来。我的心一震，忙问道：“他犯了什么罪？”“不清楚。反正同你们这一行沾了边，就凶多吉少。”

为了证明他的话，他对我讲了另一个青年业余作者的事。这是江岸桥梁厂的一位青年工人，他也是“长江文艺通讯员”。记得他写的一首短诗，在刊物上发表后，受到许多读者的称赞。虽然已是多年前的旧事，我还清楚记得他那宽大的肩膀和那微带腼腆的笑脸。“你大概不知道吧，他已经自杀了两次，幸好发现得早，两次都被抢救了过来。”“为什么要自杀呢？”“这还用问，还不就是因为同你们这一行沾了点边！不论什么运动一来，他都是厂里的重点对象，害得他死去活来，好端端的一个有出息的青年工人，被折磨得灰不溜溜的。”

听了他的这番言辞激切而又不无责备之意的话语，我当时竟说不出一句话来，心上象压了一层沉甸甸的重铅久久透不过气来。随着岁月的流逝，社会生活中的险情恶浪，波涛起伏，翻腾不已，我的这种心情，也越加沉重了。

在林彪、“四人帮”为害肆虐、暗无天日的年代里，我几乎被剥夺了写作和通讯的合法权利，但就是在这种情况下，也还是通过各种渠道，不时收到一封封青年同志的来信。从这些不少是和着血和泪的来信里，我知道了更多的青年业余作者的不幸遭遇。他们有的仅仅是向文艺刊物投寄过一两篇稿件，或者同某个作家、评论家通过几封信，就被说成是“文艺黑线代理人”、“修正主义黑苗子”而被批判，被斗争。至于那些早年才华初展、崭露头角，发表过几篇作品，出版过一两本集子的较有成就和贡献的业余作者，和不少出席过“全国青年文学创作者会议”的青年业余作者，他们的景况，更令人寒心：其中被降职降薪长期下放者有之，被开除团籍、党籍者有之，甚至被开除公职、流离失所、判刑劳改者，也不乏其人。

在那些年代，这样的消息是怎样折磨着一个文学工作者的心呵！但令人感到慰藉的是，一些业余文学作者，在遭受种种打击、迫害之后，仍然不肯“改悔”，继续坚持业余写作。他们没有钱买稿纸，就在孩子的作文本背面写。晚上家里没有地方写，就跑到大街上蹲在路灯底下写。有一个业余作者的家属百般劝阻，跪地苦苦哀告：“你自己不怕当反革命被批斗，也得替一家老小想想呵！我们可不愿再受牵连，跟着你一起受罪了！”有的竟至夺过他们的稿子，拿剪刀剪成碎片，或者干脆塞到炕洞里，一把火烧掉了。就是这样，他们中的不少人，仍然利用每一点业余时间，继续坚持写下去。

我的亲爱的好同志，当你听到这些故事，当你在报纸、刊物上读到他们写的那些带着扑鼻的泥土气息和松油芳香，真诚地为人民的疾苦呐喊呼叫，为人民的胜利狂欢歌唱的诗歌、小说时，你可曾想到他们中的不少人，直到今天仍然背着这样那样的“黑锅”，多少个诬蔑不实的“罪行材料”，仍然塞在他们的档案袋里。前不久，一位已经不算年轻的业余作者，沉痛地拉着我的手说：“党的政策，对知名作家，一个一个都落实了，而我们这些无名小卒，直到粉碎‘四人帮’三年后的今天，却仍然戴着‘文艺黑线走卒’、‘修正主义苗子’的帽子，不能翻身！谁来管我们这些人呢？”

这里，我又想到了李文元。几个月前，我收到一封来自河南农村的信，这是一个同李文元相熟的业余作者写来的。他告诉我，李文元在遭受二十多年残酷迫害后，贫病交加，去年病情垂危时，捧着家中仅有的两个鸡蛋，挣扎着到卫生所求医，因为他的“问题”还未解决，遭到拒绝。他就这样在当天晚上死去了！

几个月来，我一遍又一遍读着这封信。多少次呵，我闭目含泪，向这位仅是由于写过几篇小说而遭受二十多年诬陷、迫害，含冤致死的普通业余作者，遥致深深地哀悼怀念之情！对于更多的尚在背着“黑锅”的业余文学作者们，我想，严冬既然过去了，明媚的春天已经来到，党的政策的阳光最终是会照拂在他们身上的。

（1979.11.07，04版）

拣麦穗

张洁

在农村长大的姑娘，谁不熟悉拣麦穗的事呢？

我要说的，却是几十年前拣麦穗的那段往事。

月残星疏的清晨，挎着一个空荡荡的篮子，顺着田埂上的小路走去拣麦穗的时候，她想的是什么呢？

在那夜雾腾起的黄昏，蹚着沾着露水的青草，挎着装满麦穗的篮子，走回破旧的窑洞的时候，她想的是什么呢？

唉，她能想什么呢？！

假如你没在那种日子里生活过，你永远不能想象，从这一粒粒丢在地里的麦穗上，会生出什么样的幻想。

她拚命地拣呐，拣呐，一个收麦子的时节，能拣上一斗。她把这麦子换来的钱积攒起来，等到赶集的时候，扯上花布、买上花线，然后，她剪呀，缝呀，绣呀……也不见她穿，也不见她戴。谁也没和谁合计过，谁也没找谁商量过，可是等到出嫁的那一天，她们全会把这些东西，装进新嫁娘的包裹里去。

不过当她们把拣麦穗时所伴着的幻想，一同包进包裹里去的时候，她们会突然感到那些幻想全都变了味儿，觉得多少年来她们拣呀、缝呀、绣呀实在是多么傻啊！她们要嫁的那个男人，和她们在拣麦穗扯花布、绣花鞋的时候所幻想的那个男人，有着多么大的不同啊！但是，她们还是依依顺顺地嫁了出去，只不过在穿戴那些衣物的时候，再也找不到做它、缝它时的那种心情了。

这算得了什么呢？谁也不会为她们叹一口气，表示同情。谁也不会关心她们还曾经有过幻想。连她们自己也甚至不会感到过份地悲伤。顶多不过象是丢失哪一个美丽的梦。有谁见过哪一个人会死乞白赖地寻找一个梦呢？

当我刚刚能够歪歪咧咧地提着一个篮子跑路的时候，我就跟在大姐姐的身后拣麦穗了。

那篮子显得太大，总是磕碰着我的腿子和地面，闹得我老是跌跤。我也很少有拣满一个篮子的时候，我看不见田里的麦穗，却总是看见蝴蝶和蚂蚱，当我追赶它们的时候，拣到的麦穗还会从我的篮子里再掉到地里去。

有一天，二姨看着我那盛着稀稀拉拉几个麦穗的篮子说："看看，我家大雁也会拣麦穗了。"然后，她又戏谑地说："大雁，告诉姨，你拣麦穗做啥？"

我大言不惭地说："我要备嫁妆哩！"

二姨贼眉贼眼地笑了，还向围在我们周围的姑娘婆姨们挤了挤她那双不大的眼睛："你要嫁谁嘛！"

是呀，我要嫁谁呢？我忽然想起那个卖灶糖的老汉。我说："我要嫁那个卖灶糖的老汉！"

她们全都放声大笑，象一群鸭一样嘎嘎地叫着。笑啥嘛！我生气了。难道做我的男人，他有什么不体面的地方吗？

卖灶糖的老汉有多大年纪了？我不知道。他脸上的皱纹一道挨着一道。顺着眉毛弯向两个太阳穴，又顺着腮帮弯向嘴角。那些皱纹给他的脸上增添了许多慈祥的笑意。当他挑着担子赶路的时候，他那剃得象半个葫芦样的后脑勺上的长长的白发，便随着颤悠悠的扁担一同忽闪着。

我的话，很快就传进了他的耳朵。

那天，他挑着担子来到我们村，见到我就乐了。说："娃娃你要给我做媳妇吗？"

"对呀！"

他张着大嘴笑了，露出一嘴的黄牙。他那长在半个葫芦似的头上的白发，也随着笑声抖动着。

“你为啥要嫁我呢？”

“我要天天吃灶糖咧！”

他把旱烟锅子朝鞋底上磕着：“娃呀，你太小哩。”

“你等我长大嘛。”

他摸着我的头顶说：“不等你长大，我可该进土啦。”

听了他的话，我急了。他要是死了，可咋办呢？我急得要哭了。

他赶紧拿块灶糖塞进了我的手里。看着那块灶糖，我又带着眼泪笑了：“你别死呵，等着我长大。”

他又乐了。答应着我：“我等你长大。”

“你家住啊哒呢？”

“这担子就是我的家，走到哪哒，就歇在啊哒！”

我犯愁了：“等我长大，去啊哒寻你呀！”

“你莫愁，等你长大，我来接你！”

这以后，每逢经过我们这个村子，他总是带些小礼物给我。一块灶糖，一个甜瓜，一把红枣……还乐呵呵地对我说：“看看我的小媳妇来呀！”

我呢，也学着大姑娘的样子——我偷偷地瞧见过——要我娘找块碎布，给我剪了个烟荷包，还让我娘在布上描了花。我缝呀，绣呀……烟荷包缝好了，我娘笑得个前仰后合，说那不是烟荷包，皱皱巴巴，倒象个猪肚子。我让我娘收了起来，我说了，等我出嫁的时候，我要送给我男人。

我渐渐地长大了。到了知道认真拣麦穗的年龄了。懂得了我说的都是让人害臊的话。卖灶糖的老汉也不再开那玩笑——叫我是他的小媳妇了。不过他还是常常带些小礼物给我。我知道，他真的疼我呢。

我不明白为什么，我倒真是越来越依恋他，每逢他经过我们村子，我都会送他好远。我站在土坎坎上，看着他的背影渐渐地消失在山坳坳里。

年复一年，我看得出来，他的背更弯了，步履也更加蹒跚了。这时，我真的担心了，担心他早晚有一天会死去。

有一年，过腊八的前一天，我约摸着卖灶糖的老汉那一天该会经过我们村。我站在村口上一棵已经落尽叶子的柿子树下，朝沟底下的那条大路上望着，等着。

路上来了一个挑担子的人。走近一看，担子上挑的也是灶糖，人可不是那个卖灶糖的老汉。我向他打听卖灶糖的老汉，他告诉我，卖灶糖的老汉老去了。

我哭了，哭得很伤心。哭那陌生的、但却疼爱我的卖灶糖的老汉。

我常想，他为什么疼爱我呢？无非因为我是一个贪吃的，因为极其丑陋而又没人疼爱的小女孩吧？我常常想念他。也常常想要找到我那个皱皱巴巴的象猪肚子一样的烟荷包。可是，它早已不知被我丢到那里去了。

(1979.12.16，04 版)

一衣带水寄东邻

冰心

日本和我国是一衣带水的友好邻邦。四月，我参加中国作家代表团到日本访问，对这一点体会特别深刻。当我们访问结束离开日本的那一天，坐飞机从长崎到上海，只用了一百分钟！当我的心仍然萦绕在日本的时候，我的身体却已经回到了中国的国土。我坐在从上海机场到宾馆的汽车上，看到马路两旁，挂着中国的机关和商店的标志的时候，才蓦然感到已经从日本回到祖国了。“一衣带水”，真是名副其实。中国和日本，我们这两个友好国家是多么“亲”又是多么“近”呵！

早在一九二三年，我去美国读书的时候，就曾经到过日本。回想起来，在过去的半个多世纪中，我去过日本十次。因此，我结交了许多日本朋友，不但有学者、作家、大学生，而且认识了许多工人、农民、渔民和从中国回去的日本士兵以及其他群众。这些年来，我在中国接待过的日本朋友，更是不计其数。我们两国之间的民间交往，始终绵延不绝，而且不断地发展扩大。

这次访问日本，虽然已经过去一个多月了，但是在我的耳边仍然不时地回响着中日友好的声音。首先是鉴真大师像回国“探亲”的千载一时的盛举。在扬州和北京先后举办了鉴真大师像的展出。我回到北京以后，正好参加了这一盛大的活动。这使我欢喜而又兴奋。

谈起中日友好和文化交流，我们不能不回忆起我们敬爱的周总理的一句话，就是“饮水不忘掘井人”。鉴真和尚就是最坚定的重要掘井人之一。他以忠贞不移的信念，使得他在千辛万苦的十二年之中，六次行程之后，以双目失明之身，到达了“有缘之国”的日本，完成了他的伟大的事业。鉴真和他的中日弟子们，在中日两国的文学、艺术、医药、建筑、雕刻等多方面奠立了互相了解、互相学习、合力创造、共同提高的基础。这个优秀的友好互助的传统，一直传到现代。十八到十九世纪之间，中国有志的青年学生纷纷到日本去留学，中国文艺界的巨星，如鲁迅、郭沫若和许多知名人士，都是在日本求学或者居住过的。他们和日本人民都结下了深厚的友谊。

敬爱的周恩来总理，是中日友好事业最重要的掘井人之一。这次在日本访问期间，我们到京都岚山的龟山公园，参谒了“周恩来总理诗碑”。这座诗碑用的是京都东郊的坚硬的鞍马山石，上面刻着周总理青年时期写的“雨中岚山”那首诗。我们献上花、敬过礼以后，仰望这座巨大的石碑，默吟着这感人的诗句。我们真是感谢日本朋友，在这值得纪念的山头，建立起这座丰碑，使得中日两国的朋友们，都能把崇敬周总理的心情，呈现在这座能够代表乱流中的一根砥柱、模糊中的一点光明的诗碑上。

当时，我的思潮从这里飞卷下去：日本朋友们一直希望周总理能在中日和平友好条约签订以后再到日本去看樱花的，遗憾的是这个希望落空了。但是，在一九七八年中日和平友好条约签订以后，我们的邓小平副总理访问了日本；一九七九年，周总理的夫人邓颖超副委员长又访问了日本，都得到日本朝野一致的盛大欢迎。日本人民对中国国家领导人的这种盛情厚意，中国人民不但从心底里欢喜、感谢，而且是深深理解的。

中日两国人民之间的友谊源远流长，有着两千年友好往来和文化交流的历史。当然，历史有主流，有逆流；有斗争，有反复。一九七二年中日两国建交之后不久，周总理曾经指出：“我们和日本是二千年的历史，半个世纪的对立，二十多年的工作。”简短的三句话，把整个中日关系史作了极好的概括。

“二十多年的工作”，每念及此，就会情不自禁地望见周总理留在中日关系史上巨大而坚定的身影和足迹。二十多年来，中日关系在两国人民长期共同努力下，虽然屡经波折，仍然向前发展，并且导致了中日建交，揭开了中日关系史的新篇章。

中日建交、特别是中日和平友好条约签订以来，两国的睦邻友好合作关系在广阔的领域里顺利地发展着。从官方到民间，从政治、经济到科技、文化、体育，两国交流更加丰富多彩，更富有实质内容。比如，两国很多城市已经结成了友好城市。这说明两国的友好合作已经从中央发展到地方，越来越广泛和深入。

在日本访问期间，我深深感受到：日本朋友都很关心中国正在进行的实现四个现代化的新长征的壮丽事业。他们普遍表示愿意对此提供合作。有的还非常热心地提出许多具体建议。

这次，华国锋总理到日本进行正式访问，必将是一次新的动力，把中日友好事业推进到一个新的阶段，使两国人民的友好合作更加蓬勃发展。

（1980.06.01，03版）

五月的最后一天

茹志鹃

去年五月的最后一天，是在日内瓦度过的。这一天和在瑞士的其他日子一样，我再一次体会了西方生活的快节奏。习惯了国内那种慢慢来、莫心急的节拍，乍到那里生活，便会感到累。过了些日子，才比较适应，才觉出它的好处，那就是效率高。回想起来，那一天的种种，总好象是在三五天时间里才能做完，但一翻当时的日记，却确确实实是在同一天里发生的。人虽然不能悠悠然地过日子，倒实在是一种目下许多人都在努力追求的延长生命的方法。

那一天，我们从参观日内瓦宗教墙开始，看了正在修理的日内瓦大教堂，欣赏了罗马的建筑风格，从容地散了步。在一幢房子外面，领略了歌特风格的门窗建筑，在那房檐下，还看到了最早房主人的三位千金的头像。品尝了莱蒙湖里的鱼，但据说是从日本进口的。观看了喷射达一百四十米高的人工喷泉，那天有风，喷上半空的泉水，侧向一边，象一把光闪闪的水晶折扇。遥望了湖对面的罗梭岛。下午参观了一个私人经营的、拥有二十六公顷土地的葡萄园，从种植到管理，到收获，到榨汁，到酿酒，到装瓶，到包装，到出售。一个人，准确意义上的一个人。因为他还没有结婚，家里没有任何辅助劳力，他只雇佣了两个工人，在收获季节再用二至三个临时工。这就是他的全部劳动班子。他带领我们参观他制酒的机器，藏酒的仓库，再品尝他的产品，并且按礼节，每一年代的产品，都要经过主人的试尝，他认为好的，才请客人品尝。一直到介绍情况，他一个人三下五除二，大概用了一刻钟的功夫，就全部完成，然后就请我们提问。

假如我没记错的话，这个葡萄园在达尔达尼，离日内瓦有一个小时的汽车路程。从那里回来的时候，车子经过一个小镇，朋友们在那里问路。我在一处凹进去的地方，发现有一座铜马的塑像。下面没有高的底座，铜马的大小跟一匹普通的马一样。它没有咆哮雄壮的姿态，连尾巴都那么驯服地垂着，就这么老老实实，四脚踏着实地的那么站着。

马的塑像，我在别的国家见过一些，我不知道中国有没有马的塑像，但在古典作品里，戏曲里，有过许多关于马的故事的描写。比如三国里能够妨主也能救主的的卢马，关公胯下的赤兔马，秦琼穷极无奈出卖的黄骠马，中国的大画家徐悲鸿先生，也是以画马著称，但不论是塑是画是写，都突出了马的矫健，迅疾，骁悍，猛烈雄壮。为什么这里要塑立这么一匹普通的马，而且建立在这低处，这凹处，一个并不醒目的地方？

在百思不得解的情况下，我问瑞士的朋友了。朋友的回答很简单，它是这里的农民，为了纪念二十年前为他们出过力的马，集资建立的一个塑像。

骤然之间，从心底升起一股炽热的东西，我感动于农民这种真挚的感情。在今天一切都使用机械的时候，并没有忘记跟他们一起流过汗的牲口。车子开动了，但我的思绪仍留在那小镇上，萦回在那匹普通的铜马之旁。

我开始理解了这匹铜雕的马，它是农民心目中的马，它是二十年前出苦力的马，它是一匹普通的真实的农民的马。不是嘶声长鸣的战马，更不是骑士胯下的骏马。它是一匹刚刚耕完地或运输方归，吃饱了肚子，驯服地站在栅栏里休息的马。

达尔达尼的马儿休息了，全瑞士的耕马大概也都休息了。它们已经休息二十年了。也就是说二十年来，这里的土地上，除了运动之外，已没有了它劳动的蹄印了。我忽然悟到这一匹马的塑像，不正是宣告了一个旧时代的结束，一个新时代的开始吗？这一匹没有底座、脚踏实地的铜马，忽然从我眼前冉冉升起，升到玫瑰山巅，升到杜富尔峰之上，它应该站在那里，站在瑞士最高的地方，这一匹达尔达尼的马儿。

这一天的晚上，日内瓦瑞中友协的主席、中国人民的老朋友马克斯·布鲁姆先生送了我们每人一件纪念品，一只闪亮的小汤锅。那是瑞士人民纪念更加遥远的过去，一六〇二年十二月十二日，罗马帝国入侵，瑞士妇女们正在煮汤，这时候她们端起汤锅一齐参加了战斗，把滚开的汤从城上倾倒下去，打退了敌人。于是十二月十二日作为瑞士的登城节。在这一天里，就去买一种小型汤锅作为摆设，或者吃一种巧克力做成的汤锅，以资纪念。

哦！纪念，纪念总是纪念那过去的，总是纪念旧的。纪念旧的，就说明一定有新的代替了旧的。纪念用汤锅作为武器，正因为彼力好力丁生产的大炮越来越新式；为马立像，也正因为田里有了几十匹马力的机械。

哦！有东西可纪念的人有福了。

夜深了，不知何处偷渡过来花的馨香，在这异国的气息里，在这夜阑人静里，我在心里点起了一炷香。在袅袅的烟霭里，一匹大青骡子温驯地向我走了过来。这是我们的大青骡啊。从一九四六年解放战争一开始，它就在我们文工团里了。它浑圆、健壮、温顺。它的专职是给团长驮背包，文件箱的，但实际上，病号的背包，女同志的干粮袋，全都压到了它的身上。行军到了宿营地以后，驮粮运草又是它；它都默默无声，任劳任怨。但在那风风雨雨、黑天白夜的战斗生活中，它瘦了。然而更不幸的，是我们当中有些人比它更弱了。于是在它那一条条数得清肋骨的背上，又骑上了比它更瘦的病号。在伸手不见五指的夜里，在峭壁悬崖之上，只听见它掌着铁的蹄子，在嶙峋的石头上磕着，撞着，打着滑，冒着火星，它默默地挣扎着；雨淋，汗透，驮架子磨着它的骨头，它默默地忍受着。于是我们发现了它挣扎，忍受的明证，我们的大青骡子“打背”了。打背，就是背上一大块的皮没有了，露出鲜红的肉，流着血。从那时开始，我知道我们的大青骡是会咬牙的。否则，它就不可能走完最后那些路程。第二天上路的时候，它身上的负荷，就分散到我们人的身上，事务长自己就背起了那个木头的驮架子。可是，战时到底是战时，而且从文工团来说，是一个个热扑扑的肉身，面对天上扫射着的飞机，后面轰过来的大炮。在那紧急关头，物资和病号，还是要压到那大块鲜红的活肉上去。

四脚着地的铜马在休息。在这恬静的夜里，偶有汽车前灯的光柱照着它，照着它那光洁的马背。二十年之前，它这背上负累过，但它也许没有打过背，即使也磨破过皮，但是它一定没有在露出血肉的背上再负过重吧！我们的大青骡负过，包括载负过我。

那是一个大雨滂沱的晚上，我发着高烧，我紧紧地拉着大青骡的尾巴拖着，走着。跌倒了，爬起来，再跌倒，再也爬不起来了。队伍在行进，踏着沂蒙山上的石头，顶着瓢泼的雨，缓慢地、顽强地前进着，可是我爬不起来了。大青骡突然失去了尾上的累赘，倒反停下来了，它在等我，可是我爬不起来了。最后，同志们把我抱上了骡背，我趴在它背上，它又迈挪了蹄子。我感觉到它背上的肌肉在颤抖，那鲜红的肉是负担不了我身体的重荷的呀！它的疼痛在悄悄地注入我的心里，而我浑身炙手的热度也仿佛正在传给它。它急促地喘着，鼻子里频频地喷着热气，艰难地载负着我跟上了队伍……后来，后来我进了大城市，我挤公共汽车了。虽然挤点儿，可到底快当多了。只是偶尔，偶尔看见大马路上驾着车的马，走在小汽车的旁边，叮铃铃地响着脖子上的圈铃，才想起我们那匹大青骡。

现在，在这异国的夜里，在达尔达尼的铜马旁边，我从记忆里牵来了我们的大青骡。它披散着鬃毛，露着鲜红的肉背，嘴上吐着白沫，昂起头，侧着眼，凛然地凝视着这个世界。我觉得这似乎也象个雕像。

大青骡，我唯有用自己这支笔，为你画像，再点上一炷清香。我过完了五月的最后一天，最后的一分钟。

(1981.01.25，04 版)

大地春光上笔端

姚雪垠

刚刚立春，第二天便是春节。今年的春天就这样以紧凑的步伐开始了。

年年春节，不同的人有不同的感情。一般说来，孩子们喜欢过春节，而老年不愿过春节。就我自己说，尽管我已经进入七十一岁的高龄，却没有害怕过春节的思想。在过去许多年中，纵然是“十年浩劫”期间，每遇春节，我不是以暗淡的心情叹息我的生命又减去一岁，而是怀着扑灭不了的希望，考虑我在新的一年中将如何于逆境中争取多做一点工作。我从来不妄想违抗生命的自然法则，也不妄想以个人的力量扭转逆境，但是我从来不肯服老，不肯屈服于逆境而做一个无所作为的人。《李自成》第一、二卷共约一百三十万字，都是在逆境中写成的。第三卷即将出版，约八十多万字，虽然十分之八是在粉碎“四人帮”以后写成的，但是这一卷中所表现的思想和重要艺术细节，基本上都在“十年动乱”中间和以前的困难处境中构思成熟的。我这一生有种种缺点和错误，但是我也有优点，即不论在什么困难条件下，我不曾放弃努力，做我应该做的工作，而且做得严肃认真。在“十年动乱”期间，有一年农历除夕，我的境况十分困难，但是我依然充满豪情，写出来如下的一首七律：

又是一年辞旧岁，
银灯白发醉颜红。
幸无每饭三遗矢，

尚有平生百练功。
手底横斜蝇首字，
心头起伏马蹄风。
壮怀常伴荒鸡舞，
寒夜熟闻关上钟。

最后一句的“关上钟”是指武汉关上的钟声。这钟声每半小时响一次，平时因市声嘈杂，远处不能听见。到夜静时候，钟声悠扬，三镇都可听到。我习惯于后半夜开始工作，所以最为熟悉。大概就是写这首诗的春节，连日风雪严寒，我的书斋中冷气逼人，如同冰洞一般。春节的凌晨三时左右，我照例按时起床，穿着皮大衣，抱着热水袋，坐在煤油灯下，赶写《李自成》第二卷。当时，我已是六十多岁的人了。是什么力量推动我这样工作？我想，时至今日，这答案就不需要再说了。

中国的知识分子，在历史上形成了很好的传统，如勤奋好学，不务虚名，讲究气节，处逆境中能够坚持操守，有所不为，安贫乐道，以及“国家兴亡，匹夫有责”的积极精神。当然，知识分子中也有不符合这种传统的人，但是那样的人不代表历史的主流。到了“五四”以后，我国的新知识分子又增加了两个可贵的传统：反帝反封建的民主爱国精神和马克思主义的革命思想。在过去几十年中，我国的知识分子在中国共产党的领导和影响下，和工农兵大众一起，不惜吃苦、牺牲，作出了巨大贡献。可惜从五十年代后期开始，尤其是“十年浩劫”期间，我国的有革命良心和有一技之长的知识分子竟没法掌握自己的命运，甚至今日不知道明日的命运。粉碎“四人帮”之后，我国的饱经摧残的当代知识分子才度尽了严冬，进入到春天。

今年的春节是在经济调整初有眉目的时候来的，是在刚刚审判过林彪、江青反革命集团之后来的。旧的历史正在顽固挣扎中死去，新的历史正在艰苦战斗中成长。各种斗争仍然很复杂和尖锐。粉碎“四人帮”以后四年来，现实中出现的问题常使我眼花缭乱，使我的心中既有忧虑，也有喜慰。我们这一代知识分子不但接受了历史上知识分子的某些传统，也接受了“五四”以来的新文化、新思想传统，在新的复杂情况下不会失去信心，不容易迷失方向。我们既痛心已往的挫折和弯路，也坚信社会主义的崇高理想和建国方向不动摇。同时，我们深知，要走真正社会主义道路就必须有一个真正马克思主义的政党（即共产党）领导。我们拥护社会主义民主，反对资产阶级的自由主义。我们痛心于封建性的愚民政策，痛心于使人民处于被任意摆布的地位，要求人民有充分的民主权利，但我们同时坚持需要党的领导，坚持需要社会主义法制和人民民主专政。这一切都是辩证的，也都是以保证实现四化、建设繁荣富强的社会主义祖国为不可动摇的前提。

目前文艺领域中的思想斗争也相当复杂。我国的古代历史留下一个健康的文学传统，即以屈原、杜甫、白居易……为代表的传统。“五四”以来我们也有一个好的传统，即以鲁迅、茅盾为代表的传统，主张“为人生的文学”，提倡现实主义，也容纳积极的浪漫主义。这两个传统是统一的，必须继承和发扬，其基本精神丝毫没有过时。我拥护文艺题材和形式的多样化，但是我不同意随便移植外国资产阶级的腐朽的文艺思潮，不同意在追求多样化的美名下提倡黄色的、低级趣味的、各种反现实主义的文艺，以及贩卖对人民有害的封建糟粕。

我拥护文学艺术领域中的各种创新试验。实际上我在写《李自成》中也在作许多新的探索和追求，其中有些探索是相当大胆的。我丝毫不是守旧派。然而我希望从事所谓创新的诗人和作家们，要时时记住诗人和作家应该是人民群众的代言人。我们的作品就应该反映人民群众的思想和感情，我们的作品的表现手法和艺术形式也应该为人民群众所接受，所喜闻乐见。这是“五四”所提倡的“为人生的文学”的康庄大道。有人说他的诗是为自己写的。既是为自己写的，就不要拿出来发表。有人说，创新的文艺手法和形式纵然现在不为群众所理解，将来自然会理解。我看，眼前群众不理解、不接受是现实，将来会接受却未必。诗人和作家的眼中没有群众，群众也不会接受他们的作品。还有，文学的历史长河是有连续性的，不能随意割断。创新只能在历史传统的基础上创新，而不是凭空来一个创新。我希望目前正在从事“创新”的诗人，最好先熟悉我国源远流长的诗歌传统，以及“五四”以来的诗歌传统，认真研究一下，吸取精华，抛弃糟粕，然后进行创新，方是真正的创新，而不是民族虚无主义的创新。

（1981.02.05，02 版）

叮咚，叮咚……

玛拉沁夫

早就听说贵阳有一座“地下公园”，到了那里的第二天，我便慕名前往观光，原来这是一个经过修饰的钟乳石溶洞。洞中的钟乳石万象垂悬，千姿百态，光色斑烂，汪洋浩翰，人们曾用“天造地设，鬼斧神工”这样夸张的词句来赞叹这一大自然的神奇与妙绝。

诚然，所谓“鬼神”之说，早已没有人相信了。根据地质学家们的考察，这类溶洞多是古老的地下河流，由于地壳运动，地层升降，河水改道而逐渐形成的，加上雨水和地下水的浸透和石灰质岩石的溶解，又经长期沉淀、凝聚便形成了各种形态的钟乳石。人们漫游于溶洞中，听见那叮咚叮咚的滴水声，望着上下左右各种奇形怪状的雪白钟乳石，想到这巨大的地下“石林”，全是靠那一滴一滴水中所含有的微少又微少的石灰岩质，渐渐积聚而成时，便不由得产生出对悠远历史的无限神往之情。

在万山重叠的贵州旅行时，我还参观了另外一个以“犀牛”为名的岩洞。犀牛洞位于镇宁城东一公里的地方，那里没有现代化公路，要穿过一片泥潭和草丛，才能到达洞口。现在它归附近一个大队管理，中外无名，貌不惊人。不要说古时没有文人墨客的诗文记录，就连它所在的那个县的地方志上，从前也不曾有关于它的记载。然而，当我游览了全洞之后，被它那无以伦比的伟大的艺术美征服之余，实在为它大抱不平：象犀牛洞这样罕见的地下艺术宫，为什么一直没有得到它应有的名胜地位？我阅历有限，但在国内外也曾参观过几处著名的岩洞，别的暂且不提，只说犀牛洞中间广场上那几根直径一公尺有余巍巍然数丈高的擎天石柱，便足可称之为世界奇观之一，称得上是我们的国宝！那几根由含有石灰岩成分的水滴滴成的高接洞顶的大柱上，水流自然地镂刻出各种精美的花纹。毫不夸张地说，它可以与任何一位艺术大师之作相媲美！据说，钟乳石的生长速度，大约每年 0.06 ~ 0.4 毫米。以这个速度推算，那几根大石柱的形成，至少需要二百多万年的漫长时间。

二百多万年哪，叮咚，叮咚……叮咚，叮咚……二百多万年！在这里使用“生长速度”这个词，是不够确切的。这会给人造成一种错觉，以为那些擎天巨柱都是拔地而生的。其实不然，这类溶洞中的所有石柱，都是滴水而成，即由地层渗透下来的水，从洞顶滴落时，将它含有的石灰岩质的一部分留在洞顶，而将另一部分滴落到地面，日久天长，洞顶上结出钟乳，地面上聚成石笋，接着它们从上下两个方面继续发育、壮大，渐渐地互相接近乃至连结，便形成一根根石柱，而后又由细变粗……现在我们看到的那几根大石柱，就是经过这般漫长的凝聚、发育、连结和壮大过程而成形的。然而，有如时间与空间是无止境的一样，它们的发育与壮大也是无止境的。听！现在在我们耳边响着的那叮咚叮咚的滴水声，就是在给它们继续增加着重量与宽度。

在这附近，我还看见有几根从洞顶上垂挂下来的钟乳，与地面上积起的石桩就要连接起来了。它们之间只剩下了几寸长的间隙，这是所有石柱形成的漫长历史的最后一段历程。看来是那么短的距离，但我不知道就是这样短短的距离的合拢与连接，还需要多少年！

我们继续往前走，忽然发现了一个可怕的景象：有一根经过多少万年的积聚、好不容易才连接起来的石柱的当中，那细细的一截儿，不知是被什么人，出于什么动机，无情地给敲断了。啊，这不只是敲断了一小截儿石灰质岩石，而是使悠远的历史出现了一段空白！我停住脚步，望着那石灰岩被敲断的雪白的斑痕，问自己：这一段历史的空白有多长，是十年，还是十五年？我茫然不能自答。

然而，就在这时，我耳边又传来了叮咚叮咚的滴水声，抬头一看，一股猛烈的感情的电流震动了我的心：我发现在那被敲断的石柱的雪白斑痕之处，竟挂着几粒晶莹的水珠，过一会儿，它们滴答一下，依然是那般从容：叮咚，叮咚……

啊，这是真正震撼人心的乐章！它表现出历史老人所具有的品德：无比坚韧和持之以恒的伟大精神。那人为地被无情中断的历史，在这年复一年的轻轻滴水声中将要重新接连起来：是的，任什么人也不可能使历史产生中断与空白。

听啊！那被敲断的石柱，又开始了新的连接与发展的运动，循序渐进，持之以恒，叮咚，叮咚——这就是它前进的脚步声。

一九八一年春节于北京

（1981.03.29，04 版）

一件小事

——悼茅盾同志

唐弢

茅盾同志和我们永别了，虽然知道他卧病已久，却仍然觉得突然。正如罗荪同志说的：没想到他去得那么快。

我的脑海里搅起许多许多过去的事情。

坐在案前，抬头映入眼帘的，首先便是他为我写的那幅字。是一九七一或者七二年吧，那时我勉强可以行动，有一次，到东四头条他原来住的那座楼里探望他。德沚夫人已经逝世，家里的人不多，门敞了很久，进去后觉得空空洞洞，分外冷落。茅公从楼上下来。坐定后，他问我糖尿病怎样了，又谈了德沚夫人最后转成尿中毒的经过，说那种病很痛苦。我觉得他的精神还好，只是说到眼前的一些事情时，心里有点茫然，我也无力为之解释。他问起一些熟人——特别是过去在上海相识的人的近况，我就自己知道的一一告诉他。

他静默了一会，低低地叹口气。

我觉得空气太沉闷了，搭讪着问他前面平屋里的书籍怎么样，有没有损失？室内原来的摆设——包括壁上的字画什么时候撤下了？等等，其实，我早已记不清挂的什么字画，甚至连有没有字画也有点模糊了。我考虑的是必须打破那种相对无言的沉寂的气氛。我受不了。

第二次再去的时候，我随身带了几张笺纸，那还是西谛生前送我的。他和鲁迅合编《北平笺谱》，写过一篇《访笺杂记》，辛苦经营，备记寻求各家笺纸的经过。《北平笺谱》选用了一部分，余下的存在郑家，西谛送我一些。我曾请文艺界朋友题诗写字，将笺纸框起来挂在壁上，蜗居拥挤，室小墙矮，这玩意儿倒正合式。茅公也为我写过几张。记得最初写的一张却是素笺，书王静安《浣溪沙》“掩卷平生有百端”、“漫作年时别泪看”两首，那时他在重庆唐家沱，我住上海，题识有云：

右录静安先生《人间词》《浣溪沙》廿二首之二、五，以奉风子先生长夜待旦时遣愁。

玄珠　唐家沱

一九四四、八、二十七

我当时和几个朋友困居沪渎，境遇萎顿，情怀萧缩，读了第一首里的“闲愁无分况清欢”和第二首里的“更无人解忆长安”，不禁百感交集，失声痛哭。可惜这个小幅[①]在混乱中丢失，因此我又带了几张笺纸去请他重写。

这一回，茅公的心情很好，话说得多。他告诉我周总理派人来看过他，约好当天重来。听到敲门声，他拿着一听香烟从二楼下来，还以为就是这位同志到来了哩。

我留下彩笺，匆匆告辞。

他这次为我写的是一首旧作《西江月》：

萤火迷离引路，蚊雷嘈杂开场；
鼓吹两部闹池塘，谩骂诡辩撒谎。
白骨成精多诈，红旗之阵堂皇；
九天九地扫搀枪，站出来者好样。

旧作书奉唐弢兄教正

茅盾七二、十一月

称为“旧作”，据说还是“文化革命”前写的呢。然而“萤火迷离”，“蚊雷嘈杂”，两部鼓吹，一阵撒谎，中间夹着个多诈的白骨精，这对一九七二年前后国内形势是何等切合啊！“站出来者好样”，既然茅公这样写了，我当然不能辜负长者的好意，就将它挂了出来。好在那时出入于我寓所的人更少，而凡是到我寓所来的人，决不会对此表示不同的意见，那是我自己很有把握的。这幅字就平安无事地天天对着我。

现在，茅公离开我们了，永远离开我们了。他是以鲁迅为代表的中国现代文学的巨匠之一，各方面都有很多建树，值得我认真学习。但我想，“君子爱人以德”，他的这种在危难中站出来的精神，我是首先应当引为楷模的吧，这才是对先行者的最好的纪念！

一九八一年三月二十九夜

① 这个小幅后来又物归原主。

（1981.04.05，04版）

在有吉佐和子家里作客

谌容

早春的东京，傍晚还有些凉意。吃过晚饭，我们走出帝国饭店，去拜访女作家有吉佐和子。

东京的闹市，街道不宽。十字街头，一道道红灯迫使我们的车不断停下排队，那速度真不比步行快。只有开上高速公路时，车才得畅然行驶。就这样，不知转了多少弯，我们的车才进入一条僻静的小巷，在一座两层的小楼前停下。

陪同我们前往的日中文化交流协会的横川健先生走上前去按门铃。从墙上的话筒里传出询问的声音。横川健先生通报了来客姓名之后，透过铁栏栅门，我看见一个修长的身影从楼内走出来，快步下了台阶，跑来拉开了大门。

有吉佐和子站在我们面前了。

暮色中，我立即认出了是她。在一本《昭和文学作家史》上，我曾见过她的照片，那印象似乎比面前站着的她胖些。大约是因为穿着和服的缘故吧。这时的她，只穿一件紧身驼色毛衣，一条合身的棕色长裤，长圆的脸上，头发朝后梳去，结成一条辫子。那轻盈的步履，窈窕的身材，使人很难看出她是五十岁的人。

“多作！多作！”（请吧，请吧！）

在主人热情的招呼声中，我们进了门。从院门到楼前的台阶，也就五六步的样子。院子是很小的，朦胧中看不见有些什么花草。在这寸土值万金，高楼大厦挤在一堆，连天空都只剩下几条缝的、憋闷的东京城里，这小小的庭院，这两层的楼房，真是个幽静的去处。

这幢新居是有吉佐和子用稿费和版税新建的。我们在门厅里脱下脚上的皮鞋，换上主人摆好的绣花拖鞋，沿着楼梯上去，来到一间大会客室。

有吉佐和子把我们让到屋中央的沙发上坐下，自己去沏茶倒水，然后又端来特为我们从饭馆订购的广东点心。她不抽烟，但桌上备有待客的香烟。喝着日本的清茶，我们随便聊了起来。

有吉佐和子是日本当代著名女作家，按年龄说也算是中年作家吧！她毕业于东京大学，学的是英语。一九五六年她的作品《地歌》获得了《文学界》新人奖，从此登上文坛。算来那时她只二十五岁。她曾多次访问我国，并在我国农村住了些日子“体验生活”。她的作品《木偶净琉璃》、《恍惚的人》和一些短篇已译成中文。特别是《恍惚的人》为我国读者所熟悉。这本小说是一九七二年日本发行量最高的畅销书，七个月内销售了一百六十万册。据说，日本政府原来声称要征收税金九千万日元，但遭到作者和社会舆论的反对，只好同意免税。有吉佐和子将这本书的版税一亿多日元捐赠给了养老院。我们的谈话就从这本书开始。

“我自己也没有想到，《恍惚的人》有那么多读者。”她笑道。

日本评论界认为，《恍惚的人》把老人晚年生活作为一个尖锐的社会问题提出来，并采取了引人入胜的描写手法，因而引起了广大读者的注意和共鸣。小说的故事很简单：八十四岁的立花茂造，在老伴去世的那天，突然精神恍惚，举止失常，成了一个所谓“恍惚的人”。他和儿子、媳妇住在一起。儿媳妇昭子本来在一家公司当打字员，如今婆婆去世，照料老人的重担自然落在身上。她无微不至地照料他，博得左邻右舍的好评。但茂造的所谓“老人型呆痴”病情日益恶化，弄得昭子长时间夜里无法休息，三天两头请假，最后终于辞去工作，呆在家里侍候老人。有一天茂造自己溜上街去，第二天便死去了。书中细微地描写了老人丧失生活自理能力的痛苦状态，刻画了一个温和善良的儿媳妇昭子的形象，令人难忘。

“听说在日本，这书往往是儿媳妇买一本，公公自己买一本，各自偷偷的看，是这样吗？”我问她。

她笑着，点点头，解释道：

“人老了，往往变得呆滞、恍惚，甚至行为反常，家里人就以为是得了怪病，闹得家庭不安，又怕外人知道。这本书出来后，把这个普遍的问题挑开了，因此，就有许多人说，我家里的老人也是这样。”

有吉佐和子是一位高产作家，她的全集已经出到十三卷。我原来以为，她大概一年到头总是没明没夜地伏在案头奋笔疾书。凤子问起她的写作习惯时，她伸出四个手指说：

“我每个月写四天。”

“四天？”我不由吃了一惊。

“对。其余的时间我读书。”她笑道。

四天，也许是概而言之，然而她对读书如此重视，却令人感佩。就我所知，我国所谓“年富力强”的中年作家，其用于写作的时间要远远超过读书的时间，好象一天不写上几页，就觉得损失太大了，但由于读书少而给创作带来的损失，却往往被忽略了。

谈话中我告诉她，她的另一部小说《非色》已经由我国外国文学研究所的李德纯先生翻译出来了，即将出版，她听了很高兴。《非色》是有吉佐和子的代表作之一。书中描写了战后一些日本妇女嫁给美军后，随丈夫去异乡的悲惨命运。

“听说你为了写这本书，专门到美国的贫民窟去调查过，走访过那些嫁给美军下级军官的日本妇女，是吗？”

“我每写一本书，都有大量可靠的资料。”她答道：“我写《综合污染》时，甚至翻阅了联合国的有关资料。不过，《非色》这部书是在写完之后才到美国去的。因为我非常熟悉这些日本妇女，同时日本有很多研究美国贫民窟的调查材料。我在这个基础上写作。写完了自己跑到美国去看。看了之后，知道自己确实没有写错。”

看来，有吉佐和子的作品是在大量阅读资料和实地考察的基础上完成的。于是，我提议参观一下她的藏书室。她欣然同意，马上站起来，领着我们走下楼去。

这真是一间令人羡慕的藏书室。一排排书架紧贴在一起，安装在两道如同铁轨样的电镀管上，只留下一格可以供人站住选书的地方。当你要选取这一架上的书时，把书架横头轻轻一推，它就蹓到你面前，同时架上的日光灯自动打开，照亮左右两侧的书，供你挑选。这一架选完，推过去，另一架就露了出来。她的藏书真不少。历史、地理、天文、哲学、宗教、各国文学史、文艺作品等等都有，约五万册。她特别指着第二架的一排线装书，自豪地说：

“这部佛经，就是唐僧去印度取经时取的那一部。我第一次的稿费，两万元，全部用来买了它。”

有一架是她自己二十五年来发表的各种版本的作品，望着这辛勤劳动的结晶，我不禁脱口说道：

“你是大作家了！”

她叹了口气，答道：

“还要等二十年。”

我有些不解，不无揣测地问道：

“是不是你们文坛论资排辈很厉害？”

她冲我作了个怪样儿，双手攥成拳，举在胸前，连连晃动着，使劲说：

“就是！就是！”

我们都笑了。这也只能说是玩笑。但是有吉佐和子写了二十五年，还准备再写二十年，或者更多的时间，这是无疑的。她的作品，就我所看过的来说，尽管表现手法不同，都是属于现实主义范畴的。她忠于生活，敢于触及社会矛盾。我想，这也是她的作品能够在中国享有读者的原因。但是，用日本流行的观点来说，她的作品，迄今为止，都属于“纯文学”这一派。谈到日本文学的不同流派，我问她对日本的纯文学和推理小说的看法。她说：

“在我们国家，一百个作家可以有一百个不同的观点。写出不同的内容，用不同的手法。纯文学、推理小说、历史小说、大众小说，都可以的。我自己也很喜欢读推理小说。日本这样的作家也不少，如松本清张、森村诚一。我自己最近也写了一部推理小说。已经写完了，只是还没有出版。”

从有吉佐和子家告辞出来，我脑子里常常浮现出她引我参观藏书室的情景。回到北京，她已随日本话剧访华演出团来到我国，根据她的小说改编的日本话剧《华岗青洲之妻》正在首都舞台上演，我的眼前又出现了她的藏书室。那是书的森林，那是生活的海洋。有吉佐和子正在这林中探索，在这海上寻求。这或许是她能用较少的时间写出较多的作品的一个奥秘！

一九八一年四月八日夜于北京

（1981.04.19，04版）

现代文学资料馆

巴金

近两年我经常在想一件事：创办一所现代文学资料馆。甚至在梦里我也几次站在文学馆的门前，看见人们有说有笑地进进出出。醒过来时我还把梦境当作现实，一个人在床上微笑。

可能有人笑我考虑文学馆的事情着了魔。其实在一九七九年中期关于文学馆的想法才钻进我的脑子。我本来孤陋寡闻，“十年浩劫”中我给封闭在各种“牛棚”里几乎与世隔绝，在那些漫长的日子里文学资料成了“四旧”，人们无情地毁掉它们仿佛打杀过街的老鼠，我也亲手烧毁过自己保存多年的书刊信稿，当时我的确把“无知”当作改造的目标。我还记得有一个上午我在作家协会上海分会的厨房里劳动，外面的红卫兵跑进来找“牛鬼”用皮带抽打，我到处躲藏，给捉住了还要自报罪行，承认“这一生没有做过一件好事”。传达室的老朱在扫院子，红卫兵拉住他问他是什么人，他骄傲地答道：“我是劳动人民。”我多么羡慕他！也有过一个时候我真的相信只有几个“样板戏”才是文艺，其余全是废品。我彻底否定了自己。我丧失了是非观念。我没有过去，也没有将来，只是唯唯诺诺，不动脑筋地活下去，低着头，躲着人，最怕听见人提到我的名字，讲起我写过的小说。在那种时候，在那些日子里，我不会想、也不敢想文学和文学资料，更不用说创办文学馆和保存我们的文学资料了。在一九六七、六八年中的我的精神状态就是这样可怜、可鄙的。这才是真的着魔啊!

但是“四人帮”贴在我的脑门子上的符咒终于给撕掉了,我回头看以前走过的道路又比较清楚了,文学究竟是什么我也懂得一点,不能说自己读过的书都是毒药或者胡说。文学是民族和人类的财产,它是谁也垄断不了的,是谁也毁灭不了的。“十年浩劫”中的血和火搅动了我心灵中的沉渣,它们全泛了起来,我为这些感到羞耻。我当时否定了自己,否定了文学,否定了一切美好的事物,我真的这样想过。现在我把那些否定又否定了,我的想法也绝非虚假。万幸我在入迷的时候并没有把手边的文学资料全部毁弃,虽然我做过的蠢事已经够多了。我烧毁了大哥写给我的一百多封信以及一些类似的东西,自己也受到了惩罚,我再要写《激流》一类的作品就有困难;同那些信件一起,我过去的一段生活也变成了灰烬。但是一个人的历史可以随意改写吗?可以任意编造吗?在一九六六年和以后的两三年中间我的想法真是这样。我甚至相信过一个没有文化、没有知识、当然也没有资料的理想世界。

我想起来了。当时也有人偷偷地问过我:“难道我们的祖先就没有留下一点值得重视的遗产?难道‘五四’以来我国的现代文学就全是废品、全是‘四旧’?难道你几十年中那许多作品就全是害人害世的毒草?”我答不出来,一方面我仍处于神志不清的状态,另一方面我已经给“打翻在地还踏上一只脚”,不敢“乱说乱动”,唯恐连累亲戚朋友。活命哲学是我当时唯一的法宝。

一九七九年春天起我出国三次。我出去并非镀金,也不想捞取什么,我只是让一些外国朋友看看我并不曾被“四人帮”迫害致死,还能够用自己的脑子思考。在国外我才发现人们关心中国,多数读者想通过中国现代文学认识我们国家,了解中国人的心灵。好些国家中都有人在搜集我国现代文学作品和有关资料,或者成立研究会、召开国际会议讨论有关问题。我们的“文革”期间被视为粪土的东西,在国外却有人当作珍贵文物收藏。

在世界闻名的几个都市里我参观了博物馆、纪念碑,接触了文化和历史资料,看到了人民的今天,也了解他们的过去。任何民族,任何人民都有自己光辉的历史。毁弃过去的资料,不认自己的祖宗,这是愚蠢而徒劳的。你不要,别人要;你扔掉,别人收藏。我们的友邦日本除了个别作家的资料馆外，还有一所相当完备的他们自己的“近代文学馆”。日本朋友也重视我们现代文学的资料。据一位中国血统的美国作家说这方面的资料美国收藏最多，居世界第一，欧洲有些学者还要到美国去看料材。荷兰莱顿有一所“西欧汉学研究中心图书馆”，成立已经五十年，虽然收藏我国现代作品不多，但正在广泛地搜集。我说句笑话，倘使我们对这种情况仍然无动于衷，那么将来我们只有两条路可走：或者把一代的文学整个勾销，不然就厚着脸皮到国外去找寻我们自己需要的资料。

现在还是能够有所作为的时候。听说日本的“近代文学馆”是日本的作家们创办的，并没有向国家要一个钱。日本作家办得到的事，难道我们中国作家就办不到？我的力量虽然有限，但决心很大，带个头总是可以的吧。创办和领导的工作由中国作家协会担任，我们只要求国家分配一所房子。我准备交出自己收藏的书刊和资料，还可以捐献自己的稿费，只希望在自己离开人世前看见文学馆创办起来，而且发挥作用。

我设想中的“文学馆”是一个资料中心，它搜集、收藏和供应一切我国现代文学的资料，“五四”以来所有作家的作品，以及和他们有关的书刊、图片、手稿、信函、报道……等等、等等，这只是我的初步设想，将来“文学馆”成立，需要做的工作可能更多。

对文学馆的前途我十分乐观。我的建议刚刚发表，就得到不少作家的热烈响应。同志们给了我很大的鼓励。我心情振奋，在这里发表我的预言：十年以后欧美的汉学家都要到北京来访问现代文学馆，通过那些过去不被重视的文件、资料认识中国人民优美的心灵。

点着火柴烧毁历史资料的人今天还是有的；以为买进了最新的机器就买进了一切的人也是有的。但是更多的人相信我们需要加强我们的民族自豪感，提高对我们民族精神的认识。认识自己，认识我们的文学，认识中国人民的心灵美。我们有一个丰富的矿藏，为什么不建设起来好好地开采呢？

我那些美好的梦景一定会成为现实，我的愉快的微笑并不是毫无原因的。

（四月四日杭州）

（1981.10.21，03 版）

《庐隐传》题记

沙汀

离开北京回川疗养以前，我曾经拜读过肖凤同志的《萧红传》，深为作者流利的行文，细致的笔触感到欣喜。认为以一位女同志来写这本才华出众的女作家的传记，太恰当了。

作者态度的持重，我也颇感惊奇，曾经为之大笑。我这是指她讲述萧红同志的爱情纠葛经过说的，心想，也许只有一位女同志才能有这样细腻的体会和感触吧！她认为一个人的感情世界细微复杂，不能随意评断有关同志的是非。我觉得这是一个传记作者值得参照的严肃态度。

现在，作者又一本女作家的传记即将问世，我也已经拜读过好几章。不过她所传的庐隐，无疑已经为多数中青年作家、爱好文学的青年读者所不知了，远比萧红陌生。因为庐隐是“五四”运动时期涌现出来的女作家，又早已逝世。按其作品内容来说，她所刻划的，又是她那个历史时期的新的一代，为追求人生意义，大多徘徊在理想与现实生活之间，极少得到满足。更不幸的是她笔下的人物，终于都没有突破封建主义，家庭生活的牢笼，为自己开拓出一条真正的新的道路。

然而不管如何，庐隐为我们用生动形象描绘的“五四”运动时期某一部分知识青年的生活和思想，追求与痛苦，作为历史借鉴，至少至少，它们值得专攻文学史的同志给予应有的重视。我想，如果每一个历史阶段仅有一两位卓越的作家为人民知晓，对于我们这样一个历史悠久，人口众多，作为历史里程碑而出现过伟大“五四”运动的国家，也太不相称了。

当然，不只是不相称，更重要的是不符合整个历史事实。我记起来了，鲁迅先生曾经因为日本选译中国的幽默小说，仅只有他以及其他一二位当时较为知名的作家的作品，曾经因之兴起寂寞之感，于是另外推荐了一两位青年作家的作品。我体会，他是从历史来看问题的。而在某一个历史时期的某一方面，尽管出类拔萃的人物有限，而历史终归都不是少数人创造的！它是广大群众勤劳智慧的记录。

无论如何，庐隐总算从《海滨故人》、《曼丽》、《灵海潮汐》和《玫瑰的刺》等短篇小说、散文集到长篇《女人的心》，为我们写作了十三四年之久。不幸恰当风华正茂的年龄，便与世长辞了。而茅盾同志用未明这个笔名在三十年代还写过《庐隐论》，虽有微词，说她在创作道路上陷于“停滞”，没有跟随时代前进，但他终归还是恰如其分地赞扬了她的成就，说是读她的全部作品就仿佛呼吸着“五四”时期的空气。同时对她一贯勇于坦露自己又天真又严肃的心灵表示敬意。

以上的点滴感想，也算是我对本书作者视野广阔，能于对“五四”新文学运动以来在创作上做过努力，而又早已不为人所知的作家的生活和创作加以系统评述，表达了欣赏赞扬之情。因为尽管庐隐的成就算不上卓越，在我国新文学的发展道路上，总算增添过一撮铺路的泥土！

深夜无眠，开灯拉杂写此，姑且让它称作《庐隐传》的题记吧。

八一年七月二十日凌晨三时于成都

注：庐隐一九二二年毕业于北京女子师范大学（北师大前身之一），《庐隐传》作者肖凤一九五九年毕业于北京师范大学，明年恰逢北京师范大学八十周年校庆，此书将由北京师范大学出版社出版。

（1981.11.08，04版）

蚕儿(小说)

陈忠实

从已经开花的粗布棉袄里撕下一疙瘩棉花，小心地撕开，轻轻地扯大，把那已经板结的棉套儿撕扯得松松软软，摊开，再把铜钱大的一块缀满蚕籽儿的黑麻纸铺上，包裹起来，装到贴着胸膛的内衣口袋里，暖着。在老师吹响的哨声里，我慌忙奔进由关帝庙改成的教室，坐在自个从家里搬来的大方桌的一侧，把书本打开。

老师驼着背，从油膝剥落的庙门口走进来，站住，侧过头把小小的教室扫视一周，然后走上搬掉了关老爷泥像的砖台。教室里顿时鸦雀无声，只有我的邻桌小明儿的风葫芦嗓门里，发出吱吱吱的出气声。

“一年级写大字，三四年级写小字，二年级上课。”

老师把一张乘法表挂在黑板上，用那根溜光的教鞭指着，领我们读起来：

“六一得六……”

我念着，偷偷摸摸胸口，那软软的棉团儿，已经被身体暖热了。

“六九五十四。”

胸口上似乎有毛毛虫在蠕动，痒痒儿的，我想把那棉团掏出来。瞧瞧老师，那一双眼睛正盯着我，我立即挺直了身子。

难以忍耐的期待中，一天课后，我跑出教室，躲在庙后的房檐下（风葫芦说蚕儿见不得太阳)，绽开棉团儿，啊呀！出壳了！在那块黑麻纸上，爬着两条蚂蚁一样的小蚕，一动也不动。两颗原是紫黑的蚕籽儿变成了白色，旁边开着一个小洞。我取出早已备好的小洋铁盒，用一根鸡毛把小蚕儿粘起来，轻轻放到盒子里的蒲公英叶子上。再一细看，有两条蚕儿刚刚咬开外壳，伸出黑黑的头来，那多半截身子还卡在壳儿里，吃力地蠕动着。

“嚯嚯……”上课的哨儿响了。

“二年级写大字……”

写大字，真好啊！老师给四年级讲课了。我取出仿纸，铺进影格，揭开墨盒……那两条小蚕儿出壳了吧？出壳了，千万可别压死了。

我终于忍不住，掏出棉团儿来。那两条蚕儿果然出壳了，又有三四条咬透了外壳。我取出鸡毛，揭开小洋铁盒。风葫芦悄悄窜过来，给我帮忙，拴牛也把头挤过来了……

“哐”的一声，我的头顶挨了重重的一击，眼里直冒金星，几乎从木凳上翻跌下去，教室里立时腾起一片笑声。我看见了老师，背着的双手里握着教鞭，站在我的身后。慌乱中，铁盒和棉团儿都掉在地上了。我忍着头顶上火烧火燎的疼痛，眼睛仍然偷偷瞄着扣在地上的铁盒。

老师的一只大脚伸过来，从我坐的木凳旁边伸到桌子底下去了。一下，踩扁了那只小洋铁盒；又一脚，踩烂了包着蚕籽儿的棉团儿……我立时闭上眼睛，那刚刚出壳的蚕儿啊……

老师又走回四年级那一排桌子的前头去了。教室里静得象空寂的山谷。

放学了，我回到家里，一进门，妈就喊：“去，给老师送饭去！”

又轮着我们家管饭了。我没动，也没吭声。

“噢！象是受了罚！”妈妈看着我的脸，猜测说，“保险又是贪耍，不好好写字！”

我仍然立在炕边，没有说话。

妈妈顺手摸摸我额头上的“毛盖儿”，惊奇地睁大了眼睛：“啊呀！头上这么大的疙瘩？”她拨开头发，看着，叫着，“渗出血了！这先生，打娃打得这样狠！头顶上敢乱打……”

我的眼泪流下来了。

“不打不成材！”父亲在院子里劈柴，高声说，“学生哪有不挨板子的？”

妈妈叹口气：“给老师送饭去。”

“我不去！”

“去！”父亲威严地命令，“老师在学堂，就是父母，打是为你学好！”

我一手提着装满小米稀饭的陶瓷罐，一手提着竹篮，竹篮里装着雪白的蒸馍，菜碟，辣碟，走出了街门。这样白的馍馍，我大概只有在过年过节时才能尝到的。

进了老师住的那间小房子，我鞠了躬，把罐和竹篮放到桌子上，就退出门来，站在门外的土场上等，待老师吃完，再去取……

“来！”从小房里发出一声传呼，老师吃完了。

我进了小房，去收拾那罐儿碟儿。

老师挡住我的手，指着花碟子，说：“把这些东西带回去，不准丢掉……”

我一看，那盛过咸菜的花碟子里，扔着一块馍，上面夹着没有揉散的碱面团儿；另有稀饭中的一个米团儿，不过指头大，也被老师挑出来。我立时觉得脸上发烧，这是老师对管饭的家长最不光彩的指责……

妈妈看见了，一下子跌落在板凳上，脸色羞愧极了。

父亲瞅着，也气得脸色铁青，一把抓起“展览”着碱团儿和米团儿的花碟子，一扬手，摔到院子里去了。

后晌上学的时候，风葫芦在村口拉住我，慷慨地说：“我再给你一块蚕籽儿！”

我心里冷得很：“不要咧。”

“咋咧？”

“我不想……养蚕儿咧！”

没过几天，学校里来了一位新老师，分了班，把一二年级分给新来的老师教了。

他很年轻，穿一身列宁式制服，胸前两排大纽扣，站在讲台上，笑着给我们介绍自己：“我姓蒋。就是蒋介石的蒋……”

教室里掀起一阵轻松好奇的笑声。

他又转过身，从粉笔盒儿里捏起一节粉笔，在木头黑板上，端端正正写下他的名字，说：“我叫蒋玉生。”

多新鲜啊！往常，同学们象忌讳祖先的名字一样，谁敢打问老师的姓名呀！四十来个学生的初级小学，只有一位老师，称呼中是不必挂上姓氏的。新老师一来，自报姓名，这种举动，在我的感觉里，无论如何算是一件新奇事。他一开口，就露出两只小虎牙，眼睛老象是在笑：“我们先上一节音乐课。你们都会唱什么歌？”

大家你看看我，我看看你，没有人回答。我们啥歌也不会唱，从来没有人教给我们唱歌。我只会哼母亲教给我的那几句“绣荷包”。

蒋老师把词儿抄在黑板上，就领着唱起来：“解放区的天是明朗的天……”

没有丝毫音乐训练的偏僻山村的孩子，一句歌词儿，怎么也唱不协调。我急得张不开口，喉咙里象硬着一团什么东西，无端地落下一股泪水。好久，在老师和同学的歌声中，哽在喉咙里的硬团儿，渐渐溶化了，心里清爽了，张着嘴，唱起来：

“解放区的天是明朗的天……”

我爬上村后那棵老桑树，摘了一抱最鲜最嫩的桑叶，扔给风葫芦，就往下溜，慌忙中，松了手，摔到地上，半天爬不起来，嘴里咸腻腻的，一摸，擦出血了，烧疼烧疼。

“你俩干什么去了？”蒋老师吃惊地说。

我俩站在教室门口，低下头，不敢吭声。

“脸上怎么弄破了？”他走到我跟前。

我把头勾得更低了。

他牵着我的胳膊朝他住的小房子走去。这回该吃一顿教鞭了！我想，他不在教室打，关在小房子打起来，没人看见……

走进小房子，他从桌斗里翻出一团棉花，撕下一块，缠在一根火柴棒上，又在一只小瓶里蘸上红墨水一样的东西，就往我的脸上涂抹。我感到伤口又扎又疼，心里却有一种异样的温暖。他那按着我的头顶的手，使我想到母亲按抚我的头脸的感觉。

“怎么弄破的？”他问。

“上树……摘桑叶。”我怯生生地回答。

“摘桑叶做啥用？”他似乎很感兴趣。

“喂蚕儿。”我也不怕了。

“噢！”他高兴了，“喂蚕儿的同学多吗？”

“小明，拴牛……”我举出几个人来，“多咧！”

“你养了多少？”

“我……”我忽然难受了，“没养。”

“那好。”他不知我的内情，喜眯眯的眼睛里，闪出活泼的好奇的光彩，“你们养蚕干什么？”

“给墨盒儿做垫子。”我说，话又多了，“把蚕儿放在一个空盒里，它就网出一片薄丝来了。”

“多有意思！”他高兴了，拍着手，“把大家的蚕养在一起，搁到我这里，课后咱们去摘桑叶，给同学们每人网一张丝片儿，铺墨盒，你愿意吗？”

“好哇！”我高兴地从椅子上跳下来。

于是，后晌，他领着我们满山满沟跑，采摘桑叶，有时候，他从坡上滑倒了，青草的绿色液汁粘到裤子上，也不在乎。他说他家在平原上，没走过坡路。

初夏的傍晚，落日的余晖里，霞光把小河的清水染得一片红。蒋老师领着我们，脱了衣服，跳进水里打泼刺，和我们打水仗。我们联合起来，从他的前后左右朝他泼水。他举起双手，闭着眼睛，脸上窜下一股股水来，佯装着求饶的声调，投降了……

这天早晨，我和风葫芦抱着一抱桑叶，刚走进老师的房子，就愣住了。

老师坐在椅子上发呆，一副悔恨莫及的神色，看见我俩，轻声说：“我对不起你们！”

我莫名其妙，和风葫芦对看一眼。

“老鼠……昨晚……偷吃了……蚕！”

我和风葫芦奔到竹箩子跟前，蚕少了！一指头长的又肥又胖的蚕儿，再过几天该网茧子了。可憎的老鼠！

风葫芦表现得很慷慨：“老师，不要紧！我从家里再拿来……”

老师苦笑一下，摇摇头。

我心里很难受。我不愿意看见那张永是笑呵呵的脸膛变得这样苦楚，就急忙给老师宽解："他们家多着哪！有好几竹箩！"

"不是咱们养的，没意思。"他站起来，摇摇头，惋惜地说。

三天之后，有两三条蚕儿爬到竹箩沿儿上来，浑身金黄透亮，扬着头，摇来摆去，斯斯文文地象吟诗。风葫芦高兴地喊："它要网茧儿咧！"

老师把他装衣服的一个大纸盒拆开，我们帮着剪成小片，又用针线串缀成一个一个小方格，把那已经停食的蚕儿提到方格里。

它想网茧儿。我们把它吐出的丝儿压平；它再网，我们再压，强迫它在纸格里网出一张薄薄的丝片来……

陆续又有一条一条的蚕儿爬上箩沿儿，被我们提上网架。老师和我们，沉浸在一种喜悦的期待中。

"我的墨盒里，就要铺一张丝片儿了！"老师高兴得按捺不住，象个小孩，"是我教的头一班学生养蚕网下的丝片儿，多有意义。我日后不管到什么地方，一揭墨盒，就看见你们了……"

第二天，早饭后，上第一节课了。他走进教室，讲义夹上搁着书本，书本上搁着粉笔盒，走上讲台，和往常一模一样。我在班长叫响的"起立"声中，站起来，一眼看见，老师那双眼睛里有一缕难言的痛楚。

他站在讲台上，却忘了朝我们点头还礼，一只手把粉笔盒儿也碰翻了，情绪慌乱，说话结结巴巴："同学们，我们上音乐课……

怎么回事啊，昨天下午刚上过音乐课了，我心里竟然不安起来，似乎有一股毛躁的情绪从心里窜起。老师心里有事，太明显了！

老师勉强笑着："我教，你们跟着唱：'春风，吹遍了原野……'"

我突然看见，刚唱完一句，他的眼角淌下一股泪水，立即转过身，用手抹掉了；然后再转过身来，颤着声，又唱起来：

"春风，吹遍了原野……"

我闭了口，唱不出来了。风葫芦竟然"哇"的一声哭了。教室里，没有一个人应着唱。

"我要走了，心想给大家再留下一支歌儿……"他说不下去了，眼泪又窜下来，当着我们的面，用手绢擦着，提高嗓音，"同学们，唱啊！"

他自己也唱不出来了，勉强笑着，突然转过身，走出门去了。

我们一下子拥出教室，挤进老师窄小的房子，全都默默地站着。

他的被卷和书籍，早已捆扎整齐。他站在桌边，强笑着，说：“我等不到丝片儿网成了。你们……把蚕箔儿……拿回家去吧！”说罢，他提起网兜，背上被卷。

我们从他手中夺过行李，走出小房。对面三、四年级的小窗台上，露出一个一个小脑袋。一声怕人的斥责声响过，全都缩得无影无踪了。

我的心猛一颤，还得回到那个教室里去吗？

走出庙院了。走过小沟了。眼前展开一片开阔的平地，我终于忍不住，问：“蒋老师，为啥要走呢？”

蒋老师瞧着我，淡淡地说：“上级调动。”

“为啥要调动呢？你刚来！”风葫芦问。

老师走着，紧紧闭着嘴唇，不说话。

我又问：“为啥调动？”

蒋老师看看我，又看看风葫芦，说：“有人把我反映到上级，说我把娃娃惯坏了！”

我迷蒙的心里透出一条缝儿，于是就想到村子里许多议论来。乡村人看不惯这个新式先生，整天和娃娃耍闹，没得一点儿先生的架式嘛！自古谁见过先生脱了衣裳，跟学生在河里打水仗？失了体统嘛！我依稀记得，我的父亲说过这些话，在大槐树下和几个老汉一起说。那个现在还不知姓名的盘踞在小庙里的老师，也在村里人中间摇头摆手……他们却居然不能容忍孩子喜欢的一位老师！

三十多年后的一个春天，我在县教育系统奖励优秀中小学教师的大会上，意外地握住了蒋老师的手。他的胸前挂着“三十年教龄”纪念章，金光给他多皱的脸上增添了光彩。

他向我讨要我发表过的小说。

我却从日记本里给他取出一张丝片来。

“你真的给我保存了三十年？”他吃惊了。

哪能呢？我告诉他，在我中学毕业以后，回到乡间，也在那个拆掉古庙新盖的小学里教书。第一个春天，我就记起来该暖蚕籽儿了。和我的学生一起养蚕儿，网一张丝片，铺到墨盒里，无论走到天涯海角，都带着我踏上社会的第一个春天的情丝……

老人把丝片接到手里，看着那一根一缕有条不紊的金黄的丝片，两滴眼泪滴在上面了……

(1982.02.04，03 版)

报纸的故事（小说）

孙犁

一九三五年的春季，我失业家居。在外面读书看报惯了，忽然想订一份报纸看看。这在当时确实近于一种幻想，因为我的村庄，非常小又非常偏僻，文化教育也很落后。例如村里虽然有一所小学校，历来就没有想到订一份报纸。村公所就更谈不上了。而且，我想要订的还不是一种小报，是想要订一份大报，当时有名的《大公报》。这种报纸，我们的县城，是否有人订阅，我不敢断言，但我敢说，我们这个区，即子文镇上是没人订阅过的。

我在北京住过，在保定学习过，都是看的《大公报》，现在我失业了，住在一个小村庄，我还想看这份报纸。我认为这是一份严肃的报纸，是一些有学问的，有事业心的，有责任感的人，编辑的报纸。至于当时也是北方出版的报纸，例如《益世报》、《庸报》，都是不学无术的失意政客们办的，我是不屑一顾的。

我认为《大公报》上的文章好，它的社论是有名的，我在中学时，老师经常选来给我们当课文讲。通讯也好，有长江等人写的地方通讯，还有赵望云的风俗画。最吸引我的还是它的副刊，它有一个文艺副刊，是沈从文编辑的，经常登载青年作家的小说和散文。还有小公园，还有艺术副刊。

说实在的，我是想在失业之时，给《大公报》投投稿，而投了稿子去，又看不到报纸，这是使人苦恼的。因此，我异想天开地想订一份《大公报》。

我首先，把这个意图和我结婚不久的妻子说了说。以下是我们的对话实录：

“我想订份报纸。”

“订那个干什么？”

“我在家里闲着很闷，想看看报。”

“你去订吧。”

“我没有钱。”

“要多少钱？”

“订一月，要三块钱。”

“啊！”

“你能不能借给我三块钱？”

“你花钱应该向咱爹去要，我哪里来的钱？”

谈话就这样中断了。这很难说是愉快，还是不愉快，但是我不能再往下说了。因为我的自尊心，确实受了一点损伤。是啊，我失业在家里呆着，这证明书就是已经白念了。白念了，就安心在家里种地过日子吧，还要订报。特别是最后这一句：“我哪里来的钱？”这对于作为男子汉大丈夫的我，确实是千钧之重的责难之词！

其实，我知道她还是有些钱的，作个最保守的估计，她可能有十五元钱。当然她这十五元钱，也是来之不易的。是在我们结婚的大喜之日，她的“拜钱”。每个长辈，赏给她一元钱，或者几毛钱，她都要拜三拜，叩三叩。你计算一下，十五元钱，她一共要起来跪下，跪下起来多少次啊。

她把这些钱，包在一个红布小包里，放在立柜顶上的陪嫁大箱里，箱子落了锁。每年春节闲暇的时候，她就取出来，在手里数一数，然后再包好放进去。

在妻子面前碰了钉子，我只好硬着头皮去向父亲要，父亲沉吟了一下说：

“订一份《小实报》不行吗？”

我对书籍、报章，欣赏的起点很高，向来是取法乎上的。《小实报》是北平出版的一种低级市民小报，属于我不屑一顾之类。我没有说话，就退出来了。

父亲还是爱子心切，晚上看见我，就说：

“愿意订就订一个月看看吧，集晌多粜一斗麦子也就是了。长了可订不起。”

在镇上集日那天，父亲给了我三块钱，我转手交给邮政代办所，汇到天津去。同时还寄去两篇稿子。我原以为报纸也象取信一样，要走三里路来自取的，过了不久，居然有一个专人，骑着自行车来给我送报了，这三块钱花得真是气派。他每隔三天，就骑着车子，从县城来到这个小村，然后又通过弯弯曲曲的，两旁都是黄土围墙的小胡同，送到我家那个堆满柴草农具的小院，把报纸交到我的手里。上下打量我两眼，就转身骑上车走了。

我坐在柴草上，读着报纸。先读社论，然后是通讯、地方版、国际版、副刊，甚至广告、行情，都一字不漏地读过以后，才珍重地把报纸叠好，放到屋里去。

我的妻子，好象是因为没有借给我钱，有些过意不去，对于报纸一事，从来也不闻不问。只有一次，带着略有嘲弄的神情，问道：

“有了吗？”

“有了什么？”

“你写的那个。”

“还没有。”我说。其实我知道，她从心里是断定不会有的。

直到一个月的报纸看完，我的稿子也没有登出来，证实了她的想法。

这一年夏天雨水大，我们住的屋子，结婚时裱糊过的顶棚、壁纸，都脱落了。别人家，都是到集上去买旧报纸，重新糊一下。那时日本侵略中国，无微不至，他们的旧报，如《朝日新闻》、《读卖新闻》都倾销到这偏僻的乡村来了。妻子和我商议，我们是不是也把屋子糊一下，就用我那些报纸，她说：

“你已经看过好多遍了，老看还有什么意思？这样我们就可以省下块数来钱，你订报的钱，也算没有白花。”

我听她讲的很有道理，我们就开始裱糊房屋了，因为这是我们的幸福的窝巢呀。妻刷浆糊我糊墙。我把报纸按日期排列起来，把有社论和副刊的一面，糊在外面，把广告部分糊在顶棚上。

这样，在天气晴朗，或是下雨刮风不能出门的日子里，我就可以脱去鞋子，上到炕上，或仰或卧，或立或坐，重新阅读我所喜爱的文章了。

一九八二年二月九日

(1982.02.18, 03 版)

豫东道上

阮章竞

四十年前，在郑州，有位老战友告诉我：黄泛区，今天已经看不见了。

我听到说豫东，
蒋军决堤放黄河冲！
三十年前，
我又听到说豫东，
蒋军复堤叫黄河回故道，
留下茫茫黄沙长荒蒿。

从此年年，
我听到说黄泛区，
黄沙作恶，
神仙都没法治。
生产低，生活苦，人叹气，
盼个好收成，
老天爷，总是说不许！
忧愁迭迭，
摞迭心头搬不去！

今年，我初次进黄泛区，
风墙林带，
秋光红黄绿。
空气清新，
天宇明净，
似是有谁，
曾把风呀、气呀都全过滤，
端来个风和日丽，
处处丰收晒珠玉。

千里来寻黄泛区，
寻见是，
呼吸舒畅人欢愉；
寻见是，
忙收秋，忙欢笑，忙嫁娶；
寻见是，
绿柳映红墙，
红树藏新居。
我放声欢说：
黄泛区，你早该去！

（1982.09.29，04版）

一组油画的启示

——堪培拉散记

周而复

在堪培拉国立美术馆，一组油画吸引了我的注意，这是麦古宾（Fredrick mecubbinAustraliam 1835—1917）的作品，由三幅油画组成。第一幅是一对年轻夫妇来到莽莽苍苍的原始森林里；第二幅画面里的森林已经砍倒一部分，男的坐在树上工作，女的抱着一个孩子站在他的身旁；第三幅，儿子已经长大成人，森林里有一座新坟，十字架对着宁静的天宇，儿子跪在墓前为父母祈祷，透过森林的枝丫，隐隐约约地看到远方一座新的城市已经建筑好了。在儿子的身旁放着锯树的锯子和建筑的工具。

我在这组油画的面前站了下来，陷入深深的沉思。

我想起前天看到的新华分社于杭和林青夫妇住的那幢房子。这房子座落在鲁西尔街，房主是位木工，原来是英国曼彻斯特纺织工人，因为纺织衰落，他们离开英伦三岛，来到了澳大利亚堪培拉。当时堪培拉是一片荒山野林。一九一一年决定正式建设堪培拉。一九二七年澳大利亚政府通过决议，把首都迁移到堪培拉，因为地方过于荒凉，不是短时间能够把首都建设好，虽然议会搬来办公了，也建好一幢二层楼的白色大厦，却叫做临时议会大楼。这时居民很少，房屋更少，土地很多。政府以廉价把土地卖给居民，建筑房屋，可以使用九十九年，然后归还政府。政府还发给每户十株树苗，要保证种好，房屋范围以内的草坪也要保证种好，否则要罚款。房屋外边的草坪由政府负责种植。

木工买了一块廉价的地皮，说是地皮也不太准确，其实是一片桉树林，别的什么也没有。每天他出去给人干木活，假日和下班以后的时间，便和妻子经营自己的房屋。木工活，不用提，是他的看家本领。盖房子单靠木工不行，还需要泥瓦工。他雇不起。

恰巧他的邻居是泥瓦工，澳大利亚人，有一手好手艺，却不会木工活。他们两人成了好朋友，以工换工。他们共同砍伐原始森林，一片平整的土地露出来了。盖了两年，一幢新式的花园洋房盖起来了。木工和泥瓦工各自住进舒适的洋房。木工还接来他的母亲，住在一块，共同过着愉快的家庭生活。

不久，马路两边都先后盖了房屋，成为环境安静风景优美的居民区。一个又一个居民区建设起来，在青色的艾莫斯利山下，政府的办公大楼也一幢又一幢建设起来了，在临时议会大楼前面不远还挖了一个大人工湖，名叫格丽芬湖，两边有桥，把湖和议会大楼连接起来了。湖心有一个喷泉，比我一九五八年在日内瓦看到的喷泉稍微低一点，在堪培拉，这个喷泉够高的了，在首都任何一个角落都可以看到直薄蔚蓝晴空的喷泉，雪白的水花不断落下。

首都地区部部长贺奇曼告诉我，堪培拉一九二六年才开始建筑，原来只有四万人左右的荒凉地方，要建成首都的规模需要很多时间，又受了第二次世界大战的影响，耽误了一段建设时间，现在准备把丧失了的时间抢回来，加快建设的速度。在格丽芬湖风景区有计划地盖一些政府大楼，新的议会大厦已经在山上开始建筑了，预计一九九〇年可以盖好，那时首都人口将要达到五十万。

虽然还没有到一九九〇年，但堪培拉已经成为全世界最著名的花园城市了。我在堪培拉散步，就象在上海中山公园散步一样，一片片如茵的草地接着草地，一片片树林接着树林，一阵阵鸟语声，听不见城市的烦嚣和噪音。

现在堪培拉，只住二十二万五千人，每家都有一幢舒服、适用、美观的住宅。每一幢住宅便是一座小的花园，许许多多的星罗棋布的小花园，象是一朵朵美丽的花点缀着堪培拉这座大花园的每一个角落，越发使人喜爱。但是木工并不打算在自己盖的小花园里享受舒适的生活。他要参加澳大利亚建设者的行列。

在堪培拉设立新华分社以后，于杭和林青要购买一栋房子好办公。木工知道这个消息，愿意卖给中国朋友。他说平原建设了，山区还要开拓哩。我们澳大利亚（他已经加入澳大利亚籍了）生产羊毛著名于世，牧场的事业需要不断的发展，他带着妻子，拿着卖掉房子的款子到山上去了。

在山区，他又买了一片土地，围上铁丝网，便成了很好的天然牧场，买了一千头羊放牧了。羊安置好了，他自己没有房子住，因陋就简地住在卡拉万里，忙里偷闲盖房子，象在堪培拉一样，他用自己的双手，又一幢花园洋房盖起来了。他家里人随后也来到了山区。他现在不做木工了，当了拥有二千头羊的牧场主，还在考虑怎样发展他的山区……

这位木工和他的妻子不是很象我在麦古宾油画上看到的那对青年夫妇吗？那一对青年夫妇逝世了，他们的儿子继续开拓和建设。这儿子开拓和建设的精神仿佛也象木工。

我在麦古宾的那组油画上看到澳大利亚的过去和未来。

（1982.10.23，04版）

悼健吾

萧乾

从健吾自己来说，他几乎完全没有受到病魔的折磨就悄然离去，是造化；但是，对他的亲人和朋友们，这个不幸来得突兀到了残酷的地步。听到他的噩耗几个小时后，正在悲恸，竟然还接到了他这封信——说不定是他的绝笔之作了。这是二十三日写后寄到天坛，又转到我开会的地点的。

九月里一天，他来看我。那天刚好姜德明也在。不知道什么时候健吾照起相来了。他从包包里掏出一只照相机，就在我那间光线十分暗的房间里照了起来。他兴致真好。先是一个个地照，然后又合照，并且很快就把照片洗好寄了来。望到他紧紧搂着我的那张，深深感到一位兄长的温暖。

十月间我又进了友谊医院。两年来是第三次上手术台了，这回是小手术。健吾老远跑到天坛去看我。知道我住院后，又立即折到医院，拉着我的手，问长问短，我比他还小上几岁，承他换几次公共汽车来看我，我心里着实不安。我们谈起一些故人（杨今甫师，林徽因等）的作品应有人来整理出集的问题，谈到他最近去西安开外国文学会议。他听说我曾建议，广州花城出版社重印他的两本《咀华集》，而且很快就要出版了，十分高兴。我则劝他再也千万不要这么挤公共汽车来看朋友了。告诉他，我曾两次下车时被挤倒在地，有朋友的胸骨还被挤折过。我建议我们还是多靠书信来相互问候，鼓励吧。接着，他问起中央戏剧学院在排演我译的《培尔·金特》（易卜生）的事，并表示公演——甚至新排时，愿意来看。那天是探视的日子，又来了位朋友，他就匆匆辞去了。我一直把他送到病房走廊的尽头，还一再劝他务必多多保重，不要过多地跑动。万万没想到，那就是我们最后的一面，最后的一次握手！

出院后，为了实践“书信问候”这个建议，我没去回访，而给他写了封信，告诉他小林刚刚来信，说巴金不需要开刀了，相信这个好消息也会给他不少快乐。我还送了张近照作为纪念。所以他来信时，也回赠了我一张。朋友到了晚年，好象更伤感了一些。我写这短文时，健吾赠我的照片就正倚着我的案头日历在望着我。我好象从他的眼神里仍看到他那独特的机智，俏皮，风趣和富有感染性的活力。

三十年代初期，我开始写作，健吾是我的老师之一。他为人爽朗，热情，艺术上有见解。他既搞创作（戏剧、小说、散文、短评都写），又搞外国文学，而且在外国文学方面，他也是既从事作品翻译，又进行研究。他对福楼拜，是下了功夫的。学问这么渊博，这么有才华，文笔那么洒脱漂亮，对朋友始终这么热情，真是不多的。

“十年浩劫”后，七八年在天坛见到他，那时他气喘得上不了三层楼。八一年，上海的老友辛笛兄来信说，健吾夫妇在上海，要与他们夫妇同游苏杭雁荡，约我同往。我当时正同病魔搏斗，哪里去得成，但听说健吾从上不了三层楼而能去游雁荡了，真是无限高兴。又听说他已成了气功大师。后来听说他还去了黄山，峨眉，颇有古稀之年要游遍名山之势。我一方面钦佩他这种雄心壮志，同时，暗自也为他捏了一把汗。

上个月，我还祝愿他再活二三十年，再写上十五年呢，不想他就这么与我们诀别了。

春间，甘肃的李采臣兄来访时，曾告我健吾的文集已大致整理出来了。这是聊可告慰的事。但如假以天年，健吾一定还可以为祖国文艺事业做更多更出色的贡献的。我尤其感到可惜的是，健吾没有多留下些总结他个人创作和编译经验方面的文章。五十年代，我知道他曾去上海为苏联学者讲授过中国古典戏曲。想必他还留有这方面的讲稿。他是很有些可谈的，特别是关于戏剧创作以及他从事过的那种“心灵的探险”式的评论，我每次见到他（例如年初在《文艺报》关于散文的座谈会上），总是竭力怂恿他。不知他是出于谦虚还是另有更重要的工作在手，总也没看到过他朝这个方面动笔。现在只有希望旁的朋友来代劳了。

健吾虽去，但他在文学创作上的成就，他对外国文学介绍的功绩，将是永不可磨灭的。

82年11月30日赶写于友谊宾馆

附：健吾遗书

乾兄

收到信与像片。巴兄[①]病情弟回京后始知。马绍弥[②]已去上海服侍放心多了。你鼓励我的话[③]，不敢当。老了，不行了，走下坡了。你去新加坡，如果看不到你翻译的剧作的演出，太可惜了。我回京后，患感冒，医生禁止出屋子。到时如病好，当勉强自己去看演出。多时不看戏了。谢谢你的照片，附一张。

并祝你夫妻与家人

健吾

1982年11月23日

① 巴兄即巴金。

② 罗淑及马宗融的儿子。

③ 我在信中提起五十年代他为《人民日报》八版所写的关于川剧《望江楼》演出的评论，至今仍留有很深印象。

（1982.12.04，04版）

也谈东坡中秋词

施蛰存

近年来，关于唐诗宋词的注释、赏析的书，出版了不少，我无法逐一浏览，有些书甚至出版了我也不知道。上月，有一位青年来访，要我讲解苏东坡的《水调歌头》（明月几时有），我为他先讲了词句意义，然后说：“这首词显然是有政治比兴作用的。”青年听了似乎有些意外，他说：“这首词纯是赋体，没有人讲过有什么比兴作用。”他这话引起了我的注意，正想了解一下关于这首词的“群众意见”，却一直没有时间去检阅。今天看到《文学遗产》第五七〇期发表了陈正宽同志的《东坡中秋词小议》，才知道对于这首词的理解，非但没有一致，而且差距很大。因此，才迫不及待地找了一些有关的书来，把许多人对这首词的解释参考了一下。

先要讲我自己的理解。这首词的题目是“丙辰中秋，欢饮达旦，作此篇。兼怀子由”。从这个题目的语气看，可以知道，“丙辰中秋，欢饮达旦”是此词的主要创作动机，而“怀子由”是次要的创作动机。因此，这首词有两个主题：上片的主题是“欢饮达旦”的情绪，下片是“怀子由”的情绪。作者在题目里用一个“兼”字，可知这首词的重点在上片。

上片九句，如果一点没有言外之意，就完全成为仅有诗意的幻想，思想内容反而不如下片充实，那么，作者为什么自己把重点放在上片呢？诗词中用“天上”“人间”，往往就是“朝野”的代替词。“此曲只应天上有，人间能得几回闻。”这个“天上”是指宫中，“人间”就是民间。“流水落花春去也，天上人间。”可以解释为李后主自问，此时他还是个当政的皇帝呢，还是个下野的废君？东坡此词，运用“天上”、“人间”，也显然有此寓意。“不知天上宫阙，今夕是何年？”意为“不知现在朝廷中政治情况如何？”“我欲乘风归去，又恐琼楼玉宇，高处不胜寒。”意思是“我虽然想回朝廷去，参加政治活动，但恐伯朝廷中空气还很寒冷，不是我所能容身的”。因此，还不如以在野之身，饮酒玩月。丙辰是神宗熙宁九年。是年十月，王安石罢相。东坡作此词时，王安石还未罢免，但当时的政治空气，必已有动荡的迹象，所以东坡以为可以有机会召还复职，不过还有所顾虑，故表示了“何似在人间”的旷达思想。把这首词的上片，作这样解释，我以为这是揭露了它的比兴作用，使这一片词的意义，不仅仅是咏月的闲情。而且，我又以为，东坡作此词时，自己也确有此寓意。这并不是后世读者的附会，和张惠言解释温飞卿词不同。

我看了七八本新出的词选，只有夏承焘先生的解释，和我的观点一致。此外诸家，大多把此词的下片作为重点，而忽视了上片的思想涵义。这是由于对东坡自己写的题目不够体会。或者也由于太固执地屏弃词的比兴手法。

把这首词的上片说是“表现了作者的忠君思想”，我以为不算错误，不过把作者的寓意估价得低了。神宗皇帝是能读词的，他懂得了东坡的寓意，故一看就说“苏轼终是爱君”。陈正宽同志以为“神宗对此词的妄解”，我以为神宗解得并不“妄”。不过，这个故事是否真实，那是另外一个问题。

“何似在人间”一句，似乎许多人都没有理解。清人黄蓼园算是一位能读词的人，可是他把此句解作“几不知身在人间也”。这就显露了他根本没有理解这首词。“何似”即“何如”，也就是“还不如”，夏承焘先生正是解作“还不如在人间好”。这就与上文八句意义贯通了。

一月二十五日

(1983.02.15, 02版)

杂谈习俗

苏叔阳

吾生晚矣。北京有皇帝的时候，我还不曾诞生。那时候，北京过春节的热闹景象，只能在文字中寻觅，我是一点感性知识也没有的。去年，参观了北京的一个民俗展览，才填充了我这方面的知识空白。然而，静观终究不如亲历，那印象，细想起来，依旧很茫然。

可是，四十年代以后的情形，我是清晰的，因为，那时我已经是个小学生了。

人们总爱怀旧。这并不完全因为人们都信奉“今不如昔”主义。更多的是因为，那“旧”里，曾经有每个人最活跃、最精壮的年岁，最有理想、最有冲劲儿，因而觉着生活也最有滋有味儿的时光。可是，真的拿今天去换昨天，恐怕有许多人是坚决不肯的。

我便是这样。我常常想起小时候过春节的许多事，想起北京的许多旧风俗，有时候，还不无留恋地写进文章里。多少人哪，常常给年青人说起春节的厂甸，说起庙会，说起各式各样的“风味小吃”，说起龙灯、狮舞、高跷、旱船，说起那几尺长的冰糖葫芦，还有那糖葫芦棍上插着的小风车，在西北风里转哪转……

然而，细一想，这便叫“好”吗？也未必。挨挨挤挤的人群，灌满狭窄的厂甸，踩丢了“毛窝”的小孩儿，每年都不止一位，招来妈妈几个耳光，乐事变成了苦事。蹲在“风味小吃”的摊子前，就着尘土与冷风，把煎灌肠之类的东西送进肚里，实在有欠卫生。而几尺长的糖葫芦，其味道并不比短一些的好。还有那玻璃吹成的“噗噗噔儿”，实在不比今日的电子风琴更有诗意。何况，不小心，还会吹破，把碎玻璃吸进嗓子眼儿里。是的，高跷与寸跷、旱船与耍狮子是好看的，还有耍中幡，舞龙灯，然而，要是这浩浩荡荡的队伍，今日也在通衢大道上行进，那一定会观者如堵，道路为之塞，非阻断交通不可。但是，今日的交通，是一分钟也不可阻断的。

这么说，过春节的旧俗便一个好也没有吗？当然不是这样。单说那气氛，自旧历腊月二十三过小年起，直至次年正月十五闹元宵，那隆重，那热烈，那喜庆，那红火，那寓寄着无限希望与渴求的气氛，就让人火烧火燎地巴望着过年。每一个仪式，每一个庆典，都落进了人们质朴的心，揉进了人们对生活的爱。所以，人们都喜爱节日里的活动，并不都因为迷信。

然而，一定的习俗与一定的时代相连，一定的仪式也与一定的生产方式相关。把所有的旧俗一律视为北京风味加以恢复与发扬，恐怕是欠妥当的。举个小例子吧。旧时，北京有卖“糖稀”的小贩。这“糖稀”是糊状的麦芽糖，小贩或吹制成糖人，或捏成小碗小勺，盛一点糖稀卖给小孩儿，边走边吃，谓之“猴儿拉稀”。风味嘛，确乎十足，但窃以为，此种吃食与吃法不宜恢复。因为，今天，每一个北京儿童都可以吃到纸包的水果糖（乃至巧克力），不必再效仿他们的父祖辈，人人在大街上去吃“猴儿拉稀”。时代条件不同，经济状况各异，何必把那些在贫穷、落后时代的习俗一律视为好东西，加以恢复呢？

由此，想到改革。改革不易。首先在于，新不一定便是好，旧不一定便意味着糟糕。单就北京春节的民俗，就值得仔细权衡，扬弃糟粕与落后，而恢复与发扬健康、乐观、欢腾的仪式与娱乐，来丰富人们的生活，保持和发扬我们民族的民间的艺术。然而，又不能一锅煮，以为凡是旧日过年习俗均在应恢复之列，那就等于倒退。这些年，单就“北京风味”而论，大力呼吁恢复者有之，要求事事新、时时新者有之，更有人说，引进西俗才是改革的正路，而一切提倡“北京风味”者，都是守旧，均应在“送进历史博物馆”之列。我想，务新是应当的，但“新”倘或扫荡了民族固有的优良的传统，也便不值得提倡。仅仅这么一个小问题，便要费许多心思，仔细斟酌，更何论国家经济体制、社会生活，等等。倘没有过细的思考与掂量，改革方案是不好确定的。

人们怀旧，常常想起那时自己黄金般的岁月。老红军怀念长征，中年人怀念抗战、怀念五十年代，并不是怀念那时的艰苦生活，希望那日月再来，而是怀念那时的精神，那时的情感，那时候人们之间彼此鼓舞，向困难搏击的勇气，怀念自己逝去的火红的青春。因此，在改革中，首先应当把“旧”岁月、“旧”习俗中这种精神，这种感情恢复起来，把“新”岁月、“新”习俗中那种不合乎时代潮流的东西，以权谋私啊，官僚主义啊，走后门啊，吊儿郎当啊，对同志对朋友冷漠无情啊……这些似“新”而旧的玩艺儿统统扫荡掉。那样，才会思旧而振奋，才会有点儿奔头。

又过春节了。我想，一定又有人津津于旧北京的厂甸、大糖葫芦。但仅止于此，便近乎无聊。要是今天北京的过春节和半个世纪以前毫无二致，那还有什么意思呢？

社会是不断前进，不断变更的，风俗也如此。年年春节，都要有点儿切实的、新的、好的长进，国家、民族才有希望，个人的生活也才更有滋有味儿。我愿人们在新春中都有新的成就、新的喜悦和幸福。

（1984.02.11，04 版）

燕台何处

袁鹰

自从迁居北京东郊金台西路，脑际常常浮起一个疑问：这金台路和金台西路的名字因何而起？难道这一带果真是两千多年前燕台的遗址吗？一位同住在此处的同志写文章，每每在稿末注上“× 年 × 月于京郊黄金台”字样。我曾问他是否考证过，他笑而不答。恐怕他亦未必掌握确凿证据，“假作真时真亦假，无为有处有还无”，大约也是寄托一点向往之意吧。

想那“黄金台”两千余年前初起时，至多不过是一座黄土垒成的土丘，上面有点砖木结构的简单亭台而已。燕昭王置千金于台上，接待当时的一位高级知识分子郭隗，这件事连同郭隗以讽喻形式讲的那个用重金收买骏马尸骨的传说，流传了两千余年。黄金台的政治价值远远超过了它的实际使用价值。在漫长的旧时代，它曾使多少读书人艳羡过，咏叹过，做过无数回美梦；也曾使多少不得志的文人墨客感慨过，哀伤过，发泄过满腹牢骚。唐初陈子昂登幽州古台，是否就是这座燕台呢？诗人没有留下说明，不得而知。但那首“念天地之悠悠，独怆然而涕下”的千古名句，确是表达了多少苍凉沉郁的情怀。以“燕台”或“黄金台”为题或入诗，从唐宋直到明清，连篇累牍，不可胜计，大都反映了怀有骏马之才而不遇、渴望有燕昭王式的明君而不得的心境。如元代贡师泰愤愤地写道：“黄金买卖满长安，惆怅英雄布衣老。”明代张明弼更是愁苦地低吟：“于今更贱纵横士，莫倚荒台发浩歌。”因为，说来说去，数来数去，直到中华人民共和国成立以前的茫茫青史上，筑黄金台以延国士、置重金以收骏骨的事例，似乎的确是“前不见古人，后不见来者”的。

然而在北京的古代史上，毕竟出现过这么一桩表现出礼贤下士、重视英才的轶事。虽然从古至今，谁也不曾确切地指明它的位置。《史记》、《资治通鉴》上都只说燕昭王“置宫”，未言“筑台”，后汉孔融才开始提出“筑台以延郭隗”。到南朝任昉的《述异记》，说燕台在易县东南。任　身居南方，他的“述异”，可能也是沿袭别人的记载。易县的燕台，在古籍上倒也有过记载。抗日战争后期，在晋察冀边区办报的邓拓同志作诗悼念在滦水附近牺牲的青年记者司马军城，就有“肠断燕台作吊台”之句，这个燕台，当指易水附近的燕台。而《水经注》又有“固安县有黄金台遗址”。不过从元代以后，许多志书都认为燕台在北京郊区。元末熊自得所著《析津志》，是目前发现的最早记述北京地区历史的专门志书。熊自得曾经当过大都路儒学提举和崇文监丞，在北京作过实地考察，他的记载自然可靠得多。在“燕台”这一条目下，记着：“在南城奉先坊元福寺内。十五年前木庵英长老有‘于期已死不复返，空有层台壮古燕’之句。”这里所说“于期已死”云云，是根据燕太子丹用秦降将樊于期的首级取信于秦王以乘机行刺的故事，似乎同易水送别事有关，又接近燕台在易水之说。他指明“在南城奉先坊元福寺内”，却不知何据。但他接着又说此台乃后人设置，“以惑于时者，不过慕名而已。”明代刘侗、于奕正编著的《帝京景物略》，跟他的看法相同，虽然对黄金台的地点记得比较详细，说“今易州、易水边二黄金台，都城朝阳门外东南又一黄金台，三黄金台，岿然皆土阜”，但也以为“黄金台，后人拟名也；其地，后人拟地也”。

这样，就有了三处燕台。本来，史书上只简略地记载燕昭王筑台（或筑宫）置金，当时既未留下设计图纸，也未有任何有关档案资料，后人无从详加考证，慕名附会，以讹传讹，也是在情理之中。诗人文士们托物起兴，抒发点感慨，都当不得真的。到明代以后，北京城规模日渐恢宏，“京师八景”中才有了“金台夕照”这一景，乾隆皇帝还题了碑的。据说解放初期，朝阳门外日坛北面某工厂施工时，曾经挖到这块碑石。

有些名胜古迹，是无须去认真寻根究底的。让它伴随着美好的传说，长留在人们的想像和向往中，岂不更好？比如杭州的“雷峰夕照”，至今仍列名于旧“西湖十景”之中。人们路过净慈寺，看到南屏山下林树翳翳，古塔杳然，可以引起对善良的白娘子无端被邪恶迫害的同情和遐想，也可以重温一下鲁迅先生的《论雷峰塔的倒掉》一文中深邃的思想。那么，我们今天又何必去寻查燕台究竟在何处呢？在北京朝阳门外也好，在南城某一座废寺也好，在固安县也好，在易水东南十八里也好，都无关宏旨。反正历史上曾经有那么一位比较开明的君主，为了招聘能够安邦治国的良才，特为修筑那么一座土台，上置重金，以接待天下士，这就很足以发人遐思了。

每天漫步金台西路，想起黄金台，不免要想向北京市园林部门提一条建议：不妨在东郊日坛公园或朝阳公园或团结湖公园或南城宣武公园的假山上，将那块乾隆所题“金台夕照”碑石重竖起来，旁边加个说明牌，介绍一下黄金台的原委。如果再选几首吟咏燕台的诗词，就更能增添韵致。自然，这类区区小事，可能有人讥为复古而嗤之以鼻，或根本不屑一顾，我却以为，为了继承和恢复历史古城的传统，为我们社会主义祖国的伟大首都再增加些文化气息，同时也为了纪念古代燕京文明的开拓者，是值得的。对今人和后人，都会有启迪作用。人们从古代读书人空怀报国之心的感慨想到今天知识分子们可以大展宏图、纵横驰骋的广阔天地，想到他们那比黄金贵重不知多少倍的热爱党、热爱社会主义祖国的丹心，将会感到与旧时代诗人文士们完全迥异的欣喜心情。在燕台碑石下领略着夕阳余晖，也许会想起朱自清先生晚年书以自勉的两句诗：“但得夕阳无限好，何须惆怅近黄昏”，于是就会感到悠悠然与前人之心相通了。可能还有些有识之士，从燕台联想到正确对待知识分子、认真贯彻党的知识分子政策，也想想这方面还有哪些不足和障碍。不过那是需要人们去写大文章的大题目，不在这篇小文涉及的范围之内，就此打住吧。

（1984.02.25，04 版）

纪念赖和先生

胡风

我和台湾同胞有过一次接触，那是一九三三年三四月间。当时，我因抗日罪名被关在东京四谷警察署受审。一天晚上，忽然听见隔壁监房里发出了年轻的叫声和哭声。记不得那叫声的具体意思了，但知道了他是一个台湾青年，处在精神失常的状态里面。那忽高忽低的哭声引起了我的不安和怅惘，不能入睡。我念出了“狂人弱冠自台湾，暗泣如羊夜正阑”的句子，但我接不下去了。因为，我无论如何也体验不到忍受了几十年亡国奴生活的那种屈辱和痛苦，因而就无法把那种感情表现出来。那以后几天，夜里传来哭声和叫声，白天还听到看守的“喂，台湾！喂，台湾！……”的斥责声，用“台湾”代替了人名，好象“台湾”是一个可鄙的名词似的，这更增加了我的愤怒。以后，那位台湾青年在我的听觉里面消失了，消失到不知道什么地方去了，但他的悲惨的哭叫声还不时地在我的听觉里面出现。我体会到了这个青年的哭叫声，是几十年前台湾诗人丘逢甲“四百万人同一哭”的哭声的继续。

到一九三五年，我在上海，从日本《普罗文学》上读到了台湾青年作家杨逵的小说《送报伕》，这才具体地在实感上体验到了在日本帝国主义者统治下的台湾同胞是过着怎样一种悲惨的生活，和他们想通过斗争解救自己的迫切愿望。后来又读到了青年作家吕赫若的《牛车》，又一次使我体验到了台湾同胞的悲惨生活。我把这两篇小说从日文译成汉语发表了，把台湾同胞的痛苦和希望传达给祖国大陆的人民，目的是加强祖国人民和台湾同胞在血肉感情上的联系。

那么来，想到台湾和杨逵先生、吕赫若先生的时候，就不禁想到台湾一定还有其他的作家。确实，赖和先生就是这样的一位优秀作家。当一九一七年到一九一九年，祖国五四文学革命正在兴起的时候，赖和先生冲破了重重困难回到祖国大陆，在厦门行医。他接受了文学革命的影响，回到台湾后，积极介绍五四运动的情况。尤其难得的是，他信奉鲁迅先生的“为人生而艺术”的文学主张，接受并发挥了现实主义的创作精神，写下了大量的诗、散文、小说、报告文学和评论。在他的“为人生而艺术”的作品中，他的心脏是和祖国革命作家的心脏互相呼应地跳动着，是和不愿做亡国奴的台湾同胞的心脏跳在一起的，是和怀念台湾同胞的祖国人民的心脏跳在一起的。

在赖和先生战斗历程的开始，和其他的台湾作家一样，得克服两大难关。一是要学习汉字，用白话文练习写作；一是要在思想上坚守反对日本帝国主义者奴役台湾人民的殖民统治。赖和先生勇敢地克服了这两大难关，终于积蓄了力量，能够回到祖国大陆行医，接受祖国的文学革命思潮的影响，为他的战斗的一生打下了基础。

在赖和先生的战斗经历中，他热心奖掖后进，培养新生力量，使新文学的阵营壮大了。这是继承了给了他巨大影响的鲁迅精神的。台湾能够建立起那样一个新文学阵营，出现了那么一些有民族气节和人民性的作家，这和创始者赖和先生的毕生奋斗是分不开的。举杨逵先生为例，他的出现是在赖和先生之后。也就是说，他是在赖和先生开创了的文学道路上站起来，成长起来，奋斗前进的。他的和人民共命运的战斗立场，和民族共存亡的战斗立场，是和赖和先生的战斗经历一脉相承的。因此，他才能在祖国获得读者的敬爱，以至获得了国际的声誉。

赖和先生被台湾同胞称为“台湾新文学之父”。那表明了台湾文学界尊重他所创造的精神财富，和他所开创的文学传统，要把他的精神财富更有效地变为台湾人民的精神养料，要使他的战斗传统发挥更大的力量，产生更大的影响，为他毕生奋斗的目标服务，为解救台湾苦难的人民服务，为台湾人民打碎帝国主义殖民统治的枷锁，回到祖国的怀抱服务。

赖和先生的诗句“杜鹃岂有兴亡恨，心血虽干亦自啼”，就是用祖国习用的象征形象倾吐了他的民族气节的一片忠诚。杜鹃当然不懂亡国之恨，但为了它的某种心愿，它不能停止啼声，就是心血干了也还是要啼下去，一直啼到发不出声来为止。鸟且如此，人何以堪？和杜鹃不同，台湾人民是饱咽了亡国之恨的，是在民族压迫奴役下面含羞忍痛了几十年的。台湾作家更是饱咽了亡国之恨的。他们能够不呕心沥血地向人民倾诉出含羞忍痛的亡国之恨来，促使人民觉醒，促使人民起来改变亡国奴的命运吗？赖和先生正是这样啼干了他的心血，一直啼到不能发声为止的。台湾同胞一定会继承他决不肯在外国侵略者下面当亡国奴，苟且偷生的堂堂中国人的气节。

远在一九二五年，赖和先生在孙中山先生的追悼会上写的挽联上句“中华革命虽告成功，依然同室操戈，一统雄心伤未达”，就是痛切地表示了他渴望中华民族团结一致，建成伟大祖国的真诚的志愿。他的所谓革命成功，还是指辛亥推翻清朝的革命而言。那以后虽然经过了有时壮阔有时险恶的历史波澜，但终于在共产党领导下建成了统一的中华人民共和国这个伟大的国家。这当是符合了赖和先生和全体台湾同胞几十年来的渴切愿望。“同室操戈”的悲剧永远不应再见了。全国人民期待台湾回到祖国的怀抱，使“一统雄心”得以完全的实现。这也是全体台湾同胞几十年来以无数牺牲做代价所追求的目标。我们相信，通过包括台湾同胞在内的全国人民共同努力，统一的愿望是一定能够实现的。

（1984.04.28，04 版）

边疆之歌

魏钢焰

呈现在您面前的，是一个什么样的书？

它不是精巧的玉雕，只是块质朴的璞石。它不是芬芳的玫瑰，只是簇戈壁红柳。它不是一首优雅细腻的乐曲，但它是发自数百余万新疆生产兵团职工内心的赤子之歌。

比起文彩绚烂的精品，它可能显得粗糙。比起浩淼无垠的三十年战斗生涯，它只是只贝壳。比起尚未演出的生产兵团建业的大曲来，它只是一声拨弦。

然而，它总是大海的产儿，总是那宏大乐曲的前奏，总是广大战士的心声。所以，它必会触动一切有过类似经历、奋战于各条战线的战士们的心弦。它也势必激发起人们对祖国美丽边疆的爱恋，对这英雄的开发事业的追慕。

一提起新疆，眼前就会涌现丛丛瓜田，滔滔马群；奶酒醉人，羊肉浓香；雪山公路，戈壁铁牛；碧绿林带，银色库渠……而对于它们的成长史、开发史，对为它们燃烧过一寸寸生命、流过一滴滴血汗的各族人民和生产兵团战士们，却知之甚少。

一打开这本书，他们就站在我们面前了。

我们将看见：霜星之下，戈壁之上，在南疆吾瓦，篝火闪映着王震将军和战友们的身脸。他望着面前那隐伏的沙包和碱滩，伸手抓起一把白花花的碱土，狠狠地捏着……这是百余年来志士仁人为之献身的土地，这是多少革命战士前仆后继，为之流血的土地！我们就听任河山空半壁么？

我们将看见：当十八团大渠放闸时，王震跃身跳下，快乐地向伙伴大喊。人们随之纷纷欢跃狂喊于滚滚渠水之中。而今天蜿蜒于南北疆的条条渠网，那一处没有过这么一段动人画卷？

当我们看见那沙海边缘的莲湖里，在宛如团团赤霞的荷花丛中，立着赤脚泥腿的老红军何华政委的时候，如何想到：这满池碧莲是他从贺龙同志手中接下的莲子生发出来的呢？这丹红的荷花上，竟渗印着他妻子——一位忠贞战士的血呢？

当我们行进在天格尔冰峰的公路时，就会看到那位伏在无路悬崖上甘作公路探测队的哈族向导吐尔根，就会听到“冰峰五姑娘”抡锤凿石的叮咚声。

当我们今天乘火车路过哈密，从宽大的车窗里，看到红星渠边那地窝子的遗迹时，如果仔细倾听，将会听到三十年前从这些低矮洞窝中发出的修渠战士们的笑声欢语。他们可着劲儿幻想未来的哈密，有的说这儿要有几十万人，盖几排楼房；有的说这里许是个铁路交叉点，他们是如何渴望听听火车头的吼声呵！而时至今日，在深山中还有并未见过铁轨的老职工呢。

在这里，我们将看见一页页多彩的英雄谱！那“裸衣自积粮……地窝作营房”的英雄连队们，那九死不悔只爱天山的科技人员、知识青年、支边人员们，那不惧流言蜚语，把满腔赤诚交给年轻人的老书记、女部长……

是呵，三十年前，当这支满身硝烟征尘的队伍走过星星峡，进入新疆的时候，民族兄弟们在街头连舞带唱，欢迎这些为他们砸开锁链的人，可也有些孩子仰起脸问着父母：“他们是什么人呢？”

是呵，在那时候，这里的一山一水对战士们都是新鲜的、亲切的，又是陌生的。他们决心把一生献给天山，但这时他们能深刻懂得天山么？天山已真正了解他们么？

三十年过去了，他们的汗水随着雪水流进戈壁干涸的心田，他们的生命随着林带田禾的根须深深地扎进荒野大漠，清澈的渠水曾映照过他们的稚气英俊的面孔，也照见了今天他们的苍苍鬓发。当他们今天骑上车子带了铁锹，在自己亲手铺建的林荫大道飞驰的时候；当他们的后代开着一排排康拜因，驶向与自己同龄的条田，抬头望见青衣白冠的天山的时候，心中能不涌出一股暖流么？我伟大的中华民族，我心地晶莹的天山，能不为自己的忠诚儿女流下感动热泪么？

历史，要由开发者去写，新疆的历史，正在由新疆各族人民和他们的新疆生产建设兵团书写。这历史，是不朽的，辉煌的。愿天山儿女的赤子之歌，越唱越多、越动听。愿文坛出现真正与我们时代相称，深刻反映开发者生活的好作品。

我相信，这也是长城和天山的急切心愿。

(1984.12.15，04版)

从小说和电影的缘分谈起

冯牧

早就听说古华同志的好几部小说改编成了电影，搬上了银幕。已经拍成的有峨影厂的《爬满青藤的木屋》，广西厂的《雾界》（原小说叫《金叶木莲》），八一厂的《老板哥与电妹子》（原小说叫《蒲叶溪磨房》）、北影厂的《相思树女子客家》。还有《芙蓉镇》改编了本子，尚待拍摄。听说八一厂还计划拍《浮屠岭》。我曾经有过疑虑，古华的小说风格转化为电影，有一定的难度。他的小说我读过一些，觉得有两个特点，一是他笔下的人物大都具有鲜明的个性色彩，尽管这些人物的个性不一定都达到了某种典型化的高度，但具有较鲜明的个性特征也就不容易了；二是他的小说细节多，生活密度大，舒展的成分较少，有很浓的湘西南山区的地方风俗画特色。可以说这是自沈从文先生以来湖南的许多作家共有的特色。但又各有不同。古华小说里表现出来的当代湘西南山区的风俗画特色，不同于湖北山区，也不同于粤北山区，是他自己的。所以用电影这一形式来表现他小说的地方特色，我是有些担心的。

看了八一电影制片厂新摄制的《老板哥与电妹子》，觉得是一部有新的艺术意境、新的生活开拓的好片子。影片从一个独特的角度，运用朴实的手法，反映了偏僻的、优美的又是封闭的山区农村的变革生活，因而它又是充满了激情的。如果一部作品，仅仅满足于通过某些故事情节、生活现象，来反映人们如何从贫穷到富裕，或是从很穷到很富，来说明由于推行了生产责任制，农村的问题迎刃而解之类的道理，我想广大的观众是不会满足的。观众不再容忍我们的作品去图解、阐述某个哪怕是十分良好的意念，某项哪怕是十分英明的政策。观众关心的是人物的命运、人物的痛苦与欢乐，关心的是在当前我们所经历的这场伟大的经济变革中，象蒲叶溪这样的偏远地区、深山老林、穷乡僻壤中、长期生活在落后的、封闭式的社会环境里的人，他们的思想感情、道德观念、生活方式等等方面的变化。这是深刻的、兴味无穷的变化。《老板哥与电妹子》这部影片，我觉得较好地表现了这种变化，给人一种耳目一新的感觉。当然，影片的开头部分还有些粗糙、沉闷，但进了戏以后，就吸引人了，真实、可信，生活气息很浓。不论你是什么风格、样式的影片，生活环境和生活细节的真实都是必不可少的，这部影片在很大程度上，表达了湘西南地区的风俗人情，生活韵律。人物都是纯朴的、善良的。但生活方式、生产方式却是非常落后、非常封闭的。每个角落都能看到残存着的封建思想的阴影、烙印。而且这些阴影、烙印即使是在改革潮流滚滚而来的时候，也还在起着它的作用。这在我国广大的乡村是很带有一点普遍性的。

我以为，在一个相当长的时间里，清除封建遗毒，仍然是一个重要的文学课题。古华和他的同辈人的许多小说，都在努力表现这个课题。在我们的社会生活中，肃清封建思想遗毒及其影响这一任务，还远远没有完成。所以这部电影给了人一个深刻的印象。有些反映农村生活的影片，当时看了觉得不错，但时过境迁，也许连两三个月都不用，就忘在脑后了。一个作品过于匆忙地表现现实生活中正在发展着的事物，作者又不能把生活和认识把握得清晰、准确一些，的确容易出现图解政策、图解意念的弊病。这部影片开头时我有些担心，我怕它在父子两代人之间展开手工操作和电气化操作的矛盾，那就落套了，糟糕了。后来越看越觉得不错，戏集中到了人与人之间的感情冲突、心灵的矛盾上。三个主要人物莫凤林、赵玉枝、杨叶叶，虽然深浅繁简不同，却都写得很生动，朴素，可信。演员的表演也比较成功。我觉得杨叶叶是个悲剧人物，是几千年小农经济的生产方式和生活方式产生出来的悲剧人物。她的思想、性格为莫凤林所不取，为乡村的变革的潮流所摒弃，是必然的。杨叶叶对自己的这种命运却一直缺乏自觉的认识、了解。这正是她自身的悲剧所在了。老年的观众或许还会同情她，觉得莫凤林不娶她是心肠太狠了。莫凤林可以跟杨叶叶凑合着过嘛。但这是一种什么样的凑合？如果向杨叶叶的思想方式、生活方式凑合，予以迁就、容忍，就是向封建色彩的思想形态、生活方式凑合了。这种凑合，虽然可以求得一时的安宁，避免某些指手划脚，却只能给当事人造成悲剧，带来痛苦。在表现这一点上，影片有其难能可贵的成功之处。可惜还有说教的痕迹。大约是编导者唯恐观众不明白，唯恐观众不解其用心之良苦所致。创作不能意念先行。这种意念的成分，只能给本来颇为光彩的人物形象抹上不协调的颜色，或者说抹上一点灰。莫凤林是这部影片的主要人物。扮演这个人物的演员的气质很好，表演得很朴素，是很不错的。这个人物的行动自始至终都是合理的，然而似乎还缺少一点突破性的东西，出人意料的东西。作品赋予这个人物身上的典型化的细节不够，从而也就影响到了这一形象的丰满。我觉得“电妹子”赵玉枝的形象比“老板哥”莫凤林的形象更丰满些，更具个性特征。她一出场就不是完人，就有戏，富有八十年代农村知识青年的特点，有点“疯”，易遭物议，却富于生活的进取精神。扮演者表演的分寸感很强，是个很不错的演员。观众一看就明白，她比杨叶叶强，更有时代色彩，跟“老板哥”莫凤林结合，是顺理成章的事。我对磨老倌这个人物也很感兴趣，觉得这是一个颇为成功的人物形象，很有点南方老汉的味道。他一生勤劳，心地善良，本质很好。但他的道德观念基本上还没有摆脱封建主义的束缚。我说这个人物形象好，好在哪里？这个正直的劳动者，旧社会的老磨工，解放后翻身做了主人，但在他的精神上、心灵上，却并没有真正成为主人，而仍在从属于他人。他身上表现出了一种年老的、没有文化的劳动者精神上的堕性。时代前进了，生活发展了，他却被因袭的重负压迫着而神思恍惚。后来他儿子莫凤林承包磨房取得了成绩，他看到了事实，事实也教育了他，他却并没有明白过来，而是觉得自己可以当老太爷了，自己碾米可以不要花钱开票了。这个人物形象很有意思，给人留下了值得思索的东西。当然，一部影片，最好是每个人物都写得十分丰满，能给人留下深刻的印象。但这是很难做到的。

关于塑造典型的问题，是个文艺界争论了多年的老问题。人物形象的个性化是构成典型的最重要的因素之一。当然还有其它因素。我的理解是，不能把“典型”视作为若干同类人物的共性的综合。但我们常常遗憾地看到，在有的作家的笔下，在体现人物某些本质方面的共性上，颇费心力，却往往忽略了人物的独特性这样一个至关重要的因素。有些人物，在作者笔下似乎是什么都有了，却又没有任何只是属于他自己的个性。真正的典型只能通过个别来体现一般，他只能是独一无二的，无可替代的。他是时代生活的产儿，同时，他又是他自己。

今天我们反映农村变革时期生活的作品，同样有一个通过个别反映一般、通过个性反映共性的问题。

这些年来电影创作的繁荣状态表明，新时期的文学，跟新时期的电影，已经结下了可以说是不解的缘分了。许多大家所喜爱的优秀影片，大都来自小说。如《小花》来自《桐柏英雄》，《牧马人》来自《灵与肉》；如《天云山传奇》、《被爱情遗忘的角落》、《人到中年》、《许茂和他的女儿们》、《骆驼祥子》、《张铁匠的罗曼史》、《花园街五号》、《高山下的花环》等等，都是来自同名小说。把优秀的文学作品搬上银幕，这种趋势，无论中外，概莫能外。应当说，越来越多的新时期文学被搬上银幕，为我们的亿万观众所喜闻乐见，这对于文学是一种光荣，也是一种激励。

（1985.01.24，03版）

我常梦念的小楼

冯亦代

书斋如一本摊开的书，里面写着一个人的际遇和他平生的好恶，所以也有它的历史过程，与月有阴晴圆缺，初无二致。我一生浪迹天南地北，每到一处，总有个家。有了家便有我的书斋，不过说起来也寒伧，因为有时我的书斋，仅仅是放在屋隅窗前的几架书和一张可以在上面写字的书案而已。但至今梦魂萦绕的，却是我进了中学，自己独宿一室中的“书斋”。我首先经营的便是要有一只收藏我爱好的书刊的书架和可以读书的书案。

记得我购置的第一本书是司马迁的《史记精华录》，书里所选的“本纪”与“列传”被我读了又读，不知道有多少遍。我不是当它历史书念的，而把它当小说看；项羽的乌江自刎与韩信的受戮，我都为之不平者再。以后买书的范围逐渐扩大了。一九二六年上海张静庐先生在杭州设立光华书局分店，首次是那批新时期出版物五彩缤纷的封面吸引了我，于是我便成了常客。我第一次念到郭沫若的《女神》，他那气势磅礴的诗句使我震惊。在我童稚的头脑里，铭记下深刻的印象。以后又读了他的《瓶》，则其纤巧又为我所喜爱。他翻译的《鲁拜集》出版了，我又为这异国诗人的隽永哲理所执着。

但在我着意收购的《雨丝》、《未名》、《莽原》、《创造月刊》、《洪水》、《幻洲》、《奔流》诸刊中的文字，又进一步扩大了我的眼界。我的爱好已从诗而进入散文的园地。鲁迅写的杂文和回亿文章，郁达夫的游记与日记，朱自清的清谈散文，都成了我的爱好。特别读了梁遇春写的《查理斯兰姆评传》，竟使我这个刚刚进高中的学生，钻进兰姆的《伊利亚随笔》而废寝忘食。兰姆写的文章可说是信手拈来，什么都可以写成优美的散文。伦敦街头的乞丐、扫烟囱的小孩，席上的烧猪、胖太太，饕餮之徒，穷亲戚等等，经他的生花妙笔一写，使你不由得不为这些可怜虫发出会心的微笑。白天他在东印度公司当会计，回家后又须侍候他的疯姊姊，他的文章都是挤出时间写成的。我同情他坎坷的一生，他的所写所为，都使我景仰，都使我迷恋。最后竟使我这个少不更事的年轻人立意要在散文中经营，而大言不惭地要成为一个作家。

在这间楼居里，我东施效颦地写下了自己以为诗的诗，自己以为小说的小说，可是当时我不敢写散文。我心目中的散文是神圣的，要写成鲁迅、朱自清、梁遇春这样恬淡而又满聚激情的文字，又谈何容易。

我离开老家这间楼居已经有半个多世纪了，有时在薄暮时分倦读之余，小楼的藏书又会一本本地散在我眼前，我不免对这消逝了的年华有所戚戚。不过一想到这居处曾经左右了我半辈子的事业，我倒也心里觉得坦然，甚至还带着一丝欢欣。我感喟地自问，如果没有在这间书斋里的盘桓，我今日又会成一个什么样的人呢?

一九八五，三，十二听风楼

（1985.03.30，02 版）

春到零丁洋

刘白羽

美，有时是偶然得来的，我这次到零丁洋就是偶然的偶然。

连广东人都埋怨今年天气反常。我从北京飞广州本来是去访问海南岛的，谁料到了广州，突然潮湿闷热，突然降温阴冷，我的腰痛病一下发作，不能走路了。经过抢治，略有好转。但是医生说既不能吹海风，又不能受潮湿，建议我回京治疗。命运既然作了如此安排，个人是无法违抗的。广州的朋友见我悒郁不乐，便劝我：反正要等机票，何不一游特区。我欣然从命，就此上道。

迷濛细雨，给珠江三角洲增添了朦胧的妩媚，甚是好看。珠海可真是一个漂亮所在。木棉花红得那样浓，就象拼着一腔热血濡染了南天，任凭你遐思浮想，你可以从她联想到悲壮的畴昔，不过，我觉得她正象征着繁荣的今天。经过长途跋涉，住进珠海宾馆，中午躺在床上却睡不着，也许是特区人的生活节奏影响了我，实在是这里紧凑的气氛令人兴奋。两个多月前，我参观了厦门经济特区，得诗两句："开荒辟莽嵘千古，姹紫嫣红染地天。"这里比厦门走得更快，一座新兴城市已经初具规模。宽敞的大街两旁清一色全是新的楼房，而旁边更新的建筑又在崛起，方兴未艾，实在喜人。我所住的市中心，珠海宾馆、九洲城、石景山宾馆则已联成一片繁华地带。前不久，我在《瞭望》上发表了一篇《赞武夷风格》，是称道武夷山庄建筑之美的，现在我却不能不赞美珠海宾馆，两者全是民族风格，不过，前者是淡雅朴素之美，后者是雍容华贵之美，华不流俗，难能可贵。几曲画廊，一潭湖水，朱砂黄的爆竹花逗来春意，确实很惹人喜爱。主人怜我行路不便，没有敦促我到九洲城去逛商场街，拱北宾馆也只一掠而过，在石花山度假村兜绕一圈，但真正引我出神的是湾泽花地。啊，一眼望去，遍地都是黄澄澄、紫艳艳的菊花，还有剑兰花，红的、白的花朵，象一只只大蝴蝶在翩翩飞舞。我们访问一家花农，其实也可叫花工，他们是培植自然美的植物学家，是创造人间美的工匠。是他们的智慧、血汗、生命，凝成一片花魂花魄，从天空采来万里彩霞，把人间装点得如此娇娆。不禁吟诗一首：

海裹银妆雾裹纱，
木棉红绽几枝斜，
楼台处处飞春雨，
十里人家尽种花。

谁想到，珠海之美，却在晚间以惊人姿态出现。车驰到被人称作“情人堤”的海堤上。啊！大海，啊！明月，我忍不住从车中出来伫立海边。一轮圆月清凉透彻，把无边的碧海照得浩浩荡荡、迷迷茫茫。大海正在涨潮，海水发出絮语，不太远的水面上，粼粼波光象无数金蛇在飞舞。我爱海，但这是凝聚着南天之美的海，今夕何夕，月光如昼，能不留恋？特别是堤上巍然耸立着一块巨岩，借着月光细细分辨，这石岩上留有波痕浪痕，仿佛正在回环波荡，当我想到这三千万年前凝聚而成的大海斑痕，这月的神魄、海的神魄，不觉心神为之一震。我感谢珠海设计家的诗人气质，把这块岩石保留下来，使我们从它身上听到千古之前的澎湃，听到千古之前的浩歌，实在令人幽思顿起了。几个青年攀缘而上，坐在石岩顶上赏月，一切无声，一切沉静，海洋的吸力把人生的尘烦吸得干干净净，月光是清洁的，海风是清洁的，人的心灵是清洁的。人们还透过虚无飘渺的月光，指给我看海湾中一座渔女珍珠的雕塑，它的雪白、圣洁，正象这美丽的城市，永远带着海的清澄、海的温馨。近揖零丁，远眺虎门，这片海在中华民族艰苦跋涉的历程中，曾经怎样火光盈盈，血泪盈盈，而今又是怎样灯火盈盈，笑语盈盈。此时此刻站在这里，我的心灵深处如波涛起伏，一下涌起悲哀，一下涌起欢乐。月光下，石景山宾馆白色的西班牙式建筑玲珑透剔，我在咖啡座里吃了一只芒果，得来一阵热带浓郁芳香，令人陶然欲醉。可是，这一晚久久不能入寐，待得辗转睡去，那海水、那月光，还在梦中萦回飘逸呢。

清晨，海上遮着一层薄薄银雾，我们连人带车上了海船，横渡零丁洋。我坐在驾驶台上，柔软的春风吹拂着我，镜面般的海水上，白鸥在空中划个弧线，渔帆在海上摇着绿的倒影。零丁洋、零丁洋，你突然闯入我的胸怀，击痛我的胸膛。我从幼小就爱读文天祥咏零丁洋的诗；每次诵到："惶恐滩头说惶恐，零丁洋里叹零丁，人生自古谁无死，留取丹心照汗青"，辄击节称赏，涕泪滂沱，从而为这种高风亮节所熏陶、所感染，从而对零丁洋也生发出多少神思妙想。我原来是说看看特区，也没查阅地图，不期而然出现在零丁洋上，这一邂逅相晤，使我深深地珍贵着这里的每一瞬息。这是不同凡响的海，是凝聚着浩然正气的海，而现在展现在我面前的是一个波光潋滟、雾影空濛的平静的海。船长说：你运气好，逢上好天气，风平浪静，海一旦发怒起来，奔腾的涌浪会把轮船送上天，因为零丁洋是南海的一部分，万山群岛过去就是波浪滔天的太平洋了。我沉入深思，我不知文天祥当年过零丁洋是风雨如晦，还是天朗气清？想着想着，在波光雾影之中，仿佛看到这个气重千秋的人，正在驾飞云、御长风，悠然飘荡，漫漫行吟，也许是他的幽灵，也许是他的神魂，也许是他的一腔热血化为云，化为雾……当船长指给我看内零丁岛时，我才意识到，我朦胧中看到的是这岛上的高山，是的，这巍巍然、峨峨然的高峰不就是文天祥的化身吗？！内零丁岛在珠海到深圳的中途，由一群高山组成，烟雾笼罩，影影绰绰，十分幽美，使我一下想到去春游过的日本濑户内海的宫岛。内零丁岛上绿茵茵的全是荔枝树，四周遭都是细软的沙滩，我想如果开辟出来，长天大海，浩瀚无涯，北望虎门，南眺南海，东带深圳，西挈珠海，这里当是一片何等迷人的地方。我从蛇口登陆，风掣电闪，急奔深圳。深圳，不仅在全中国，在全世界，也是一个响亮的名字了。你管它叫新大陆也好，你管它叫新世界也好，都不过分。如果说哥伦布发现新大陆为人类作出新的贡献，今天，深圳正为创造具有中国特色的社会主义开辟新的途径。从这个意义上来说，它象穿透茫茫雾夜的探照灯，照射着我们的明天。这儿一切都是速度、速度、速度；汽车在刷刷地奔驰，大厦在刷刷地矗立。当我驰入市中心，那密集的高楼群拔地摩天，已经象雄鹰展翅、初露神姿了。放眼一望，粉红的、绿的、雪白的，各种颜色的楼房，象春天原野上的百花争妍，象雪亮的眼睛在闪着眯眯笑容，市区里金碧辉煌，一片繁华，真是“车如流水马如龙，花月正春风”，在这里领悟到了这两句诗所含的新意。还必须看到，在从蛇口到深圳途中那大片空旷的土地上，插了牌子、搭了工棚，它预示着不久的将来，更新更美的建筑群会汹涌澎湃、奔腾叫啸而起。从蛇口到深圳几十里长街，日影灯影，人声车声将是怎样的气势，怎样的气魄。有人说现在是“深圳热”，我倒希望这股腾腾热气从这儿影响全国，推动全国。

一直到住处，走进雪亮的房间，坐在沙发上，窗帘是新的，地毯是新的，冰箱是新的，彩电是新的，我却有点迷惑不解，如入五里雾中，不知到了什么所在。经人指点，透过碧绿丛丛的芭蕉林、棕榈林，一树树火热的木棉花，一树树红艳的三角梅，在绿阴深处，我看到一座小桥，这时，我的记忆之门一下张开。那是建国第二年出访印度，途经香港，不就是踏着这小桥去，踏着这小桥回的吗？这时我才恍然大悟，原来深圳特区就是当年我走过的荒凉渡口。当然，深圳也不是凭空一跃而起的，我访问的渔村，那儿还保留着两座不蔽风雨的残屋，而旁边就是一片新式楼房，它们象是历史发展的明证。一束象太阳的溶液染得鲜红发亮的花，把我引进姓王的司机家，这个青年人也象满身映着灿烂的朝霞。他的家庭全部电气化了，一尘不染，富丽堂皇，一只柜橱上，几根碧绿葱葱的富贵竹插在磁花瓶里，昭示着春天，昭示着温暖。这个青年人说：是三中全会精神使我们取得一个飞跃。我说：好的政策要通过个人努力才能开花结果。他腼腆地笑着说：我们已经落后了，深圳有些农村住宅超过了我们。是的，我们的时代是创业的时代，万鼓齐鸣，万帆竞渡，你赶上我，我超过你。但不论后来如何居上，历史起点的脚印总是不可磨灭的。

我看了白日的深圳，又看了夜间的深圳，虽是初夜，却寂静无人。你不要以为这儿净是灯红酒绿，享乐安闲，不，如果说杯中酒影照着一些游人的朦胧醉眼，而居室的灯光却照着聚精会神的读书人，深圳的青年人，浸沉在一股学习热潮中。因为在这里谁不学得一技之长，谁就将在竞争中被淘汰。我喜爱这种气氛，这气氛里透露出一种志气。出人头地有什么不好？力争上游有什么不好？我认为竞争是永远值得称赞的。夜游回来，在记事本上写下一首诗：昔日过罗湖，荒沙点点愁。小桥恋归梦，平野跃新楼。万岭天摩峻，大潮风劲流。拓荒明远志，擂鼓战春牛。

对这最后一句，我乐于作点解说，一不是牛年话牛，二不是犁田赞牛，而说的是我所最喜爱的一座青铜雕塑，一头抵首挺角、奋着全身强劲，将铁硬的树根从荒土中拔出的“开荒牛”。我不想从香密湖、西丽湖寻觅美景幽思，我觉得比一切美都美的是这座雕塑，它是深圳的象征，深圳的缩影，它体现着深圳人激流勇进、奋发图强，给人以清新、给人以向往的开拓者的精神。没有当年延安的开荒精神，就不会有新中国，没有今天荒地上铸造新城的开拓精神，就不会有二十一世纪中华的飞腾。

柔软得象丝绸一样的春风，吹绿零丁洋，吹绿深圳，吹绿珠海。如果说渔女明珠的雕塑象征着珠海的清雅秀丽之美，这垦荒春牛的雕塑象征着深圳的粗犷豪壮之美，而它们的共同之处就是劳动创造新世界的美。想到这里，我的思路活了。春到零丁洋，不是只说今春到了零丁洋，更深的含意是一个新世纪的春天到了零丁洋。这不正寄托着我们的理想，我们的希望，我们的未来吗？

说来也巧，在深圳、珠海两日，晴空万里，一望无垠。黄金的海洋，黄金的大地，黄金的远景，都纷繁涌向我的心头。在这短暂的时间里，我竟围珠江三角洲绕了一圈，从广州经顺德到珠海，横渡零丁洋，而后过东莞回广州，一下是西江岸鲜花盈野，一下是东江里唱晚渔舟。这也算是一种速度吧！当然这是自我解嘲。观察生活，不能只求速度，还要求深度。不过，就仅仅这几十个小时，乘车看花，也从我心灵深处唤起永远难忘的春之赞歌。还是用一首诗结束我这一行，记下我对未来的憧憬：

零丁洋已不零丁，　梦断航笛三两声。
血泪孤臣千古壮，　浩歌赤子万方惊。
花藏荆棘甘心折，　风洒神州洗耳听。
预卜前程应似锦，　茫茫大海一天星。

（1985.03.30/04.06，04 版）

悼田间同志

贺敬之

因为生病，今年几乎没有在北京停留几天。刚从北戴河回来，就听说田间同志病重，可能不起，一时心头感到沉重。诗歌界连遭不幸，从闻捷起，小川，李季相继早逝。现在，竟又传来田间同志病重的消息……

到底是什么病呢？正和柯岩商量明天就去医院看望，急忙打听好了医院和病室。谁知第二天凌晨，葛文同志就打来了电话。柯岩说："刚刚听说田间同志病了。我们昨天刚回来，想今天去看他……"电话里却传来一片呜咽，葛文同志泣不成声地说："他……昨天下午……已经……"

啊？！——泪水一下子涌出了眼眶。在我的眼前，一位一直是战斗在前沿阵地的先锋战士竟突然倒下了。我不能自持地感到了全身的痛楚。

我认识田间本人很晚，后来的个人交往也不多，但从我少年时代起，他就是我所仰慕的诗人。当我还是一个流亡的少年学生时，就熟知他的许多短诗，特别是传诵一时的：

"假使我们不去打仗，
敌人用刺刀
杀死了我们，
还要用手指着我们的骨头说：
'看
这是奴隶！'"

在抗日战争初期，我们一群少年人，是怎样悲愤地竞相背诵，它使我们一下子变得深沉起来，好象成熟了许多。

我和几位大同学千里徒步奔赴延安时，曾偷偷地把他的诗集《呈在大风砂里奔走的岗位们》全部抄在自己的小本子上，放在自己的衣袋里，在艰难的路途上时时拿出来念着，背着，走着……

应该说，不止我一个，而是整整一代青少年中的无数个，都曾受过他诗歌的影响，受过这位被闻一多誉为“时代的鼓手”的鼓舞与激励。在那血与火的年代，与当时那些远离时代的“飘浮的云”相反，他的诗是时代的鼓声，是战斗者的呐喊，是历史前进的步伐。

“他的诗是献给战斗者的，而诗人自己首先就是战斗者。”到了田间同志的居处，看着清瘦憔悴的葛文同志，我和柯岩一起握着她的手，多次重复地这样说。其实，也许不需要说更多劝慰的话，因为作为一位坚强战斗者的妻子和战友，葛文同志在这巨大的打击下是十分坚强和沉着的。

我们一起回忆了田间同志的战斗经历，背起了深深印在我们心里的他的一些诗句。葛文同志说：“他原可以为诗歌界做出更多贡献的，直到临终，还想着要办一个有战斗性的诗刊，宗旨就是要明确地为社会主义时代，为人民……”

知道他有许多宝贵意见没有充分发表，许多正确主张没有得到实现，我更感到痛惜。今天，我们的诗歌战线正是需要田间式的“擂鼓诗人”为四化大军擂鼓催征的时候；正是为坚持诗歌的社会主义方向、为发扬诗歌的民族传统和革命传统，需要象田间同志这样的老一辈先锋战士挺身而出，团结广大新战士一道前进的时候，而田间同志却突然离我们而去了！

葛文同志缓缓地讲起田间同志的起病、发病、治病的种种艰辛、种种痛苦，然而却又是充满勇气和力量。她说：“田间始终没有以自己的病为意，他一直没有放下工作。可以说，他是战斗到了最后一刻。”

是的，象许多老同志、老党员一样，田间同志战斗到了他生命的最后一息。然而，他留给我们的不仅仅是作为革命战士的榜样的力量，他的诗还在继续发出光和热，继续照耀人间。这是诗人的殊遇。诗，火炬般的诗，常常要用诗人的心血去燃烧，用激情去助燃，也许这是许多诗人早逝的原因之一吧。但也正因如此，诗人虽然逝去，他的诗却长留人间。为人民而歌唱的诗人将永远留在人民心中。 田间同志逝世，是我国诗歌界的重大损失。然而，田间的诗歌是长存的，战斗者是长存的。

一九八五、九、五

（1985.09.12，03 版）

冼星海纪念附骥小识

——喜闻发现为《断章》谱曲遗稿的追思

卞之琳

地球的转动真快，音乐大师冼星海，其大作虽并未因时间褪色，其人在世却只四十年，一转眼现在又过四十年整，正逢八秩冥寿了。他在一九三六年初把我的一首四行短诗谱成歌曲小事，当然鲜为人知。我原先也并不知道。他三十年代刚从法国回来，我仅从梁宗岱教授处闻知他才华出众。一九三八年尾一九三九年初，我在太行山内外访问与随军生活期间，正好听到了刚传到那里的《我们在太行山上》，一九三九年春重渡黄河回到延安才听到了《黄河大合唱》，接着又听到了“二月里来好春光……”。也就在这个春夏间，我们开始在鲁迅艺术学院共事相识，夏末我按原定计划回“西南大后方”，从此失去联系，没有能通过信、再见过面，深以为憾。

这段短短的私人交往，今年春初，承埋头钻研冼星海生平与工作的秦启明同志从苏州写信向我核对事实，促使我在冗务羁身中重温了一番。结果有了新发现。

启明同志在星海笔记遗稿中见有所谓“西山会议”几句话，其中记下了冼自己参与以外的蔡若虹同志和我几个名字，问我是怎么一回事。这使我想起了，当时鲁迅艺术学院是在延安北门外，东隔马路面临延河，南凭依山修筑的古城墙，西北南面傍山有好几层平排的窑洞。我跟天蓝等同志住山下平坝上作为教室、办公室等的简易平房（当时沙汀、何其芳同志从北路也过黄河去了前方，还没有回来，周扬同志和当教务长的吕骥同志就留我和严文井同志等一起，暂在文学系顶替他们执教）。音乐系的冼星海就住在西山坡上的窑洞之一（不记得美术系的蔡若虹同志是否也住这一排窑洞）。我确是常去那里串门的，却到如今才听说到这个显然是挖苦、开玩笑的怪名字——“西山会议”（历史上国民党一派在北平西山开过的一次会议）。可是我对此满窑欢叙的往事已全无印象了。

记忆犹新的是我在冼住的窑洞里一次和他的单独闲谈。星海当时忽然若有所思，欣然告诉我抗日战争前，他在上海曾按德彪西一路现代风格把我的《断章》谱过歌曲，随即低低地曼声哼唱了一遍。我当然受宠若惊。但是当时大家都正关心发扬民族正气、推进社会正义的斗争大业，实在不好意思偶提个人抒情旧作（为现成的诗篇谱曲也是作曲家的再创造），他没有给我看谱，我也没有请他抄一份给我留念。看来他到延安来也不会带在身边。这个抒情小品，在星海轰动一时、历久不衰的几篇大作的洪流当中，已湮没无踪，我想是理所当然。

然而启明同志这位勤奋的有心人接着却从星海遗稿中发掘出了这个谱子！歌词确是以“卞之琳作”《断章》为题，正文是：

你站在桥上看风景，〔冼谱上不用“，”〕
看风景人在楼上看你。〔谱上改用“，”〕
明月装饰了你的窗子，〔谱上略“，”〕
你装饰了别人的梦。〔谱上改为“！”〕
题下标：Bagatelle〔小曲〕，并注 Lente〔徐缓〕（带感伤）
题右有字：一九三六年写于上海　此曲题名赠盛建颐

据启明同志考证，盛建颐是盛宣怀的孙女，是冼星海回国后第一个钟情对象。

这首短诗是我生平最属信手拈来的四行，却颇受人称道，好象成了我战前诗的代表作。写作时间是一九三五年十月，当时我在济南。但是我常把一点诗的苗头久置心深处，好象储存库，到时候往往由不得自己，迸发成诗，所以这决不是写眼前事物，很可能上半年在日本京都将近半年的客居中偶得的一闪念，也不是当时的触景生情。我着意在这里形象表现相对相衬、相通相应的人际关系，合乎唯物辩证法的普遍联系规律，本身已经可以独立，所以未足成较长的一首诗，即取名《断章》。第一节两行，中轴（或称诗眼）是“看风景”；第二节两行，诗眼是“装饰”，两两对称，正合内涵。

这首诗最初收入我在一九三五年底出版的《鱼目集》（后收入《十年诗草一九三〇——一九三九》，“文化大革命”后收入我的《雕虫纪历一九三〇——一九五八》）。《鱼目集》出版后不久，朋友刘西渭（李健吾）以他向来的生花妙笔，评论到这首诗；辱承揄扬，我当然感激，只因他没有注意两节诗的对称安排，偏重了“装饰”而又从贬意来解释这个词，因此引起了我和他的争辩，后来我以此抱憾，悔不该自己出来说话。

这首诗从三十年代到今，荣被选入各种中国现代诗选，也带来种种不同的议论。去年据黑龙江省两位中学生给我的信上所说，他们的一位老师说这首诗没有意义，可是这两位中学生就不同意那位老师的说法。我也就没有作复，为自己辩护。这首诗调怅的情调是有的，当年我听冼星海自己曼声低哼他据此谱成的小曲，也许因为是外行，我听不出伤感，可是现在见谱上明明注了“带感伤”，我想人家这样“接受”，确也未尝不可。星海借我这首诗（可说是“借他人的酒杯”）来谱曲，也就是他自己的抒情性创造，完全有理由恰当发挥，我也不仅能接受，也能欣赏。

现在大家纪念冼星海，我提起这件小事，也许人家会认为我对冼不敬，说我“杀风景”，那也就听之。我敬崇星海，他兴之所至，为我的小诗作曲，我也感到荣幸。我相信时间，相信读者和听众，相信他这番谱小曲信手偶成，决不会玷辱他自己。我也相信秦启明同志的毕生钻研会得出辉煌成果，那也只有再一次证实冼大师声誉与创作本身的不朽。

一九八五年十一月十二日

（1985.12.08，04版）

这里叶子常绿

刘心武

我爱我的书斋，尽管它只有七平方米。

一位素昧平生的青年人跑来找我，他很为我书斋之小而抱不平。承他相告，若干外地中青年作家的书斋不仅宽敞，而且华丽，藏书自然丰富，还有名家字画点缀，他对我的书斋由讶怪而鄙夷，最后竟这样问我："你怎么会是这样的呢？"

我觉得很难向他解释。反正这肯定不是因为我犯了什么错误。再说北京的作家住房困难的也不止我一个。我企盼象他这样的生客以后不要总"哪壶不开提哪壶"，我受不了鄙夷，也不需要怜悯。我是好客的。但我的书斋中最多只能坐下三位客人（要挤着坐），所以误以为我既然怎么怎么了便一定会有大书房大客厅的来客，务必不要成群结伙地来。前几天一群高中生就上了当，他们鱼贯而入以后，发现我的住房中并无过厅，而且除小书斋外，一间要祖孙合住并兼饭堂，一间要当我们夫妇的卧室，他们将我家所有坐椅全部坐满以后，还需有几人站着。我倒并不尴尬，但他们中似乎很有几位红了脸，他们原是打算搞个集体采访的，拟定了只有在大客厅中才能实施的方案，最后当然只好因陋就简，草草收兵。

我晚上不常作梦。但一作梦，大多是梦见同书斋有关的事。有时梦见不知怎么的竟得了一间大书斋，可以放下八九个书柜，于是急切地想把一直向往而始终未引进的图书弄来。其实我梦里想弄来的图书，说出来怕会惹得人哑然失笑，无非是平装的二十四史及全唐诗之类，购买这些图书的钱我是早已有了，奈何七平方米的书斋已无空隙容它们安身！“作家学者化”的呼声日高，看来光有“化”的愿望还不行，总得也有个“化”的客观条件，一间比较宽敞的书斋，当是最重要的条件。另外常常出现的梦境是找书，其实那简直就是我日常生活的延续。因为小书斋中只能塞进三个书柜，所以我有许多书只好堆在书柜之上与地下。写小说虽不比写学术论文，摆摊儿查资料毕竟也不能全免，有时为了找一本书查查，挪东移西，登高俯地，竟总寻觅不得，怅怅然，悻悻然，只好到睡梦中去继续苦寻了。说来也怪，竟有在梦中得到启示，起床后按梦寻踪，手到擒来的例子。常常幻想，哪一天我的书都能排列在书架上，要查哪本一抽而出，该有多好！看来这幻想成为现实，也许并不遥远。因此我时时抑制自己，不要总发牢骚！

我这七平方米的书斋，小虽小，却是地地道道的书斋，不兼饭堂，也不安床铺，并且在我自己眼中，它也并不陋。我不让它陋。墙上贴有图画，有的不过是复制品，有的是原作，但并非出自名家的手笔，更有我自己画的，最近贴出的是一幅水彩《芍药》和一幅干棒油画《情绪》（前者是我十几岁时的旧作，后者是八五年春天所作）。这些画幅若用钱衡量可能一钱不值，但我望去却觉得既悦目也赏心。我屋里还点缀着不少各式各样的小摆设，如从罗马尼亚带回来的小陶盘和小陶壶，从法国带回来的纪念章，从北海团城买回来的泥塑兔儿爷，以及刚从地坛庙会买回来的布老虎，等等。我这间书斋虽是一间背阴的南屋，不可能养活喜阳的花卉，但我却想方设法养活了一些绿色植物，如吊兰、伞竹、万年青等，我特别钟爱的是一盆从书柜顶上垂下的玉叶，它那张开的心形厚叶永远绿得那么浓酽，一望见它，我的心便不再因房屋的狭小而郁闷，它似乎提醒着我：窗外有着广阔的天地，有着跃动而活泼的生活……

一位同行对我书斋的评价颇高，他说：“小虽小，却充满了生活的情趣！”是的，因为我热爱生活，热爱整个的生活，既热爱我小小书斋中的生活，更热爱书斋外面那宏阔博大的生活，所以我的书斋不可能是枯涩与阴郁的。在书柜旁倚着我心爱的六弦琴，在沙发下放着我不时拿起来推推举举的铁哑铃，书桌上的录音机尽管型号已然过时，但我难得让它消停，不是放着柴柯夫斯基第五交响乐，便是放着程砚秋的《锁麟囊》（这是我最喜欢的两盘磁带）；小小书斋中也竟然还有个正式的画架子，兴致上来，我还煞有介事地画油画呢！更不消说还有围棋和象棋，以及有待泡开、晾干和整理的业经盖销的邮票……

我的书斋称得上“谈笑有鸿儒”吗？嗯，当之无愧，不仅有当代著名作家和众多热心的编辑来过，也曾接待过国外和知名的汉学家。但我的书斋绝非“往来无白丁”，我有若干文化界以外的朋友，他们是最普通的老百姓，不仅本身默默无闻，而且时下红得发紫的一些作家对他们来说也是无闻的，他们甚至对于我的作品也不甚闻问，他们不追究我的来历，不因我在文坛上的热闹或寂寞而调整他们对我的态度，并且也不猜测或预言我的前途，因而我从他们那里所获得的信息、启迪与情感，都更加珍贵。我想，倘若有一天我的书斋中从此消失了他们的身影，那么，一定是我的心枯萎了，纵使我的书斋变得很大很大，我又怎能伸展我的根须，挺拔我的枝叶，开放我的花朵呢？ 我爱我的书斋，尽管它只有七平方米。这里叶子常绿。这里能开出我的花。

（1986.03.01，02版）

石头城记

邵燕祥

九月中的天气，薄云掩日，就象深秋了。沿着公路北行，经过塞德·拉比兹城，开阔的田野上，一方方颜色深浅不同的黄熟的玉米地等待着收割。青纱帐就要撤去。单衣凉透，风是从远天悄悄刮来的。

平原上不见人影。路边稀稀落落星散着人家，看那整齐的门户，仿佛刷洗过的房顶，修剪过的草地，所以没有荒寒之感。渐渐从车的前窗，露出丘陵的轮廓线，却是软软的，缓缓的，如同有一些版画里常见的。快到石头城了。

前年就读了聂华苓的长篇小说《千山外，水流长》（四川文艺出版社出版，还在《啄木鸟》连载过），那个故事里，美国的那一半就发生在石头城。昨天见华苓，一问，原来实有其地，今天我们就来了。

当年修铁路垫路基需要石头，人们来这里开山采石，聚居成市。后来一次大爆炸，把这个小镇毁了，房屋尽成废墟，活下来的人们纷纷离开。也是人生聚散真容易。空剩下石头城的名，七八户人家了。

我们要去的一处原先很具气象的宅邸，在林莽簇拥的高地上，远离市廛，并没在那次爆炸中变成瓦砾堆，但是到了二十多年前的六十年代中期，还是没逃过一场火灾。

弃车走上草径，落叶没盖住的泥泞路面上，印着也许就是昨天来过的一只公鹿的脚印。也许那鹿就还藏在小径两边的灌木丛里。高大的乔木不知名，大小枝条遍生着酸枣刺一样狭长尖利的针刺。叶子落了六七分，枝上挂满了一拃长的黑荚，籽实都老熟了。

灰暗的云天作背景，出现在远处的，不是圆明园的断柱残垣，而是简·爱归来惊见的劫后的楼座。凹凸的石块砌成的梁柱，轮廓依然，可以想见原来在这个框架里，坐落着雍容富丽的哥特式建筑：高阶，拱门，前厅，宽大的楼梯通向楼上，还有阳台，百叶窗，曾经恬静，曾经温馨……那位诞生在上个世纪的画家格兰德·伍德，也许就是在这里画下典型美国拓荒者形象的名画；他的学生保罗·安格尔在这里度过春秋鼎盛的二十几个夏天，写下他的许多诗篇，直到不少宝贵的未曾面世的原稿都葬于意外的一炬。

只有楼前老树伸长胳膊指点着，它能真切地记得这一切，枝干已经萧疏，夏天时候一定是蓊郁森然，如伞如盖。二十几年，废墟犹新，踏着石阶走下地下室，地面堆着断瓦残砖，越过高高石梁上的野蜂窝，从这里仰望空旷的蓝天，那份凄凉是古老的。不错，半块石头上镌着“……八三”，该是建于一八八三年吧。一百年，有多少故事？

聂华苓的小说又为这座老屋添了新的掌故。当然这部小说不是纪实的，作者只不过借了一下场景，我更从来不是索隐派，但是我喜欢摭拾旧闻，附会联想。如果这部小说改编成电影，不但在美国在中国，而且在两国之外都会赢得观众。它不是一般地抒写生离死别和儿女情长，它写了中美两种不同文化心理在两代人——不，三代人身上相斥相拒与相融相洽的际遇，使人想到过去的四十年来家国，更使人想到各民族的文化交流，还有未来世界的风云。这一带丘陵，这一片林薮，不正好拍摄外景？

小说里也写到离主楼不远的水塔，过去是从这里汲水的。走近这圆柱形的石砌水塔，门额上雕着“一八九八”，也够古老的了。女主人开门迎出来。这个圆圆的袖珍建筑里，嵌了玻璃，铺了地毯，窗明几净，放着一台织机，墙上挂着女主人手织出的绣花壁巾，上面的花纹我不知道是她北欧故国的图案，还是现代派的花样，但觉新颖，素雅大方。窄窄的楼梯旋转而上，楼上楼下摆着、挂着的，尽是世界各地的装饰和纪念品，其中还有一尊孔夫子的塑像！

水塔外，占了一角玉米田，开成小小花圃，花前遮阳伞下陈放桌椅，这是女主人平时休息的角落么？原来女主人住在塞德·拉比兹城里，只是偶尔到这里来度假。她和她的丈夫乔治·尼金不相信人们多年所说，这里再也不能恢复旧观，他们想把这一片小小的“古迹”重新拾掇起来。

乔治·尼金快步领我们向山下走去。他戴着鸭舌帽，深灰领带束在浅灰的工作服里。很精神。但是从步态和语态猜他总有六十多岁了。他带我们去看一所庞大的马厩，也是通体由石头砌成，活象一座城堡。

打开城门似的双扇大门，别有洞天。井井有条地陈列着一些崭新的体育器械。老人随手举起一个一米多长的“金箍棒”，耍动起来。接过来一试，很轻，大约是泡沫塑料一类东西充填在里面，其形状有如所谓“太极棍”。两人对面平举相持，可以象“相扑”一样闪转腾挪，但是彼此身体、手臂都碰不着，名叫 Bak Sumo，据说“Sumo”就是日语“相扑”的译音，这个玩艺儿是老人的发明，已经推广，从照片看，小女孩也可以玩。收到“相扑”之功，而无伤害之险。

老人还在他发明创造的几种器械上表演示范动作给我们看。这些器械我都叫不出名字，比如在一张绷床上，拦成两截，中间有圆形孔可通，高低随意升降，拟作篮球的球篮，站在有弹性的绷床上，相对投篮，同时锻炼弹跳力。几平方米上就可以进行投篮训练。

从高悬的一串国旗上，能看出老人到过的国度，其中也有中国。他是随一个有关体育和保健活动的代表团访华的。他拿出一个“一九八五年，中国制造”的蓝色提包，一边用汉语说：“中国！”

昔日马厩的另一部分是车间，这里有老人的一名助手。这个车间是我们常说的文明车间。走进这位助手的办公室，特别是客厅和卧室的时候，恍如走入高级旅馆的套间，使人叹为观止。不是叹设计格调的不俗，器物的豪华和做工的精致，而是这一切都是老人和他的助手自己动手制做的。就在一个撂荒的马厩里！

乔治老人改造了一个马厩，改造了一个水塔，他还要在废墟上重建家园。在一身朴素如老工匠师傅的衣着里，跳动着一颗勃勃雄心！

临别的时候，乔治要华苓给他照一张相带给保罗。他们是亲戚，好久不见了。他走到废楼的门庭正中，忽然两手拄地，来了一个竖蜻蜓！他要叫保罗看倒立的乔治。

对美国人不好问年纪。我忍不住悄悄问华苓。华苓也只知大概，推算起来乔治怕有八十岁了。他早年在爱荷华大学曾是名扬校内外的体育健将。老来仍然从事体育事业；能跑能跳能倒立，面不改色，难怪他不服老。不服老，处处象年轻人一样充满朝气和活力，充满创造的激情，这就是乔治·尼金，一个美国人。

而我们习见的，是一面怕死讳老，又暮气沉沉；另一面却倚老卖老，要人尊敬。但比起来，我宁愿尊敬乔治这样不老的老人，尽管已经不仅是敬其“老”。

这样想着，车驶到一处标着“音乐餐厅”的两层石楼，也是聂华苓小说里写过的，滨临着小河弯弯，河上有石桥跨过。楼建于一八九八年。楼上有旅舍，小说里的人物就曾在这里演出过哀乐生死。可惜正在修缮，下旬才开业。此刻静谧无人。

从前铁道从这里经过。现在只保留着一截铁轨，停放着一节黄色的半新不旧的客车，让人凭吊。

美国建国二百年，从开辟草莱算也不过三百多年。历史不长，而“史迹”不少。这种“后现代化”的怀旧，我想跟我们的“发思古之幽情”不同。我感受更深的是富于开拓精神的美国人随处把新近的事物变成历史陈迹，然后继续朝前走去。

车窗外，秋风增暮寒。可是从石头城归来，我心里热热的，不能自已。

九月十六日于爱荷华城

(1986.11.09，04版)

香山红叶

严阵

每年当阳台上的几盆花开始凋零的时候，一种急迫的心情便会很自然地袭上心来：又到了香山叶红的时候，可别再错过了时光。

已经有好多次想着到香山去看红叶，可是一再错过了机会，人生总是那么忙忙碌碌，想着去的地方，到了时候总是去不成，不想去的地方，又总是要去。为此，我常常暗自感伤：难道我就应该这样随波逐流吗？

虽然我曾无数次地领略过江南的秋天，领略过它的秋山，它的秋水。不过，我想，香山的红叶总应该和江南的有所不同，因为那点缀着古代建筑的北国的群山，在辽阔而雄浑的秋空映照下，再加上那红遍崚增山脊的大块文章般的艳红，必将给人以更加强烈的感染吧？

不巧的是，我几次来香山都错过了时日。前年我来了，可是来得太早了。映到我眼里的香山，完全是一抹青绿，一年只有一次的红叶，连一片也没出现，我想是它来晚了，我梦想着我千里而来的虔诚也许会感知这香山的红叶，一瞬间里，赠我满眼娇媚。可是我失望了，红叶没有接到我心灵的电波，它没有来。香山没有红叶，还有什么意思？于是我惆怅了。香山留下的，只有我的愁绪。

去年我也来了。不过又来得太晚了。我来的时候，已是寒风凛冽，映到我眼里的只是一片蔓草凋树。当时，我沿着崎岖的山路攀援而上，希望发现还在那里苦等着我的红叶，啊，哪怕是一片也好。可是我又失望了。

在灌木丛中抖动着的，只有荆棘上的几棵小小的红果。听同路的游人说，一个星期以前，红叶还很艳，只是一场霜后，一天便落光了。我又悲戚了，真没想到，红叶的生命比春花还要短促。

一次也没有看到香山的红叶，一直是我心里的一件憾事。

今年我又来了，说老实话，我一点也不知道这次究竟是来早了还是来晚了，我只是想碰碰运气。真的，由于有了前两次的经历，我一路上，心里总是忐忑不安，不知道今年的香山，究竟要给我一些什么，是一山的青绿呢？还是那满目的荒凉？

功夫不负有心人，今年的运气总算不错。我来时，整个的香山都红了。一眼望过去，我顿时感到那盛装的香山，仿佛正向我跑过来；哦，你到底来了，我以为你早就把我忘了呢？它没有怨，只是低眉看着我：我一点也想不出，你现在是个什么样子？你前年也是这么美吗？不，比现在更美，也许是更娇美吧，毕竟是两年以前了，可是你为什么不来呢？我来的时候，你还没来。对了，怪不得在那几天，我心里总是想到你呢？可是，我身不由己啊，你能原谅我吗？我又悲哀了，一种压抑感又袭上我的心头：去年呢？你去年也是这么美吗？不，应该说比现在更美，也许那是一种色彩更加强烈的美吧？因为我一直在等待着你，一直在盼望着你，不论等待和盼望，我想，虽然是痛苦的，可也是最美的。

感谢上帝，天气晴朗，气候温和，一点风都没有，这真是太好了。尽管我来的时候正好，假如有风，我也不会如此心安，看到那么多的美丽在风中抖动，我会担心，我会提心吊胆，生怕它会被凋伤摧落。

我一路上和每一棵红了的树交谈着，和每一片红了的叶子交谈着。它感觉得出我在欣赏它。我也感觉得出它在欣赏我。它在我眼里是美丽的。我在它眼里也是美丽的。不需要了解，不需要介绍，不需要内查外调，也不需要考核、鉴定。一切全凭感觉。一切全凭感觉的交流。一种无言的默契。一种虚无的灵犀。虽然我感觉到比起它来，我并不那么美，但，这有什么关系呢，我只要它能在它的眼里感觉到我的美就够了，就足够了，除此而外，我还需要什么呢？何况，我也确实拥有一种我自己的美。人，难道应该时刻感到自己是丑的吗？

在一个小径的转弯处，我被它挽留住了。那几树透明的艳红，笼着小径，笼着路边的长椅，透视出一种无法逾越的静美。我朦胧地感到那是一种染上色彩的爱。一种超越。一种神奇的心灵组合。一种临近。一种潜意识的展示。一种最合谐的旋律。一种痛苦的忠诚。一种永不会磨灭的回忆。于是，我坐了下来。坐在路边的长椅上。回首逆着淡淡的蓝蓝的天光，去欣赏那一团由无数枫叶组成的美丽的透明和美丽的朦胧。这时我蓦然想起了“停车坐爱枫林晚”那句古诗。怎么能舍得离开这个地方呢？我苦苦寻求的莫不就是这种境界吗？

于是，我又折返回去，把这段路重走了一遍，然后坐在长椅上，接受这难忘的美的爱抚。我想，今年的枫叶，离开香山时，将不会再有什么惆怅，而我离开香山时，也不会再有什么遗憾了。因为它深知我，我也深知它，这就够了。

然而，想不到我临走时，竟又悲哀了：因为我看到几乎从我身边经过的所有到香山来看红叶的人，大多竟没有在这样的佳处停住脚步，甚至有的人连看它一眼都没有看，就那么匆匆而过。就那么悠悠而过。就那么心安理得地茫然地走去。他们来香山难道就是为了来爬山吗？或者就是为了谋求到过香山看过红叶这样一个名声吗？这是多么可怕的对美的盲视和漠视？

于是，我离开香山的时候，内心深处，又袭上了一种莫名的悲凉，面对着满山一年只有一度的虽然转瞬即逝却又面临着被人们视而不见或者不视不见的美，我怎么能不更加感到深深的惆怅呢？

（1986.11.23，04 版）

文艺因缘二则

冯至

（1986 年即将结束时，我记下两段文学艺术的因缘。）

我写过一篇短文《红樱桃与“红娘子”》，发表在今年一月五日的《北京晚报》上，怀念老舍和老舍请齐白石给我画的一幅《匏瓜图》，在“文革”初期被红卫兵焚毁，人亡物逝，略表哀思。文章发表后，没有听到什么反应，只听说丁聪同志为此画的插图，描绘老舍右手持杖、左腋下夹着画轴的神态，维肖维妙，颇得读者的赞赏。事隔半年，在七月初有一位张枫同志来访，说是受白石翁幼子齐良末同志之托，给我送来两轴画。其中有一幅画的是匏瓜，上有题辞：“家父昔年曾为冯君制匏瓜图。惜十年浩劫已成秦灰。先生痛彻之情，可想而知。今余特为先生制此幅，与先君之作相差远矣。愿聊解先生心头郁结之万一也。”另一幅画，与我文中提到的红樱桃有关，有题诗一首，思念老舍先生。我得到这两幅画，真不知怎样感谢才好。张枫对我说，齐良末在晚报上读了我的文章后，长夜未能成眠，尽在琢磨应该怎样画幅画，以补偿我的损失。

8 月 2 日，我应邀参加齐良末画展开幕式，遇见胡絜青同志。她说，她早已画了一幅画，想送给我，但不知我的住址，无法寄出。我把住址告诉了她，过了一天，她就派她的女儿把那幅画送到我的家里。画的也是匏瓜，上边也有题辞：“忆昔卅年前，老舍曾亲携齐白石佳作葫芦与草虫一轴赠予冯老赏玩。不幸此轴毁于十年浩劫之中，甚为惋惜，溢于言表。

予今特拟白石师技法摹写一帧，以慰老友遐思怀故之情。”题辞下边写明作画的日期是“1986年小寒后二日”。而《北京晚报》发表我的文章那天正是小寒节日。我再看齐良末画上的题辞，下边注明是“乙丑冬月”。“冬月”一般指的是农历十一月，这年“小寒”是农历十一月二十五日。从日期上可以看出，两位画家都是读了我那篇不到一千五百字的短文后，在两三天内便不约而同，各自遵循白石翁的画法，绘制了匏瓜图，准备送给我。他们同样没有忘记，在一只匏瓜上点画出一个当年老舍特别欣赏的草虫“红娘子”。我与白石幼子夙不相识，与老舍夫人也久疏问候，他们的这种情谊使我非常感动。

我把那两幅“再生”的匏瓜图并排着挂在室内的墙壁上，望着藤黄色的匏瓜和水墨的瓜叶，念及“文革”初期，老舍含冤长逝，白石老人虽已在五十年代逝世，但也横遭污蔑，我深感到在瓜叶茎条之间生动地交织着人间的父子之情、夫妻之情、师生之情。我能以体会这些可贵的感情，不能不说是我那篇短文得到的一种意料不到的可贵酬答。

回想十年浩劫，把人与人之间感情命名为“人情味”，对此大张挞伐，并株连到人是否应有“人性”的问题。那时是非颠倒，黑白混淆，好象人世上不再存在着什么真情实感。可是浩劫后，十一届三中全会以来，万木逢春，人性复苏，人的情感也颇有些回味了。屈指间距离白石老人《匏瓜图》被毁时整整过了20年，我记不清是古代的哪位词人写过这样的词句：“二十年如一梦，此身虽在堪惊”，于是我顺笔写成一首绝句：

“偶著短文伤浩劫，
小寒两户扣心弦。
不期念载堪惊后，
又见匏瓜壁上悬。”

我在1929年自费印了一本诗集《北游及其他》，作为“沉钟丛刊”里的一种。封面画借用了收入鲁迅编印的《近代木刻选集（2）》的日本木版画家永濑义郎的创作《沉钟》。我除了在扉页上注明版画作者的名字外，并没有征求作者的同意，回想起来，实属失礼。关于永濑义郎，我一无所知，只读过鲁迅在“选集”的《附记》里有这样的介绍：“永濑义郎曾在日本东京艺术学校学过雕塑，后来颇尽力于版画，著《给学版画的人》一卷。《沉钟》便是其中的插图之一，算作‘木口雕刻’的作例，更经有名的刻手菊地武嗣复制的。现在又经复制，但还可推见黑白配列的妙处”。此后我没有想更多地去了解永濑义郎，连《北游及其他》那本诗集也很少放在心上。不料在半个多世纪后，去年我收到日本的中国现代文学研究者佐藤普美子女士的来信，说永濑义郎的夫人永濑照子听说《北游及其他》的封面用过她丈夫的版画《沉钟》，向她讯问详情，她把这本诗集的封面复制了一份赠给她，她很高兴。今年三月，永濑照子女士给我来了一封信，信里有这样一段：“今天冒昧给您写信，一定让您吃惊。非常对不起，请您原谅。现在让我自我介绍，我叫永濑照子，是已故的永濑义郎的妻子，是佐藤普美子样的朋友。1929 年 7 月，冯先生的诗集《北游》封面采用了我丈夫的作品木雕《沉钟》，我知道后非常高兴。”信里还说，她将于本年 10 月上旬访华，希望和我见面。我在回她的信里大意说：“《北游》出版后过了 57 年，由于佐藤普美子女士的热心联系，得知您对此事很感兴趣，这是一段美好的文艺因缘，和您会晤，这将是我今年很快乐的一件事。”此后我又收到永濑照子寄赠给我的一部装帧非常精美的永濑义郎生平创作的总集。这是限定只印一千部的珍本，每册标明号数，我这部是“第 763 番”。我翻阅画集，看到有一页标题为《〈给学版画的人〉的时代》，上边为首的一幅版画就是《沉钟》，文字说明里还提到鲁迅当年怎样把这幅画介绍给中国，并给以什么样的评价。

10 月 6 日晚，永濑照子一下飞机，就来到我的家里，我请她和我的家人共进晚餐，在座的还有精通日语的李德纯同志。我们一见面，她就流露出十分兴奋的心情。她说，她的丈夫在三十年代到过北京，在旧书店里无意中发现一本标题《北游》的诗集，封面上印有他的版画《沉钟》，他买了带回日本。如今原木刻早已遗失，那本诗集也不见了。她很想再看到《北游》，也想知道些《北游》作者的情况。为此她曾向日本汉学界的人士打听，多谢佐藤普美子，她不只给她复制了一份《北游》的封面，还告诉她说《北游》的作者还“健在”。——我听她说到这里，不由得想起杜甫的诗句“今夕复何夕，共此灯烛光”。随即我取出一本原版的《北游及其他》送给她，她喜出望外。

她向我谈她丈夫一生从事版画工作艰苦的历程。我说，“我翻阅永濑先生的画集，总联想到挪威画家蒙克，不过永濑晚期的作品比蒙克有更丰富的想像力。”她说，“不错，在二十年代蒙克的艺术在日本很有影响。”谈来谈去，她总离不开永濑义郎。她用她住宅的一部分设立了永濑个人美术馆，藏有她丈夫大量的创作。她说，她和永濑义郎结识时，永濑身无长物，只有画具是他的财产。我指着我的妻姚可崑向她说：“《北游》里最后一部分的诗是我们认识后不久的时期内写的，那时我25岁。”越谈越不象初次相逢，而象是熟识的朋友叙家常了。临别时，我送给她一对青石的镇纸，上边刻着一副对联：“海外逢知己，天涯遇故人”。

永濑照子回日本后，来信说在我家中的聚会，快慰生平，并说，“承蒙李先生的协助，我们的话兴始终很浓，谈了很长时间，我竟忘却该告辞的时刻了。”还说明年4月举行永濑纪念画展时，也将要把那本《北游》展出。我读完那信后，写了如下的几行诗：

“五十七年的风风雨雨，
消逝了多少现实，
吹散了多少梦幻。
在现实和梦幻以外
好象有另一个存在，
是时隐时现的文艺因缘。”

1986年12月冬至日

(1987.02.22,04版)

汉字问题在海外

陈原

关于汉字问题，这几年在海外的讨论也很热烈。这十分值得注意。

1985年5月19日至20日在东京开了一个“汉字文化的历史和将来”的国际学术讨论会，是由朝日新闻社和大修馆主办的，有中国、日本、南朝鲜、越南等国家的学者参加。从会议的文件看，参加这次讨论会的不只是语言学界人士，还有其他学科的专家。例如东京大学理学部的山田尚勇教授，这表明了汉字问题的研究已经跳出了语言学专业的圈子。

不久之后，美国《时代》周刊根据参加会议的东京庆应大学铃木教授的观点，发表了专文，标题作《古老的文字终于赶上电脑时代》，文章预言“古老的文字和硅世界的奇特的结合，将给亚洲的经济和文化生活结构带来巨大的变化”。六月间，美洲华裔学者吴文超在东亚地区经济社会文化发展学术研讨会上发表了题为《中国语文政策刍议》的论文，论证“古代传声技术差，在无法控制语言的古代社会里，书同文的汉字在传递信息方面具有一定的优越性”，但时至今日，“人们不但可以把声音记录下来和通过电信技术把它传遍全球，而且语音控制能力也大大加强，使得各民族的语音趋于稳定”。他认真地断言，如果现在不采用拼音书写系统，则炎黄子孙后代将会因为无法迎头赶上现代化而埋怨我们这一代人。

与此同时，巴黎出版了万德密希（Lé onVau—dermeersch）的专著

《Lenouveaumondesin—is é》——《读书》译作《新汉文化圈》，似不确切；日本铃木教授译作《中国文化的新世界》。他从几个使用汉字的国家和地区（即所谓“汉字文化圈”）近年经济发展突飞猛进或正在进行巨大的经济改革这些现象出发，断言所谓汉字文化传统对现代化过程不是如一向所说的巨大的“障碍”，而是“具有巨大的功力”。这表明，海外有些学者对汉字系统的研究，大大跳出了汉字文字学的范畴，从文化学和社会学的角度对这个系统重新作出估价。

我还想提到一个有兴味的事实：日本一位评论家——森本哲郎在纪念《大汉和辞典》修订再版的纪念册上，甚至提出了这样的说法：“汉字的信息量大，它本身是一种IC（集成电路）！”

我在这里举了近年发生的几件事，足以说明汉字问题在海外也是个大家关心的问题。我收到一些海外人士的来信，希望我们能在北京召开一次汉字问题的国际学术讨论会；如果能有这样一个机会，让中外学者对这个古老而又现实的问题充分交换意见，这对于国家现代化建设将会是有益的。

（1987.03.31，04版）

质量第一

黄秋耘

每逢岁尾年头，各省（区）的作家协会分会少不了要开个理事会或者代表大会，总结过去一年的工作，讨论未来一年的工作计划。我有幸读过几个省（区）的总结，内容基本上大同小异，有一条总是不会缺少的，就是列举在过去一年间该会的会员一共出版、发表了多少部长篇小说、中篇小说、短篇小说，以至多少篇散文，多少篇报告文学和特写，多少首诗歌，多少篇评论文章，等等。

总结工作，当然首先要提到成绩。文学创作的成绩，以数量来计算，这也是一种标准。但是否数量越多，就成绩越大呢？恐怕不见得。文学作品也是一种产品，产品是可以用数量来计算的。好比一间制革工厂，每年生产 10 万双皮鞋，比之生产 5 万双，产值就多一倍。那怕这 10 万双皮鞋当中有一部分是二级品，只要不是废品，仍然可以卖得出去，创造一定的价值。但是文学作品的价值是不能单凭数量计算的。一部真正优秀的作品比之十部甚至百部平庸的甚至低劣的作品还要有价值得多。

以古代诗歌而论，宋代诗人陆游的《剑南诗稿》收辑了各种体裁的诗歌近万首。唐代诗人杜甫流传下来的诗歌不过 1400 首左右。但没有任何一个文学研究工作者会据此得出一个结论，认为陆游是比杜甫还要伟大得多的诗人。以近代作家而论，张恨水所写的长篇小说达数十种之多，可谓著述等身。鲁迅从来没有写过长篇小说，连《阿 Q 正传》也不过是一部2.5万字左右的中篇。假如有人编印《张恨水全集》，其篇幅肯定会在《鲁迅全集》之上，但谁也不会认为张恨水对现代中国文学事业的贡献超过鲁迅。

衡量文学创作的成绩，光看数量多少是不够确切的，至少是失诸片面的。目前全国出版的文学刊物（包括以刊登文学作品为主的综合性刊物，不包括报纸副刊）达500多种，作品数量之多，简直难以统计。假如各省（区）的作家协会分会总结文学创作的成绩，仅仅以数量为标准，在客观效果上，将会促使一些滥竽充数或者昙花一现的作品大量产生，形成“通货膨胀”。通货膨胀是会导致货币贬值的，那么，片面强调数量是否也会导致文学作品贬值呢？这是一个值得各级文学创作领导部门认真考虑的问题，看来多而滥还不如少而精为好。500多种文学刊物是否也可以考虑适当减少或者合并一些呢？

对新作者来说，情况也是一样。“厚积而薄发”，经过充分的酝酿和构思，集中精力和时间写出一篇高质量的作品来，比之写出10篇平庸低劣的作品要有益得多。同时行文也要力求简约，能用短篇写出来的题材，切不可写成中篇，能用中篇写出来的题材，切不可写成长篇。要以少少许胜人多多许。古人讥讽出版平庸低劣的著作为“祸枣殃梨”（古代的书版大都是用枣树和梨树的木材刻制的），那么，在今天来说，就是浪费了纸张和油墨，更有甚者，还浪费了读者宝贵的时间。

（1987.05.03，04版）

朱自清先生的背影

臧克家

“日进前而不御，遥闻声而相思”。刘勰《知音》中的这两个名句，我很欣赏。就交朋友来说，也确有这种情况。有的人，与之交往，但他并不能进入你的精神境界；有的人，生平未得一面，却永远地记住他！

我对朱自清先生，就属于后一种情况。朱先生是“五四”时代的老作家，我青年时代就读过他的《背影》、《荷塘月色》，心向往之。他和我尊敬而又亲近的前辈相交甚厚，象叶圣陶、郑振铎、闻一多、王统照诸位先生。他主编的《中国新文学大系·诗选》，是我经常翻阅的一本诗选。他心胸宽阔，评选公允，片言只语，决非随意出之，从中可以看出他的用心，也看出他的为人。1956年，我编选了本《中国新诗选》，接触了朱先生的不少诗作，选入了《送韩伯画往俄国》、《赠A·S》、《小舱中的现代》。从前二首中，可以看出他向往革命的进步思想；后一首写出了“窒息着似的现代”。诗句朴素近口语，不见雕琢的痕迹，自自然然，如行云流水。给我的印象很深，至今不泯。

40年代，我从战地到了山城雾重庆，住在近郊歌乐山一家农舍里。1943年前后，从报刊消息中，知道了闻一多先生思想大进，走出书斋，呼号奋发，成为青年运动的导师。我兴奋极了，写信去，他回信来。情感交流，两心相通。有一件事，惹起我很大的惊异：闻先生忽然大大称赞起田间来了，称他为“擂鼓的诗人”。说实在的，我还有点想不通。

但我知道闻先生的性格：只要他认定这是对的，他可以否定自己肯定过的东西。当年，我确是在对新诗的看法上，落在闻先生后边了。闻先生欣赏田间，是有个过程的。首先是朱自清先生看好了田间的诗，然后把它介绍给闻先生的。闻先生初看之后，心想："这是诗吗？"他一再琢磨、思考，最后说：这是新时代的诗。这件事，使我精神上相当震动。我个人，还照自己的诗路走下去，没有大改变；但朱闻二先生，对新诗的观念已经更新了。思想上，感情上，对一切事物的看法上，已成为新型的了。因此，我钦佩闻先生，也同样钦佩朱先生。他们的形象高高并立在我的心头上。他们两位，都是：学术家，大诗翁，年相约，道正同，革命路上携手行。

抗战胜利第二年，我到上海，主编了一个刊物《文讯》。为了约稿，开始给朱先生写信。他应邀写来了《论百读不厌》和《今天的诗》两篇文章，前后给我来了四封信。遗憾的是，这几封我十分珍视的信件，十年浩劫中，和其它我珍藏了多年的师友们的大批函件一道，被我忍心地、痛心地付之一炬了！故旧的手泽，化为云烟。其中有郭沫若、茅盾、叶圣陶、老舍、王统照、洪深、郑振铎……许多位我尊重的前辈的。

在我的印象中，朱先生是一位温厚的学者，抒情的诗人；同时，他也是一个是非分明，脊梁挺硬的富于强烈民族感、爱国心的健者。在极为困苦的环境之下，甘心忍受饿馁的折磨而不食磋来之美国面粉，正义凛然，浩气长存！受到党和毛泽东同志的赞扬，为广大人民所称道。他的这一伟大壮举，轰动了社会，震动了我的心！当他逝世的噩耗传来时，我极为悲痛，我火急地发函约稿，在极短的时间里在《文讯》9 卷 3 期上编出个《朱自清先生追念特辑》，共收入悼念文章 22 篇。作者大半是他的老朋友和他的后辈兼同事。他们是叶圣陶，郑振铎，郭绍虞，杨振声，王统照，杨晦，许杰，穆木天，吴组缃，余冠英，冯至，魏金枝，李长之，王瑶，徐中玉……。

在刊物的道林纸插页上，刊出了朱先生 1940 年摄的西装照片，我写了 13 行前言，介绍了朱先生的生平，深深寄托了个人的哀思。在这个插页上，留下了朱先生给我一封来信的手迹，这真是沧海遗珠。我原以为他给我的四封信，早已烟灭云消了，没想到，还有一封，永留人间。另外那三封信的内容，虽然记忆不清了，但肯定有的是商谈编辑闻一多先生全集的事情。这仅存的一封信上，谈了两件事。一件是关于他的“北大”同班同学、我中学时代的老师杨晦先生50寿诞的。我出面约请杨先生的朋友聚在一起，举行了个祝嘏宴会，写信告诉了他。他在信上述说了他与杨先生的亲切关系，并云“已寄了一封信，又在清华同人公信上签了名。”另一件，是希望我设法在“星群出版社”出版何达的诗集，提拔后进，情意殷切，令我感动。《文讯》月刊上的这个“追念特辑”，成了研究朱先生生平的宝贵材料，为人们所重视。

朱先生在学校里联系群众，喜欢和学生谈诗论文，参加文艺活动，我早有所闻了。前年，偶然在一份报纸上看到了一条消息：在清华大学的一次大会上，他与我中学同班同学李广田同志登上讲台，朗诵了我的《老哥哥》这首诗。朱先生“取”老哥哥，广田“取”小孩子。看了这条消息，使我想到，他在《新诗杂话》上，曾赞许我的“有血有肉”的农村诗，他一定和我一样，同情象老哥哥这样穷苦而又善良的农民，这加深了我对朱先生的了解，更加钦佩他的为人，也加深了我与他之间的情感交流。心里缅怀朱先生，又恨失去了见他一面的天予之机！

1937年夏天，我因事到了北平。七月四五号一个上午，我怀着亲切之情去“清华”看望别离4年多的闻一多先生。快到学校大门的时候，看到一位神态散朗，风度文雅的先生，离我大约二三十米远近，戴副近视眼镜，向大门走去。我心里猛然一动，这不是朱自清先生吗？恰好一个青年从我身边过，我问，那位先生是不是朱自清？他说：“是。”我眼巴巴地望着朱先生的背影，远了，远了。我聊以自慰地想，下次还要到清华来，与闻先生合影留念，那时一定去拜望朱先生！谁想到，三四天后，“七七”抗战的大炮象中华民族的吼声，在芦沟桥边响起来了。再去清华的想望，已成为泡影，真是缘悭呵！终于没有见到我尊敬的，心灵交感的朱自清先生一面。但是呵，他的戴着近视眼镜，慢步走进清华的背影，却永远、永远地留在我的眼前，心上！

1987年4月22日

（1987.06.14，04版）

战时笔记摘抄

秦兆阳

抗战期间，我在河北省“平、津、保”三角地带生活了一段时间，记录了一些所见所闻的生活素材，最近正在整理成《战时笔记》。下面发表的是笔记的第二部分“零星杂记”中的片段。

1942 年 6 月下旬，雄县敌人下令各村：“皇军田中旅团长定于 7 月 1 日起亲赴各县视察，所有村庄周围五百米以内，公路两侧六百米以内，警备团（伪军）岗楼周围五百米以内，大清河两岸二百米以内，一律不准有高秆植物，有不遵守者，定行严处！”又，新城县敌人也同时下令：“于五日内将公路两侧五十米以内之高秆植物一律砍掉。”据说，田中旅团长是保定日军的头目，显然是为了保障他在巡视中不遇意外才下达这样的命令。夏秋之间，平原上绝大部分土地上都是高秆庄稼，高粱玉米都正是含苞吐穗猛生猛长的时候，所以广大群众都说：“砍头，砍吧！砍庄稼，不行！”

人民有多少痛苦！在痛苦的生活空间里，不论是低沉的哀泣，还是放声的哀嚎，没有一丝痛苦是消失的。它们都被风收拾在它那无边的胸怀里，以作永久的证据。它们被风带到高山之巅，填塞在幽谷之穴，或驰骋在广大的原野上，哀嚎，哀嚎啊！卷起了地上的黄沙，遮满了天空，吞没了太阳，拔掉了树木，震动了房屋，向着一切挑战，似乎是抱着大地拼命摇撼：“大地啊，醒来！起来！掀掉你身上沉重的负担！”

三里五里一个岗楼，十里二十里一条封锁沟，三十里四十里一条公路。大地，被一颗颗粗大的铁钉钉住了，被一道道刀痕割碎了。如果在白天站在高空上看，多少条条块块和岗楼橛子！如果是月夜站在高空上看，多少兀立在原野上的黑色的凶鹰，在阴险狠毒地监视着每一个村庄，每一条道路。

我们的小股游击队，我们的抗日工作人员，就是在这样如林的碉堡群中，如网的沟路线中，发动一个一个的群众，争夺一个一个的村庄，夺取一点一点的胜利，消灭一个一个的敌伪。我们有更多的堡垒——我们称之为堡垒户。我们有更多的线和路——是心跟心连接成的。这些堡垒和线路敌人看不见，但是他们感觉得到——到处都有神出鬼没的复仇的力量，使他们不断地受到损失，使他们的碉堡变成了自我囚禁的囚笼。于是敌人要不断地扫荡和清剿，我们则要不断地反扫荡反清剿。就是在这样不断的反复斗争中一步一步削弱敌人，壮大自己，收复失地。这就叫“相持”。

从敌人占有白天与黑夜，到敌人占有白天，我们占有黑夜；到我们占有白天，到敌人不断地发抖。

没有土地就没有自由，就没有时间。

“夺回我们的白天！”这是每一个有血性的中国人心里的口号。时间——白天与黑夜，居然要用无数的血水、泪水、汗水去争取！

一年又一年夜里没有脱过衣裳睡过整夜觉。枪皮带把肩膀上的衣裳磨破了一层又一层。衣裳上的虱子多得只好用开水煮，用碾盘压。

为了生存必得蔑视死亡，为了幸福必须饱经艰苦，为了安全必须不怕凶险。

“多久没有白天走路了？”

“想不起来。”

“多久没有见到太阳了？”

“不记得。”

我这儿在心里自问自答，放眼四望。星空之下，毛茸茸，黑黝黝，无边无际。

我走到路边，抓了一把，抚摸着。啊！多么柔软！多么亲热！

“老张，麦苗儿有这么高了！”我禁不住热泪盈眶。

“是呀，不管怎么着，麦苗儿照样生长！”老张也出神地向四面看去。

啊！感谢你，不屈的土地！

秋天，庄稼正待收割之时，敌伪忽然下达了一道奇怪的命令：每亩地须交纳五元至十元的“青款”，领取收割证，始准下地收割。

中国的土地，中国人种的庄稼，要交纳收割费才准收割，自古以来有这个理吗？谁交纳得起这么大的“卖收钱”？老百姓都气炸了肺。于是想出了各种各样的斗争办法：把地中心的庄稼割了，把地边上的庄稼留着；把离村远一些的庄稼割了，把离村近一些的庄稼留着；连夜割，连夜在炕上烤干，赶快埋藏起来；把收下的粮食运到离岗楼据点远一些的村子里去分散存放，村办公人白天外出，夜里回来，给他来个不照面，名叫“散村”；我小股部队和工作人员加强活动，对最坏的伪军汉奸“单打一”，打一儆百；夜里以小股武装围住岗楼喊话，对伪军威胁教育；有时村办公人提着秤杆面袋满村忙，假装村里住着大队八路军，使得来要青款的伪军不敢作恶。也有些村办公人硬抗：抓人，跟你走；吊，打，受着；“要钱没有，要命有一条，打吧！”打得死去活转来。放了，又抓去，打得死去活转来，又放了，反复多少回。

夜里鬼子包围了村子，跟我们的县大队打了一阵以后冲进了村子，却搜遍了全村也找不到我军的影子。因不知我军虚实，不敢久留，连夜用汽车拖着十几具尸体走了。八路军怎么不声不响就突围出村的呢？鬼子官左思右想，怎么也解不开这个谜，越解不开就越生气，就越想报复，于是派汉奸给村公所送来了一道命令：

“……勾结八路，该当何罪？现特命令你们回答以下问题：（一）八路军从何村来，从何方向来。（二）何人替八路军安排住处，住在谁家。（三）你们为何不及时报告皇军。（四）在战斗中，八路军如何逃走，从何方向逃走，逃至何村。以上各点如不一一回答，皇军要将你村毁为平地！……”

村公所表面上是敌人的基层政权，实际是被我们掌握的抗日政权。接到这命令后，干部们商量了很久很久。不回答，不行；回答，不但本村遭殃，还要连累别的村子。最后终于想出了一个回答的办法，就写了一个“呈报实情”的呈文：

“……昨夜天黑之时，咱村百姓都已关门睡觉，忽有八路军似从天外飞来，先至联络员和村副家将联络员与村副捆绑囚禁，声言如若村中向皇军报告军情，即枪毙此无辜之二人，故村办公人皆不得向皇军报告。后八路军即自己进到各家，强迫老百姓让房让炕给他们住，究竟住在何家，卑职实在不知。后皇军来此激战，彼等都上民房应战。后又忽然不见踪影，并且带走联络员与村副二人，蒙其眼，塞其嘴，捆其手，故此二人实在不知东西南北，唯知走路而已。后至一处，将此二人弃于路侧而去，竟不知其去向。此二人情急智生，乃滚至一处，背靠背互相解开绳结，拿掉蒙眼塞嘴之布，始得逃遁回家……”

鬼子官读完呈文后，大叫：“狡猾狡猾的，治安治安的没办法！”

但村里人们知道，鬼子不会放弃报复的念头，必须赶紧挖掘地道和加强民兵组织。

为了切断我平原地区与西边山区根据地的联系，敌人沿着铁路（平汉线）两边挖了两条看不到头儿、两丈多宽、两丈多深的大沟，是用刺刀把大地划了两道巨大的伤痕。沿沟三里两里一个岗楼。小岗楼由伪军驻守，大岗楼由鬼子和伪军一起驻守，夜里鬼子还常常派巡逻队沿沟巡逻。

有一次，几个人夜里一起过路。前面几个人过去了，恰好敌人的巡逻队来了，剩下交通员老徐一个人没有过去。他是有名的徐大胆，并不惊慌，朝着鬼子巡逻队相反的方向急走了二里，来到一个伪军岗楼跟前，大声喊叫：“喂！楼上的听着！把寨子门打开，都待在楼里，不要点灯，小心点，后面大队伍过来了！可别说事先没有关照你们，我是特为先来通知一声的！”结果，伪军真的把寨栏门打开，两名伪军恭恭敬敬地站在门两边，看着他提着手枪大摇大摆地过去了。守在这个岗楼里的伪军小队长可能真的是胆小，也可能是我们的内线关系。

夜里，我们一个班的战士住在她家。两间北屋里两条烧得很热的炕，锅里温着洗脚水，炕上搁着小炕桌，桌子上摆着茶壶、茶碗、咸菜碟子、筷子。都是在知道我们今夜要来住，早就准备好了的。战士们问她：“大娘，把两条热炕都让给俺们，你一家上哪儿睡觉？”她说：“你们不用结记，俺们有地方睡。”战士们不相信她的话。班长跟着她到院子里，才发现她一家几口人，儿子、儿媳妇、女儿、孙子，都睡在一间破棚子的柴草上面。“大娘呀，这哪行！大冷天，大人孩子不都冻坏了吗？”跟她争了半天，屋里所有的战士都出来帮着争。大娘急了，到棚子外面往地上一坐：“你们要是再跟我争起来没完没了，我就在这儿坐着冻一夜，看你们心痛娘不！”战士们只好流着泪回到屋里。谁还有心思睡觉？就坐在炕上开起思想教育的讨论会来。大娘又在窗户外边说：“你们这些孩子，别说了！别说了！你们不睡我就不睡！”战士们只好不做声，但每个人都有一肚子说不完的话，谁也睡不着。……

张大娘家是堡垒户。住在她家的各级干部常常开会，或研究各种政策问题，或解决村里群众之间的各种纠纷。每次张大娘总是坐在一边听，久而久之，她对我们的政策就熟悉了，感兴趣了。“政策就是道理。”这是她经常说的一句话。她尤其是对土地问题和婚姻问题特别关心，常常跟我们讨论这类问题的解决办法。今天跟甲谈了，明天乙住在她家，又跟乙谈，互相印证，评判对错。时间久了后，本村和外村的群众就常常来找她研究问题，觉得她有时比我们的干部更“通理”。人们都叫她“女区长”。

有两次我住在她家。吃了饭，她往炕沿上一坐：“老秦，我跟你讨论个事儿……”嘴里没牙，慈祥，爽俐，没有废话，令人起敬。

鬼子：“村里有八路，你的，不知道？”

青年：“不知道。”

鬼子：“真的不知道？”

青年：“真不知道。房子是谁烧的，不知道。人是谁杀的，不知道。东西是谁抢的，不知道。太君，你，知道吗？”

鬼子大叫一声，一刺刀捅过去，又抽出来。他胸膛上，血往外涌，大叫：“我知道——恨死你们！”一咬牙，一歪身，倒了。

1945年夏天，我军开始由战略防御转为战略反攻。作战方式是：以优势兵力包围分割敌人的各个岗楼碉堡；打通岗楼附近的民房，逼近敌人；在民房的墙壁上挖枪眼，在没有民房的地方挖道，修掩体；火力威胁，战场喊话，军事攻势与政治攻势相结合；同时组织民兵朝着敌人岗楼的方向挖地道；如果敌人坚决不投降，等地道挖到岗楼下边了，就在地道尽头处放上大量炸药，用手摇发电机引燃雷管，一声巨响，岗楼裂成两半三半地慢慢歪倒，灰尘、烟雾、敌人的肢体、木板碎片，一起飞腾，冲上半空；立刻，在惊天动地的欢呼声里，战士们象猛虎出洞一般，向岗楼冲去……

这是使远近敌人闻风丧胆的战术。

盼望了多年的反攻阶段到来了！根据地的全体军民热血沸腾，村村镇镇到处是欢乐的歌声和笑声。终于熬到这一天了！

我们正在屋里看交通员刚刚送来的文件，老马忽然从外面进来，面带喜色地说："囚在屋里干什么，烤火去吧！"我们都不明白："天又不冷，烤什么火呀？"他笑了："一百年你也见不着这样好看的炉（楼）火！"我们明白了，就跟着他来到了村外。

离村不到半里，一个黄土夯成的大土台子，台上面就是围墙，围墙里面是房屋和碉堡。早已搬来了一堆秫秸，几个青年人把一捆捆的秫秸往楼门里塞。不一会，枪眼冒烟了，冒火了。人们都喊叫起来了。

正是黄昏时候，红色的火舌舔着天，黑色的烟雾遮着天。

这是复仇的火。

这岗楼里的伪军是被抗日军民逼走的。怕碰见八路军，不敢下楼来到村里要东西，连喝水都困难，还时刻有被围攻的危险。内部不稳，不知道谁跟八路通气。鬼子兵力不足，怕被伏击，不来巡视，不送给养，也没有给养可送。"囚笼政策"成了囚禁敌人自己的囚笼。于是，在今天刚粉亮的时候，跑步撤走了。

近几个月来，这样的小岗楼，有的被我们"拿"掉了，有的被我们困走了。现在这一带几十里村子连成了一片，我们可以白天在这一带活动，可以进一步挖好地道，壮大民兵，迎接敌人大规模的扫荡。

（1987.07.05/07.12，04版）

悼白薇

草明

白薇同志离开我们长逝了！我们文艺界又痛失一位女文艺老战士！

她走完94年漫长、痛苦、艰难而又充满战斗豪情的路。

从童养媳出走终于成为女作家、革命者，这是需要多大的勇气、坚定的信念和过人的毅力啊。她在日本半工半读时，结识了许多革命文艺家，回国便参加了“中国左翼作家联盟”；相继写出《打出幽灵塔》、《炸弹与征鸟》、《北宁某车站》、《革命神受难》、《娘姨》、《假洋人》等等作品。《打出幽灵塔》影响很大，哈尔滨一中演出时引起轰动，甚至日军侵入后，学生还坚持演出。这在这个北疆城市来说是空前的。《娘姨》也曾演出，是作家舒群和肖红主演的。她的作品，多发表在鲁迅主持的《奔流》、《语丝》和其它一些进步刊物上。对于她的有革命战斗性的作品，鲁迅是很器重的。不幸的是，当她正在年富力强时，便身罹重病。各种凶猛的疾病不断向她袭来，什么腥红热、肺炎、丹毒等等，光是伤寒病也得过两次。我曾奇怪地问她：“伤寒病不是免疫的吗，怎能得两次？”她说：“头一次是副伤寒，不一定能免疫；第二次是正伤寒。我命大，死不了。”

不，“命大”只是她的玩笑话，她是意志力强，生命力强，因此她能战胜任何困难和挫折。我总觉得她仿佛是株长春藤，总是向生命之树攀登，向革命之树攀登。她应付各种疾病，还能写那么多作品，她是个特别坚强的女性。凡是旧中国妇女所受的痛苦，她都经历了。但她并没有被痛苦和不幸压倒，而是比别人付出两倍三倍的力量和勇气去战斗。革命精神支持着她，她始终屹立着，多么可敬可爱的人啊！

我曾两次做为她的邻居，对她的性格了解得多一些。她比我大 20 岁，但是她一贯以平易、热情待人，因此我并不觉得我们两人之间年岁的差距。她有一手好手工，在贫困的日子里修修改改，把自己穿着收拾得很利落，并为我修改了一件连衣裙，这是我一生中穿上的唯一的一件连衣裙。1934 年，我要做一次小手术，鲁迅先生介绍我去找一位日本医生，白薇同志便主动给我当翻译。我醒来时，她温柔地给我喂水喝，直到陪我回家。

1939 年到 1940 年，我们在重庆的乡下又住在一条巷里，天天见面，她很爱我的小儿子，老逗他玩。我理解这是伟大的母爱在这位孤寡女作家的胸膛里骚动。我作为妇女、作为母亲，充分理解她，同情她，怜爱她。当然，我知道她一生是不需要别人的怜悯的。这一点，往往引起我对她更深切的同情和敬重。

“皖南事变”后的几天，党决定让几位女作家撤回延安，我随八路军军车走了，我和她又分手了。后来白薇同志告诉我她也要求到延安去，但周恩来同志认为她在后方作用更大些，于是邓大姐便安排她到郭老的三厅工作。

日本投降后我到东北工作，很少见到白薇，只是在全国政协开会时偶尔见面。知道她曾在家乡打过游击，后来又到北大荒长期深入生活，进行创作。年事已高的她，仍然不怕艰辛，进行写作活动。她和多灾多难而巍然屹立的丁玲同志都是生活的强者，是我们光荣的妇女。我永远怀念她们，学习她们。

（1987.09.20，04 版）

内心的里程

刘真

道路在大地上，在草原，在山川密林中。另一条路，是内心的旅程，象地层的深处，它犬牙交错，更复杂，更细微，除了你自己，别人难以辨认。

火车一进入西伯利亚，扑面迎接我们的，是满山遍野的大森林、小河、溪流与深广的贝加尔湖。何只是这些，是我记忆中的人们，是艺术作品中的形象和场景。涅克拉索夫的长诗《俄罗斯女人》中的姐妹们，抛弃了贵族的遗产与豪华的生活，坐上简陋的马车，离开彼得堡，到西伯利亚来陪伴她们那些十二月党人丈夫服苦役。在想象中我望见过车轮在爆起的尘土中远去，横挡在前面的是道道河流，伏尔加，卡玛河，叶尼塞河……

火车在奔驰，我睁大了日夜难眠的眼睛，在寻找，西伯利亚，十二月党人的妻子们，在你的哪一片地方找到了她们的丈夫？那位跪下扑身亲吻着丈夫那沉重脚铐的姐妹，跪在了你的哪一片树荫中？在贝加尔湖边呢，还是草坪上？住在什么地方？怎样地熬过了那些春夏秋冬？

西伯利亚，俄国的历史上究竟有多少人到你这里流放过？列宁又是在哪一片林边草坪上埋头写过他的文章？又是怎样在这里和年轻的斯大林见面了呢？

由于怀念，追忆，尽管望不见村庄，人家和行人，西伯利亚不荒凉，只有它的丰富和望不尽的美。两面的森林无限伸展，绿色的路使你不知道什么时候，在什么地方离开了西伯利亚。树群象你思考中的人们，伸展着众多的手膊，在迎接你，望着，送别你。

伏尔加河，我终于望见了伏尔加河，我想象中这意味深长的河，实在是有多少话要对它说。那些深深弯着腰的纤夫们，我唱过，在画上看见过，多少次地想过，他们拉不走苦难，运不来轻松。河边的泥土要吃他们，他们的脸使劲贴近着地，很象是要和泥土亲吻呢。逆风要撕裂他们，这样的路也不许走，他们的呐喊声发自肺腑，这便是《伏尔加船夫曲》，响遍了全球。

常常是艺术比生活本身的脚步更有力呢。美是人类的母亲，她伸着双膊永远在前面等待着你。

伏尔加，我爱你。在我的想象中，童年的高尔基永远和你在一起。他那善良的外祖母也站在你这岸边，含泪目送着他的远去。这老人多么不易呀，苦难高举着刀斧，在她的面容上砍出了一道道深深的纹，那就是路、沟渠，水笑着，这生命的光辉。高尔基就在这笑着的沟渠里活着，终于立在船尾上，在伏尔加河水中远去了。

伏尔加，俄罗斯母亲的河，流着。

在涅瓦河的北岸，有一座古老的教堂，我走进院门口，想去看一看如今它是怎样的。我的收获使我大吃一惊。这围墙内大片古树荫下，埋葬着苏沃罗夫、米丘林和数不尽的政治、军事、科学、艺术家们。巨人般的大树互相交插着枝杆，在守卫。叶子开始红了，黄了，象各种颜色的花朵，它们的美不是声音，是潜移默化，到冬天去接受白雪的洗礼。遍地的飞鸽，小鸟在走步、休息。

我望着，拍下了一张又一张照片，还是不愿离去。陪伴我的一位苏联朋友，望着我，望着我的留恋、徘徊。他走进教堂，买了一件礼物送给我，是木板上的一幅画，画面是《圣母玛利亚之死》。我要去看一看，挑选一下，他坚决不允许，一定要送给我这《圣母玛利亚之死》。我久久思考，为什么呢？我终于明白了。是的，任何一个为人类的生存和进步、为人类的文化建立了功勋的人，他们的生命死活都是宝贵的，是永恒不朽的。正是这圣母玛利亚。

艺术使我理解了朋友，艺术使朋友理解了我。感谢这古老的墓地，这密林覆盖下的雕塑群。

我还没有来得及说一说陀斯陀也夫斯基。他的《白痴》、《白夜》、《被侮辱与被损害的》、《罪与罚》……有多少俄罗斯被压在生活最底层的人，都在他这深沉的目光和胸怀中，不会被埋没，还在世界各处行走，诉说呢。

是的，神圣、不朽，圣母玛利亚，她死，又是不死的。

我内心的旅程和脚步在一起，我在行走，说不出有多么急切。前面就是冬宫、夏宫、普希金村、高加索、肖洛霍夫和他的顿河。田野、山川、要塞、《上尉的女儿》、《布加乔夫》、《童僧》，说不完我要寻求的。

《青铜骑士》彼得大帝和驮着他向高中奔驰的骏马在说，高尚的艺术家会给这国土增添多少光彩，光辉，你就看吧，何只是西伯利亚，伏尔加河呢？

我站在《青铜骑士》的下面，望着彼得大帝和奔马的势头，在思考。我问自己，我想象中的，和这一切一样吗？印证吧。在别人望不见的，我内心的旅程中，我多余了什么，缺少了什么呢？

这就是一条路，精神的，艺术的，灵感的思路。路中的一条，我爱它。

（1987.10.18，04 版）

海中听海

——关于艺术的联想

从维熙

海能听吗?

世界上有多少画家画海，又有多少诗人吟海，几乎多得难以统计，包括海明威的名著《老人与海》，都是从视觉描绘大海肖像的。而法国现代派电子音乐作曲家亚尔，却将万顷波涛，浓缩于一盘小小的磁带之中，只要你按一下音响的键盘，大海就咆哮在你的脑海之中了。

工作疲惫或写作困倦时，我常常听海。于是海的时而疯狂，时而温柔；时而暴虐；时而絮语，时而颤栗，时而贤淑的肖像，升腾在我的面前。我听见了大海深沉的呼吸，我觉得我认识了海，并从大海中吸取了无穷尽的力量。

我珍爱这盘磁带，外出开会时我携带着它。偶有间暇躺着，我便把小小立体声耳机插入耳朵。那年，我远行西沙群岛，特意把它装进背包，以解脱漫漫驿路上的心灵寂寞。从中国的陆地边陲，我乘舰艇入海，在海中听海的乐章，只为了转移中枢神经压抑呕吐；不想，这却使我对艺术的海和原始的海，有了新的体察和觉醒。

那天，23号台风，升成在南太平洋；旋即横穿菲律宾，闯进了南中国海。我乘坐的舰艇，既无法驶回永兴岛，又无法靠近琛航岛和珊瑚礁，入夜，舰艇只好在大海中抛锚。首先，涌浪卷起锚链和甲板的撞击声，掩盖过了音乐旋律中的海啸声。这哐啷哐啷的巨响，把亚尔的电子音乐割裂成为碎片。继而，艇身左右倾斜摆动，没有关紧的舱门，随着艇身的倾斜而砰砰地自动关闭；我惶惶之余，铺位旁小桌上的一个茶杯盖子，滚落到了地上。

海吼哮了。

海疯狂了。

耳机中的海，迅速减弱为缕缕游丝，而我身下的海，则铺天而来。大浪飞上甲板，又折然而去，舱之舷窗，留下浪的痕迹。水珠儿刚刚坠落干了，一个更大的涌浪扑了上来，眼前一片混浊，整个舰艇似被风浪夹携到一个深渊中去。

耳机从耳朵中滑落，我象醉汉一般地在舱里踉跄，海用它原始的蛮力，一会儿抛我高空，一会儿又把我掷向谷底。平日沉睡的海，仿佛要翻过身来一样，痉挛着、震颤着、积蓄着并迸发出无与伦比的能量，把狂浪推得高高，似要去和天上的星月拥抱接吻。在这一霎间，我感到一切描绘海的艺术都已经死亡了：诗人吟歌的海上长虹和娇艳的浴女，显得苍白无力；画家笔下的大海顿时也消失了色彩——就连亚尔电子音乐中的海，似也变成枯竭的水塘；五线谱上那些上上下下的音符，一律变成了无生命的僵死的小小蝌蚪！

尽管如此，我还是再次抓起耳机。不过，这再不是用这小东西来抵制呕吐，而是以此来慰藉惶惶不安之心情。前两年，在南中国海的海面，21 号台风，曾使一艘 7000 多吨重的“爪哇号”钻井船，沉没海底。事后，我国潜水员去调查事故缘由，那是暴风掀起的狂浪，先折断了“爪哇号”的粗粗的铁锚链，后倾翻了这艘曾有过和十二级台风搏斗历史的大船，使许多外籍船员（包括船长），至今沉溺在海底的密封舱里。我们这条才 1000 多吨重的舰艇，遇到了这样猛烈的台风，不安心情的产生不是很自然的吗？

亚尔的电子音乐旋律，似在对海滩泼墨写意。海象一个安静地舒展四肢的贵夫人，在沙滩上均匀地呼吸；它轻柔地把潮水推上沙滩，又轻柔地从沙滩上返回到大海。有几只白鸥在嘎嘎飞鸣，嬉戏在蓝天与碧浪之间，是追逐着远去的帆篷？还是尾随着启航的白轮？不知道，反正它们的尖叫声渐渐变得柔弱，最后消失在水天之间。之后，旋律渐渐变得沉重起来，这旋律在告诉听海的人，海上在孕育着风暴；突然间海涛声骤起，各种打击乐器声轰鸣，风抬着大海来了。不知为什么，我在海中听海，和在书桌上听海产生了异样感觉；音乐中的暴怒的海涛声声，总让我想起欧洲中世纪罗马大战中的冲杀，那些头戴盔冠的武士冲上来，然后一排排地倒下去；又冲上来，又倒下去，如此这般地周而复始。

而真正的海，锚链正在嘎叭嘎叭地发出巨响，这每一声响，都使我耳机中的海，变得黯然失色。南中国海的排山涌浪，象是被地火的高温煮沸开了锅似的，争先恐后地涌向舰艇的甲板，于是舰艇发出叭叭的刺耳回声。这震撼心弦的音响，虽然无比严酷，却也无比真实；这是那些一味玩味空灵的艺术家，难以捕捉到的海的底色。

记得来西沙群岛的路上，我和一位北京作家，曾为亚尔所表现的海，有过下列对话：

“亚尔是个天才。”他说。

“绝对。”

“他把海表现得十分细腻！”他又说，“海的潮汐，海的呼吸，海的柔情，海的狂虐……一句话，亚尔把海人格化了！”

“海能人格化吗？”我反问说。

归途上，我和这位作家又谈起海——音乐旋律中的海和生活中的海，似乎对亚尔表现的海，失去了某种满足。

我说：“亚尔不过表现了它的一束浪花。”

他说：“那是因为对海理解得更深了。”

“也许任何艺术，无论它有多高的姿质，都只能是生活中的一线折光，而远远无法管窥其全部底蕴，即使他是个绝顶的天才！”

“是鱼就往海里游吧！这比看海、听海，更能认识海的真实肖像。”

（1988.03.20，04 版）

老屋书简

何为

一别数月，近况如何，不胜悬念之至。

前承寄贺年片和你写的新岁祝辞早已收到，信内叠在一起的两种吉祥物，看了引起不少联想。那是岁之初，待到我回信时又是一个春天来临了。我曾说过，日记可视为一个人隐秘的心灵独语，而两地信函往来则是两个人灵魂的对话。早年我学习写作，这两者皆有助于我的练笔之用。随着年龄渐增，日记久已中辍，写信也日趋疏懒，这就是我迟复的原因，请原谅。

这10年间我收到不少读者的热情投函，最近还有边远省份的语文老师和青年学生写信给我，嘱谈某篇文章的写作，乃至“谈谈怎样走上文学之路”。某杂志拟设专栏约写“我的写作生涯”，这样大的题目真让人望而生畏。另一家期刊约稿的命题象是大喝一声：“你为什么写作？”我每每被这类问题缠得夜里做梦都不得安宁，因为说实话过去从未想过。

“你为什么写作？”我就教于一位前辈作家，得到的回答是不约而同“没有想过”。他稍加补充说，开始大概是如饥似渴地爱好文学吧，后来才意识到文学的社会功能和时代意义，等等。我于是留意报刊上中外作家对这一问题的高见。各家说法不一，或长或短或繁或简，各有千秋。但是我到底为什么写作，仍然找不到一个真实而确切的解答。我为此苦苦思索。

记得你也向我出过这样的题目，在窗下喷泉琤琤有声的那座恬静小楼上。我无言以对。你知道我不愿说那种道貌岸然实则虚伪的空泛之辞，我不愿人云亦云千百次重复老调，也许正因为如此，我更难作出回答。

带着令人困惑的问题，这几个月我蛰居在上海老屋里常常苦思冥想。旧宅筑于30年代中期，最初我住入这里时是一个初中一年级学生，这次我重又回到50年前的故居，自然会忆及早已流逝的青春年华。这一幢上海里弄房子内的二层阁、亭子间、灶披间和小天井等等，无不留下我青年时代的踪迹。如今我从外省的羁旅之地回到这里，如同远航的水手回到出发前的港湾。浪迹天涯数十载，港湾如旧，而远行者不再年轻了。我的头发染满风霜之色，人生大海上卷起的风涛，时时在我的耳边呼啸。

就在这旧宅的阁楼下，1937年岁首那个漫天大雪的薄暮，我忽然有满腔积郁要倾吐，不知是什么力量和激情，驱使一个15岁的少年拿起笔来，一口气写了一篇4000字的散文：《路》。我又一次提起那篇练笔之作的旧文，不仅由于那是我的一篇习作，而且有助于阐述我为什么写作。

我想，人们出于内心的要求，就其生活中发现的某一亮点，第一次用文字表达自己的思想感情，首先是出于对文学的爱好。这种爱好是单纯的、质朴的、真诚的。这是一种执着的爱，一种热烈的追求，一种甘苦自知的经历。不存在功利主义的目的，没有任何俗念的纠缠，更不考虑成败得失，只管先写下来再说。

当然写作前的准备是必要的。即以文学修养来说，广泛涉猎中外文学名著，从五四中国新文学吸取营养，在学校里独独偏爱语文课，最喜欢作文课，等等。我在初二班上担任墙报编辑，取名《萌芽》的墙报是我与同学一起耕耘的小小文学园地。1936年在汉口高小毕业时，买了一册生活书店出版的文艺日记作为开端，此后持续写了十余年日记。我总认为写日记是一种很好的练笔。

然而，写作固然必先是文学爱好者，爱好文学未必就善于写作。这种个体劳动的精神产物，包括作者的气质和禀赋，修养和阅历，勤奋和探索等等诸因素。我经过很长时间才慢慢领悟，文学作品的矿藏来自作者所处的家庭和社会，来自火热的生活和沸腾的时代。作家的文学道路毕竟离不开个人生活历程。

我住入老屋那年，正是抗日战争的前夕。1937年“七·七”芦沟桥事变和“八·一三”淞沪战火，实际上是日本军国主义发起了全面武装侵略中国的信号。中华民族面临灾难的深渊，国土沦丧，河山变色，被称为“十里洋场”的上海租界也危在旦夕，亡国奴的悲惨命运威胁着每一个上海人。我自幼住在上海，我也难免轭下的生活。

是的，我这一代人年轻的时候，或多或少都经历过侵略者铁蹄下水深火热的生活。我自己又处于封建家庭的阴影下，不知今后的出路在哪里？国家和民族的命运又将如何？由此想到挣扎在饥饿线上的中国青年一代的出路问题。当我写那篇被称为处女作的散文时，并没有想得很多，更不懂作品的主题思想之类。现在从更深的层次回忆起来，造成我少年时满腔积郁并诉诸文字的，正是当年那可诅咒的时代、可诅咒的社会和可诅咒的封建家庭。照时下的说法似可称之忧患意识。当然，昔年那个封建家庭早已解体，那个黑暗的时代和黑暗的社会也成为历史的陈迹。

在这封信里，我试图就我为什么写作这个令人困扰的问题，作一次遥远的回顾，寻求一个回答。现成的答案是没有的。甚或终其一生能否找到属于自己的答案也不可知。

假如生命让你重新选择，你将选择什么？你曾经问我。

假如真有这样的选择，那么我将选择第二次青春。人生苦短，韶华易逝，但愿你珍惜大好青春时光，有所作为。我很欣赏你的一句话：“对工作认真是人活着的最低原则。”对人生对社会皆是如此。如果说一个人的生命乐章只能按自然规律来谱写，逝去的青春旋律不复再现，我觉得任何时候若能有所奉献便是生命最大的欢乐。

假如你再次选择职业？你又问。我不知道写作是否可作为一种职业。最好别期望以此谋生，这是靠不住的。我写作，只是因为我喜欢写作。我也有过卖文为生穷愁潦倒的日子，却自问从未“为五斗米折腰”。文学创作是一种永无穷尽的向往和求索。回忆过去，憧憬未来，思考人生，在文学世界中发现人的价值和人的尊严，在我生存的现实世界中发现文学。文学不应是生活的复印件或复制品，它要求题材的超越和开拓。为此，我艰苦地写作。我确实写得很艰苦，断断续续写了50年，我的作品和漫长的岁月是多么不相称啊！

这几天乍暖还寒，晴雨无常。昨夜雨停了，我的小院围墙外，一棵高大的白玉兰树黑压压地浓荫蔽空，忽然树梢隙罅间闪出夜空中最明亮的两颗星星，恰如深情地凝视我的明亮的眼睛。在这个牵动往事回忆的春夜，我感到幸福。俯仰之间，不知怎么想起贝多芬的一句话。贝多芬一生最辉煌的创作时期恰恰是在他不幸耳聋以后。他并不为严酷的命运所屈服，他和命运顽强地搏斗，直至他征服命运。他总是气势非凡，听他对朋友说："生活是这么美好。活它一千辈子吧！"

啊，活它一千辈子吧！

很久没有写这样长的信了，我作为写信这种无声"对话"的一方已说了不少，也不知道"对话"的另一方怎么说。

书不尽意，诸维珍重。

（1988.04.17，04 版）

荒芜英雄路

张承志

传奇的阿勒泰山脉终于摆在我两眼之前了。比起天山也许确实多少有些舒缓，但依然是雨坡松林黑郁，阳坡绿草明媚。

对于新疆来说，这是偏僻的死角，然而我却清楚它应当是通路。幸亏蛀书的研究所生涯没能泯尽我的想象，我一直在心中揣摸那路在哪里。

看了阿勒泰郊外的白桦林，没有想象的雪白。小城当心也有一座树林，清澈的白浪翻卷的河上，有一座圆木桥。背后是闭塞的丘陵大山，积雪还斑驳可辨，但已经划不出雪线了。然而从蒙古高原到中亚西亚，我偏执地相信该有一条路线。你不该闭塞着逼紧小城，只显给我一些白桦林清河水。我说的是路，是具体的路而不仅是路线——那时我顽固地想。

路应当就埋在阿勒泰的这重重山间。

石堆墓如链在左面隐现。草地荒漠化后，五月的芨芨草已经快啃光了，广阔的视野中有褐色的和铁色的秃山，使人难以想象这里居然就是阿勒泰的著名领土。

过北屯时，有一蠢肥的女人上车，活象西陲蝴蝶迷。粗俗无耻至极，对司机怒吼“坐你大腿上”。小屯、小聚落，中国人才造得出来的呆若木鸡的红砖平房不时推出，刺人眼膜的红色长条中走出几个流氓相的小伙，愣愣地盯着汽车看。这种戈壁荒地的住民居然活得健壮，在干旱得连岩石都龟裂的荒裸山脚迎送无聊人生，每天最大的事情是——看几辆过往的汽车。

然而那条道路应该在此。

我怀着的，是非常不合历史学者习惯的一种偏执。为什么呢?

就应当在这里。既然英雄时代的蒙古人以这里为通道，走向了广阔的中西亚，那么路就一定应当埋藏在这里。而且，我还判定这里应当有大量蒙古后裔。尽管我初次走向阿勒泰边缘，但我相信主观的感觉，我相信我只要见到蒙古人就能挖掘出那条道路。

到了青河县。如我判断，“青河”二字是蒙语“青格勒”的音译和意译。我兴奋地打断介绍，要求找几个当地蒙古人座谈。第一个见到的是县武装部长狄卡，土尔扈特部蒙族军人，我开门见山动员他说：咱们要找到成吉思汗走过的那条路，不能让那条路埋在这里!

狄卡激动了。

他取出万分之一的军用地图，用一根粗指头指着上面的等高线：“这里，在 hara—balaqik—tu，有路。”他说的是蒙语。

接连几天我同本地全部老辈蒙古人谈着、唱着、喝着。青河县境的蒙古后裔是乌梁海人，讲一种远不如伊犁的厄鲁特人方言，那么和谐有致的难懂方言。但我们坚持不用汉语。那时用汉语会出现泄密和玷污的语感。有一个老太婆反复问道：能唱么?能唱阿睦尔撒纳么?真的唱了阿睦尔撒纳也没关系么?

于是，反叛的英雄颂就唱起来了。

阿睦尔撒纳是北京的蒙古史界再三表态与之划清界限的叛乱首领。

正在忙着蒙古史硕士生论文的我，当时听着瘦骨嶙峋的老太婆醉酒高歌，倾诉着对阿睦尔撒纳的崇拜时，浑身每个毛孔都流动着“入伙”的快感。不知为什么快活得鼻子呛酸，觉得自己体内的邪恶在古怪地排泄。而那歌声比内蒙撕扯得更凶急，我心中学来不久的史学诸原则在醺醉中哗哗响着崩垮塌落。听着阿睦尔撒纳的赞歌，手足舞蹈在一伙陌生的乌梁海人中间，有一刹我觉得晕晕然放松了。算了，为什么非要考古寻觅，那条古代通路比起这首叛歌又有多大意义呢?

但是，蒙古人对成吉思汗的感情可不象汉族人对他们领袖那样实用主义。蒙古人对成吉思汗的爱是绝对的。所以，既然我断言这里应该有一条让成吉思汗四十匹挽马拖着的宫帐大车走过的古路，那么乌梁海部就一定要把它找出来。事情一定要成功；我是否有斗志已经无关紧要。

方向是青河县东风公社，中蒙边界。但是没有车。枯坐在招待所里，干等。

我们住一个套间，后来来了一些当今最有权势的财政局或物资局的人，背信弃义的招待所就把他们安排进了我们里间，使我们当夜就变成了他们的值夜护兵。气愤得我每天往他们屋里吐痰，扔脏纸（当然趁他们外出时）。一直到巴塔来的那个下午才结束儿童抗议战争，继续正业。

巴塔是博州出身的察哈尔蒙古人，武装部干事，天天盼调到博州温泉县去。他扬言若到了温泉，就是“他妈的一等干事”；若不让他调，他就怠工。巴塔闯进屋子，吓得我停住了对里屋的骚扰战。他大吼道：出发！有车了！出发！

走向大名鼎鼎的东风公社边界，途中依然满目疮痍。走向哈尔嘎特山沟的两岸，处处是一种青红色的灼烫砂块。不见畜群，不知夏营地在哪里。沿途星点不均地看见一些乌孙时代的链式墓，还有一处突厥石人墓——这也暗示着古代蒙古高原到中亚的交流。边境线静悄悄，连风都压低嗓音似吹似听。古怪地突然想到北京的长安大街，若是那条路也变成这般荒凉，该是多有意思呢。

在乱石丛生的山坡上颠簸着，吉普车象坦克在斗勇争狠。石头在枯柴篷篷中倔犟地挡着，地势在蛮荒之中升高了。

车猛地刹住了。

巴塔回头对我说：“喏，就是这儿。”

我揉揉眼睛，茫然不知所措。我在死寂的石头堆里走了几步，疲懒得想躺下睡一会儿。青白的烫人阳光高高充斥，那些石堆上的苔藓都是焦枯的。

我揉着酸痛的眼睛，费劲地踩着怪石走了几步。地势升高，右手出现了蒙古人民共和国的领土。我突然看见了一条痕迹，有一个形状突然出现了：峥嵘的怪石整齐地排成十米宽的一条宽带，朝着哈尔嘎特左手的山顶伸去。青草枯干地刺出石缝，荆棘刺网般缠绕着这条尖石带。路，清清楚楚地静悄悄停在山坡上。

我不能理解。我惊慌地环顾四野，天地之间一片死寂。

静得象是一切都被抽空了。没有气流，没有地热，荆棘般的芨芨草象插在石缝里的锈箭。顶着凝住的阳光登高一些，巨石垒筑的大道象一条死去万年的死蛇，白白地反射着一种青绿的白光。我的脑子在一瞬间便计算了、归纳了、整理了、判断了，我在寂静中只用了一瞬就判断完毕。只是我古怪地被施了妖术，我觉得死亡般的荒芜正疾疾地蔓延上我的心，我觉得恐怖的白昼缄默地正悄悄地封死着我的喉咙。

“巴塔，telejammuna。”我艰难地对那个察哈尔军人说，说出口我就觉得嗓子被重重地堵塞了，心头也猛然沉沉地坠下来。

巴塔向其他人转译说：是那条路。他还亢奋地补充：是成吉思汗本人的路，已经肯定了！已经决定了！成吉思汗本人的路！嘿，干得好哇，兄弟！

独自一条嗓子在空旷里倏然逝去了。

其实我没有多少依据。唯一依据是路宽十余米，以石方垫起了凹陷。在任人游荡处处通途的草原上，这种道路无疑是为了车。而恰巧成吉思汗的宫帐大车又见于史料，所以，——我解释着。愈讲朋友们越兴奋，而我自己却愈讲愈茫然。

全部洞悉一切的是阿勒泰山。它沉默不给我一言相助。但我知道它支持我的感觉。

是这样。完全是因为感觉，使我嗅到了这条湮灭的英雄路。

哈萨克司机透瑞尔把吉普车开成了坦克。车在尖牙怪石上蹦着，我们吵嚷着追着，把石头搬着填给车轮。吉普车奇迹般在陡坡上蠕动了，离开荒凉的哈尔嘎特，向对面的夏牧场攀登。

我告诉透瑞尔，从成吉思汗以后，这是第一辆上了这条路的车。大家哄笑着，马上叫他透瑞尔汗。

黄昏时分，降到了山对面美丽的夏牧场。地名也是蒙语：哈拉·巴勒其嘎特，意为黑泥巴。肥美的绿草无声地涌着，五畜归牧，毡房上的炊烟浓浓。远方有些骑手的影子在疾忽地闪着，象在捕一匹马子。浴着最后一抹金晖的山坡上，两条狗终于舒服得禁不住伸伸懒腰，然后打着滚滑下坡来。女人们悄然游来游去，孩子们默默地盯着凝视。沉甸甸的蓝黑降下来，溶进苍茫的夕照。一位哈萨克老者恭敬地把手抚住胸，好象朝我们问了好。他背后有一道蓝醉的溪水，静静地碎成斑斓的紫缎色。

同样的宁寂呵，我想。

就这么静静地，我仿佛眼睁睁看见一切都在沉入暮色。无论是7个世纪以前那壮举般的行军，无论是大名鼎鼎的成吉思汗或阿睦尔撒纳，无论是石砌的草原大道还是几千年星星点点遗下的各式古墓；一切在这片黑泥巴上都黯淡地沉灭了。山影灰了，树林淡了，毡包模糊了，炊烟终于和天地溶成一色，轻轻拥推着这异界般的夏牧场，吐出一个久久的喘息。

野望消沉了，堕入仿佛情欲般的夏夜草原这游魂般的呼吸之中。

巴塔从毡帐里出来，唤我快些进去。哈萨克老人迎宾的礼性，还有煮熟的羊肉已经准备就绪了。

那条古道应当备忘如下：

经蒙古人民共和国境内一座叫做乌兰大坂（UlanDa—ban）的山口，自34号界碑进入阿勒泰。于克勒干敖包东侧南下，绕边、中、花三个海子；与自35号界碑入境的另一条古路于卡增大坂（KazenDaban）以东汇合。汇合后的大道遇滩消失，遇山修起，陡谷石筑，通向山外的哈尔嘎特大通道。

然后，再汇合（或并行）自中蔽国界67号界碑处Baka—ebi至盐湖、再至Ike—ebi的大道，南下准噶尔将军戈壁，直指吉木萨尔一线或木垒，即元独山城。

《长春真人西游记》载："二红山当路。又三十里咸卤地。前至白骨甸，地皆黑石。"问了牧人们，Baka和Ike（小、大）两座山都是红色。中有Dabsu，蒙语盐池。醉酒高歌的老妇人念念不绝地叨叨着乌兰大坂，显然那是自蒙古高原进入中亚的最大咽喉，可惜我不可能越境去查人家的领土。

写上这几行文牍是为了备忘么？也许只有我知道它的"史学"价值。在日本时谈到这次调查，见到过许多羡慕和怂恿的眼光。好象我也曾经打算过再深钻一下，搞一篇海内外扬名的论文。从青河武装部狄卡部长那儿我已经抄了万分之一图的图号，我原准备去总参测绘局细查一顿的；难道我不曾准备让这条死路在学术上再活跃一番么？

黑泥巴（用蒙语写成“哈拉·巴勒其嘎特”就优雅了）草原皓月当空。脚旁蒙古的山和境内这边的山都苍茫无依，说不清为什么草地漾动般悄悄在动，山影林影都在忍受着高海拔的清冷。我披衣出外，肩肘间涌着清白的雾。心中被冻了一怔，接着就充满了苍凉的寒意。

老主人也披衣出来了，我猜他是担心狗会咬我。我在月光下望着他，只觉得他漆黑得象一个阴界的魂。我想问候或搭讪几句，但是我没有几句哈语。我沉默着，他也默默等着我。我想出了一句：

“JakseJaylaw。”好夏牧场，我听见自己的嗓音象一声塑料人的响声。

“JaylawJakse。”他赞同地答。夏牧场好，接着他突然深深地叹了一口气。

我们都陷入了无言。

不，我永远也不会去搞那篇什么论文了。仅仅在这篇散文中留一条线索，让哪位偶然翻翻文学作品的学者去青河考察吧。或者去巴音乌里盖——外蒙古拥有着那座乌兰大坂的省份去考察吧，他们会发现整整一条成吉思汗的石筑大道。

英雄的时代结束了。

我只独自一人默默悼念英雄。我不干那种事情——当年英雄帐下几十万战士没有一个人屑于干那种事情。

英雄的道路如今荒芜了。无论是在散发着恶臭的蝴蝶迷们的路边小聚落点，还是在满目灼伤铁黑千里的青格勒河，哪怕在忧伤而美丽的黑泥草原的夏夜里，如今你不可能仿效；如今你找不到大时代的那些骄子的踪迹了。

老人探询地望着我，欠着身躯。

我抱歉地道着谢，迈回了毡房木门。

真的，从那以后，我再也没有重访阿勒泰。我也没有搞那个“科学研究”：因为我一翻开资料就觉得有一种嚼英雄粪便的感觉。我只是永远地怀念着阿勒泰大山，我清晰地看见有一条雄壮的大河般的道路在山间谷底奔腾蜿蜒。没有人知道它，只有我和那些牧人想着它。

（1988.12.11，04版）

他这样走过来

陈白尘

近代中国知识分子，回顾自己的一生，特别是进入新社会的历史时，都会叹息自己："就是这样走过来的！"但每个人的"这样"，究竟又是"怎样"的呢，答案大不相同。庞薰琹同志的一生，自称是"探索的一生"，那他这一生又是如何探索的呢？他自己的遗著《就是这样走过来的》作了回答。

我认识薰琹较晚。1943 年随中华剧艺社去成都，那时他正执教于"四川艺专"，因为都参加全国文协成都分会的活动，认识了。这年冬，成都地下党领导的一份晚报——《华西晚报》要我去编副刊，薰琹便以"鼓轩"笔名为我这副刊《艺坛》写过近百篇题为《艺苑》的短小精悍的小品，成为最受读者欢迎的"花边文学"。"文如其人"，我从这些小品文中认识了薰琹。以后一时期，成都成为民主运动的战斗堡垒，每有活动，我都与薰琹在一起。1948 年秋，我们又同在上海。但我住虹口，他住蒲园路，相见时少，但相知却日添，在政治上都互相信赖。为迎接上海解放，他和刘开渠，郑野夫等同志在美术界做了大量工作，薰琹出力尤多。

奇怪的是，在解放后，朋友们见面却很困难了。这不仅是工作忙，还有个彼此心照不宣的原因：少点麻烦。因此，从 50 年代之初到"文革"以前，我和薰琹都住北京，却断了来往。其间，他被"错划"了一下，就是 21 年之久。直到 1979 年他被恢复名誉之后，也就是第四次文代大会期间碰见了。最使我吃惊的是他那满头白发，但他精神健旺得很，我放心了。1980年报纸上又公布他入党了，我更为他高兴！他在1979年为他落实政策的大会上写过这样的诗句：

二十年的时间，
总会留下一点痕迹：
对于
我——
是满头白发。
但是，在我的胸膛中，
有一颗火热的心。

正是这样一颗火热的心，才使得薰琹大致这样走过他近80年的道路：

30年代初，他和朋友们组织“决澜社”反对官学派的画匠们，标榜自由创造的精神，创造出《地之小》这样同情被压迫底层劳动人民的画；“七七”事变后，他宁可承受失业与流亡的痛苦，辞去为C·C分子所控制的学校教授之职，在贵州八十多个苗家村寨考察少数民族的民间艺术；在40年代他冒着生活与政治风险，参加反美蒋的运动，终于上了国民党特务的黑名单；1948年，薰琹在广州中山大学教书时，宁愿遭国民党特务逮捕的危险，拒绝当局要他教学生画“戡乱宣传画”的要挟；大陆解放之前，他宁愿守着他的《上海里弄屋顶》，拒绝司徒雷登提出的全家赴美的邀请；在全国解放后，薰琹没有为个人创作作过打算，却辛辛苦苦为创建中央工艺美术学院和为开拓工艺美术事业而呕心沥血；在1950年就提出入党申请，虽经1957年“错划”，受了21年的打击而不悔，终于在1980年参加了中国共产党！……

以上，也是薰琹所著之《就是这样走过来的》一书的梗概之梗概了吧？不幸的是，薰琹同志不幸于1985年3月18日凌晨辞世，竟没看见这本书的出版。

（1989.04.30，03版）

西坝豆腐

郭风

先后到四川两次。两次均曾在成都小住。第一次住在郊区的一所宾馆，时间稍长，但很少进城，成都若干有名的风味小吃，几乎因此不曾问津。但是，我又想，住在郊区其实不能作为自我辩解的理由。说到底还是因为自己年老，懒于行动，以及川菜之味太辣不合个人口味耳。当时同住郊区这所宾馆的任君，我便见他多次一人进城，饱尝各色风味小吃，面呈适意之色而归。

第二次到成都，是因为去乐山开会，路过时小住两天而已。这一次倒曾与二三闽籍友人在成都某条小街的小店里，一起吃四川火锅。

这条小街，一家接着一家都是经营火锅的小店铺。生意兴旺，每家店里都挤满顾客。我们跟其他顾客一起排队，好不容易才在一家小店排在店门口路旁的小长凳上找到座位。现在，我已说不上来当时在这家小店门口路边品尝的四川火锅有何特色，至少，由于我们是路过的福建人，店师傅同意我们不用辣味。大概因此之故，原来的风味不免大为逊色了？但我对于这条小街很快得到一种印象：这些小饮食店看来多为个体户所经营，有的也可能为几个个体户合资经营。此类店相邻连接成街，显出强烈的竞争气氛。不知怎的，这些小饮食店的顾客，会使我想起大概都是林纾当年所称的“引车卖浆者流”，于是，小饮食店乃对他们讲“实惠”，以此建立“信誉”。我想，真正要让你品尝所谓风味，于此也许是说不上来的。大概又因此之故，那天，我个人对于四川火锅未留下什么特殊的印象。

在乐山开会后，有一天，沿岷江乘舟二小时，至西坝。岷江沿岸风景，具有川中河谷平原和丘陵的那种淡远而又深沉的色调；从船窗间随意眺望，总会看到灰蓝的远山，或看到平畴上一丛丛竹林。而此种景色的特点，好似能够使人想到，好久以来便是如此的了。

西坝乃江畔一座古镇，没有码头。待船停后，乃走过一段江滩，又走上江边近百石级，然后入古镇的小街。这些看来也能使人想到，好久以来便是如此的了。

到了街上，只见若干小店还保存古老的木楼，若干商店出现当代沿海县市的流行装璜。特别引人注目的是，本来狭窄的街道上，排满临时的商摊。那些传统的土产山货，包括那些菜种、中药材、兽皮、木炭以及竹编等等，与挂在衣架上的夹克衫乃至牛仔裤，一起陈列出来。我们大约是上午近十时许到达西坝，整条市街熙熙攘攘，拥挤不堪，其中看来大半是四乡前来赶市的山民。

西坝豆腐，据云遐迩驰名。临街有不少专营豆腐的饮食店。我和同行者走进一家铺面比较“体面”的豆腐店铺，并且终于找到座位安稳地坐下来。这家豆腐店的四壁张贴着用红红绿绿的色纸写的“宣传品”；写的不是流行的广告语言，写的是一些民歌、顺口溜，诸如：

四川豆腐冠天下，
西坝豆腐冠四川。
洁白如雪细如脂，
几乎舌头一齐咽。

壁上还贴上许多用色纸写上的豆腐菜名，五花八门，不一而足。我作此文时，曾问起当时一位同行者，两人共同回忆，合计有：馅子豆腐、五香豆腐、麻辣豆腐、三鲜豆腐、熊掌豆腐、鸡爪豆腐、灯笼豆腐、雷花豆腐、芙蓉豆腐、桂花豆腐、水花豆腐，等等。当时给我留下比较深刻印象的是雪花豆腐，这道豆腐菜，居然能做得有如冰淇淋，有如奶酪，是难能可贵的。其他如桂花豆腐、芙蓉豆腐等，因我爱花，也叫了这些菜，觉得差强人意。 我觉得，象西坝镇的这类豆腐店，似乎体现一种文化景象：饮食之高度专一化和其多样化之和谐的统一，体现一种我国美食文化的哲学素质。不过，我在西坝时，面对豆腐店门外街上熙熙攘攘的人群，对着商贩的摊档悬挂的牛仔裤以及女式夹克衫，隐隐约约地感到这种“美食文化”正在接受某种挑战、冲击。我想到，第一，在当前的情况，已不可能安详地、悠闲地去品尝某种风味，它已不可能过分地追求“精致”乃至“独特”，甚至可能走向某种“粗放”的烹调方法。第二，这种“美食文化”也可能向某些更加精致、考究的层次发展，但必然会渗进外来的文化因素，渗入新的意识，我想，情况的发展可能是如此的吧？

(1989.06.04，03 版)

叹逝

金克木

“川阅水以成川，水滔滔而日度。世阅人而为世，人冉冉而行暮。人何世而弗新？世何人之能故？”

这是距今一千七百年前陆机《叹逝赋》中的句子。不错，河中流水永远是新来的。一代又一代的新人有谁能永留成为旧人而不逝去？

近年来故旧逝世的已经不少，但接二连三来讣告却是最近一两个月。先是诗人陈敬容，接着是北大三教授：徐继曾、杨周翰、王瑶。他们年纪比我小些，身体比我好些，比我有才学，有成就，对生活的信心又比我强，为什么都先我而去，留下我还在世上呢？

当芦沟桥炮声乍响时，极少人能料到一贯退让的政府竟能全面抗战。因此，我仍去中山公园赴邓恭三（广铭）的约会，去见诗人曹葆华。他来时身后跟着一位女郎，看来不到20岁，戴一顶大草帽，穿一件“阴丹士林”蓝布旗袍。原来她就是新近在报刊上发表诗的陈敬容。过了将近40年，我才知道她在《世界文学》工作。那是“文革”末期，我去看朱海观，偶然提到陈敬容。朱说他们是同事，住家不远，便拉我去看她。这时她正在房门口走廊上炒菜。屋里有一个几岁的娃娃，她的外孙女。她头发白了一半。又过一些年，《九叶集》出版，她和几位诗人到我家来过。以后她又寄一本《陈敬容选集》给我。前年，她忽来我家，说是70岁满了。带来她的外孙女，是她初见我时的年纪吧？怎么能想得到只过两年这位故人竟和海观一样成为故去的人呢？

20年前我和一些“牛鬼蛇神”同去郊区劳动改造。有一天清晨，我在仅有芦席围着的露天厕所里发现一个人手拿一张撕下的外文书页在看。我正在极力忘掉学过的外文而怕忘不掉，怎么还有人怕忘掉呢？这人就是徐继曾。几年前，他送我一本他译的卢梭《漫步遐想录》。不到一百天以前，他见到我在一篇文中说，不知卢梭《忏悔录》译全了没有，便送来了一部全译本。前半是他校过的，后半是他译的。怎能想到这就是最后一面？卢梭在世间一直是孤独的。我曾为他译的书名省去了“孤独者”而感遗憾。现在有他去陪，卢梭又有一位中国朋友了。

“一二·九”前夕，沙滩北京大学红楼旁边，有七八个学生租了一间房子，自己起火做饭吃，取名“窝头饭团”。我不是学生，也被邀参加。我猜想那间房子是另有用途的，不过打出“饭团”牌子掩人耳目。这几个人都是学外语的。一位在抗战时打游击牺牲了。其余的人，除两人当教师以外，解放后都在不低的岗位上工作。两个教师，一是我，一是杨周翰。他在饭团没有多久便到欧洲和外国人合作编书去了。他从瑞典寄来一封长信，述说初到时对欧洲的人和文明的观感。记得他说在接触欧洲普通人时感觉到了平静中的危机。那时希特勒上台已两三年了。

王瑶是我在50年代才认识的。30年前“拔白旗”时我在市场书摊上见到批判北大几教授的文集，他也在内，不过被“拔”的人不知道有这本书。也不过是两个月以前吧，我在学校的一次会上见到他，依旧不停地含着那支烟斗。我曾劝他戒烟，说，在“劳改大院”中不是不可以抽烟吗？他笑了笑，说，现在不是不“劳改”了吗？他兴致勃勃周游全国，还到东京和巴黎，怎么忽然就不见了呢？

20年前在江西鲤鱼洲北大分校劳动时，外语系科的人合组一个连。由于开始招工农兵学员到大学进行“上、管、改”，领导说，学外语的人可以重捡起外语了。有一次，恰巧杨周翰、殷葆书和我对坐在草棚中相距不过一米的双层床的下铺上，偶然提到了翻译。我问，“倚老卖老”在英文中有没有对应的话。大家想不出来。我说，我们把“封、资、修”的东西忘得差不多了。三人都不由得笑了起来。各人笑得不一样，但都是真正开心的笑。可见还是没有忘记老本行，一讲外文翻译，仍然兴趣浓厚。杨周翰想出了一句英国话，仍旧不大贴切。难在“倚老卖老”可以是对别人的讽刺，也可以是给自己的貌似自谦的挡箭牌，可以是轻松的谈笑，也可以是严厉的讥嘲。这类话是汉语中有文化思想背景的多年凝结的习惯语，可以随语境而变化语气，是很不容易在其他语言中有对应的，在汉文中用得不好也会出岔子。和王瑶的从中国中古文学转入现代文学类似，杨周翰也是从英语古典文学以及拉丁文学转入现代新学科比较文学的。大概古今中外新旧文学原本是互相通气而又彼此不能完全通气的吧？执一端而以为天下之学尽在此，恐怕是不大行的。我说这话是不是也有点“倚老卖老”了呢？

悼念这四位新去世的朋友，感到知人真不容易，对今人和对古人，对生人和对熟人，都一样。我对他们所知不多，自不能“谬托知己”，只能说，我以为他们有一点共同之处是我实在赶不上的，那便是对“真”的追求和执着与确信。陈敬容是以诗文追求情感的“真”，另三位都一直在大学教书，是在学术上追求“真”。他们很谦虚，又很骄傲。对自己真正知道的很骄傲，对自己所不知道或不大知道的很谦虚。知道学问无止境，即使是自己确实知道一点的，也不能说是全知道，也会有不足。我从未听到他们鄙薄别人，除非是“强不知以为知”的人。但对这种人也不出恶声，不过笑笑而已。陈是诗人，徐、杨、王是学者，所以有点诗人和学者的气派，但不是虚架子，不是笑嘻嘻点头敷衍的面孔，也不带“拒人于千里之外”的神气。记得50多年前曾见钱钟书有诗句云：“拼将壮悔题全集，争说文章老更成。”非常欣赏。这才是学者兼诗人的境界。我是学不到了。

还是再抄几句《叹逝赋》吧。

“亲落落而日稀，友靡靡而愈索。”“托末契于后生，余将老而为客。”

1989年岁阑

（1990.02.20，03版）

故乡亲人今何在?

碧野

久离故乡，记忆所及，我的亲人散布在韩江流域的山区和平原，或死或生，无从问讯。

记得四岁时，我随父母离开山城饶平，流浪于原籍大埔道上。因为走不动，母亲用路旁的金不换叶子给我擦腿消肿，父亲把我放进箩筐挑着走。日暮，我们到了山溪独木桥边的一家农舍求宿。主人叫乙姐，是嫁给远在海外的华侨的一个年轻守活寡的女人。当年，广东有多少姑娘嫁给华侨，只新婚几天，丈夫就离去，再难团圆，青春就在孤寂中凄凉地度过。

回想起来，乙姐温柔而有点憔悴，心地非常善良。我父母曾在她家当过农忙时的短工，得到亲人似的接待。至今我清清楚楚地记得，见面时她就给我两块芝麻饼。除了父母之外，她就是我平生记忆中的第一个亲人。

山溪、独木桥、竹林、木屋，乙姐可能在寂寞中度过了她的一生。

记得我随父母回到了原籍故乡大埔，借住在女裁缝秀嫂的小店里。父亲外出打零工，母亲给一家小饭馆洗碗。秀嫂挽个发髻，精明而美丽。她同情我家流浪的艰辛，尤其喜欢我小小年纪如此勤劳，经常把她撒给鸡吃剩下的米一粒一粒从地上捡起来。夜里，她剪裁缝纫完毕，就煮一小锅薄粥或绿豆汤消夜，总要盛一小碗给我吃。回想起来，秀嫂泼辣能干，体贴热情，是我十分难忘的一个亲人。

现在，秀嫂的剪刀竹尺为谁在量衣剪裁?

我九岁那一年，父母结束了流浪生涯，落户潮州城隍庙和监狱之间的贫民区。剃头师傅应祥伯就住在隔壁，给算命先生“金目神相”看摊。算命先生有家小，日里前来为人问流年、卜吉凶，夜里则由应祥伯守屋。

应祥伯为人忠厚老实，年纪大了，身子佝偻，老眼昏花，拿剃刀的手发颤，生意少，只能勉强糊口。每天晚上，应祥伯让左邻右舍的穷朋友聚集在他过夜的小屋，小屋成了“闲馆”。他满足地吸着短烟袋，眯着眼睛在小煤油灯下影影绰绰地看着我们一群孩子玩耍。

贫民区的人们叫他应祥伯，但他却是我们孩子们心目中的爷爷。

卦摊早年已经不见了，但应祥爷爷后来流落到哪里去了呢？

我的母亲有个结义弟弟，我叫他“小舅”。小舅好像没有家，一年只见几次面。他四处打工，有时在山区，有时在平原。他聪明能干，一身好手艺，造屋、种田，上山打猎，下海捕鱼，样样会。他只是命穷，做在手上，吃在肚里，没存一个钱，连个老婆也娶不起。

小舅每次到我家，叫我母亲一声“姐”，就把背来的咸鱼和腌野猪肉掼满一地。然后在我家吃两餐，睡一夜，第二天蒙蒙亮就起身赶路。他有时给我一个银角子，有时只给我留下两块彩色的鹅卵石。

小舅走的天涯路，天涯路断，他在哪里存身？

我父亲有个结拜兄弟，我叫他叔叔。他偷运枪支，被捕，坐了牢。因为家贫，每天，父亲叫我提着破篮探监，只能给他送去几个蒸红薯或一碗碎米菜粥。每天同一个时刻，只见叔叔乱发像鸡窝，络腮胡子像刺猬，饥饿得眼勾勾地望着我送食到来。

一个狂风暴雨之夜，在雷声隆隆中，监狱上空传来了凄厉的枪声。突然一阵擂门，父亲好像心有预感，跳上去拔开门闩，在雷电的闪光中，一个人影水淋淋地扑进门来。叔叔越狱潜逃到我家。借着隆隆的雷声，父亲用斧头砍断了叔叔的脚镣。

叔叔在我家屋顶的瓦槽里将养了几天，然后悄悄地离开了潮州城。后来，听说他上了海陆丰南山革命根据地。如今，叔叔是活着还是牺牲了？

我还有一个老爹，家住潮汕平原。有一年春节，我去他家，一片冬天仍青翠的田园，一栋破烂的茅屋。

他平日里进城，总要到我父亲的染摊上歇歇脚，抽上两袋旱烟，说说天时，谈谈世态。他是个勤劳吃苦的老农。每有时鲜蔬菜，他总要带一点给我父母尝新。他重情义，你给他菜钱，他就要黑着脸骂人。

有一次老爹进城，手里拿着一张大票子，坐在我父亲的染摊一角发呆。我父亲仔细一看，这票子是假的。老爹把一园子菜卖给了远商，受骗了。

老爹吐了血，终于卧床不起。

我的骨肉至亲，在我因参加学运被开除通缉逃离故乡的前后，已经长眠在潮州城北的竹竿山麓了。

我的哥哥阿划，九岁离家当了小勤务兵，二十岁寻找双亲归来，已成了一个残废军人。他夭年不永，29 岁就早逝。而我的父亲，劳碌终生，用他的瘸腿走完了最后贫穷的人生道路。留下我的母亲，她重新走上流浪的途程，在山区海边打零工度日。

我离开故乡长期漂泊在外，竹竿山麓那芊芊的墓草，年复一年，冬天枯萎，春天返青，已历几十个春秋。

我什么时候回乡为亲人扫墓？也许年年飘落的竹叶已经把坟墓掩盖了，也许坟头已经被夷为平地种瓜种菜了，也许坟土已经被牛羊踏平了，父兄的坟墓已无从辨认。

母亲死在旧时的流浪途中，她孤身无援，凄凉度日。但愿她魂兮归故乡。

我的父母没有留给我什么财产，但却留给我一副强壮的体魄。我的故乡亲人给我的恩惠，是教我人世为人的品德。

（1990.03.15，03 版）

寻常茶话

汪曾祺

我对茶实在是个外行。茶是喝的，而且喝得很勤，一天换三次叶子。每天起来第一件事，便是坐水，沏茶。但是毫不讲究。对茶叶不挑剔。青茶、绿茶、花茶、红茶、沱茶、乌龙茶，但有便喝。茶叶多是别人送的，喝完了一筒，再开一筒。喝完了碧螺春，第二天就可以喝蟹爪水仙。但是不论什么茶，总得是好一点的。太次的茶叶，便只好留着煮茶叶蛋。《北京人》里的江泰认为喝茶只是“止渴生津利小便”，我以为还有一种功能，是：提神。《陶庵梦忆》记闵老子茶，说得神乎其神。我则有点像董日铸，以为“浓、热、满三字尽茶理”。我不喜欢喝太烫的茶，沏茶也不爱满杯。我的家乡论为客人斟茶斟酒：“酒要满，茶要浅”，茶斟得太满是对客人不敬，甚至是骂人。于是就只剩下一个字：浓。我喝茶是喝得很酽的。曾在机关开会，有女同志尝了我的一口茶，说是“跟药一样”。

我读小学五年级那年暑假，我的祖父不知怎么忽然高了兴，要教我读书。“穿堂”的右侧有两间空屋。里间是佛堂，挂了一幅丁云鹏画的佛像，佛的袈裟是朱红的。佛像下，是一尊乌斯藏铜佛。我的祖母每天早晚来烧一炷香。外间本是个贮藏室，房梁上挂着干菜，干的粽叶，靠墙有一坛“臭卤”，面筋、百叶、笋头、苋菜秸都放在里面臭。临窗设一方桌，便是我的书桌。祖父每天早晨来讲《论语》一章，剩下的时间由我自己写大小字各一张。大字写《圭峰碑》，小字写《闲邪公家传》，都是祖父从他的藏帖里拿来给我的。隔日作文一篇，还不是正式的八股，是一种叫做“义”的文体，只是解释《论语》的内容。题目是祖父出的。我共做了多少篇“义”，已经不记得了。只记得有一题是“孟子反不伐义”。

祖父生活俭省，喝茶却颇考究。他是喝龙井的，泡在一个深栗色的扁肚子的宜兴砂壶里，用一个细瓷小杯倒出来喝。他喝茶喝得很酽，一次要放多半壶茶叶。喝得很慢，喝一口，还得回味一下。

他看看我的字、我的“义”；有时会另拿一个杯子，让我喝一杯他的茶。真香。从此我知道龙井好喝，我的喝茶浓酽，跟小时候的薰陶也有点关系。

后来我到了外面，有时喝到龙井茶，会想起我的祖父，想起“孟子反”。

我的家乡有“喝早茶”的习惯，或者叫做“上茶馆”。上茶馆其实是吃点心，包子、蒸饺、烧麦、千层糕……茶自然是要喝的。在点心未端来之前，先上一碗干丝。我们那里原先没有煮干丝，只有烫干丝。干丝在一个敞口的碗里堆成塔状，临吃，堂倌把装在一个茶杯里的佐料——酱油、醋、麻油浇入。喝热茶、吃干丝，一绝！

抗日战争时期，我在昆明住了七年，几乎天天泡茶馆。“泡茶馆”是西南联大学生特有的说法。本地人叫做“坐茶馆”，“坐”，本有消磨时间的意思，“泡”则更胜一筹。这是从北京带过去的一个字，“泡”者，长时间地沉溺其中也，与“穷泡”、“泡蘑菇”的“泡”是同一语源。联大学生在茶馆里往往一泡就是半天。干什么的都有。聊天、看书、写文章。有一位教授在茶馆里读梵文。有一位研究生，可称泡茶馆的冠军。此人姓陆，是一怪人。他曾经徒步旅行了半个中国，读书甚多，而无所著述，不爱说话。他简直是“长”在茶馆里。上午、下午、晚上，要一杯茶，独自坐着看书。他连漱洗用具都放在一家茶馆里，一起来就到茶馆里洗脸刷牙。听说他后来流落在四川，穷困潦倒而死，悲夫！

昆明茶馆里卖的都是青茶，茶叶不分等次，泡在盖碗里。文林街后来开了一家“摩登”茶馆，用玻璃杯卖绿茶、红茶——滇红、滇绿。滇绿色如生青豆，滇红色似“中国红”葡萄酒，茶味都很厚。滇红尤其经泡，三开之后，还有茶色。我觉得滇红比祁（门）红、英（德）红都好，这也许是我的偏见。当然比斯里兰卡的“利普顿”要差一些——有人喝不来“利普顿”，说是味道很怪。人之好恶，不能勉强。

我在昆明喝过烤茶。把茶叶放在粗陶的烤茶罐里，放在炭火上烤得半焦，倾入滚水，茶香扑人。几年前在大理街头看到有烤茶罐卖，犹豫一下，没有买。买了，放在煤气灶上烤，也不会有那样的味道。

1946年冬，开明书店在绿杨邨请客。饭后，我们到巴金先生家喝功夫茶。几个人围着浅黄色的老式圆桌，看陈蕴珍（萧珊）“表演”：濯器、炽炭、注水、淋壶、筛茶。每人喝了三小杯。我第一次喝功夫茶，印象深刻。这茶太酽了，只能喝三小杯。在座的除巴先生夫妇，有靳以、黄裳。一转眼，43年了。靳以、萧珊都不在了。巴老衰病，大概没有喝一次功夫茶的兴致了。那套紫砂茶具大概也不在了。

我在杭州喝过一杯好茶。

1947年春，我和几个在一个中学教书的同事到杭州去玩。除了“西湖景”，使我难忘的有两样方物，一是醋鱼带把。所谓“带把”，是把活草鱼的脊肉剔下来，快刀切为薄片，其薄如纸，浇上好秋油，生吃。鱼肉发甜，鲜脆无比。我想这就是中国古代的“切脍”。一是在虎跑喝的一杯龙井。真正的狮峰龙井雨前新芽，每蕾皆一旗一枪，泡在玻璃杯里，茶叶皆直立不倒，载浮载沉，茶色颇淡，但入口香浓，直透脏腑，真是好茶！只是太贵了。一杯茶，一块大洋，比吃一顿饭还贵。狮峰茶名不虚传，但不得虎跑水不可能有这样的味道。我自此方知道，喝茶，水是至关重要的。

我喝过的好水有昆明的黑龙潭泉水。骑马到黑龙潭，疾驰之后，下马到茶馆里喝一杯泉水泡的茶，真是过瘾。泉就在茶馆檐外地面，一个正方的小池子，看得见泉水骨嘟骨嘟往上冒。井冈山的水也很好，水清而滑。有的水是“滑”的，“温泉水滑洗凝脂”并非虚语。井冈山水洗被单，越洗越白；以泡“狗古脑”茶，色味俱发，不知道水里含了什么物质。天下第一泉、第二泉的水，我没有喝出什么道理。济南号称泉城，但泉水只能供观赏，以泡茶，不觉得有什么特点。

有些地方的水真不好。比如盐城。盐城真是“盐城”，水是咸的。中产以上人家都吃“天落水”。下雨天，在天井上方张了布幕，以接雨水，存在缸里，备烹茶用。最不好吃的水是菏泽，菏泽牡丹甲天下，因为菏泽土中含碱，牡丹喜碱性土。我们到菏泽看牡丹，牡丹极好，但茶没法喝。不论是青茶、绿茶，沏出来一会儿就变成红茶了，颜色深如酱油，入口咸涩。

由菏泽往梁山，住进招待所后，第一件事便是赶紧用不带碱味的甜水沏一杯茶。

老北京早起都要喝茶，得把茶喝“通”了，这一天才舒服。无论贫富，皆如此。1948年我在午门历史博物馆工作。馆里有几位看守员，岁数都很大了。他们上班后，都是先把带来的窝头片在炉盘上烤上，然后轮流用水氽坐水沏茶。茶喝足了，才到午门城楼的展览室里去坐着。他们喝的都是花茶。

北京人爱喝花茶，以为只有花茶才算是茶（北京很多人把茉莉花叫做“茶叶花”）。我不太喜欢花茶，但好的花茶例外，比如老舍先生家的花茶。

老舍先生一天离不开茶。他到莫斯科开会，苏联人知道中国人爱喝茶，倒是特意给他预备了一个热水壶。可是，他刚沏了一杯茶，还没喝几口，一转脸，服务员就给倒了。老舍先生很愤慨地说：“他妈的！他不知道中国人喝茶是一天喝到晚的！”一天喝茶喝到晚，也许只有中国人如此。外国人喝茶都是论“顿”的，难怪那位服务员看到多半杯茶放在那里，以为老先生已经喝完了，不要了。

龚定庵以为碧螺春天下第一。我曾在苏州东山的“雕花楼”喝过一次新采的碧螺春。“雕花楼”原是一个华侨富商的住宅，楼是进口的硬木造的，到处都雕了花，八仙庆寿、福禄寿三星、龙、凤、牡丹……真是集恶俗之大成。但碧螺春真是好。不过茶是泡在大碗里的，我觉得这有点煞风景。后来问陆文夫，文夫说碧螺春就是讲究用大碗喝的。茶极细，器极粗，亦怪！

我还在湖南桃源喝过一次擂茶。茶叶、老姜、芝麻、米、加盐放在一个擂钵里，用硬木的擂棒“擂”成细末，用开水冲开，便是擂茶。

茶可入馔，制为食品。杭州有龙井虾仁，想不恶。裘盛戎曾用龙井茶包饺子，可谓别出心裁。日本有茶粥。《俳人的食物》说俳人小聚，食物极简单，但“唯茶粥一品，万不可少”。茶粥是啥样的呢？我曾用粗茶叶煎汁，加大米熬粥，自以为这便是“茶粥”了。有一阵子，我每天早起喝我所发明的茶粥，自以为很好喝。四川的樟茶鸭子乃以柏树枝、樟树叶及茶叶为薰料，吃起来有茶香而无茶味。曾吃过一块龙井茶心的巧克力，这简直是恶作剧！用上海人的话说：巧克力与龙井茶实在完全“弗搭界”。

（1990.03.20，03版）

读诗随笔

林庚

我在中学的时候，一次无意间读到了一本小册子，那是某个初中毕业班同学们编印的一个纪念册。这小册子的第一页上印着一首李白的诗：

不向东山久，蔷薇几度花？
白云还自散，明月落谁家？

我是第一次读到这首诗的，感到印象特别新鲜，并且立刻就把它背了下来。当时既不知道这首诗的题目，更不知道“东山”原来还是个典故，至于当时印这首诗的同学们是否就对它知道得更多些，也很难说。反正是在我幼年的心灵上，曾泛起过一个聚散离合的无凭的波澜，那么单纯朴素，借着这首诗表达出来。我呢则怀着一种感谢的心情，知道人间原来有这么美好的声音，那么无拘无束，又那么有情有意。仿佛把我从日常生活圈子的小小校园中带到了一个陌生而自由的世界里去。总之，就是这么似懂非懂地，我深深地爱上了这首诗。

后来我逐渐知道了“东山”这个典故，也逐渐知道了李白的生平和抱负。尽管加进了许多原来没有意识到的内容，却丝毫没有影响我对于这首诗原有的难忘的印象。诗的无尽言说往往正是这样的富于生活的容量。

后来我终于又读了李白的全集与详细的注本，注中引有施宿的《会稽志》：“东山在上虞县西南四十五里，晋太傅谢安所居也。有谢公调马路，白云、明月二堂遗址……下山出微径为国庆寺，乃太傅故宅，旁有蔷薇洞，俗传太傅携妓女游宴之所。”施宿是宋朝人，这个地方志也颇有点名气，这些典故对于导游者来说大概会是极好的资料，可是对于我这首印象很深的绝句，却真是有点要大伤胃口了。我不知道如果没有谢安的“蔷薇洞”，还会不会有李白的“蔷薇几度花”？如果没有谢安的“白云、明月二堂”，还会不会有李白的“白云还自散，明月落谁家”？李白在诗中用前人的典故也是常见的，却从来没有像这首诗所遇见的典故这样使我感到不安过。我因此又不禁反问道：如果没有李白的“蔷薇几度花”，会不会有谢安“蔷薇洞”的“俗传”呢？如果没有李白的“白云还自散，明月落谁家”，会不会有谢安的“白云、明月二堂”的“遗址”呢？这也许将是一笔永远算不清的帐。陶渊明《五柳先生传》说：“好读书，不求甚解。”读诗自然更不宜算什么清帐。何况在我爱上这首诗的时候是什么典故也不知道的。

（1991.09.19，03 版）

纪念我的老师王玉田

史铁生

9月8号那天，我甚至没有见到他。老同学们推选我给他献花，我捧着花，把轮椅摇到最近舞台的角落里。然后就听人说他来了，但当我回头朝他的座位上张望时，他已经倒下去了。

他曾经这样倒下去不知有多少回了，每一回他都能挣扎着起来，回到他所热爱的学生和音乐中间。因此全场几百双眼睛都注视着他倒下去的地方，几百颗心在为他祈祷，期待着他再一次起来。可是，离音乐会开始还有几分钟，他的心弦已经弹断了，这一次他终于没能起来。

唯一可以让他的学生和他的朋友们稍感宽慰的是：他毕竟是走进了那座最高贵的音乐殿堂，感受到了满场庄严热烈的气氛。舞台上的横幅是“王玉田从教三十五周年作品音乐会”——他自己看见了吗？他应该看见了，同学们互相说，他肯定看见了。

主持人走上台时，他在急救车上。他的心魂恋恋不去之际，又一代孩子们唱响了他的歌；恰似我们当年。纯洁、高尚、爱和奉献，是他的音乐永恒的主题；海浪、白帆、美和创造，是我们从小由他那儿得来的憧憬；祖国、责任、不屈和信心，是他留给我们永远的遗产。

我只上过两年中学，两年的班主任都是他——王玉田老师。那时他二十八九岁，才华初露，已有一些音乐作品问世。我记得他把冼星海、聂耳、格琳卡和贝多芬的画像挂在他的音乐教室，挂在那架陈旧的钢琴两侧；

我记得在我们入学第一天的晚会上，他弹着琴为我们唱歌；我记得他常常在晚饭后和晚自习前的那段时间，在教学楼前操练他的乐队，满校园里都飞扬起蓬勃的激情和欢乐；我记得他自编自导了一出大型音乐舞蹈史诗，暑假里到中央台去录音，我因为嗓子变得早而不能参加，难过了很久。他的夫人、我们的语文老师董玉英，那时可能还要年轻些，快乐、奔放，而且非常漂亮（她的腿有一点残疾，常令大家觉得上帝也有错误）；我记得有一次她在为我们读一篇课文的时候哭了，课堂上于是一点声音都没有。我记得那时他们的小女儿才出生不久，我们围在那个小女孩四周，真心地想：一群大孩子应该给老师一点什么帮助？那时我们十三岁。有一天听说，医生讲，王老师很可能活不过三十岁，他有心脏病，很麻烦的一种心脏病。女生们传达这一消息时的语气甚至有些绝望。大家惊讶一会，担忧几天，见王老师并不比谁走得慢也并不比谁笑得少，相信那不过是医生的危言耸听，便不放在心上。要命的是，王老师也没有把这病放在心上，他更喜欢大家认为那是医生的危言耸听。每天，照旧是我们还没有起床他就来了，我们已经作梦了他才走。董老师也是这样。现在我有时想，那时他们的女儿必是在幼儿园，整托。有一回在大礼堂看电影，一个同学犯了癫痫病，在送那个同学去校医院的路上，王老师忽然倒下去，以致那个同学已经康复，王老师却还躺在医院里。这时我们才相信他的病不可轻视。

那份为王老师举办作品音乐会的倡议书上写道：

1956年王玉田老师高中毕业，本可继续上大学深造，但那时中小学教育事业亟待人材，他毅然放弃上大学的机会，来到清华附中任教。他热爱音乐，热爱教育，热爱他的学生，便以他全部的才华和心血去激发千万个顽童的美丽憧憬，浇灌祖国的未来……有位校友来信说："我从王老师身上开始懂得了什么是事业心。"那是爱的事业。那是一颗不图名利却又不知满足的事业心。……他多次进行教改探索：开音乐必修课、选修课；编写教材，将歌曲作法引进课堂；组织合唱队、军乐队、舞蹈队、话剧队……工作之余为青少年创作了大量优秀歌曲。如果有人诧异，清华附中这样一所以理工科见长的学校，何以他的学生们亦不乏艺术情趣？答案应该从附中一贯的教育思想中去找，而王老师的工作是其证明之一。

要培养更为美好的人而不仅仅是更为有效的劳动力，那是美的事业……在这伟大（多少人因此终生受益）而又平凡（多少人又常常会忘记）的岗位上，王老师35年如一日默默无闻地实现着他的理想。35年过去，他白发频添，步履沉缓了……

9月8号，我走进音乐厅，一位记者采访我，问我：王老师对你有怎样的影响？

我说我最终从事文学创作，肯定与我的班主任是个艺术家分不开，与他的夫人我的语文老师分不开。在我双腿瘫痪后，我常常想起我的老师是怎样对待疾病的。

音乐会进行到一半的时候，主持人报告说：王老师被抢救过来了！每个人都鼓掌，掌声持续了几分钟。

那时他在急救中心，一定是在与病魔作着最艰难的搏斗。他热爱生命，热爱着他的事业。他曾说过："我真幸福，我找到了一个最美好的职业。"

据说他的心跳和呼吸又恢复了一会儿。我们懂得他，他不忍就去，他心里还有很多很多孩子们——那些还没有长大的孩子，和那些已经长大了的孩子——所需要的歌呢。

音乐会结束时，我把鲜花交在董老师手中。

一个人死了，但从他心里流出的歌还在一代代孩子心中涌荡、传扬，这不是随便谁都可以享有的幸福。

安息吧，王玉田老师！

或者，如果灵魂真的还有，你必是不会停歇，不再为那颗破碎的心脏所累，天上地下你尽情挥洒，继续赞叹这世界的美，浇灌这人间的爱……

（1991.09.21，03版）

忆诗人穆木天

公木

诗人穆木天的一生，情钟真善，笑对坎坷，献身译著，不辍攀登，以生命为诗，且以诗为生命。从早年参与发起并积极从事创造社文艺活动，醉心象征主义，托情于幽微远渺，追求一种纤动的色调和语言的音乐美，如同突现于《旅心》集中的，尚且“只有朦胧的爱国情绪”；发展到二十年代后期便有意识地向现实主义转化，就像一九二五年九月写出的自标为“散文的韵文”的诗篇《告青年》，一扫“忧郁”、“苦闷”和“风、花、雪、月”而振笔直书：“诗歌不是在九霄天外，诗歌就在人间的国里；／北风刮来的黄土，春暖化出的淤泥，／农夫闲话时的心肝，内战时军人的哀泣……／找出来，用最单纯的语言，缀成最新的诗。”这，更由其创作实践已经清晰地“显出作者与人民的联系”；直到进入三十年代初，参加了左联的创委会，更承担了左翼文学运动中诗歌方面的任务，成为随后建立的“中国诗歌会”的带头人。中国诗歌会总会设在上海，陆续在广州、北平、青岛、湖州等地成立了许多分会，联系和团结了广大青年诗人和诗歌爱好者，名副其实地组成了一个诗歌战线，开展起革命诗歌运动。方向一定，终生坚持，虽历经险阻，困而弥坚。作为一个觉醒了的中国学人，一个有良知、追求真理的中国知识分子，在历史与现实的交叉点上寻找自我，要提高“人的自觉”，要卫护“人的尊严”，则势必献身反帝反封建的火热斗争，由孤立的个人主义向世界历史性的集体主义转变并发展，不为压顶的乌云所吓退；夫然后才得完成“主体意识”，才得树起“独立人格”。实现这个转变与发展，是中国现代知识分子的正道和规律，只要坚持“五四”启蒙精神，并付诸实践，或迟或早要迈出这一步，是难得有例外的。诗人穆木天正是一个榜样，从起点到迈步前进，一直与历史主线相结合。这便是他具有着“能引我们直直前往”的“膏粱”品性的表征。而有些人，近年来竟然放言“五四”启蒙精神为“救亡”运动所“中断”或“夭折”。诗人穆木天响的行程，放射出的巨大光芒，把这种“时髦”的谬论烛照得多么苍白无力啊！他们以“自由的选择”来为怯阵与逃避辩护，岂不正是拥抱着“勇于不敢则活”的哲学，而不折不扣是“自由意志”的摧毁吗？

诗人穆木天长我整十岁，就我个人来说，恰是沿着诗人《告青年》指引的道路，在二十年代末三十年代初，在以木天为带头人的“中国诗歌会”影响下走上诗坛的。当“中国诗歌会”诸诗人依据“左联”的“理论纲领”，高举现实主义的旗帜，努力实践诗歌为现实斗争服务，推进诗歌大众化的行程，穆木天突破了“陶醉于那种伽蓝钟声，烟尘绕缭，暮霭黄昏，细雨浮雪”的风韵，而放声高呼：《我们要唱新的诗歌》：“我们不凭吊历史的残骸／因为那已成为过去／我们要捉住现实／歌唱新世纪的意识／我们要用俗言俚语／把这种矛盾写成民谣、小调、鼓词、儿歌／我们要使我们的诗歌成为大众歌调／我们自己也成为大众中的一个。”他就这样呼唤：“吹起来民族解放的喇叭……我们要用诗歌表现我们的时代！”（《关于抗战诗歌运动》）正是在这种诗潮冲击下，更由于民族危机和政治黑暗所促使，我也追随在北方左联潘训、段雪笙、谷万川诸兄长之后，接受了“文艺是宣传”的观念，对于《新诗歌的内容与形式》，逐渐形成明确的看法：“在今日的中国，在新诗的现阶段中，我们主张：诗的创作，一方面要尽可能地利用活在大众中的旧形式；一方面要极力创造能够被大众所了解，至少能够被大众的前卫所了解的新形式。”（《文学杂志》第三、四期合刊，1933 年）并力求见之于诗作实践，前者如《时事打牙牌》，后者如《父与子》，也都发表于同期《文学杂志》中。这些无疑是对中国诗歌会号召的响应，至少是相与呼应吧。于此，还有一点是明确的，虽然强调诗的武器作用，如诗人曾立场鲜明地表明自己的态度，认为“艺术运动不能脱离政治运动而存在”，“一个诗人的诗感，是他的政治感情所决定的”（孙先庆《穆木天创作道路初探》）；但是决非低估艺术性，并不排斥艺术审美，这在诗人三十年代和四十年代众多的诗作中是大都可以看到的。如作于一九三六年七月的《流亡者的悲哀》，便留有自身艺术发展的承袭性，有些有利于更深层地表现内心世界的手法，诗中仍有所见：“流亡者的悲哀”用“我一个人拖着”来搭配，说“流亡者的悲哀，也只有流亡者拖起”，这“拖着”、“拖起”悲哀，就不是一般的写实手法的表述，而加重了情感表达的分量。再如写于抗战期间——一九四〇年十一月的《月夜渡湘江》，便是诗人心中涌动着的民族抗战的愤火和湘江的美丽夜色构成了强烈对照，是在现实生活与诗人内心统一的层面上，力求达到音乐美与绘画美相统一的一首抒情诗。读这首诗，朗朗上口，使人感到具有一种江水奔流一般的音乐美；同时，那琥珀色的江水，那苍茫的长空，那雾影里飘动的小舟，那月光下的田野与山岗、都市与村庄，以及那月光中夜渡沉思的诗人，构成了一幅十分美丽的山水画。忧郁而美丽的湘江因为诗人的渲染显得妩媚动人，也引人浮想联翩，给这首很现实的诗篇铸成了引人深思、意蕴深重的意境。诗人的情绪、思想，由于这意境的创造而具有了更耐寻思和嚼味的品格。凡此都说明：现实主义只能包容而决不排斥象征、暗示、变形甚至荒诞，在现实主义精神统摄下的多种表现手法以至创作方法，不只是可能的，而且是正常的，更尤其是需要的。在我们革命诗歌运动中，思想性增强与艺术美失落的不平衡现象容或出现过，但决不是规律性的，政治绝对不是诗艺的病原体，毋宁说终究还是救亡、抗战和社会主义建设把诗人们号召到战斗的主流中来，并且给了诗人以灵魂，给了诗歌以生命。诗人穆木天《流亡者之歌》（1937 年）、《新的旅途》（1942 年）诸集中的多数诗篇可以为此作证。在一部中国现代诗歌的发展历史中，我们看到：《旅心》——《流亡者之歌》——《新的旅途》，烙印着探索者的足迹，标志着前进的诗歌取向和审美价值。

我与诗人穆木天虽然直到新中国建国前夕才直接相识，共同任教于东北师大，但确实神交已久，所以一见如故。我们携手欢唱了《中华人民共和国颂歌》，偕同彭慧，还有吴伯箫、蒋锡金、杨公骥、张毕来、王志之、何靄人、丁耶……济济一堂，意气风发，洋溢着诗、文化、友谊的气氛，度过一生中最富生机的岁月。三年后，彭慧、木天前后调转北京师大，我也辗转来到了北京中国文学讲习所，一直过从甚密，有新作便相互传阅。一九五六年夏秋间，我还与彭慧嫂结伴随同中国作家访问团旅游过大半个中国，把在太原、洛阳、武汉、南京等地一路写的几首短诗草稿交她转木天过目。尔后木天曾兴高采烈地访我于鼓楼东，商量到文学讲习所来工作，我自然竭诚欢迎，只缘风云变化，未得如愿。到五七年夏季形势后，讲习所也在准备下马了。一幕幕往事都还如在目前。每当听到朋友们谈起他们在“文化大革命”中的遭遇，便不禁深深为之黯然。

我为诗兄木天还有彭慧嫂未能看到“史无前例”混乱的结束，未能亲睹党的传统的恢复与社会主义建设新时期的到来，而顿足扼腕。但转而又想：事业属人民，功绩留青史，刹那真如驻永恒。穆木天的文学道路，丰富的蕴涵和有益的探索，一直为我们建设有中国特色的社会主义文学，为我们现实的诗歌取向，做出了榜样，具有启示性，可资借鉴。生得其所者久，死而不亡者寿。穆木天的文学道路，将在我们有中国特色的社会主义文学、社会主义诗歌实践中得到延伸，更进一步开拓下去。木天亦可以含笑于冥冥之中矣！

1992.5.6　长春

(1992.07.28，03版)

新疆，新疆！

周涛

对于新疆，谁能说出一句传神的、有分量的话来概括她呢？至少在我看来，这是一件十分困难的事。我在这里生活了37年，而且是被小说家朱苏进认为“很少有人能像他这样长久地、新鲜地始终盯住一个地方”地生活了那么久的人，但是37年过去了，我概括不了她。

我尊敬的诗人牛汉到新疆来过，他身高一米八几，名副其实是一个犍牛般的壮汉。他对新疆的风有过这样一番评价：“北京夏天的风软塌塌的，吹到身上有些粘。新疆夏天晚上的风，就不一样，刚健凉快，有劲道！”

我告诉他说：“新疆的风是从雪峰上过滤过的，那是我们的大冰箱。”

“精彩！”他说，“可以写成诗。”

另一位南京军区的电影剧作家江深谈起他第一次见到飞机舷窗外的博格达雪峰时说：“我被震撼了。雪峰上的积雪像云一样洁白，但是比云更光亮，更有生命力。”

对新疆的草原呢，有一位在内蒙古生活过的朋友作了这样的比较，他说：“内蒙的草原更辽阔，更无遮碍，但是它不像新疆的草原这样镶着边儿——镶着雪山的边儿！”

至于对新疆的白杨林带，那位在飞机上呕吐得迷迷糊糊的小说怪杰莫言，曾睁开一只小眯缝眼说：“咦，怎么新疆的路边上竖了这么多大绿扫帚呀，到底要扫什么呢？”

我告诉他说："把天扫蓝。"

还有，我们的回了四川的边塞诗主将杨牧，从四川回来一下飞机，仰头望见新疆的天空，心里就感到愧疚了。他说："只有新疆的天空还是这么蓝……水洗过，电镀过，一看心就开朗了！成都的天压得人好闷哟！"

新疆，新疆！

你的风，你的雪峰，你的草原，你的白杨树，你的天空……这些说法都是多么精炼、多么传神！但是这些有关对风、雪峰、草原、白杨以及天空的概括，仍然不是对整个新疆的概括，对新疆的概括是一件困难的事。

新疆是那样一种丰富，一种具有极大融汇力的丰富，包括她众多的民族构成，包括她的来自全国各个兄弟省区的勇敢的各族人民，说她是中亚腹地的一个永不闭幕的人种博览会是毫不过分的。而融汇，正是本世纪已露端倪，下世纪席卷全球的人类大趋势。在这一重大的有关人类生存方向的问题上，新疆毫不自觉地成了中国的特区，成了典范。她是先进的，她微笑着在矛盾与冲突中总结经验，平和地消除几千年分割土地、种族对峙所造成的落后野蛮心理，她是一个大母亲。

新疆还创造和形成着一种独特的美，她的美本身就含有对鲜明反差事物的包容。

因为她的美不是单一的、循序变化的，所以她的美也是无法概括的。她把冰峰的绝顶崇高，火洲盆地的彻底塌陷，草原的妩媚秀丽，戈壁的粗砺坦荡，沙漠的难以接近的神秘和绿洲自然亲切的田园风光，河流的充沛和消失，果园的丰饶和废垒的凄清，湖泊的澄碧柔和与山岩的铁硬，古典的喀什与浪漫的伊犁……的对立、矛盾、极端，全都包容养育在自己身下，形成一种独特而健康的美。这美，只在新疆。

而这一切又都是自然的、质朴的、毫不自知的，她在各个方面都有待开发，有待全新的认识，有待勇敢的发掘与创造。不仅是美，不仅是自然资源，也不仅是诗歌、美术、音乐、舞蹈，她对"新"的更大期待和准备，还在于政治、经济、教育、历史文化和体育等许多重要的方面，她是一个渴望有作为的大母亲，她需要一个有作为的大时代。

岂止是石油，她在哪方面不是早就具有很深厚、很丰富的蕴藏和准备的呢？她是个历史悠久的新大陆，是一个不需要跨越海洋就可以唤醒的新领域，是善于把各种语汇的民族传统熔为一炉的大手笔，她从来没有保守过——因为她的名字就叫“新疆”。

新，就是她的本质，她的活力；

新，也是她的渴望，她的未来；

让她日新月异吧！

她有权利，也有能力成为一个最富饶、最优美的地方！

她纵然是我们无法概括的，但是她自己已经早就找到了概括自己的话，那就是“新疆”。

新疆，新疆！

（1993.04.10，05版）

说散文

余秋雨

真正意义上的写作，首先是写作者自身的一种心理需要。小说、戏剧、诗歌各自体现了一些特殊的心理需要，而散文则体现了一种寻常的心理需要。

人在社会中不得不要有一些装扮，小说、戏剧、诗歌的写作便是写作者对自己生命的艺术化装扮，由装扮而化身角色，酿造幻境，低吟高唱，投入一种有滋有味的人性游戏，恰似一场戴着面具的傩戏。装扮乃至面具并不一定会掩盖生命的真诚，恰恰相反，烈烈扬扬的游戏会在总体上蒸发出生命的大真诚。但是，人毕竟还有卸除装扮的需要，愿意离开游戏现场，静静地看一看，想一想，与自己和旁人闲谈几句，这便是散文的诞生。

因此，散文作为一种文体的自主首先是一种心态的自立。既然是卸除装扮后的一种难得放松，那就不必再硬挤表情、强扭姿态了。散文是一种不带什么表演意识的直白坦示，在散文中的任何矫情、空泛、玩弄比在其他文体中都让人难受，因为这几乎相当于在作践自己赤露的生命；既然是躲开热闹后的一份珍贵宁静，那就不必再去匆忙追赶什么，细细地洗刷掉最后一点峻急和狂狷，尽量维护住超逸、稳重和大气。也许正是这个缘故，我读到过的真正上品散文大多呈现为一种苍苔斑剥的中老年心态，尽管作者实际上也可能是青年。其实对人生来说，也只有到了中老年，才能抵达生命的寻常态。可怜的人们，竟然常常与寻常态无缘，因此好散文也不太容易看得到。

(1993.04.24,05版)

诗三首

李瑛

巢

两只鸟
把小小的巢，筑在
多风雨摇动的枝头
空中有云
有闪电雷火
你们知道吗

它们在那里栖息
生儿育女
锻炼胆魄和意志
它们的翅膀矫健而坚韧
它们的叫声是高亢的

它们深深懂得
只有在万丈云空
才能望穿千寻海壑

当冬天树叶落尽
它们简陋的巢，就是
大树最美的花朵

所有天空的路都属于它们
所有四海不眠的星星都属于它们
当呼啸的风雨过后
它们便和太阳一起
飞翔

也许我们
并不比它们知道得更多
生活总是充满艰辛和痛苦
而艰辛和痛苦
是美丽的

我不知道这大树是什么树
也不知道这鸟的名字
只知道它们勇敢的魂魄
比胸前的红羽毛
更值得自豪

生命比风雨更强大

一个城市的雪

第一场雪中
这座城市迷失了，再难寻觅
只有灰烬下掘出的陶片
凝视着长城残堞和宫殿飞檐斑驳的黄瓦

梦挂在那儿

第二场雪中
这座城市在旧棉絮下战栗
所有失眠的石头都要发芽
苍劲的古柏和枯瘦的小巷在沉思
冻云挂在那儿

第三场雪中
这座城市披着羽绒服站起来
温暖里跃动着轻捷的身影
到处都在开花，欢乐和鸟多么年轻
歌挂在那儿

竹根雕

一个老汉
一个黧黑的南方老汉
醉酒后醒来
枯槁的蓬松的大胡子
已伸进北方
谦和中饱含着
艰辛和痛苦
惊异地大张着口
想对我说些什么呢

想对我说些什么呢
我听不懂南方方言

如今，一切欲念和爱憎

都已寂灭，只有
浓浓的滴血的思念追踪着他
家、童年
众多喧闹的儿女
风中流淌的金属的声音
甚至丝丝疏烟淡雨
甚至夜夜弯月或满月
甚至黎明唧唧喳喳的群雀
他将无尽的心事
酿成一坛土酒
喝了
我知道他会夜夜有梦

再找不到回家的路
虽瘦骨清癯
对大地始终是忠实的
当世界传来最后的回声
他便来到了北方

我不敢问他的过去
只彼此相互地张望着
也许他的儿女正在寻找他

（1993.04.29，05 版）

那年的高墙

韩少功

母亲的老家在湖南的西北部，与父亲的老家相隔不远，但分属两个县。我从来没有去过那里，也很少听父母说起那里。唯一与老家有联系的，是我对爷爷的印象。

爷爷的夏夜里有一堵高墙，布满了斑驳的青苔。一颗颗流星都落到墙那边去了，那边就有了一个疯子。有一次疯子从墙上冒出长长的头发，尖声地笑，向我们摇着一条女人的头巾，“阿毛，拿洋火来——”

我吓得不得了。

疯子是在学爷爷的腔调。爷爷是瞎子，要抽烟的时候，就这样朝家里有动静的地方发出呼唤。除此之外他很少说话。他总是穿着灰色的长衫，坐在阶檐下晒太阳，听我们热热闹闹地过日子，眼皮间或微微张扩一下，显出他还是个活人。他圆圆的脑袋很柔和，象一只褪了毛的猫头。有时候我故意不给他火柴而给他一块瓦片，或者躲在他身后不吭声，他也不发火，咕哝几下，又朝刚才有动静的地方呼唤：“阿毛，拿洋火来呵——”

他在我们家只住了很短的一段时间，就回乡下去了。后来就听说，他死了。那时的我不会注意他是怎么死的，也不会久久地记住他。只记得他每一餐要吃很硬很硬的饭，而且夜里有点发梦癫，常常突然从床上坐起来喊叫：“来了！来了！”不知道是什么意思，全身发抖的样子很可怕。

如此而已。

倒是邻家的疯子总是重演他的语调，要时时提醒我们什么似的。街坊邻居的小把戏们对疯子兴致勃勃，也纷纷模仿他的模仿。

“阿毛，拿洋火来——”

“阿毛，拿洋火来——”

好像是一大群幼龄爷爷的大合唱。

父亲非常生气。拿来一杆竹篙，扑打得墙砖叭叭响，把疯子轰下去了。墙那边还有敲桶的声音和爷爷永不消失的留言：“阿毛，拿洋火来——”

父亲操一把菜刀往墙上碰得当当响，“你再疯，你再敢过来，老子剁了你的手！割了你的舌头！”

墙那边终于安静下来。

我还是睡不着。一直给我摇扇子的爸爸早已鼾声响亮了，扇子滑到竹床下。姐姐也蜷曲着身子入梦，一条沉沉的大腿压在我的肚子上。我仍然看着高墙上的夜空，看流星偶尔飞过。我很着急，怕疯子再次冒出墙头，甩砖头或放火什么的。家里人怎么还能这样睡大觉呢？我想把家里人都叫起来警惕邻家的夜袭，但又怕他们笑我胆小。他们正睡得香甜，睡出很劳累很不高兴的样子，总是皱着眉头或者哎哎哟哟地呻吟。

我总算熬到了很安全的白天，我去外边玩，街头又有邻家的孩子擦着鼻涕朝我笑，“阿毛——”

我讨厌阿毛这个名字，装着没听见。他们更加来劲了：

“阿毛，你的瞎子爷爷呢？”

“阿毛，我们到你家院子里玩玩好么？”

我退入门，把门紧紧关上。我很少同邻家的小孩来往，母亲给我的任务就是不准那些野崽子进院子来。我现在有一把红红绿绿的关刀，看守这张门就更加坚定和勇敢了。那两个小孩还是要进来，挤门，嘻嘻笑，而且不怕我的关刀。一不小心，我的关刀在门缝里夹断，我气得哇哇大哭。他们见势不妙，赶快溜了。

他们没有这样的关刀，只有糊在脸上的鼻涕，旧鼻涕干成壳子了，又糊上新鲜的，层层叠叠，像糊鞋底的浆子。南边的一家姓王，姐弟两个总是打架，互相骂娘，然后父亲抄着扁担来把他们统统打出门去。有一次当姐姐的躲在我家大半天不敢回去，用竹竿去偷取她家的饭篮——她家厨房正好有一个窗口对着我家的院子——居然成功了，让我觉得非常激动。王家的父亲还经常自杀，而且总是去那口公用水井。据说他好几次等井边没有什么人的时候，就光着膀子，去那里冲着井烧香，叩头，骂子女不孝骂自己腰子痛有风湿，然后向东南西北的各路神仙一一谢罪，再往井口里钻。但每次都没死成，只要别人一放下绳子或竹竿，他就紧紧抓住了。每次的结局都是这样，不免有些单调得有点让我失望。我总是听母亲向罗家的女人打听他的下落。“他哪里舍得死呢？下去洗个澡。”罗家女人这样说。

但罗家女人连连叹气的去王家，好像要去分担什么悲痛，为善后这件惨案做点什么。

罗家在我家北边。罗家女人的屁股肥大无比，我总是担心她洗澡时一屁股坐下去，就会把脚盆里的水挤得一滴不剩，甚至把整个脚盆沾起来。她时常摇摇摆摆来访，讨点米潲水或者烂菜叶（她家喂了猪），有时候则是来我家院子里寻点车前草，说是用来煎药治病。她特别关心街对面的俞三婆婆，差不多每次都要向我母亲叹息：“哎呀呀对门街上的俞三婆婆没有细崽子没有九多……”我一直到现在也不知道“九多”是哪两个字，是什么意思。我只记得她一口气说这么长的句子时有腔有板就像唱歌，很好听。

罗家再过去，就是张家。张家老头卖西瓜，拍着搓衣板似的胸脯说保证是红瓤。顾客当场剖开，白的。张老头又愤愤拍着搓衣板，“甜哇！你吃你吃！甜哇！”

至于西邻，就是疯子家了。不知为什么，父亲最瞧不起这一家。有一次我问，他们姓什么？

“屙吃困。”

“屙吃困是什么？”

“你想想，一天到晚只是屙屎，吃饭，困觉，不叫屙吃困还能叫什么？剥削阶级都叫屙吃困。”

我觉得好笑。

父亲朝墙那边横了一眼，“哼，当小老婆的，还摆什么剥削阶级臭架子，还有怀娥铃呢。”

我直到很久以后，才知道怀娥铃就是小提琴，就是当年高墙那边偶尔飘溢过来的好听的声音。那时我以为父亲指的是一种见不得人的东西，比方说是鼻涕，是尿湿了的床单，是电影里狗特务的电台耳机之类。

我和哥哥姐姐很快把邻家奇怪的名字编成了整齐有力的口号，诸如“屙吃困狗屎棍”、“屙吃困锅里蹦”什么的，准备用来对付疯子的挑衅。不料疯子很快就不见了。父亲为了我们的安全去墙那边交涉，终于让他们家把疯子送走了，也就把爷爷的声音送走了。从此，墙那边除了偶有一两声咳嗽之外，再无任何声音，寂静得令我奇怪。我怀疑那一边的人早已经死了，死去很久很久了，只是外人不知道而已。外人从他们家门前来来去去，还以为那里有一户人家。

其实那里还有人。还有一位母亲和兄妹俩。疯子是他们的什么人，我不知道。我有一次用竹签挖蚂蚁窝，在墙基挖出一条缝。从缝里看过去，那边也有一个小院子，有夹竹桃，一团团粉红色拥挤着，甚至爬上了一角屋檐。我看见了一位陌生的姐姐，大概十五六岁，正在洗澡。她辫子盘在头上，全身白净如刚剖开的藕，突出的乳头轻轻跳动着，光滑的两条大腿之间，则有黑色的须毛。我吃了一惊，她怎么会有这么些毛呢？大人都有这么些毛么？我看看自己开裆裤，没有发现毛，觉得有点惭愧和扫兴。

晚上乘凉，我看着星空，终于忍不住问姐姐：“屙吃困家里有好多好看的花，你看见过么？”

姐姐不怀好意地眨眨眼，“哈哈，你今天到屙吃困家里去了？”

“没有，没有。”我急了。

“不，你一定是到他们家去了！哈哈阿毛今天到屙吃困家里去了！”她在竹床上翻了一个斤斗，向全世界宣布我的奇耻大辱。竹床吱吱呀呀响。

“我去了是狗。只有你才去，只有你才去！”

“你说了，他们家的花好看！”

“我没说好看，我没说好看。”

“你就是说了，你就是说了！你赖！”

我愤怒地猛扑上去，把姐姐推下竹床。她的腿朝天虚晃了一下，有尖声放了出来，是哭了。父亲把她拉起来的时候，她的鼻子下面一片血光。父亲骂我，她就哭得更加有劲头。我气冲冲地走出去，看大门外昏昏的街灯。罗家女人在那边摇着大蒲扇，“阿毛，来来来，我给你掐痱子。我喜欢你。”

我装着没听见，没有去。

好几天我没与姐姐说话。为了昭示我对屙吃困一家的蔑视依旧，我第二天就用泥巴把那道墙缝塞住了。我还很解恨地朝那边的房顶上扔了两个石头，怒气冲冲地喊：“打倒屙吃困——”

墙那边没有声音。墙那边的回答推迟了二十多年，成了钢铁冲床咣当咣当的某种恐吓——那边已经改成一个小工厂了。我重返旧居，回忆起1965年我家离开了这里。就在离开这里的第二年，我的父亲死于“文革”最初的迫害浪潮。尽管他把我那位逃避农民斗争的地主爷爷送回乡下去交给农会，尽管他把我家的这所房子捐献给了国家，他还是没有被革命阵营接纳，没有逃脱厄运——这些事是我后来慢慢才知道的。

旧居已经苍老了。原来的住房又繁殖出一些破旧的偏棚或附加杂屋，快把小院子挤占完了。我以前住的那间现在成了一个饭食店，门前堆着一筐白生生的猪骨或牛骨。父亲的那间则成了一个五金铺，但蛛网封门檐草森森，看来早就倒闭。西墙竖着一辆胶皮板车，上面还挂着尿片。

没有人认识我。当年的罗家、王家、张家等等也全换上了一些陌生的面孔。我不知道他们是死了还是搬走了。

至于疯子那一家，我至今不知道他们姓什么。

只有墙基的蚂蚁依旧，仍在一线线地爬行忙碌。它们从二十多年前爬到了现在。我想起小时候没有什么玩具，就常常玩蚂蚁。我用一只死苍蝇分别逗引两个窝里的蚂蚁，让它们分头回去报信，引来各自的蚁军争夺蝇尸昏天黑地大战。看着蚁头蚁肢蚁钳纷纷被咬下来，我就兴奋得手舞足蹈，唱出电影里的战斗音乐为它们助威。

（1993.08.07，05版）

给梦一把梯子

斯妤

小时候，因为喜爱唱歌跳舞，我崇拜一切到镇上来演出的女文工团员。我幻想长大以后成为一个婀娜多姿的舞蹈家，成为仪态万方的电影明星，至少，也要当一名手持麦克风到处吟唱的歌手，充分体味舞台给予人的美妙感觉。那时是1965年，“文革”快要揭开序幕，“卑贱者最聪明，高贵者最愚蠢”即将成为时代的主旋律，11岁的我却混沌无知，公然在教导主任召开的“我的理想”座谈会上将深心里的愿望公布于众，即刻引起一阵小小的骚动，因为前面发言的同学无不慷慨陈词，宣布长大了要当“工农兵”。教导主任拉长了脸训斥我（他那阴沉恼怒的神情至今仍在我眼前）：“你就知道成名成家！你父亲难道没有教育你热爱工农兵吗？”我不知道自己说错了什么，更不知道为什么要扯到父亲头上，委屈使我热泪盈眶。我坐下了，从此不再对任何人谈起深心里的渴望。

而更早的时候，我崇拜的是镇上那些荷锄戴笠的农夫。我钦佩他们神奇的手。在他们那骨结粗大、肮脏粗糙的双手下，生命从厚厚的土层里钻出来，荒芜的山坡转眼布满绿意，很快，便是果实累累。满目金黄了。农夫们忙着收割，忙着晾晒，忙着使金灿灿的田野复归荒芜。人与自然一起构筑了奇妙的循环往复、生生不息……

我梦想如农人一样播种收割。我在池溏边开垦出几垅小小的菜畴，适时播种，适时浇灌，梦想如农人一样经过播种浇灌之后如期收获。当然我的梦想落空了，每次临近收获，我的菜畴便被不知名的破坏者毁坏一空，洗劫一尽。

后来在一片批判打斗中上了中学。眼看文史课的老师们动辄祸从口出，一个个战战兢兢，如履薄冰，我发现我内心深处充满了恐惧。我不再梦想舞台人生、银幕人生了，从《西游记》、《红楼梦》中窥见的绚丽多彩的文学世界也顿时黯然失色、不复魅力。我暗暗发愿从此只爱数理化，如果做梦，从此只做父亲提示的梦：父亲一直希望我进清华深造，成为一名物理学家。

清华梦很快又成了泡影。等待我们的不是高等学府，而是一片“广阔天地”。在农村那赤脚下海，挑粪上山的一个又一个艰苦日子里，梦幻也变得具体而平庸。我梦想吃一顿有肉有菜的饭（因为顿顿只吃盐水拌饭），梦想下起连天阴雨，可以躺在床上昏睡三天（因为适逢大忙特忙的夏收夏种，每天仅睡三四个小时），梦想电影队从天而降，给我们送来一场电影，哪怕仍是《南征北战》（因为即使《南征北战》，也得好几个月才轮上一次）。不只一次，当饥肠辘辘、精疲力尽却仍不得不继续加班割稻时，我满脑子想的只是一盘红烧猪肉一碗香喷喷的米饭……

终于回城了，生活渐渐恢复正常，然而梦想的心灵却不曾停止。走过一座造型独特的红砖小楼，我会因喜爱而戏谑地宣称这是我的小楼，我慷慨地将它借给朋友了。而事实上那里的主人是一位失势的外国亲王。踏着满山落叶，我会突发奇想，相信如果吹一声口哨，遍地落叶就会返青，甚至返回母树，而春天就不期而至了。而关于美丽人生，关于奇妙世界，关于种种可能，无限机会，自然也都常常要在青春稚嫩的心里演绎一番，梦想一番。

生活当然不会让梦想美丽迷人、永无休止地演绎下去，它很快就会让你明白梦想愈多痛苦愈甚。而且几乎与此同时，它也让你明白，痛苦愈甚，梦想也就愈不可能停止。其间的尖锐对立却又相互依赖让你倍感迷惘，愈加痛苦。你相信长此以往，你的精神将无可挽回地分裂散乱。

渐渐的，生活以它混沌迷濛的形态清晰地向你昭示：给梦一把梯子，现实与梦想之间的对立即可取消，不可跨越的迢迢银河举步便可迈过。

十几年前的那个夏天，我终于找到了这把梯子。我坐到后来几乎是每日必坐的书桌前，开始写下一行行带有奇异色彩的汉字，我知道在那个奇妙的瞬间，自己已从平庸琐碎的现实中分离出来，朝着绮丽迷人的梦境进发。飞扬灵动的方块字一行行、一串串，累积叠印，渐渐组成一把天梯。我看见灵魂踏上去，欣喜莫名地升腾、飞跃，直至无垠……

是的，躯体有形，灵魂无影无垠；现实有限，梦幻无边无际。有限的躯体在有限的现实里感受到的是痛苦多于幸福、冷峻多于温馨，丑陋多于美丽，无限的灵魂在无限的梦境里领略到的却迥然不同，风光大异。

自由。除了自由还是自由。自由地爱。自由地恨。自由地呼吸。自由地飞翔。自由地“生男育女”，安排人生。自由地凝固时间，再造空间。自由使灵魂顾盼生风，流光溢彩，自由也使灵魂常青，精神不朽……

十几年过去了。每天，饱尝了自由，领略了无限的灵魂总要踏着天梯下来，回到现实，回到有形的躯壳中。归来的灵魂面对现实不再烦恼，不再怨叹了，因为它已明白：现实的委琐平庸正如大地的肥沃松软，是它得以飞扬的起点，更是哺育它的柔软子宫，滋润它、营养它的丰富复杂的母性之血。

而且它也明白，只消歇息一夜，明天，它又要离开这纷纭复杂、拘谨有限的父母之乡，去做又一次美妙的飞扬之旅了。

（1993.10.16，05 版）

客有可人

宗璞

这天天气很好。我想在客厅摆些花。五月初，花不少。插两枝丁香或几朵月季就可以添许多生气。可是似乎到客人来了，花也没有插上。

客人是英国人。一位是多丽斯·莱辛，根据报上的称呼，她是一位文豪。另一位玛格丽特·德拉布尔，则是著名作家。同来的还有德拉布尔的夫婿麦克尔·霍罗尔伊德，是传记文学作家。两位女作家的大名我当然知道，但没有读过她们的书。9年前访英时她们不在伦敦，未曾谋面。这次得知她们要来访我，心下是有几分诧异的。

中国大百科全书外国文学卷中有莱辛小传。她1919年生于英属伊朗，童年时全家迁到英属罗得西亚。1949年才返回伦敦定居。对于祖国来说，她是一个异乡人，一定是有很多不寻常的感受。卷中说，她写作题材广阔，富有社会意义。“西方有的评论家认为莱辛是当代英国最优秀的女作家，堪与简·奥斯丁和乔治·艾略特媲美。”她的作品有《青草在歌唱》、《天狼星的试验》、《优秀的恐怖分子》等数十种。在向百科全书讨教之余，我记起有人送过我一本莱辛的短篇小说集《习惯的爱》（抑或《爱的习惯》？），为了领略文风，很想找来翻一翻，但是书籍一入风庐，向来难以寻觅。于是临时的佛脚也没有抱成。

德拉布尔是一位女性文学的现实主义作家，著有《光辉的道路》、《自然的好奇》和《象牙之路》三部曲等书。由于文学上的成就，已被封为英国勋爵。她生于1939年，一家人都毕业于剑桥大学。我在伦敦时倒是见过她的姐姐安托尼亚·勃雅特，也是一位小说家。她们的妹妹海伦是艺术史家，弟弟理查德是一位法官。关于玛　德拉布尔的介绍，总是全家出动的。

她们进了院门，从小径上走过来了。莱辛是一位瘦削的小老太太，满头银发。德拉布尔则较高大，看去不像年过半百。英语系教授陶洁陪同前来。她们刚刚在英语系会见学生，讲了英国文学情况。

坐定后献茶。这时莱辛对我说："我不喝印度红茶。"我一愣，顿时想起贾母不喝六安茶的声明。想来这是老年人的情性。当即回答说我这里没有印度红茶，我们喝的是北京花茶。"茶叶用茉莉花熏过的。"陶洁的英语极流利。

茶过三巡，话也说了不少。她们所以来访，原来是因为读了我那篇小说《鲁鲁》，见于《1949——1989中国最佳短篇小说》。这书是中国文学出版社编选出版的，前面有李子云序。全书无论从哪方面看都很好，子云的序也很精彩。最令我高兴的是《鲁鲁》的译文，除一些小地方不够准确（谁也难免）外，颇为传神。好几年前，澳大利亚一家出版社出版了一本中国女作家三人集《吹过草原的风》，内有《鲁鲁》，译文较生硬。有的翻译更看不出原作面貌了。《最佳短篇小说》中《鲁鲁》的译者是克利斯朵夫·司密斯。

她们说她们喜欢动物，也喜欢写动物的作品。奇怪的是她们没有读过屠格涅夫的《木木》。话题转到英国文学，说起哈代。莱辛说她喜欢哈代，最喜欢《无名的玖德》。我想我最喜欢的是《还乡》，其中游苔莎一心向往大城市的心态，现在若重读，定会有新的感受。

她们去过了八达岭。莱辛说那一条路很像意大利（希望我没有记错）。她问我写不写长篇小说，我说写的。她说希望早读到，可得找个好翻译。她的小说《金色笔记》已译成中文，我没有勇气替她看看文笔如何，以前读书读稿一目数十行，随意间就完成，现在数行之后眼睛就发花，想看也看不见了。

话题转向了德拉布尔。我说你们家很像勃朗蒂姊妹一家，三姊妹都写作，有一个兄弟。她笑起来，说："大家都这么说。可是我们的弟弟比她们的强多了。”勃朗蒂家的男孩游手好闲，有人请客，常找他陪着说话，类似清客一流人物。说话间，德拉布尔送我一本图文并茂的书《作家的不列颠》，其中有许多作家故居，和他们吟咏描写过的景物。莱辛也拿出书来，但并不送我，而是交给陶洁，赠英语系。当然这样读这书的人会多得多，是好办法。两个多月后，莱辛从伦敦寄了书来赠我，书名《伦敦观察》，是一本短篇小说集，内容多为自己成为祖国的异乡人这类感受，正是我关心的。

霍罗尔伊德不只写传记，还做了许多组织工作。曾任英国作家协会主席、英国笔会中心主席。他话不多，显得很谦逊。在座的还有英语系教授陈瑞兰，她翻译了多篇安格斯·威尔逊的小说。客人们希望见她，可能也希望她多译些英国作品吧。

过了几天，数理逻辑专家兼哲学家王浩教授偕夫人哈娜来访。王浩兄留了胡子，须发灰白，若在路上相遇，一定认不得了。他的成就是大家熟悉的，于此不多赘。他们从美国来参加北大校庆，特别是数学系系庆，后在勺园小住。哈娜是捷克人，思路活泼敏捷，说的英语很悦耳。我觉得她很可爱。她说她到北大来，只想见一个人，可惜见不到了。那就是我的父亲——冯友兰先生。人见不到，还可以看看三松，看看遗著，看看我。于是来到三松堂。哈娜说她最喜欢《中国哲学简史》这本书，我们马上互引为同调。我素以为《简史》是一本出神入化的书。写这书时，父亲已有哲学史方面的研究成绩，又创造了自己的哲学体系，两卷本《中国哲学史》和“贞元六书”俱已流传。《简史》将两方面成就融汇贯通，深入浅出，内行不觉无味，外行不觉难懂。还有经过卜德教授润饰的英文，可谓清丽流畅。哈娜还喜爱文学，对莱辛、德拉布尔的作品都很熟悉。也说起勃朗蒂姊妹。人处五洲，肤色各异，可是谈起来都很了解。世界真像个大家庭。

座间还有清华学长唐稚松。他1948年到香港，我父亲写信叫他回来，他就回来了。唐兄现任中科院学部委员，一项研究成果获国家自然科学一等奖，为国家人民做出了贡献。除是科学家外，他还是诗人，旧诗格调极高，有“志汇中西归大海，学兼文理求天籁”之句。1951年陈寅恪先生曾专函召他赴穗任唐诗助教，可见造诣。他因另有专长，未能前往。

和王、唐两位谈话，每觉有新趣。他们都是“志汇中西”、“学兼文理”的人物。聚在一起，真是难得。遗憾的是，说的话我渐渐不懂了，虽用心听着，还如在五里雾中坐地。

8月下旬，美国女学者欧迪安来访。她是冯学研究专家，最近将几篇研究冯学的论文译成英文，自己写了一篇洋洋洒洒的序，将在美国出版。她极赞赏父亲对郭象的见解，屡次提到。我乃赠以一本冯氏英译庄子，其中有一篇专论郭象的文章。她真是大喜过望，如获至宝。她这次要查清冯著每一本书的出版年月，十分认真仔细。有一本书一时找不到，她辗转问过许多人，那晚深夜又问到我这里，经过补充的线索，终于查清。

我还想起另一位女学者，日本的后藤延子。《三松堂全集》中有的文章是她在日本找到的。她也是不肯有一点马虎的，对我们有些学者大而化之的作风频频摇手兼摇头。《三松堂全集》总编纂涂又光曾慨叹道：“若不认真努力，愧对延子。”

坚忍执著，知其不可而为之，本是我民族精神的重要组成部分，现在似乎是要渐渐融化在滔滔商海中了。不要说皓首穷经，就是肯安下心来坐一坐冷板凳的人也愈来愈少了。

然而总有希望。我想起另一位来访者。

70年代末，大家刚刚可以随意走动，三松堂来了一个李姓青年人，年纪不过十八九岁，家在河南某县农村。他来的目的，是谈谈读书。他非常喜欢读书，村里无书，便每天步行数十里路，到地区（似是洛阳）图书馆去读书。回家往往在深夜。我后来根据他的谈话写了童话《星之泪》，写星星为一位好学的年轻人照亮路程。他的读书范围很广，除中国经典书籍外，那时正在读西方启蒙运动时的著作。他很想读狄德罗的《拉摩的侄儿》，却找不到。我发愿若买到一定寄去。我把他的地址姓名的纸条放在砚台里，过了好几年，纸条终于不见了。

那年轻人后来不知读了多少书，又不知走上了哪一条生活之路。我想，在读书做学问的道路上，总会有更年轻的人跟上来的。

（1993.12.04，05版）

小栽根儿和我

——童年牧歌之一

牛汉

半个世纪以来，每当寒冬腊月，尤其除夕前几个夜里，不管当时我处于何种境况，总要油然地回忆起故乡那个叫卖黄酒的小栽根儿，他的吆喝声，令童稚的我异常着迷。如今我年届七十，小栽根儿死了已有五十多年之久，但我一生不会忘记他，他那叫卖黄酒的温甜的声音已成为我心中不朽的乡曲。直到现在，我仍然能学着他吆喝，只是声音已苍老不堪了。

小栽根儿姓什么早已忘记，栽根是他的名。祖母说，他爹娘拨溜打练地生的娃娃全是女的，最后才生下他这个后生。取名"栽根"是企望他为他们家族栽根立后。他戴着油腻腻的毡耳帽，系一条很宽的黑布腰带，吆喝时高高地仰起尖瘦的面孔，眼睛眯成一条缝，脖颈胀得又粗又红，鼓起的青筋不停地跳动着。他在小巷里边走边吆喝："黄酒噢黄酒噢啊……"寒冷的夜和寒冷的心需要他的酒和他的温甜的声音。

让祖母惊愕不已的是，即使我早已睡得如死猪一般，只要小栽根儿的吆喝声远远地随风飘来，祖母还没有听到，我就突然地醒过来，并且随着小栽根儿的声音，忽高忽低地也吆喝了起来，我的声音与小栽根儿的声音溶成了一条潺潺流动的小河。村里的孩子都喜欢学小栽根儿吆喝，但只有我学得最像，几乎让人分不清真假。小栽根儿当年少说已有三十多岁，个子小得出奇，佩珍伯伯（全村个子最高）说他“比炕沿高一点比躺柜低一点”，可他的鲹喝声却是那么的洪亮而清脆；真的，就凭他这口好听的腔调，谁都会相信他的黄酒一定是甜而浓的。叫卖黄酒赚的钱，养活一家人很难。村里有句谚语：“人小声洪，一辈子受穷。”就指的是他。他的鲹喝声，大人无法学，也不耻于学，说是女声女气的。只有童音才学得像。小栽根儿知道我学他学得像，经过我家墙外，总有意多鲹喝几声。我家从不买他的黄酒，我祖母每年冬天酿一坛子黄酒，酿得极醇，能当药引子，村里人都来我家讨要。

有一年，我得了副伤寒，在炕上躺了 8 个月，病好了之后，每天清晨，用粪叉在肩头挑一只柳条筐，到官（大）道上去拾牲口粪。我一冬天，能拾一大车粪。天麻麻亮，在小巷里我常常碰见小栽根儿，把粪筐搁在墙根儿，我与他一条声地鲹喝。有几回，他抽烟，我替他鲹喝。有人问他：“今早晨，你的声音为甚那么大？”小栽根儿说：“成汉（我的名字）替我鲹喝的。”谁都不信。我现在还记得一件事，我怕粪筐臭，薰了他的黄酒，把粪筐搁得远远的。小栽根儿说：“不碍事，吃草的牲口粪不臭，只有猫狗的粪臭。”我问：“为甚？”他说：“它们跟人吃一样的，人要只吃草，人屎也不臭。”我第一回晓得小栽根儿很聪明。也就是在炕上生病养病的那一年，我天天学画。我画的小栽根儿很像，而且是一边学他鲹喝一边画，长长地鲹喝一声，画也就与鲹喝一气呵成了。我画到他的豪放的大嘴巴时，正是鲹喝到最大音量的一瞬间，因而嘴巴画得特别有神。我这些年由于怀念他，常常画他，还是一边鲹喝一边画，当年我没有把画给小栽根儿，觉得画得太丑，现在真有点后悔。

1937 年 10 月下旬，日本侵略军打进了雁门关，父亲带着我逃离家乡。几十年来我以为小栽根儿还活着。前几年姐姐从故乡来我看，说起小栽根儿和黄酒，我还为姐姐像小时候那样鲹喝了几声，姐姐说，很像，就是那小栽根儿的音调。我十分高兴。我问小栽根儿如今的情况，她说，我在家时，小栽根已有三四个娃娃，日子过得还好，不幸的是，我离开家乡那年冬天，日本飞机的一颗炸弹正好捣蒜似的砸在他的房顶上，全家老小六口都炸死了。就在当天的清早，他还在村里叫卖过黄酒。小栽根儿起早搭黑在我们村里鲹喝了一辈子黄酒，一旦听不到他的鲹喝声，全村顿时觉得天地哑默了。姐姐说，奇怪的事发生了，小栽根儿被炸死好久，但每逢早晚，村里人都还能听见他的鲹喝声："黄酒噢，黄酒噢啊……"声音真真的。一个人听见或许还信（由于幻听），全村人都听见，真不好理解。村里人说："要是成汉在家，那准是成汉在鲹喝，如今成汉不在，哪来的这鲹喝声？"村里人迷信，认为是小栽根儿的冤魂不散。半年一年之后，鲹喝声才渐渐地消失了，像是飘到了远远的另一个世界。姐姐说，直到今天，村里的老人还讲述这段神奇故事，它已经成为故乡的民间传说了。我姐姐并不聪明，她说当年为什么大家都听见了小栽根儿的鲹喝声，"那多半是全村人想他想得入迷了。"我觉得姐姐说的很有意思。

我想，如果我现在回到故乡，当除夕的深夜，学小栽根儿鲹喝几声，村里的老人们听到了，一定以为小栽根儿的魂又回来了。其实，把我说成是小栽根儿的魂也未尝不可，我写诗还不是为了给人间一些黄酒般的温甜吗？

1994，1，17，汗血斋

（1994.02.05，05 版）

四合院“入门儿”

邓友梅

报纸上说，今后北京的城市建设，要注意保持京城特点、原有风貌了。此举令人感到高兴，但做起来不易。别的不说，连毛泽东主席都承认是北京特征的四合院，如今还剩下几处？剩下来的也被改得面目全非。少有几个完整的，又大半因无力维修，正在颓圮！

我不想作保守派，更无意复古。时代在发展，历史在前进，旧建筑物不能满足现代人的需要，要新陈代谢世界才会进步……这些道理我全懂。就是有一条还没把握：要完全没有四合院了，这儿还算北京吗？

欧洲也有个名城，叫巴黎。巴黎人在塞纳河边盖了一两组现代派超高层建筑后，越看越别扭，感到照那么干下去就没有巴黎了。于是作出决定，绝不在老城区再盖那类建筑，旧建筑毁了照样复制。维修也整旧如旧，原来砌错了一块石头，画坏了一块壁画，修复时要照样砌错画错，不准改正。要盖新建筑另找地方，巴黎还是巴黎。

如果他们的作法值得借鉴，咱北京拆四合院时也别那么手狠。新盖楼房不一定非在老建筑地盘上除旧布新。既然花钱找地方盖假大观园假荣国府，不如留下点真王府，真园子，用盖假古董的地方盖新楼。

不只是王府宅门，普通而标准的四合院，典型的小胡同，保留几处也绝不算多余。它们有存在理由，有保留的价值。就是从经济着眼，长远看也比拆了盖宾馆上算。

四合院不只是几间房子。它是中国古人伦理、道德观念的集合体，艺术、美学思想的凝固物，是中华文化的立体结晶。不是砌几堵墙盖上个顶，就叫四合院。四合院是砖瓦石当作笔墨纸，记载了中国人传统的家族观念和生活方式。不要说整个宅院，就那个大门口便有不少讲究。

要进院子先得入门，四合院好比一本大书，这大门就是封面。人们见到一本书，都先看封面。了解一下它是谁写的，什么内容？四合院也一样，生人到此，在门前一站，上下左右一瞧，对这家主人就能知道个大概其，是官宦还是商民？若是官员又是什么品级？是否王公贵族？有什么爵位？受什么封赏？从这大门上都能找到记号，看到标志。如果要进去拜访，知道这些就不致失礼漏怯。从这也看出中国人对大门的重视。要不怎么说亲讲究“门当户对”、交友要问“门第如何”呢！人们还把“奇怪”叫“邪门儿”；“没有希望”叫作“门儿都没有”；老年间要是就有电视剧，那剧名绝对不会叫“爱你没商量”。八成得叫：“爱你认准了这一门儿”。

要说整个的四合院太费功夫，我也没那么大学问。对四合院的研究我还刚“入门儿”。所以凑合着能介绍一下这“门儿”。要想把大门看清楚，得先把它关上。咱们站在大门之前，台阶之下，从上往下看。

北京的四合院，大多是明清建筑。多数建的是“屋宇式”正门。这种门实际是一排房子，中间开个过道。这一排是几间？房顶用的什么瓦？门上钉多少钉？却处处有讲究，事事有学问。在有皇上的时代，这些居然连皇帝都过问，并降旨定为制度。不守制度就叫“逾制”，逾制皇上是要治罪的。

这一套本是汉族统治者兴起来的，满洲皇帝入关后在这一点上则全盘汉化了。满洲八旗入关前本来是不住四合院的。民居多是“三面篱笆一面房，南北大炕生火墙”。冬天室内外温差大，窗纸糊在屋内便会被水气沤烂；屋架不高，在房梁拴根绳，吊起个篮子就可作小孩的睡床。因而“东北三大怪”中有两怪是“窗户纸糊在外，养活孩子吊起来”。但在沈阳故宫却可看到，入关前皇帝的住房已开始受四合院的影响了。所以进关后全盘接受四合院建筑规制绝非偶然，顺治九年皇帝便命政府对四合院建筑的使用作了新的规定。按这个规定，亲王府正门是一溜七间。

其中有三间开门，上盖用绿琉璃瓦，每门金钉六十有三。世子府减亲王七分之二，也就是五间。到贝勒就只能是正门三间，启门一间了。这几间门房上边用大屋脊，设吻，脊上有仙人走兽（就是房顶四角上那一溜小人小兽，建筑业的行话管那叫“走投无路”！因为最前边骑凤鸟的仙人位置在房顶的四角尖上，前边就是空中，没一点前进余地了）。

这是王府，贝勒贝子府的规制。普通百姓，一般官家没这份威风。大门用房别说七开间、五开间，连三开间也不允许。归里包堆只准用一间房。更没资格用琉璃瓦。不过不用担心，以为这么一来其他那些大门口就没了讲究缺少看头。不，这些四合院才是大多数。既有官居也有民宅。中国人是不会不想办法在划定的跑道中跑出花样来的。官有大小，就要表示出不同的等级，民分贫富，也得区别出不同身份。这就创造出了四合院中使用最为广泛、变化最为多样的“广亮大门”。

一开间的面积，若直不笼统就在中间开个门，那不仅没看头，许多象征性的装饰也无法安排。建筑师们就从门两边想办法。既然是一开间，两侧最边上必定是山墙。就叫这两座山墙向外扩张，伸出两根柱子样的墙腿来像两边的镜框，正面的墙体缩在后边就像是镜面。制度只规定一开间的宽度，可没限制深度。那就在前后方打主意，门框立在屋子中线脊檩之下。门外有足够“余地”。再把地基垫高，使整个大门的地面高出门前街道。大门与街道之间，用层次鲜明、等级繁复的石头台阶联系起来。里边人出来在门口一站，有居高临下之势，外来人要进门，有步步登高之感。这一来就透着点高贵、威严。但是，光这还不够。还不知道这宅门里是当官家的还是民户。为此在大门以上，顶瓦之下跟房檐挨有两件装饰物叫作“雀替”和“三幅云”。这两件东西本是木结构的部件之一，中国建筑家巧妙地把它变化成了房屋的肩章和军衔。只要看一眼有它没有，就知道是不是官家。如果有，再看一看颜色花样，便分出是几品几级了。而这两样装饰物之下，紧挨着就是叫作走马板的地方。那地方恰好是一块横宽竖短的长方形空地，就给挂匾创造了条件。要是状元府，就挂一块“状元及第”的四字匾。若是进士出身就挂上“进士第”三字额。即使是举人出身也可以悬上“文魁”两个大字。做过外任地方官少不了当地绅商送的“爱民如子”、“清廉方正”等颂德匾，这些就分悬在正匾的左右。

如果没有雀替、三幅云，不用说那是民家。对民家来说这走马板所挂的匾额就更为重要。我上小学时和同学打闹，从课桌上掉下来摔坏了臂骨。家人带我到一位著名的正骨大夫家诊治。进了那条胡同，家家都是大宅门。正不知如何打听正骨大夫住的是哪一号，我有位舅舅有学问，就挨门看匾。写“热心教育”的是位某学校校董，写“陶朱遗风”的是绸缎庄东家，直到找着写“妙手回春”、“是乃仁术”他才大胆地去敲门。果然就是医生的住所。也有没匾额的，没关系，人们不会叫那块走马板白闲着，画几幅彩绘一样能透出富贵吉祥气氛。

再往下这才是安门框的地方。

七开间者启五门，五开间的中间三间开门，这都既好办也好看。较难办的是一开间。若整面墙全敞开就安两扇门，空空荡荡一览无余，未免粗俗简陋。中国人不会露这个空子的。办法是只在中心留个门口，门口高低宽窄以可以使轿车通行为度。多余的部分，门口上下左右全用木板镶嵌填补起来。上边那块是走马板，刚才说了正好挂匾额。左右则做成边框，既可以漆成珠红、黑绿等色，也可以在框心画画，成为门口装饰的一部分。而下边则是一块可装可卸的高门坎，在车通行时把它拔出来，车过后再把它镶上。而中心才是钉了木钉的两扇大门。

大门既要安得稳当，又得开头灵活，这上下两个“轴承”才是真正的、“关键”。四合院的这两轴承都有专门的设计。上边一对叫门簪。成长方形从门框左右上角伸出来，把门框、联楹联成一体。里边中间掏个洞正好把门的上轴插入。而外边一头从门上两侧伸出来像两根触角。头部正好雕刻成各种花样作为装饰，常见有四季花草，有“吉祥如意”等字幅，有的干脆就一个大福字大寿字。下边一对轴承因为托着门扇承重，则用石制。这石头长长的像枕头，故称门枕石。里边一半简单，只在平面上打出两个窝放置门轴就行，而伸到外边的一半则要大作文章。可以雕成石狮，也可以做成抱鼓。不论狮子还是抱鼓石都有多种样式，与它前边的石头台阶配合起来组成一个石雕群体。

这中心部位经过匠心巧运，装修得多彩多姿，相对之下那两边的山墙腿子又显得粗陋寒碜了。中国人办事讲究的是完美周到，九十九拜都拜了不能闪下这一哆嗦。于是这两边山墙上也作出学问来。

最上边挨着瓦檐处，高高在上最为显眼，恰是砖雕艺术显能的地方，因而多做立体浮雕。花样有多种，既有动物浮雕（工人称为会喘气儿的），也有花卉蕃草。下边还要做上盘头等线脚，最下边多半用做一个小花篮为这一组花雕垫底。因为是大门，人们不光能看见正面，而且能从两侧看到侧面，这侧面也不能马虎了事。于是也用砖雕出柿子、如意、万字等花样，并带有“事事如意”、“万事如意”的祝愿。

看到这算完了吗？还没有。您看完了门的正脸，难保不回身瞧瞧身后，再不然由远处走来，你会左顾右盼。既看了大门本身，绝不会不瞧瞧它的对面。门前大街两侧是一个建筑单元，一个艺术空间。大门修得再好，对面乱七八糟也不成体统，也造不成完整的艺术形象。

大门对面作为陪衬和对应的建筑物就是影壁。

这院外的影壁是段独立的墙壁。有一字形与八字形两种。不论哪种，上边都要起脊，其作法与屋顶一样。下边则要建须弥座或碱墙。

影壁的要点是影壁心，影壁心有硬心与软心之分。硬心要用斧刃方砖磨砖对缝斜砌而成，四周及中间可以加上各种雕饰花样。按雕饰花样多少而分，又可分作中心四岔带三层檐，中心四岔带柱枋，中心带雕砖匾牌……多种。而中心雕砖的中间又有钩子莲、凤凰牡丹、荷叶莲花、松竹梅岁寒三友等等花色。有柱枋的柱顶上头要做瓶形花样，须弥座上也需雕有花草饰物。而匾牌上则必用“鸿喜”、“迎祥”、“迪吉”、“戬毂”等词句。

说到这儿，就不妨闭上眼设想一下：您因事初次拜访一户人家。顺着胡同由远而近走过来，迎面看见这一家宅门，左边是八字形又高又大的影壁，影壁顶上是黑色筒瓦元宝脊，影壁下面是汉白玉的须弥座。影壁四边是雕的万字不到头的边框，往里又是砖雕梅兰竹菊花卉。影壁中心砖雕匾牌大书“戬毂”二字。往右看好大一个门楼，门楼顶上起脊，屋角却没有仙人走兽。便知道这一户不是王府贝勒。可是往下一看，房檐下却是彩画的雀替，三幅云紧挨着走马板上悬挂的匾额，黑匾金字上写的是“化被草木”、“勤政爱民”，便知也绝不是百姓，而是这位官员的府邸了。再往下看，果然乌漆大门上兽关门环，门环旁漆书门对。

上联写“诗书继世”，下联对“忠厚传家”。门框两侧楹联用的是“书为至宝一生用，心作良田万世耕”，便进一步知道这是位科举出身文官。门上方两侧伸出精雕彩绘的门簪，门簪上刻着吉祥如意；门下边两边石狮把门，汉白玉石阶一直铺到当街。街边又有上马石拴马桩。大门两侧凸出的山墙腿子磨砖对缝，上下都有雕花。两个墙腿子之间，门前顶棚之下一溜悬挂着四盏皮灯。置身于此，必然被一种庄重、高雅的气氛所感染。然后才带着谦恭的态度走上石阶扣响门环。

您也许以为大门这一部分已经观赏完毕，可以入门了，等门内一阵响动，大门洞开，这时您才发现看了半天才只看完一半，原来大门是安在脊檩之下的，恰好是门楼的正中间，大门之内还有一半。里边那一半比外边更辉煌、更多彩。同是一个屋顶，大门外边一半是天花，大门以里则是吊顶；两侧墙面被梁柱隔成了数块大小不等的长方形墙面。每块都以其形状做成浮雕或彩画，块小的可以雕刻花鸟竹石，块大的可以画人物故事。“松下问童子”、“渔樵耕读”、“钟子期听琴”，有情有景，百观不厌。靠近山墙顶部的那块三角墙面，被梁柱割得块更小了，人们称作“五花象眼”，则干脆用黑白两种灰连刻带塑做出半立体的图案或图画来。山墙下边沿着东西各放一条春凳。越过春凳往里看，迎着大门却又立着了一面影壁，影壁前树着假山石，种了碧桃、海棠。东西两边又各有一道矮墙，墙中各开了一个月亮门洞。月亮门洞中是绿色大漆洒金粉的屏门……到这为止，你才算看见“大门”这一组艺术空间的全部。但也只是看到了大门，至于四合院里边是什么样，还没看见，那是入门以后的事。咱看了半天，编辑给的时间已经用完，还没“入门”呢！

由此可以相信，四合院确实是中国人在建筑艺术的一大创造，对世界文化一大贡献，称得上是一门学问。要叫它消失在咱们手里，对祖宗对后人都不好交代。所以我拥护有关部门的主张：有选择有计划地抢救保留部分四合院。愿文化界朋友，为保持北京独有面貌多作点呼吁、游说工作。一个没有城墙的北京城已经成为世界的遗憾了，别再叫北京成为没有四合院的北京。

（1994.02.19，05 版）

关于《浮城》的补白

梁晓声

如果以为一个社会跨入了“商业时代”，社会话题便只有“剩余价值”可言了，那是非常浅薄的。也许恰恰相反，正是“社会再分配的时代”，人文环境之优劣，尤其能载舟、或者覆舟……

正如人有左脸和右脸，社会和时代也是这样。它的半边脸是经济，另半边脸是“人文”（比喻总是有缺陷的）。人不能捂着半边脸体面地在社交场合周旋；一个国家一个民族也不能这样子在国际舞台上获得更充分的尊严……

大人文环境的基础是人们普遍的社会心态……

尽管，社会心态的“万花筒”，归根结底乃是从政治的或经济的玻璃片上折射出来的，但倘忽略了对它的关注和忧患，实际意味着，面对一本极有价值的囊括政治和经济一切问题的“参考书”，却懒得翻阅一下……

对“人文”环境的敏感忧患，可称之为一切国家一切民族的有责任感的一切知识分子和文化人士的本能。具有这一种本能，既不该被社会认为是可笑的或可恶的，也不该被自己觉得是害羞的或幼稚的。恰恰相反——这是知识分子和文化人士存在的最主要也最重要的意义之一方面。尤其以社会科学和文化为职业的知识分子，只有将这一种本能自觉地转化为责任和义务时，才不至于成为有知识有文化而又“多余的人”。当我们被认为或感觉到是“多余的人”时，仅仅向社会和时代提出“为什么”

并不能获得答案的全部，也还确实有同时向自己提出“为什么”的必要性……

相对于“人文”的概念而言，文学几乎是一个无足轻重的命题——如果连它自身都轻蔑它对“人文”的起码影响作用的话。正是在这一点上，时代和社会将“写小说的人”加以区别。分成任何时代任何社会都大有人在的和任何时代任何社会都不可或缺的……

相对于中国，大都市不过是为数不多的几座。相对于南方，北方的翅膀依然沉重。相对于大社会，文坛和大学的文科讲台不但小得可怜而且闭塞得可怜。想要从文坛的鸡零狗碎和大学文科讲台那么一种束之高阁并自我欣赏的氛围中迈入到大社会的文学，才是有希望有信心的文学。并非你想迈入进去便能轻而易举如愿以偿。正好比并非一个“打工妹”着上了时髦装便能跻身于所谓上流社会的名媛淑女之列。而老百姓也自有他们的排斥性。须知在中国“老百姓”的概念正愈变愈广大，正一天比一天迅速地吸纳许许多多大中小知识分子。自封自囚的文学已经既不意味着“雅”也不意味着“纯”，而只意味着“自恋”或矫情……

当我们翻开当代文学史，我们吃惊而惭愧地发现——真正意义上的现实主义力作，几乎可以说不曾产生过。新时期文学曾试图肩负起的一个重要的使命，便是向往着完成现实主义的复归。但是令人遗憾的是——在这个曲折复归的过程中，它不但时时招至僵化的文艺观念的顽强阻止，也经常受到来自“中国式”的某些“现代主义”文学团伙的轻蔑和贬斥。这使中国的现实主义文学一直不得不于当代侧身而立。并且在伤痕累累中仰倒……

我确信，现实主义，至少在今后十年里，仍将继续它的复归实践，而不是在伤痕累累中彻底倒下。我所言现实主义，不唯是一种“创作方法”，更是一种文学宗旨——对现实社会予以极大关注，而非故作仪态地逃避的宗旨。在中国，文学必将补上“现实主义”这一课，一切脱离“现实主义”内容的形式上的“现代主义”，实在是撑不起中国当代文学的巨大骨架。

当真正意义上的现实主义难以存身，那么它则不得不变形。正如刺猬将它的头蜷向腹部团起身体，并非是那样更快乐，而是有时不得不那样。

刺猬的团起身体和蛇的如匝自盘是不同的。蛇那样舒服，而刺猬不……这便是拙作《浮城》只能是现在这个样子的原因。它当然完全可以，而且我也能够使它表现为另一种面目……

在世界各地都有多种这样的鸟——大地震、火山喷发、季节异错、臭氧层稀少，它们便响亮地发出它们的叫声。其叫声乃是一种本能的“报警”……

我觉得，一个时期以来，中国人文环境的劣变，真善美从社会生活中的大面积的流失、人道和人性的沦丧现象，真可谓咄咄逼人。我用我的《浮城》“报警”。它传递出的声音显然是刺耳的、尖厉的。而且是，不祥的。有时“深刻”针对麻木反而无可奈何，倒是扬颈一啸还起码能使人一怵……

我的一切充满理想主义和人性温馨的小说，未免常使我自觉像“撒花仙子”……

而我的《浮城》使我像猫头鹰、乌鸦、其它种叫声惊悚的枭鸟。像道出可怖危言的巫婆。倘我的叫声真的不无一点儿警诫的意义，我则欣然于我是枭鸟，欣然于我是巫婆……

其实，细细想来，堂·吉诃德身上的可笑性，与他身上的可悲性相比照，要逊色得多……

当我从电视里看到，我们那么多的老百姓以感动人心的虔诚为穷困地区的失学儿童捐款，我不禁泪如泉涌。看来这一点是对的——老百姓最体恤老百姓。老百姓最心疼老百姓的孩子。人民灵魂里这一种广博的人道主义和人性美点，亦即是我们这个国家我们这个民族的人文环境的灵魂。

如果我的《浮城》在此一点上笔墨苍白，那并非我真心所至。我为此深感不安。向人民谢罪永远是我能做到的……

1994 年 1 月 30 日于京

（1994.03.02，06 版）

文库文化

陈平原

以我的日语水平，东瀛读书谈何容易！暂时客居异国，不敢“束书不观”，只好以“远观”代“近看”。明知一目十行、不求甚解的“观书”不足为训，可“乱翻书”总比“不读书”或“只读中国书”好些。入其国，观其俗，古人早有明训。读不好日文书，起码也得有读日文书的愿望。再说“远观”也有“远观”的好处，只因无力透视其“言谈”，不免关注其言谈的“姿态”，故转而解读日本书籍出版的外在形式。据说第一眼的印象往往出奇地“深刻”——这种“深刻”大都来源于其对自身处境的思考。也就是说，相对于训练有素的专家的“客观介绍”，观光客不过是借一“他者”诉说自身的困惑和苦恼。日语欠佳而谈论日本问题，即便加倍努力，也只能是“观光客水平”。这对于我来说，大概属于“永远的遗憾”。

偶然在图书馆里找到一本前年年底出版的《文库本の快乐》。20位作者各选评50册文库本，近乎“点将录”，说不上精彩；令我感兴趣的是编者文章中提到的“文库文化”这一概念。这里的“文库”乃是指“文库本”，即在日本遍地皆是的六十四开本小书。编者以“文库文化的贫困”作为日本文化落后的象征，近乎危言耸听。不过，即便是旅游者，大概也都会注意到车厢里随时读书的日本人，手中多持文库本。文库本的流行确实很有“日本特色”，这点大概不会有多少异议；至于见仁见智，实际上很大程度受制于评论者的“期待视野”。比如说，我对“文库本”就颇有好感，这点连日本学者也觉得奇怪。

说不清日本每年出版多少文库本，反正旧书店里降价出售的多为此类。手头刚好有一本文库会编辑发行的《便利的文库总目录1990》，收录其时正在销售的五十四家出版社的93种文库总目录，共1200页。闲来翻翻文库总目，倒也大长见识。绝大部分文库为通俗小说或生活、历史读物，确实可以看完就扔；但也有几种不能等闲视之，我就曾在不只一位日本学者家中发现整架的“岩波文库”。文库本开本小，携带方便，且价格低廉，本不为收藏而设计；有幸入藏学者书斋，可见其价值被确认。当然还可能有学者本人怀旧的因素，岩波文库曾经伴随着他们成长，即使现在有了更好的本子也舍不得扔。

在日本，除了1914年昙花一现的新潮文库出版在先，就数1927年发刊的岩波文库“历史最悠久”。岩波文库创始之际，岩波茂雄在“寄语读书人”中所表达的让不朽的千古典籍从书斋和研究室走向街头的文化理想，几十年间未曾被动摇，使得该文库至今仍以学术水准最高著称。收录许多日本重要的思想著作和文学作品，并不稀奇；连《水浒传》、《红楼梦》都收入（前者13册，后者12册），这可就有点出乎意料。更让我吃惊的是，像康德的《纯粹理性批判》、海德格尔的《存在与时间》这样专门的哲学著作，居然也能发行文库本。尽管我对常人在车厢里能否读好深邃的哲学著作表示怀疑，仍然钦佩岩波书店普及学术的热情。

文库本价廉，经营上必须以量取胜，这也是后来者大都走畅销书一路的原因。如今满街的文库本，入我眼的，除了岩波文库，就是中公文库和讲谈社学术文库。并非完全否认通俗小说和生活读物的存在意义，而是因为此类书籍销路一般不成问题，不若学术性的文库操作起来难度大。存了这点对出版家的敬畏之心，再加趣味所在，不免偏爱此三家。好在这三家文库都各有一本在库存书的解说目录，取回家仔细翻阅，看中了再“按图索骥”，倒也十分方便。

中国也有此类坚持文化理想而又善于经营的出版家，最容易想起的是王云五。1929年他策划了万有文库，前后发行四千多册，据说经营状况不佳，可促成了不少小型图书馆的建立。60年代在台湾，他又摹仿英国的人人丛书（Everyman’s Libary）和家庭大学丛书（Home University Library），创刊人人文库，截至1990年夏，出书逾二千种。随着国民教育水平的提高和欣赏趣味的改变，原有的文库本装帧过分简朴，可能显得有点“寒碜”；可普及知识的文化理念并未过时，尤其在中国更是如此。

不久前读杨振宁博士在香港大学的演讲稿《近代科学进入中国的回顾与前瞻》，对其预言下个世纪中国将成为世界级的科技强国很感兴趣。兴奋之余又有点忧虑。此类好话听多了，可似乎都以原子弹、人造卫星、电子计算机为例证，而忽略了国民的教育文化水平。不管是自然科学还是人文社会科学，就“尖端学术”而言，中国可能并不逊色；但两亿文盲这个触目惊心的数字，无论如何不该忽略不计。正因为这一点，我对注重文化普及的“文库本”情有独钟。 偶然感叹地铁里捧着文库本而又不会搭错车的日本人，乃真正的“读书种子”。没想到被日本学者嘲笑为“一厢情愿”：你怎么知道他读的不是“黄色小说”？是呀，东京人公共场合读的书，全都用封皮包起来，确实无法判断他们念的是“哪家的经”。

（1994.03.04，05版）

想象胡同

铁凝

少年时，由于父母去遥远的五七干校劳动，我被送至外婆家寄居，做了几年北京胡同里的孩子。

外婆家的胡同地处北京西城，胡同不长，有几个死弯。外婆的四合院里一所坐北朝南的两进院子，院落不算宽敞，院门的构造却规矩齐全，大约属屋宇式院门里的中型如意门。门框上方雕着“福”、“寿”的门簪，垂吊在门扇上用作敲门之用的黄铜门钹，以及迎门的青砖影壁和大门两侧各占一边的石头“抱鼓”，都有。或者，厚重的黑漆门扇上还镌刻着“总集福荫，备致嘉祥”之类的对联吧。只是当我作为寄居者走进这两扇黑漆大门时，门上的对联已换作了红纸黑字的“四海翻腾云水怒，五洲震荡风雷激”。

这样的对联，为当时的胡同增添着激荡的气氛。而在以前，在我更小的时候来外婆家做客，胡同里是安详的。那时所有的院门都关闭着，人们在自家的院子里，在自家的树下过着自家的生活。外婆的院里就有四棵大树，两棵矮的是丁香，两棵高的是枣树。5月里，丁香会喷出一院子雪白的芬芳；到了秋日，在寂静的中午我常常听见树上沉实的枣子落在青砖地上溅起的噗噗声。那时我便箭一般地窜出屋门，去寻找那些落地的大枣。

偶尔，有院门开了，那多半是哪家的女主人出门买菜或者买菜回来。

她们把用一小块木纸包着的一小堆肉馅儿托在手中，或者是一小块报纸裹着的一小绺韭菜，于是胡同里就有了谦和热情、啰嗦而又不失利落的对话。说她们啰嗦，是因为那对话中总有无数个“您慢走”“您有功夫过来”“瞧您还惦记着”“您呐……”等等等等。外婆隔壁院里有位旗人大妈，说话时礼儿就更多。说她们利落，是因为她们在对话中又很善于把句子简化，比如：

“春生来雪里蕻啦。”

“笔管儿有猫鱼。”

“春生”是指胡同北口的春生副食店，“笔管儿”是指挨着胡同西口的笔管胡同副食店。猫鱼是商店专为养猫人家准备的小杂鱼，一毛钱一堆，够两只猫吃两天。为了春生的雪里蕻和笔管儿的猫鱼，这一阵小小的欢腾不时为胡同增加着难以置信的快乐与祥和。她们心领神会着这简约的辞汇再道些“您呐、您呐”，或分手，或一起去北口的春生，西口的笔管儿。

当我成为外婆家长住的小客人之后，也曾无数次地去春生买雪里蕻，去笔管儿买猫鱼，剩下零钱还可以买果丹皮和棕子糖。我也学会了说春生和笔管儿，才觉得自己真正被这条胡同所接纳。

后来，胡同更加激荡起来，这种啰嗦而利落的对话不见了。不久，又有规定让各家院门必须敞开，说若不敞开院中必有阴谋，晚上只在规定时间门方可关上。外婆的黑漆大门冲着胡同也敞开了，使人觉得这院子终日在众目睽睽之下。

那时，外婆院子的西屋住着一对没有子女的中年夫妇——崔先生和崔太太。崔先生是一个傲慢的孤僻男人，早年曾经留学日本，现任某自动化研究所的高级工程师。夫妇二人过得平和，都直呼着对方的名字相敬如宾。有一天忽然有人从敞开的院门冲入院子抓走了崔先生，从此 10 年无消息。而崔太太就在那天夜里疯了，可能属于幻听症。她说她听到的所有声音都是在骂她，于是她开始逃离这个四合院和这条胡同，胳膊上常挎着一只印花小包袱，鬼使神差似的。听人说那包袱里还有黄金。她一次次地逃跑，一次次地被街道的干部大妈抓回。街道干部们传递着情况说：

“您是在哪儿瞧见她的？”

“在春生，她正掏钱买烟呢，让我一把就攥住了她的手腕儿……”

或者：“她刚出笔管儿，让我发现了。”

拎着酱油瓶子的我，就在春生见过这样的场面——崔太太被人抓住了手腕儿。

对于崔太太，按辈分我该称她崔姥姥的，这本是一个个子偏高、鼻头有些发红的善净女人。我看着她们扭着她的胳膊把她押回院子锁进西屋，还派专人看守。我曾经站在院里的枣树下希望崔太太逃跑成功，她是多么不该在离胡同那么近的春生买烟啊。不久崔太太因肺病死在了西屋，死时，偏高的身子缩得很短。

这一切，我总觉着和院门的敞开有关。

十几年之后胡同又恢复了平静，那些院门又关闭起来，人们在自己的院子里做着自己的事情。当长大成人的我再次走进外婆的四合院时，我得知崔先生已回到院中。但回家之后砸开西屋的锈锁他也疯了：他常常头戴白色法国盔，穿一身笔挺的黑呢中山装，手持一根楠木拐杖在胡同里游走、演说。他并且在两边的太阳穴上各贴一枚图钉（当然是无尖的），以增强脸上的恐怖。我没有听过他的演说，目击者都说，那是他模拟出的施政演说。除了作演说，他还特别喜欢在貌似悠然的行走中猛地回转身，将走在他身后的人吓那么一跳。之后，又没事人似的转过身去，继续他悠然的行走。

我曾经在夏日里一个安静的中午，穿过胡同向大街走，恰巧走在头戴法国盔的崔先生之后，便想着崔先生是否要猛然回身了。在幽深狭窄、街门紧闭的胡同里，这种猛然回身确能给后面的人以惊吓的。果然，就在我走近笔管儿时，离我仅两米之遥的崔先生来了一个猛然回身，于是我看见了一张黄白的略显浮肿的脸。可他并不看我，眼光绕过我，却使劲朝我的身后望去。那时我身后并无他人，只有我们的胡同和我们共同居住的那个院子。崔先生望了片刻便又返回身继续往前走了。

以后我再也没有见过崔先生，只不断听到关于他的一些花絮。比如，由于他的“施政演说”，他再次失踪又再次出现；比如，他曾得过一笔数额不小的补发工资，又被他一个京郊侄子骗去……

出人预料的是，当时我却没有受到崔先生的惊吓，只觉得那时崔先生的眼神是刹那的欣喜和欣喜之后的疑惑。他旁若无人地欣喜着自己只是向后看，然后便又疑惑着自己再转身朝前。

许多年过后，我仍然能清楚地回忆起崔先生那疾走乍停、猛向后看的神态，我也终于猜到了他驻步的缘由，那是他听见了崔太太对他那直呼其名的呼唤了吧？院门开了，崔太太站在门口告诉他，若去笔管儿，就顺便买些猫鱼回来。然而，崔先生很快又否定了自己，带着要演说的抱负朝前走去。

1994.3.6

（1994.04.02，05 版）

杞忧小记

张中行

赤日炎炎，酷暑难当，室内无空调，常常坐立不安，只好看电视，希望注意力跳上荧屏，暂时忘掉高温。看，不期望得什么印象而印象还自来。其中并且有大块头的，是彗木相撞和棉包掺假。何以视为大？是因为罕见到连想也想不到。稀奇，难免有些感触。所触，彗木相撞属于天，棉包掺假属于人，于是一滑就滑到太史公司马迁的“欲以究天人之际”。我率尔操觚，向来不敢碰大问题，这次却想狂妄一下，也究一次天人之际。学青少年，说干就干。

彗星头部碎块撞木星，若干次，都因为离得远（七亿公里），且在背面，靠肉眼，直接看不见，只好间接，看报纸的叙述和形容。据说，破坏力确是够大的。于是惊诧之余，想到我们置身其上的小（只是木星的千分之一）地球，没有被撞的危险吗？天道无私，自然有。可怕，于是想到同道，或同病，古代的杞人，并明白表示，要为他翻案云云。我同意翻案，理由又不只是来个不速之客撞击。讲理之前，数典不忘祖，先说说这位杞人。《列子·天瑞》篇：

杞国有人，忧天地崩坠，身亡（无，下同）所寄，废寝食者。又有忧彼之所忧者，因往晓之曰：“天积气耳，亡处亡气，若（你）屈伸呼吸，终日在天中行止，奈何忧崩坠乎？”其人曰：“天果积气，日月星宿不当坠邪（耶）？”晓之者曰：“日月星宿，亦积气中之有光耀者，只使坠亦不能有所中伤。”其人曰：“奈地坏何！”

这“奈地坏何”不是承上；如果是承上，我们就真可以推这位杞人为先知先觉了。

先知先觉，是因为天覆地载，人都以为安全，他偏偏以为不安全。谁对谁错？是杞人对了。但还忧得不够。这不当怨他，因为其时对于外界，人类的所知还非常少。所知多了，忧虑反而会增加吗？可以说是，因为有些切近的，我们有所知，会感到不安全。也可以说不是，因为有些玄远的，我们还无所知，也就会感到不安全。前者包括多种情况，可以总称为意中的，如地球构造有大变化，太阳系内另一天体飞来，太阳老化，等等，都是，只要有一种光临，我们微弱的生命必抗不了。后者包括更多的情况，可以总称为意外的，如银河系出了什么乱子，或与另一个什么星系相撞；现在宇宙仍在膨胀，也可能转为收缩；也许真有个反物质的宇宙，则一旦与我们这个物质的宇宙相会，就会真变为零；还会有更大的变，是规律的改变甚至消亡：无论哪一种情况出现，我们的生命也就难得继续下去。有人也许会说，这是更离奇的杞优，实况是寒来暑往，我们仍可以平安地活下去。我接受这乐观的想法，所以也就仍旧拿笔写，并希望能上版面，有人看。但是撇开日常生活，讲理，我们总当步杞人之后，承认已经有生、住，必将有异、灭。

还没灭，就应该好好地活下去。这就过渡到另一种关于人的杞忧，是许多现象，其中一种使人惊心动魄的是棉包掺假，证明时风已经成为为捞钱而无所不为，长此以往，我们还能活下去吗？我幼年住在农村，家里也种棉，上市卖，未去籽的名籽棉，已去籽的名皮棉，都求质量好，易于出手，卖好价钱。所以看到掺砖块、掺垃圾的劣质皮棉，就大惑不解。所惑有三种：一是怎么会产生这样的奇想，以及有胆量干这个；二是何以居然能够卖出去；三是有什么力量能够传染，遍及华北数省。承洞明世态的人相告，这不过是百川归海的一个小支流，并不值得大惊小怪。百川都包括什么呢？据说是五花八门，说也说不尽。举其荦荦大者，如卖权与贪污受贿，造各种假，用多种形式卖色情，偷盗，抢劫，直到法律不问的投机、小本暴利等都是。形式万殊，所求单一，是不公道地掏别人口袋里的钱，往自己的口袋里装。其结果呢，是世风，钱至上；世态，社会成为争夺钱的战场，犯罪层出不穷。

对付犯罪，世间有成例，是绳之以法。这没有人不赞成，问题是罚几个，逮捕几个，判处几个，能不能改变钱至上的世风，以及能不能杀一儆百。我看不容易。见闻也证明不容易。比如用色情卖钱，像是越禁越多，专说 KTV 包房，起初是“南风之熏兮”，曾几何时，北国也遍地皆是了。棉包掺假也是个好例，与前些年的造几瓶假酒相比，真是附庸蔚为大国了。就看着它这样发荣滋长吗？或曰，用法堵截就不是看着。但问题是，为争钱而无所不为的力量如山之倒，区区的法又能怎样？充其量使今天的一百减为九十九，至于明天的增到一百一十，又只能看着。法的性质就是这样，马后课且不说，还不能如上衣，使人人身上披着一件。不幸的是，当前，数量过大的人，身上披的是钱至上的思想。所以，为了根绝至少是减少犯罪，就必须改造钱至上的思想。

这显然不容易。但要求是明确的，即老话所说：对人，变为“己所不欲，勿施于人”；对己，变为“不义而富且贵，于我如浮云”。或总的说，要“真”改变价值观念，把钱至上从头脑里请出去，换为《左传》的立德、立功、立言。这可能吗？显然，必是很难。但是，如果不能放弃“人人都能好好地活下去”这个理想，我们就只能勉为其难。事实是我们也想勉，如“建设精神文明”的声音也在耳边响就可以为证。建设是愿望，求实现，要“行”，不停止于空喊。如何行呢？一言难尽。但也未尝不可以举其至大者，曰提高人民的教养。语云，百年树人，看来我们命定要俟河之清了！悲观无济于事，所以不如厚古，“畏圣人之言”，那是《论语·子罕》篇所记：“譬如为山，未成一篑，止，吾止也。譬如平地，虽覆一篑，进，吾往也。”

往，是求以德代钱，也是理想。我们的经验是，理想经常与事实相距很远，而事实总是更硬；到手忙脚乱时期，只能先对付硬的。这是治标的办法，有可见的优点，如棉包掺假的人就真有几个（也只是几个！）抓起来；也有不可见的缺点，是很可能，另一些人正在往粮包里掺假。棉包掺假的结果是无衣，扩张到粮，就将成为无食。不可能吗？头脑里装着钱至上，任何坏事都是可能的。所以我就不能不有扩大的杞人之忧，即天道远之外又加上人道迩。迩，近也，就更可怕。比如彗星撞木星，成灾，乃远在七亿公里之外，天高皇帝远，就可以不当一回事；邻居被撬锁，大包小包卷走就不然，距离仅几米，唇亡齿寒，就必致寝食不安。如何才能安？要待世风变。于是又不能不慨叹，俟河之清，人寿几何！叹完了又能怎么样呢？深味人生，也只能怀抱着天道加人道的杞忧，“饥来吃饭，困来即眠”而已。

（1994.09.12，05 版）

大地上的事情

苇岸

1

自从出现了精神分析学家，人类似乎便彻底改变了对自己的看法。二十世纪现代主义作家们笔下的人，更让读者害怕。德国女作家沃尔夫在她的小说《一只公猫的新生活观》中，借公猫麦克斯之口说："有些人希望使自己心地善良，乐于助人，忘记自己是动物的后裔，这是同他们缺乏生理知识有关。"

其实，这是对动物的曲解和污蔑。在影视上或书本里或生活中，人们曾知道了多少动物互助和利他的感人事迹！最近我从科教片《燕子》里知道，燕子在喂雏期，为了觅食，每天要飞出去二百多次，如果你想帮帮它，它回来也会将你放在巢边的昆虫叼走。雏燕出巢后，在野外，会受到任何一只成燕照顾。这仅是一个简单的例子，新闻中不是曾有关于"狼孩"和"熊孩"的报道吗？最近它还告诉人们，一群骆驼抚养了死于沙暴中的阿拉伯牵驼人的两个婴儿。

我这则随笔是想指出，如果人抱定人类的本性就是动物，从而在任何事上都心安理得，原谅自己，他其实是应验了中国民间的一个说法：禽兽不如！

2

1991 年元旦，一个神异的开端。这天阳光奇迹般恢复了它的本色，天空仿佛也返回到了秋天。就在这一天，在旷野，我遇见了壮观的迁徙的鸟群。在高远的天空上，在蓝色的背景下，它们一群群从北方涌现。每只鸟都是一个点，它们像分巢的蜂群。在高空的气流中，它们旋转着，缓慢地向南推进。一路上，它们的叫声传至地面。

我没有找到关于鸟类迁徙的书籍，也不认识鸟类学家。这是我有生以来第一次遇到鸟类冬季迁徙，我不明白这是什么原因，也不知道这是些什么鸟。在新年，在九十年代的第一天，我遇见了它们，我感到我是得到了神助的人。

3

一次，我乘公共汽车，在我的邻座上，是一位三十几岁带小孩的母亲。小孩还很小，正处在我们所说的咿呀学语时期，一个漂亮的机灵的小男孩。在车里，母亲不失时机地教他认识事物，发音说话。他已经会说些什么了，一路上我都听着他好听的声音。忽然他兴奋地高喊：“卖鱼的！卖鱼的！”原来在自行车道上，有两个蹬平板三轮车的小贩。两个三轮车上驮的都是囤形的大皮囊，与我们在自由市场常见的一样。

到站下车时，我问那位母亲：“您的小孩有一岁吗？”答：“一岁多了。”

4

三月是远行者上路的日子，他们从三月出发，就像语言从表达出发，歌从欢乐出发。三月连羔羊也会大胆，世界温和，大道光明，石头善良。三月的村庄像篮子，装满阳光，孩子们遍地奔跑，老人在墙根下走动。三月使人产生劳动的欲望，土地像待嫁的姑娘。三月，人们想得很远，前面有许许多多要做的事情。三月的人们满怀信心，仿佛远行者上路时那样。

5

梭罗说，文明改善了房屋，却没有同时改善居住在房屋中的人。关于这个问题，我这样想过：根本原因也许就在于孩子们与成人混在了一起（这里暂不涉及人性因素）。

可以打个比方：孩子们每天在课堂精心编织着他们美丽的网，但当他们放学后，这张网即遭到社会蚊虫的冲撞。孩子们置身在学校中，实际就是一个不断修复他们破损了的网的过程，直至某一天他们发现这种努力的徒劳性。

6

我看过一部美国影片，片名已想不起来了。影片这样开的头，一个在学校总挨欺负的男孩，仿佛被神明选定，得到了一部巨大的书。这是一部童话，讲的是一个名叫“虚无”的庞然怪物，吞噬幻想国的故事。当最后的毁灭逼近，女王即将死亡时，书告诉这个男孩，拯救幻想国和女王的唯一办法，就是由他大声为女王起一个新名。

这是一部寓意很深的影片，它让我想起泰戈尔讲的一句话：“每一个孩子生出时所带的神示说：上帝对于人尚未灰心失望呢。”

（1994.09.26，05 版）

三关通衢

舒婷

衢州的“衢”字真难读。我拿着衢州市政府的邀请信求教于老爸，老爸不仅一口认出它的闽南读音，还告诉我衢州位于浙、皖、赣、闽四省接壤地带，当年可是政治、军事、文化中心，昌盛得很。先祖春稼公从京城授官回来，就在衢州府换马。后来到了衢州古城区，果闻此事，原先这里就是旧驿道。

衢州深入大陆腹地，既是它的优势也是它的局限。“无商不富”，经济上显然没有沿海发展快，旅游事业也有“养在深闺无人识”的悲哀。但是它的生态环境、民情风俗、地方特产因之得到了完整的保护。当今旅游热点已从黄山、庐山等经典望族移向小家碧玉如武夷、三青、雁荡，将来的趋向则以搜险猎奇为主。

衢州的潜力在于将来。

衢州多山，大山、深山、老山，雨水充沛则林木绵亘葳蕤，不但物产丰富，也盛产传奇故事。小时候从外婆那里听到的民间传说，十有八九都能在一本《衢州民间故事集》找到大同小异的同题翻版。比如关于叶天泗治病救人的神话，查了衢州历史，似乎无此名医，可见民间杜撰，在福建、衢州一脉相传。

又听说这样一则神话：“晋王质进山砍柴，入一山洞，遇两叟对弈，王观棋目眩神摇，棋局未终，见所带斧柯已腐，急返家，乡人皆不识，父老兄弟逝已久，竟已历二代。”这故事就发源于衢州烂柯山的柯仙洞。洞极宽敞平坦，仙人枰就在洞中，人在石棋盘上行走，自觉渺小，无论如何左右纵横，不过小小一粒棋子罢。

普天下，几乎有山的地方就有一线天，唯江郎山的一线天最为绵长均匀。当地人叫“小弄”，就这样把苍穹弄成一拱巨长的裂隙。穿堂风时时驱来乳岚，刹那间蒙面而来，两旁菅叶树姿水声白濛濛不知所踪。不过片刻，抽身而去，山复清清树复盈盈，风纹丝可辨。

江郎山的代表作是“三峰列汉”，三片石峰以川字形壁立，拔地而起，在那样秀丽柔润的洞天福地里，不知怎的生出一份孤高冷傲来，令人动心的沉郁。或者那个才尽了的江郎，就是把笔搁在与他同名的山上？怪不得人说那三峰如笔，还有两枝是谁的？

山间所食，不外山猪、石蛙、野兔，却有一味“地老虎”被山民力荐，说大补。问：穿山甲？刺猬？獾？皆否。只说夏食竹根冬食老鼠，深匿地洞，浑身乌黑，状极肖猪。众人大啖，讨论许久，不得其详。

雨中上仙霞岭，山姿更加细腻些，树也淅淅沥沥地多情，唯脚下打滑。据记载，这里原是历代兵家必争之地，当年的红军游击队也在这里活动。但我们毫无雄心，刚到第一关，就借口观赏柳杉合抱的“双宝树”，歇脚喝那山泉冲泡的绿泱泱绕咽鼻三日的山茶。

衢州的水源那样丰富，一到乌溪江水库，觉得天下的水都汇到这里来似的。发电厂年轻的厂长以手扶闸，说：“只要这里一拉闸，福建有三分之一的地方漆黑一片。”我打一寒噤，赶忙出声制止：别！

库区有水上疗养院，草屋竹楼独立，玲珑可爱隐于花木之间。同行林斤澜及蓝翎先生即刻心有所属，但斤澜小筑与蓝翎轩均门窗紧闭，遂马步雄踞台阶上昂然拍照，好像国旗插上月球那样宣称此地有主了。

往白鹭洲看千年古樟，沙洲上素禽点点，不知白鹭否？一条清浅溪流因为雨季丰盈成莽河，两岸秀树半倚水中。农妇水边捣衣涤菜，回想插队知青生涯，不觉出神。忽然“哞”一声，腰背被轻轻杵了一下，原来是老牛求让路。

最让人百思莫解的是新发掘的地下洞，洞口很小，里面宏伟空旷，与洞顶成45°角向地下深入，撑以巨柱，平整光滑，全部由人工凿成。至今尚未考察出哪个朝代为了什么用途而耗费如此巨大的人力。

离开衢州前夕，市政府设宴荷花宾馆为我们饯行。年轻的市长雄心勃勃，才情横溢，手执酒盅，数巡过后半点酒意也无；又能卡拉OK，击筷而歌；席后挥毫洒墨，断章摘句，文武双全也。

每人分数册衢州旅游、物产、历史介绍手册，这才知道，这一周来虽然每日早出晚归，以为踏遍衢州大地，其实所游览的不足衢州名胜十分之一，尤其“叶氏古建筑群”、“江山文昌阁”、“陈岭溶洞群”，听名字就有多诱人，岂不跌足大呼上当。

市长殷殷邀请下次再来，答：“想固然想。但回去须一拔嗓，二临帖，三练酒量。三关既过，便可通衢也。”

(1994.10.08，05版)

浭酒·曹雪芹祖籍

周汝昌

清初朱彝尊（1629—1709），文坛（诗词）一大名家与怪杰，久客京津，《日下旧闻》即他编纂，学识之渊博，冠于当世。他是曹雪芹祖父曹寅的前辈诗友。他的《腾笑集》里有赠名诗家宋荦的诗，有云：“渔阳松繖宝坻鱼，浭酒吴船味不如！”意谓京畿一带这三样名产，连江南的佳味也望尘莫及。松繖，是一种面食点心，宝坻鱼专指银鱼。这浭酒，就是丰润的特产，其品甚高，在京师亦居首位。为何名曰浭酒？只因丰润有条河叫做浭水，所以丰润别称“浭阳”（犹如洛阳、汝阳、汾阳……皆从河水得名）。浭水俗名还乡河，因宋徽宗被金人俘掠北上出塞，路经此地，见浭水独异他水，它是自东向西而流，故而悲叹：此水尚能还乡，我却无回归之日了！

浭水之质特佳，所以酿出的酒其味不与俗酒相同。雪芹之祖父曹寅，是位大诗人，将平生吟什，编为《楝亭诗钞》，体例是编年排次的。在他早年，即未到苏州、江宁织造任以前、尚在京中内务府当差的时候就有一篇《饮浭酒》的五言古体诗，编在全集的卷一。他说：“眷言酌昆友，陶然知水奇。麴糵岂一端，醇酎毋乃兹！……”他指出此酒酿自浭水，水质特奇，在众多的酒品中，只有它堪称醇酎。

不知你可听过京剧《宝莲灯》？那老生有一段二簧快三眼：“昔日里有一个孤竹君，伯夷叔齐二大贤人。……”孤竹是周朝以前的古国名，水发源于孤竹境内，所以曹寅那诗又说：“寒泉伏百里，忆出孤竹时。”

他不但对地理源流了如指掌，而且想象，从远古时候，这儿的人就以水酿酒了吧？

曹寅同饮的“昆友”是谁？除了异娃亲朋，就也包括丰润的曹氏族兄们在内。丰润曹，当地“四大娃”之首，早有人在京仕宦，他们那时虽然满汉“旗、民”之间有了政治身份的难以逾越的区分，但骨肉血缘、同气连枝之情，自己都很明白，虽不便明言特表，事实上人亦共知。曹寅这首浭饮诗，编在卷一，而同卷稍后，就有《冲谷四兄寄诗索〈拥髻图〉并嘉予学天竺书》的七律诗，冲谷是丰润曹鋡的字号，两首七律，表明他们的诗文倡和、书画交流，十分密切，他们又都精于制墨，寅向鋡讨其佳品，以供书画“挥洒”。

以上的情况，在楝亭诗一开卷就展示得至为清晰生动。但问题还不在于他们同宗弟兄间过从往来之甚厚，还有重要的一点，即曹寅此时已然明白表出：“末路相看（平声）有敝庐。”意思是说，他们此时还难时时聚首一堂，盼望将来临到“最末一局”，是能卸职退休，回到老家的故居去常常对面“相看”，即聚隐于故乡，不再离别！

你看这是何等深挚笃厚的感情！岂是一般言语。

曹寅诗集中，多次写及了与丰润兄弟的“骨肉”、“雁行”的情谊关系，而这种关系是从“总角”童年追忆起的。他又常常提到“吾宗自古占骚坛”。这层意思，是说自从汉魏“三曹”以来，曹氏是诗宗之首，他们原是诗宗的后裔。

这就又表明了他们的同宗的血缘之亲情，源头很久远了。

他们到底是哪一“宗”呢？

本文只是短篇漫笔，并非什么论文考证，只能极简至短地略叙一二要点。只从宋代讲起吧，他们是开国元勋武惠王曹彬的后裔，这一门，从北朝就是河北真定灵寿人。彬生七子，第三子曹玮是最有继父才能的名将之子，其后代辗转流落到江西进贤武阳渡，南宋时还有做官的。明初永乐二年大移民，有一支从武阳渡北迁，落户于河北丰润。这就是“丰润曹”的来历。

丰润曹兄弟二人，弟弟又由京东出关，到辽东铁岭卫去谋生创业。这一支，传到明末，满兵攻陷了明朝的北关要地抚顺、开原、铁岭。铁岭曹家的一支，被俘，归入了旗籍，是为曹寅的上世。入关后，此曹家即成为内务府人——皇室家仆的身份。

至今，还有一位93岁丰润曹姓老人，他于40年代初，在抚顺工作，因求医的事情，在“万育堂”老药店遇上一位曹姓大夫，叙起来，相互惊奇——大夫是铁岭人，而知道老根儿是丰润。后见铁岭父老，原来都世代传述，知道自己是“从丰润来的”！相叙之下，十分之亲切！

此事丰润县人民政协主席作了详细采访调查，并有录音存档，历历分明。我承主席宣玉荣先生亲自信函详告，才知原委。而不久前有人到抚顺访查，果然那儿的老年人还能指出“万育堂”老药店的遗址。

综上而观，我个人相信，雪芹的祖籍是河北丰润，应无疑问。

曹氏这一支归旗之后，逐渐有了官职地位，随着满人在关外立国号、迁都城，依次先后到了辽阳、沈阳（盛京、奉天）。那时报籍贯，怕引起政治麻烦，只好随宦随书，故曹家历代人的“籍贯”的记载，成为“奇观”———时是辽阳，一时是沈阳，一时是“奉天”，一时是“满洲”，也有“辽东”，也有“襄平（古郡名）”……甚至还说成是“三韩”！不懂的又以为是朝鲜半岛人氏了。

这种现象，今人不易懂得了，那实在是明、清交替，满、汉纷纠的特殊时期的一种短期的历史异常现象，本来并不是什么“奇”而难解之事。

曹家报“辽阳人”，也报“沈阳县人”（见《白山词介》）。由此一点现象也能晓悟：无论“沈阳”还是“辽阳”，皆属随宦权宜的记档办法，都是寄籍的写法（也叫著籍），皆与真正的祖籍是不可混淆的。

追溯到明代，雪芹的祖籍——即曹寅（以及他更上世）所承认、所眷怀的祖籍，乃在京东丰润，这是事实。

京东何地？乃清代正白旗所分占的势力范围，曹家在此有产业，也因公私来往频繁。对丰润，他们是很熟悉的，不同我这“纸上谈兵”式的书生漫话。曹寅家在宝坻有“受田”，即正白旗所分配的“圈地”，宝坻与丰润只一水之隔，曹寅还曾嘱托他族兄代他照料庄田，训责“庄头”（二地主）的不尽职，犹如《红楼梦》中也有庄头乌进孝，有点儿相似。再有小说里贾琏常到“平安州”、“兴邑”等地去办事，那地名实指京东，以丰润往东北至遵化一带（遵化古有平安城）。又写到玉田胭脂米，都是实有的事物。其余不及备述。

刻下读者群众对雪芹祖籍又发生了浓厚的兴趣。反对“丰润说”的，以为辽阳“五庆堂”曹氏谱是根据，因而否认雪芹上世与丰润的关系。然而，该谱中问题甚多，只说一点：顺治十八年曹士琦作序，明言他这一族的来源是“自元以前无所考”的，而丰润曹与北京内府曹的可靠文献一致记载是宋代武惠王曹彬之后。其余诸多问题姑且不论，单说这一点，哪儿才是雪芹的真祖籍？不是就需要好好地深细地作出科学性判断吗[注]？

个人学识浅薄，岂敢以一叶而障天下之目？不过应读者的嘱望，写此短文，粗叙大略，以供参考。

丰润佳酿浭酒，始终保持传统风味，乡民们习惯地称之为“曹雪芹家酒”，此名带来了新的亲切感，很受欢迎。现今丰润成立了曹雪芹家酒总公司，正式将浭酒更名为“曹雪芹家酒”，这也很有意思。

也许有人问：雪芹祖籍丰润，还不等于浭酒就是曹家酒呀，有什么证据吗？答曰：有的，证据在陈廷敬的一首寄赠丰润曹鼎望的诗，其中说：“高筵尝遍京东酒，浭酒淋漓最有情”；他在指出浭水是“近海清波净于练”之后，又说道：——

“谁将浭水变春醅？
曹家兄弟成欢宴。”

这话就太明白了：曹家兄弟是浭酒的酿造者（淮阴教育学院图书馆张一民副馆长提示了这个线索）。

要知道：陈廷敬（1639—1712）是康熙朝的三大宰臣（大学士）之一，地位极高，曾陪驾南巡，主修《明史》，深得任用。他著述最丰，《午亭文编》五十卷，而又有《午亭山人第二集》三十卷！他这首诗的题目是《浭酒歌》，因玉田孟君寄曹冠五使君，冠五即曹鼎望，曹鋡之父，曾官知府，故称“使君”（使君是太守的别称，太守相当于后世的知府官，故云）。那么好了，陈廷敬这位“位极人臣”的大文家，与丰润曹素有深交，他出来作了“证人”，大约还是“够资格”吧？

甲戌中秋记

[注]比如，在“五庆”谱中，始祖是明初的曹良臣，史载良臣只生一子，而谱中却列出三子；其第三子名俊，又生五子，其第四子名智，智为此族之第三世，然而三世以下完全空白，到了第九世，突然“接上”去的是雪芹的高祖曹锡远（世选）。五世大空白突接的“关系”，何所依据？如不弄清是非真伪，又怎能确定它的可信性呢？其他疑问尚多，此不备及。

（1994.12.17，05版）

一双红拖鞋

池莉

到现在为止，我没有往事。

没有往事是我到现在为止对自己人生的感觉。每天当太阳升起来的时候，我就开始干活，操持维持我生存的所有勾当。我想“勾当”这个词没有别的什么意思，没有。我总在往前走，不习惯向后看。我在无边无际的荒原里走着，一脚踩在哪儿哪儿就是路；后跟提起来，野草就合拢埋没了我的来径。我曾驻足环顾过，但前前后后，古古今今都没什么两样。过去的事就让它过去，谁能留住它呢？回忆有什么用？它能让从前遭遇过的不幸阻止将来的不幸吗？

我想它不能。

我生在社会主义的蜜罐里，长在红旗下，我不知道一些资产阶级小资产阶级的思想是如何潜入我的意识之中的。我在很小的时候就非常喜欢母亲的旗袍和高跟鞋，喜欢抚摸外婆存放在樟木箱里头的绣片和丝绸，喜欢饭桌上摆着成套细瓷餐具的形式主义的进餐方式。一上小学，我便遭到迎头痛击。首先是绝大多数同学的不认同使我的上进心受到了巨大的挫折。我学习成绩优异，处处走在前列，却得不到最大的爱戴和拥护，这使当时那个自以为是的小姑娘多么痛苦呵。更大的打击还在后头，“无产阶级文化大革命”来了。一夜之间，父辈的优势坍塌。我这个小姑娘顿时陷入人民战争的汪洋大海。在苦涩的海水中挣扎求生的情形就不用再说了。我要说的是如此经历应该给了我极大的人生教训。的确，我一直都以为如此。

高中毕业，我积极响应毛主席的号召，下乡当了知青。这一年我17岁，十分敏感又十分好强的年龄，出发之前暗暗发誓：一定要成为最优秀的知青。为此，我反复整理了行李，将皮鞋和的确凉衣服、绸衣服、裙子以及所有花色鲜艳的服装统统剔除。在农村的两年多里，我像个复员军人一样总穿着旧军衣。旧军衣对我接受贫下中农的再教育，对我被评为先进知青倒真的起了不小的作用。本来，那一段乡村生活是顺利和令人愉快的，如果没有那双红拖鞋。

我既然已经自觉地决绝了花衣服，那双红拖鞋是怎么被我带到乡下的呢？关于这个问题，我无论如何也想不出所以然来。当时的事实是：我到达了所在的生产队之后，设法洗了个澡，然后在乡村金光透明的夕阳西下时分去妇女队长家吃晚饭，光光的脚上穿着那双樱桃红的珠光拖鞋。拿我自己的眼光看，那双拖鞋很普通，塑料的。所以我十分坦然地穿了出去。其实我是知道那时那刻那双红拖鞋在乡下的效果的。现在的我已经无法理解当年的我的心态，为了愉快？为了引人注目？我不知道。总之，我用城里少女那双白嫩的脚穿着一双鲜艳的红拖鞋走过了长长的乡村小道。就在这个黄昏，一个放牛的孩子被这双红拖鞋深深地吸引住了。在他看到红拖鞋的最初一瞬，他小小的世界里发生了一次剧烈的震荡。他睁着闪亮的眼睛，追随着我们，直到妇女队长将他赶出门去。

下放不久，我被推荐到大队民办小学教书。放牛的孩子成了我的学生，我这才知道他是本校最聪明领悟力最强成绩最好的学生。他对我非常的尊重和爱戴，我知道这份感情起源于那双红拖鞋。我们很快就可以交谈了。这孩子的求知欲格外强烈，而且明确表示出对一切美好事物的无限向往。由于有红拖鞋的默契作为基础，我竟然忘乎所以地对他有问必答，经常大谈外面的世界，大谈文学名著，大谈名人轶事，大谈什么不想当元帅的士兵就不是好士兵。在谈这一切的时候，他总是听得如痴如醉。

两年后，我走了。被招生到一所医学院上学去了。在走的时候我还很是得意，因为那个放牛的孩子在方圆几十里地的好几所学校里已经闻名，以他的成绩尤其是他的作文成绩。

可是，当时间又过去了几年后的一天，我得到一个消息：那个放牛的孩子疯了。据说他在高中未毕业的时候就一再要求参加高考。奇怪的是他一旦考上了大学，人就不行了。患的是幻想型精神病。

我想，如果当年我没有穿那双红拖鞋呢？我想，我干嘛要穿那双红拖鞋干嘛要高谈阔论呢？当然，谁也不可能也不应该把一双红拖鞋和一个人后来的命运联系在一块。然而，我无法让我的心不难受，无法让自己不后悔。

不过比悔恨更令人心酸的是：悔恨也就是悔恨，它于事无补，它挽回不了什么。我们只有将这一切归于往事，让野草掩蔽，自己默默地朝前走。等我们有朝一日老得不再能够动弹，到那时再来打开往事的匣子，里头的悔意肯定会使我们的老脸充满慈祥。

一九九四年十月十九日

(1994.12.31，05版)

诗歌事业的基石之一

公刘

我同段宝林教授相识，是在全国民族文学、民间文学暨沈从文学术讨论会上，时间为1991年8月19日上午，地点为美丽宁静的湖南省凤凰县城。当下，他还见赠了厚厚的一部《民间诗律》。

实际上，那书我早已拜读过。正因为读过，我才知道北京大学有这么一位潜心研究古今中外民歌的专家，所以见面之际，并不觉得陌生。

不久，他又寄来了同样厚厚一部《中外民间诗律》。

今天，他的第三部编著《古今民间诗律》即将印行，于是，与第一部、第二部首尾衔接，构成了一个完整的三卷体的学术系列。

这真是孜孜耕耘，默默奉献，其精神令人钦敬，而绝非欣喜二字所能概括。

宝林先生来信嘱我撰序，居然说什么“非您莫属”，闻之不胜惶怵！

是什么原因，促使宝林先生下这个决心呢？思来想去，恐怕还是同前边提到的那次会议有关。原来，就在我们结交的第二天，大会开幕式上，我被邀请登上主席台，复被突然点名讲话。我估计，就是这番即兴发言，给段教授留下了一点印象。

其实，我并无惊人之论，完全是“老调重弹”，尽管它是我个人学诗半个世纪的亲身体验；所谓言为心声，那份实在与痛切却是无可怀疑的。

记得我开门见山的第一句话就是：不喜爱民歌的诗人，不可能成为被人民喜爱的诗人，更不可能成为被人民纪念的大诗人。

远在1984年，我给《民间歌谣报》书写的题词，便有类似的语句。1988年，我在《诗神》上发表长文，评荐叶延滨和梅绍静的新作时，又一次阐述了学习民歌的重要性与必要性。

在这次发言中，我举了若干古今中外著名诗人为例子，证明民歌是一股活水，能灌溉诗人的心灵，能濡润诗人的笔锋。

我认为，一切诗歌的源头正是纪录人民生活的民歌；鄙薄民歌，犹如不认娘亲。不仅有害于艺术，有悖于逻辑，有违于历史，且有背于道德。

我还说，民歌貌似粗陋，实则质地佳美，蕴藉丰厚，有取之不尽的财宝可供有心人开掘、继承和改造。

我又进一步指出了现实中的大不幸，当今的某些诗人，尤其是一部分青年诗人，自命“先锋”，认宗“现代”，唯“洋”是举，非但自己不读民歌，而且嘲笑别人学习民歌，妄言凡民歌皆糟粕，这完全是一种极其皮毛极其偏激的见解，徒然于自身的提高与创造不利。

当然，我也没有忘记指出，民歌有真有假。上述片面的结论，从某种意义上看，也正表明了一种对假民歌的较为普遍存在的逆反心理。所谓“大跃进”民歌，便是赝品的典型。我提请在座的朋友们注意，民歌姓民，不姓官，姓官的假民歌，必然别有用心，对之应该擦亮眼睛，谨防上当。

我又特别强调了民歌的艺术技巧：比、兴手法；运用谐音以造成联想效果，不可一概以文字游戏视之，以及“象”和“象外之象”，等等，都值得我们认真借鉴。

8月23日大会闭幕，我又遵嘱为之题词，一张六尺宣纸，被我的几十个酣墨颜体撑得满满的——

一切的民族文学都始源于各自的民间文学，而不同的民间文学的共同的人民性，又规定了不同民族文学的共同的世界性。

这段题词，目的在于寄语与会诸君：人民性必须升华为人类意识，民族色彩必须奉献给世界的整体画幅。否则，一切势必失却其自身的存在价值。

以上，是对有关往事的追忆。

往事叙述罢，通过这篇短文要表达的话语似乎也可以同步结束了。

需要补充的一点是，今日倡导研习古今中外的民歌，绝非倒退，而是前进的需要，温故得以知新；绝非复旧，而是推陈，推陈为了出新。这就是我对学习民歌问题的基本理解。

（1995.01.27，05 版）

女人和“榆钱”

张抗抗

时钟每一秒都在疾速地奔走。走向21世纪以及更遥远的未来。

属于女人的日子，每天都在平平淡淡、琐琐碎碎中逝去，也带走了女人的青春和美丽。莫非到了21世纪，这样的日子会有什么不同么？

男人说，只要女人还得生孩子，女人就仍是女人。

21世纪已近在眼前，女人无法指望21世纪的科学，能使男人生出孩子。假若一旦男人生了孩子，女人还能称之为女人么？

所以女人绝无半点企图扭转乾坤的非分之想。女人期盼的，仍然只能是如何把那些女人该做的事情，做得更好些而已。女人如何能活得更像个女人：健美、聪慧而温柔，拥有含而不露的尊严以及与男子同等的自主权。

男人说，我从不做梦；或者说，我每天都在把梦变成现实。

但女人却喜欢把现实的人生，变成一个个或温情或焦灼的梦，来品尝与回味。女人飘零虚幻的梦，如白雪纷纷彩霞悠悠，是慰藉是补充抑或就是希望本身。

——春天，满树金箔似的榆荚如雨如雪从枝上落下。榆荚形似旧时的元宝，俗称榆钱。在女人的梦里，也被作为富裕的象征。于是榆钱说：女人，你嫁给我吧，我知道你爱我胜过世上的一切。榆钱垫起了女人柔嫩的脚，使她不必再因踩着人间崎岖的石子路而疼痛；女人将榆钱用情丝一片片穿起，做成华贵的衣服，即便在黑夜里也光采照人。女人的身上沾满榆钱的浆汁，由于富有因而也很幸福。然而女人却从梦中忽然惊醒，她望见金色的榆钱随着岁月萎黄干枯，碎片无可挽回地从她身上脱落下来，与她冷冷道别，在寒风中飘荡星散。再低头，她已一无所有，榆钱簌簌的诱人声响，已在另一个春天里归于比她更年轻的女人。

女人依然继续着她关于榆钱的梦。她从荒凉的黄土地上挣扎着爬起，不再整日靠在树干上躺着等待来年的榆树重新发芽。她运来了树苗，将它们一棵棵栽入水边，以乳汁浇灌它们。树苗是她的儿女也是她的情人。她往昔那个金色的梦，渐渐被浓雾般的树林与绿荫覆盖，像轻柔弥漫的水气，染绿了清澈的湖水。山林原野因湖水的滋润，呈现出深沉而宁静的墨绿色；空气因过滤了躁热的浮尘，变得纯净而甘甜；太阳与月亮都清清爽爽地发光，女人的日子里省略了许多烦心的琐事，女人的腰腿肌肤忽而恢复了柔韧的弹性。

终于，女人梦见自己变成了一棵榆树。

当某个融融春日，枝繁叶茂的榆树绽开花蕾时，她发现那曾经被自己无限仰慕、如金币如铜板坠满枝头的榆钱，却原来就是她自己。

榆钱是榆树的花。榆树花轻盈而不轻佻，娇美而不妖艳，饱满而沉稳，别致而精巧；榆钱还生着一对薄如蝉翼的翅膀，驮着女人所有的希望和梦想，像一个聪颖的精灵，伴着春风去周游天下。

男人曾说女人是花。在女人的梦里，女人依然是花。只不过，她梦见自己像榆树一样婷婷站立，既非鸟萝亦非紫藤，不攀缘不依附不迎合不屈就；更非季季播种的“太阳花”，只绽开在阳光恩宠她的那个时刻。

只因榆树有深根支撑。年年岁岁，挺过萧瑟的冬季，仍是一片翡翠般晶莹。

那个时刻，女人无须再将榆钱编织成时装外套，专为赢得人们的赞慕。在她的梦里，衣服已同身体浑然一体。就像树皮与树干，里里外外都是同一棵树。她生长着窈窕着伸展着蓬勃着，在湿润的地气中，创造并消耗她取之不竭的榆钱，岁岁去而复来，失而复得，不再祈求与被祈求。

女人梦中的男人，只是另一种树。槐树、银杏、松柏，亦有珍贵的果实，具有别样的价值。她在梦中与他们并肩而立，夜深时，林中传来树木的低低情话，以枝以叶以槐花以榆钱，彼此交流着日日更新的呼吸与精气。

天亮时，女人的梦醒了。

女人还原成一朵玫瑰、一枝幽兰，或是四处寻觅、捡拾着榆钱的姑娘。

梦醒的女人说，假如我真变成了榆钱，定没有男人再会好好疼我。

新年钟声敲响时，21世纪说远说近，已是咫尺之遥。21世纪人们的生活质量将会有更大提高，也将会带给女人们更沉重的压力。然而，既然富裕起来的欲望，已如此强烈而无奈地协迫着、诱惑着今天的女人们；既然女人们与生俱来的物质渴望，将步步紧逼着女人对金钱的需求；那么女人将如何迎接21世纪的降临，或许比男人有更多的难题。

其实，关于榆钱的一番胡思乱想，仅仅是出于一种瞬间的感觉。春风吹落遍地榆钱时，我总听见一个声音在空中说：不要指望把手伸到男人的口袋里去掏钱。时装和首饰最可靠的来源是女人自己。喜欢钱的女人，最好把自己变成榆树来收获榆钱。

21世纪的日子也许没有什么不同。但21世纪的女性，爱着世上可心的男人，却不应再延续着传统妇女的惯性，只想傍着有钱的男人，依赖男人的钱袋去过好日子。

（1995.05.03，11版）

水手

张炜

真正的作家天生应该是个水手。这使我们想到了写出《白鲸》的麦尔维尔，还有搏击在密西西比河上的马克·吐温，以及那个硬汉杰克·伦敦……他们都有过水手生涯，一生都在生活的激流中搏斗。

长长的流浪，无边的海洋或漫漫的大河，水声，涛涌，遇险与生还。这一切都与文学的壮丽、传奇的声响交融一起，难分难解。

作家是思想者、记录者，也是个浪漫的儿子。他天生应该是长于行动的人，而不仅是思想，是精神的漫游；即便躯体也要在这无边无际的世界上流荡才好，让冰凉的水流冲洗他，直到拍击冲刷出那难忍的欢乐和痛苦的歌声。

真正有个水手名分的总是极少数。可是他们要有水手的实质，有那样的情怀和想往。不然，即便真的吃过甲板上的饭水，也不过是个乘船的人，改变不了骨子里的平庸气、小地方人的偏狭嫉恨。人一生下来就脚踏着一块甲板，区别是有人能迎着风浪始终站立；而有人不得不趴下，四肢并用。

这块陆地眼下已是从未有过的巅簸和摇动，随时都会在击打挤压下碎裂。人哪，甲板上的人哪，不要因恐惧而逃遁，不要呻吟和出卖，不要背叛，不要放弃。同舟共济吧，生存着，互助着，同情着，英勇着。

水手啊，人类的水手。

水手护住了女人和儿童，护住了所有的母亲和未来的母亲。他们为孩子揩去泪痕，为老人披上寒衣。这艘拥挤的船已不堪重负，龙骨发出了格格响声。水手坚持着，准备着。他们默默自勉，那一刻来临时，他们将奋不顾身。

是的，那些险奇的经历也许常常是止于幻想。这样也热血奔流。到遥远的地平线的那一端，把挚爱的生命系到纤若发丝的什么上，让其颤抖和惊惧。生命在这一刻变得光焰四射，璀灿绚烂了。疯狂的浪涛拍过来吧，拍到胸膛上、脸上，把桅杆打折吧。

世界变大的一刻，人就变小了。不再为一己的荣辱面惴惴，不再为眼前的虚幻而激越。真实的存在、揪心的痛楚，这些都要伸手抓住。要有勇气面对它们。它们是我们自己、是我们的。我们也会化为它们。从这一刻开始就学会了藐视，学会了嘲笑，学会了安定。

在浩淼的水波面前，人还剩下了什么？

剩下了知性和自尊。那就紧紧地拥有它吧。

人如果失去了它，就将一无所有。无限的大对无限的小，无限的沉默对无限的喧哗。这种尴尬让一个人感到了，他才能开始告别童稚状态。

作家处于童稚状态是可怕的，也很可惜。这种“童稚”绝没有真正儿童的可爱。这是不堪一击的软弱和浅薄无知，是人类甲板上的多余人。

被腥风苦雨洗刷过，踏上岸，大地也在摇动。真正的水手四处张望，寻觅自己的故园。到处都是一片汹涌，是呼叫和啸动，是未知的深度和难测的定数。

人的命运之河，曲折之水。人能够感知的有多少？目击的有多少？真实记录的又有多少？作家，像水手一样的作家啊，他们手中握住的不是一支笔，而是命运的桅杆。

桅杆被打碎的那一天，会化为屑沫飘动。但总有一支迎着潮涌挺立的桅，它将驶向地平线，在永恒的太阳下闪出金色。人的光荣凝聚在上边，人的尊严也凝聚在上边。

水手啊，人类的水手。

当过水手的人不一定能完成那个向往：一位作家。而真正的作家的确会拥有水手的性质。在这个狂想和梦呓交织的嘈杂世界上，各种垃圾正铺天盖地地堆积。

可是水流仍旧像世纪之初或更遥远的记忆中的时世一样，滔滔不绝。水流就这样平淡无奇地冲去了垃圾，水是洁净的、温柔的，也是无情的。在这世纪之水的分扯之下，什么都分崩离析了，只留下了一个个属于水手的岛屿。

它们孤零零地立在那儿。天上的浮云与之对应。

水手啊，人类的水手。

（1995.07.05，11 版）

致垂钓者

赵丽宏

报载：重庆嘉陵江边，一少年落水，众多垂钓者竟无动于衷。少年无救，溺水而亡。

——题记

你们看见我落水了吗？

你们听见我用最后的气息呼救了吗？

我知道你们都不是瞎子，也不是聋子。你们凝视钓竿浮标的目光是那么专注，你们对鱼儿在水面发出的任何微小声响都会兴奋不已。你们的目光像鹰，你们的听觉像兔，你们的嗅觉像猫。然而，你们却看不见我在你们面前溅起的一大片浪花，你们却听不见我的哭喊，这是为什么？

我看到过鱼儿上钩时你们欣喜若狂的表情，你们手舞足蹈，扑向被你们拽离了水面的鱼。如果鱼儿从你们手中逃遁，你们会奋不顾身地去追捕；如果鱼儿从你们的鱼钩上脱落，你们会捶胸顿足地叹息……难道，在你们的眼里，我还不如一条小鱼？

此刻，我在黑暗中挣扎，汹涌的流水，正铺天盖地把我笼罩，把我吞噬。你们应该看见我伸出水面的手，我在用手向你们作最后的召唤，我期望我的手能抓住你们伸向我的手，就像你们伸向上钩的鱼儿们的手，你们这些经历过人世沧桑的成人的大手啊……

然而没有什么手伸过来，我能抓住的，只有冰凉的水花！

鱼儿们游来了，它们惊奇地围着我，观赏我。我的耳边，响起它们七嘴八舌的发问：

“嗨，你，是不是也想做一条鱼？”

“你在水里看上去并不快乐，为什么不回到岸上去？”

我只是拼命挣扎，浩荡的流水正在窒息着我，使我无法回答一句话。

“哦，你不会游泳，是不是？”

“快叫那些坐在岸边的人来救你呀！他们为什么不来救你？”

“那些人看见你了，他们怎么无动于衷？”

“可怕呀，这些钓鱼的人！”

已经听不清鱼儿们说些什么了，我用最后的一点点力气，挣扎着扑出水面。我又一次看见了你们——你们那一张张冷淡的脸上，没有焦灼，没有紧张，没有惊慌，没有恐惧，没有激动，更没有愧疚和不安。你们像一尊尊雕塑，沉着冷静地蛰伏在流水边。哦，此刻，你们心里想的是鱼类，而不是你们的同类——人。

你们一定看见了我用双手拍打出的最后一片微弱的水花，这是我生命的最后一丝活力啊，你们看见了吗？你们心无旁骛，只是皱了皱眉头。也许，你们是在抱怨我挣扎的水花惊扰了你们的猎物？那么，对不起了，你们这些专心的垂钓者！

我想最后看一眼这个曾给过我童年欢乐的世界，然而我的视野中一片迷茫。我感到汹涌的流水凝固成坚硬的冰，渐渐地把我封冻……我冷！

你们应该看见我最后浮出水面的黑发，这是我的生命之花在人世间的最后一次开放。睁大你们的眼睛看一看吧，记住这漂浮于水面的黑色花朵。这是一个留恋人世的少年留给世界的表情。记住，我永远会注视你们！在你们的后半生里，你们会梦见我的，你们会在梦中听到我不断的呼救，看到我急切而绝望的眼神！只要你们还活着，我就要一遍又一遍地追问：为什么你们不来救我？为什么你们不肯向一个正在和死神搏斗的孩子伸出援助之手？为什么？为什么！……

在另外一个世界里，我要向所有游荡的灵魂描绘你们冷若冰霜的表情。有一天，我们会在另外一个世界里相会的，记住，那时，你们将会被送上法庭。我，还有那些被你们恩宠过的鱼儿，将一起出庭听你们为自己辩护——假如你们还有勇气为自己辩护。到时候，谁也无法遮盖自己的灵魂。

是的，此刻，你们的鱼篓里，还会盛满活蹦乱跳的鱼，然而你们的灵魂中，已经有了一个永远无法填补的空洞！

（1995.09.27，11版）

梦之谷

蔡其矫

沿墙开花的道路
尽头有星云的光明
山亭在眼前一亮
忆起欢乐怎样产生
众仙逾经的山谷
曾闻气流的箫笛声
仿佛是一阵细雨
洗去灵魂中的灰尘
常与大自然交欢
结爱情的永久联盟
郊野的风和日丽
照亮并且拓宽梦境

(1996.04.20，07版)

寂寥旗杆屋

霍达

旗杆屋是我在香港采访中所探寻的历史遗迹之一。这并非因为它是香港现存的最古老的西洋建筑，而是因为它在漫长的历史中的特殊用途：英国驻港三军司令部。当年，在它那高高竖立的旗杆上，飘扬着大英帝国的“米”字旗，被老香港称为“旗杆屋”。

如今，它在哪里？港岛中区摩天大楼林立，旗杆屋已经被五光十色密密麻麻的现代化高楼大厦淹没了。我向当地人打听它的所在，年轻的朋友们听到“旗杆屋”这个名字，往往不知所云。这也并不奇怪，因为它太古老了，已经随着逝去的历史，渐渐被人们遗忘了。然而正如历史不能被随意涂抹一样，旗杆屋和逝去的历史同在，并且至今依然还在。出于对历史的执著探究，我要一睹它的真面目。

当我找到它时，才发现它和那座高达72层钻石般造型的中国银行大厦近在咫尺，我来来往往中环不知多少次，却都擦肩而过。中银大厦的背后有一条西南东北走向的红棉道，和金钟道交叉，形成一个90度的夹角，旗杆屋就在这夹角的小山坡上。现在，我已经登上了山坡，站在它的面前。这是一座坐南朝北的建筑，楼高二层，白墙黑顶，造型脱胎于17世纪英国著名建筑师琼斯所设计的皇后别墅，那座帕拉迪奥风格建筑后来成为“样板”，从英国本土流传到它的海外殖民地，形成所谓的殖民地风格。旗杆屋和它的“样板”稍有不同的是四周增加了立柱式游廊，门窗增加了半封闭式的百叶窗帘，以适应香港远比大不列颠岛炎热的亚热带气候。

这座殖民地风格的旗杆屋，一砖一瓦，一木一石，都与那不堪回首的历史连在一起……

当年，英国的鸦片快船游弋于香港一带的洋面时，向中国倾销毒品的商人们早就梦想着在这方得天独厚的水土建立他们的永久基地，1836 年 4 月，英商所办的报纸《广东纪事》公开声称："如果英国人想在中国南部扩充势力，最理想的地方就应该是香港。"1839 年林则徐虎门销烟沉重打击了殖民主义者的嚣张气焰，英国外交大臣巴麦尊决意实施武力报复。1840 年 6 月，英国远征军 16 艘战舰在总司令乔治·懿律的率领下浩浩荡荡开进中国领海，进犯广州，打响了鸦片战争。侵略者在广州受到激烈的抵抗，又转攻厦门，占据定海，由此一路北犯，一直打到天津大沽口，逼迫清政府谈判议和。次年，英军攻占广州，新任驻华公使、海军少将璞鼎查又率炮艇从香港北上，攻占厦门，再陷定海，继而占领镇海、宁波，攻破长江门户吴淞口，一路西进，激战镇江，直逼南京。在英军坚船利炮的强大攻势下，道光皇帝屈膝投降，派耆英、伊里布于 1842 年 8 月 29 日在南京下关江面英舰"康沃利斯"号上签订城下之盟，将香港全岛割让给了英国，并作出巨额"赔款"，开放五口通商。而早在《南京条约》签订之前，英军测量舰"琉璜号"就已经在 1841 年 1 月 25 日登上香港岛西北部的水坑口，并命名该地为"占领角"；次日，英国远东舰队支队司令伯麦率领他的部下登陆，在海军和陆战队枪炮齐鸣声中升起"米"字旗，宣布正式占领这座中国岛屿，为他们的女王陛下夺得了一块崭新的远东殖民地。

殖民者的足迹刚刚踏上这片土地时，港岛北部还是一派峰峦苍翠的自然风光，港英政府凿山开路，拍卖土地，那时所谓的"维多利亚城"还没有一座永久性的建筑，靠贩卖鸦片发迹的商人捷足先登，抢在拍卖土地之前就已在中环海滨筑起石砌货仓。港英政府却突然猛省：此地与对岸九龙半岛尖端清朝官富巡检司遥遥相对，具有远远超过商业价值的军事价值，于是赶快收回这块地皮，拆除货仓，兴建了美梨兵房和三军司令部。"旗杆屋"依山傍水，占尽地利，这座仅仅两层高的楼房在当时已经十分威武煊赫。再加上紧挨在东边的金钟兵房和随后在中环与湾仔之间兴建的海军船坞“铎也”，这片居于港岛北部中心区域的土地便成为举足轻重的军事要地。

旗杆屋的建造动工于1844年，1846年落成，由当时的驻港英军司令德忌立少将首先入住。而香港总督府直至1855年才在上亚厘毕道落成，比三军司令部晚了9年。这个时间表本身就已经说明了在炮舰开路的时代大英皇家军队所具有的显赫地位。早于总督府先行落成的三军司令部使占领者有了稳定的“大本营”，对于侵略战争和殖民统治更是发挥了不可估量的作用。总督府和三军司令部仅一箭之遥，因而这一带又被称为“政府山”，形象地揭示了大英皇家军队作为海外扩张政策的支柱的重大意义，真正是“枪杆子里面出政权”。更耐人寻味的是，在三军司令部落成不久，它的近旁便于1849年建成了圣约翰大教堂，港英军人在屠杀中国人之余，还可以在此装模作样地祈祷上苍！

对香港岛的武装占领，旗杆屋这座远东三军司令部的建立，是英军由第一次鸦片战争所得到的丰硕收获，也为以后的武力扩张提供了军事准备。1856年10月，英国驻华全权代表兼港督宝灵和驻广州代理领事巴夏礼借“亚罗号事件”挑起了第二次鸦片战争，英国海军上将西马糜各厘率领舰队突然入珠江，夺取炮台，进攻广州，掳走两广总督叶名琛；并纠结法军，联合北犯，次年6月攻陷大沽炮台，逼迫清政府签订《天津条约》。1859年9月，英国政府又从本土增派海军，并在印度集结陆军1万人，大举侵华。1860年，英法联军攻入北京，火烧圆明园，咸丰皇帝惊得魂飞魄散，仓皇逃窜，由恭亲王奕訢签订丧权辱国的《北京条约》，其中一个重要条款就是将九龙半岛南端割让给英国，殖民主义者蚕食维多利亚海峡对岸土地的阴谋初步得逞。到了1898年，英国又以“香港一处非展拓界址不足以资保卫”为理由，逼迫清政府签订拓界《专条》，强行租借九龙界限街以北的广大地区和附近众多岛屿以及深圳、大鹏两湾水域，使香港面积扩大了十倍以上，于次年以武力接管。一次次的挑战，一次次的进攻，一次次的掠夺，一次次的屠杀，中国的边界步步后退，大片土地纳入了英国版图，中国人的鲜血流成了河！而这些，都化作了金光灿灿的勋章，挂在杀人、略地、夺权、劫利的英国皇家军队将士们的胸前。在历次的军事行动中，香港一直是他们的作战基地，向各地派遣军队、提供给养、补充兵员，这座运筹于帷幄之中、决胜于千里之外的旗杆屋实在“功”不可没！

自从1841年英国强占香港，至今150多年过去了。历史烟云变幻，人间世事沧桑。今日香港，历史陈迹大多已荡然无存。而藏在大厦森林夹缝之中的这座几乎伴随了香港整个“开埠”历程的三军司令部，经过多次修缮，仍留存至今，犹如插在这片美丽的土地上的一把战刀，记载着侵略者的罪恶，记载着中华民族的耻辱。

1979年之后，中区海旁的“添马舰大厦”取代旗杆屋，成为驻港英军海军、陆军总部，空军总部则设在新界石岗空军基地，这座旗杆屋交还港府，挪作他用。被淘汰的故三军司令部门前已经没有了“米”字旗，只留下楼顶前沿一根空空的旗杆，恰应了“旗杆屋”之名，不胜寂寥落寞。

1983年，旗杆屋被港府辟为“茶具博物馆”。由穷兵黩武到悠然品茗，这一角色的转换，心态的转换似乎匪夷所思。但我们只要翻检一下历史的日程表，便可心领神会：正是在那一年，中、英两国开始就香港的前途进行谈判，第二年便签订了《联合声明》，向全世界庄严宣告，中华人民共和国将于1997年7月1日恢复行使对香港的主权，从此永远结束中华民族屈辱的历史。这是时代的必然走向，殖民主义的最后归宿。自1988年以来，驻港英军已在逐年撤退，原在当地招聘的军人、文员、雇员陆续遣散，到1997年6月30日为止，驻港英军将一个不剩地全部撤出香港。往日的煊赫将不复再现，勾留香港的时日已屈指可数，那么，在打道回府之前，以一杯清茶的馨香来冲淡昔日坚船利炮的硝烟，也许是一种无可奈何的自我解嘲?

我伫立在旗杆屋前，一个半世纪的悠悠往事在眼前重现，那早已消逝了的炮舰兵马喧嚣之声又仿佛在耳畔回响，隐隐刺痛着一个远方寻访者、一个普通中国人的心。我丝毫没有兴致去欣赏旗杆屋所收藏所展示的什么茶具，而要目睹的是它的本来面目，要记住的是任何人也无法抹掉的历史。

（1996.06.29，07版）

我和来今雨轩

端木蕻良

我青少年时代，在北京的日子里，最喜欢去的地方，就是中山公园。

中山公园里面给我印象最深的，一是“来今雨轩”，一是“唐花坞”。我很早就懂得这两处命名的来历，所以，对它们不但不陌生，而且感到亲切。我知道“唐花坞”就是暖洞养花的处所。它来源很久，在唐代韩湘时候就有了，至于“来今雨轩”这个雅致的命名，大概是从杜甫文句中“旧雨不来，今雨来”撷取来的。我也没有和朋友谈论过，但是，心中揣着这点想法，也觉很有意思，比用“古往今来”作解释，更有韵味。

至于园里芍药圃很有几处，牡丹园里有两棵绿牡丹，更是稀罕物儿，使别的花园甘拜下风。

“来今雨轩”前边的凉棚下面设有茶座，都是藤椅，摆得疏密有致，互不干扰，所以我愿意在这儿和朋友约会。

在晚上，“来今雨轩”打烊，我就改在濠涧。

濠涧对游人很陌生，也不知是何人命名。那里茶座特少，得事先关照茶房在那儿安放桌椅才行。

在“来今雨轩”最使我难忘的是我和陆万美的初次见面。他姐姐女诗人小鹿（陆晶清）和他一起来。那时，他正在和谷万川、王志之合编一个大型刊物，刊名《文学杂志》。我和方殷、韩宝善、江篱等编发《科学新闻》。

因为陆万美一条腿瘸，所以，我们都管他叫陆瘸子。我们约定，以后见面，就在“来今雨轩”，这个地方很少被人注意。因为当时“宪兵五团”已经进入北平，盯梢、跟踪是他们的拿手好戏，另外，还有地方统治当局的便衣人，他们多半是穿着长衫，头顶礼帽，随意捕人。但这些人的眼睛很少盯着“来今雨轩”，他们只是抓些小偷小绺之类，这也是我经常去“来今雨轩”的道理。

后来，我去上海写作。“八一三”抗战爆发，我辗转到桂林，和柳亚子、王羽仪、尹瘦石等聚会时，王羽仪写过怀北京中山公园春明馆的诗，我和他的诗有“几番苦雨凄风夜、引我魂梦到春明”，实际上，也就是用春明馆来联系到“来今雨轩”罢了。

1948 年底，我收到母亲病重的信，我乘坐国际救济总署的飞机，到北平协和医院看我母亲。匆促之间，我还抽空到中山公园去转一圈。那时，北京已经兵荒马乱，我母亲很刚强，要我马上回南。这次去到中山公园，它已不像是个公园，我还特意去拜望一下久别的“来今雨轩”。这时，它却好像是个画廊似的，悬挂着一排一排的书画，其中有许多齐白石的画，我也无心细看，只买了两盒石章，匆匆离去。

解放后，文联在霞公府，离中山公园不远，所以我经常到中山公园去散步。

有一次，我在中山公园散步，看见田汉用小车子推着安娥，从对面走来，我便约他俩到“来今雨轩”去吃午饭。田汉听了，兴致极高。他还改不了他的老习惯，说：“请周贻白来一起吃！”我说：“好极了。”

田汉打电话给周贻白，我便打电话给金寄水，因为我没有带钱出来，请他为我送钱来。

那次，除了别的菜外，我们要了一只扒鸡，田老大几口就吃完它，我接连又叫了两只，吃得总算尽兴。从那以后，我再没见到周贻白，安娥也没见过，田汉还再见过一次。但他们这次豪情满怀的样子，犹在眼前。而与周贻白，只有一次的会面，也记忆犹新。以后，就是“文化大革命”了，好像给中国文化从这儿打了一个句号。

但人的思想是连续的，没有一把快刀能够把人的思想切断。

解放后，我经常来到“来今雨轩”，利用这儿的安静，在东边茶座上，选了一个座位，心安理得的写点什么。这种习惯在武汉蛇山上，重庆黄桷树都有过，一直保持下来……没有间断。

“来今雨轩”后边台阶都是石头砌成的，在西北角上，还有一座石砌的小石门，也很别致。据说这是当时北京一个专门堆砌太湖石的名家手笔。因为年代久远，经过几次改建，就剩下这么一个角，还保存原来的风貌。在那些年代里，它也和《红楼梦》山子野一样的有名气呢！这也是因“来今雨轩”而保留下来的一段佳话吧！

（1996.11.02，07版）

父亲的影集

方方

父亲30年代中，在上海交大土木工程系读书。大学毕业前夕，学校组织了一次春假毕业旅行。由上海—杭州—南昌—武汉—北京—天津—南京—上海。南北纵横，四千余里，沿途参观游览。父亲在出发前一个星期，跑上街买了个照相机，便持着这台照相机作了随团的摄影师。由此开始，摄影爱好便伴随了他一生。父亲后来将他们这次毕业旅行一路所拍的照片编成一本影集。正面贴着照片，反面则是当时所作日记。每张相片的下面，又加有文字说明或题记。比方在列车开行时所拍的“浙赣路上”的一组乡村风光。父亲在照片旁边写着：“青青的山弯曲的流水，一望无际的麦垄……”父亲的艺术感觉极好，气质又偏浪漫，故而影集中无论文字说明和照片编排都很是讲究。边看照片边阅读时年22岁的父亲所记录的30年代大学生的种种趣事，真是兴味无穷。这是父亲所有影集中我最为喜欢的一册。

父亲的影集先有5本，都编排的很细致，内容十分广泛。那里不仅有父亲为他诸多亲人和朋友所拍摄的照片，不仅有他所旅游过的风景名胜，还有他工作中一些项目的建设过程。甚至还有父亲的恶作剧。记得有一张照片是一男一女两人的背影。小的时候我们看照片，不解父亲何故拍人家的背影。父亲便笑说，他一个同事跟一女子谈恋爱，却死活不肯承认。父亲和另几个朋友便探听得同事约会时间，悄然跟在其后，拍下了这张“证据”。那同事后来面对他们的询问仍然否认自己有女朋友时，父亲便拿出了这张照片。一时让那同事看得目瞪口呆。父亲说起这种往事，总是大笑得自己不能自制。

父亲的影集为我们留下了丰富的往事。几乎每张照片都有着一个有趣的故事，在外地工作的哥哥们每年回家，大家都要把相片拿出来从头到尾地翻看一遍。在我们家，这就是最大的精神享受。这个享受是可以让一家人坐在一起共同分享的。亲戚们乃至邻居们到我家来玩也总爱讨要我家的相片本看。对于他们，纵然看到的大多是陌生的面孔，却因能从照片的背景下体味到诸多往日的气息，追怀旧日，虽与自己无关，可那又何尝不是一种快乐？

“文化大革命”中，为了不致招惹麻烦，已经被浪一样一迭一迭而来的运动整治得异常胆小的父亲决定焚烧掉照片。焚烧照片的事是父亲和我那上中学的哥哥一起干的。很多珍贵的照片都在那一把火中燃为灰烬。父亲脸色发灰，母亲心疼不已。我记得他们在楼梯口的墙角里焚烧，一把一把地将照片往火里扔。因为焚烧时间颇长，以至那个墙角多年都一直黑糊糊的。现在想来是何等可惜！

父亲最珍爱的东西莫过于他的这些摄影作品了。尽管烧了许多，剩下来重新编排好的仍然有几大本，它们后来在搜家时终于被人全都搜去。所幸是几年后，这些照片竟然又物归原主。除了一些可值怀疑的照片上不知被谁作了些记号外，余则皆未遭到毁坏。记得父亲抱回影集的那天，他一边上楼一边连喊带叫着，兴奋之情震动全楼。父亲当日即令我去街上买几本新影集回来，他声称要把未曾整理的相片全都整理出来。我积极执行父命，立即出了门，一下子买回两本。只是父亲对我的欣赏眼光大为看不起。父亲历来追求影集的高档精美，而我却买了两本样式很为简易的影集，这使得父亲每次整理时都要叹上几口气。

便是正在整理这两本影集的日子里，父亲在一天突然去世。这两本影集就再也没有整理完成。家里经父亲整理的影集一共有六本半。两个家族的故事和一代知识分子的命运在这六本相册中若隐若现。对于我来说，这就是财富了。

（1997.08.03，03版）

一百年的青春

谢冕

北大这地方真有点特别，它似是一块磁铁，谁到了这里，谁就被吸住，再也不想离开。其原因并不在校园的美丽。北大现在的校园是很美，但在旧时，那校园说不上美。在战时，在昆明，那校园竟是陋巷蓬屋，是相当的残破了。但在北大人的心目中，它依然很美，依然是一块磁石，吸住你，想着它，恋着它，不愿离开。即使你走向天涯海角，北大依然牵着你的灵魂，占领着你的心。

徐志摩向我们倾诉过他轻轻地来又轻轻地走了的康桥，冰心优美地描写过她所钟情的威尔斯利慰冰湖畔透明澄澈的风光。尽管中国许多远游的学子赞美过哈佛，倾心过早稻田那些巍峨的学术殿堂的美轮美奂，但事实上世界上任何一所校园，也未必能在他们心中替代北大的位置。

北大有它永恒的魅力。这魅力来自历史，来自历史漫长行进中形成的传统精神。一切犹如人，人有诸形诸态，但人的气质往往仅属于个人。中国有许许多多的大学，但北大的精神也仅仅属于北大。当然，北大的地位很特殊，都说它是中国的“第一大学”，由于它作为国家创办的综合性大学，是第一所。溯自古时，它继承了汉太学和晋国子监的传统，算起来也有近两千年的历史了。作为不间断的校史，而且作为戊戌变法的新学的雏形，自 1898 年算起的一百年来，北大一方面承继中国悠久的文化学术源流，同时又在 20 世纪世界现代化的潮流中，建立起新的学术精神和学术品格。

京师大学堂的建立，其最具本质的特征，即在于以新学取代腐朽的科举，以中西贯通、文理互融的新型大学取代以仕途为目标的旧学。北大的前身京师大学堂在王朝覆灭前夜的出现，是一个明显的信号。它作为一支烛照封建暗夜的火炬，划时代地宣告了中国文化的世纪转型。

当然，作为一个新的教育体制的形成和生长，它的由旧而新的过程，充满了蜕变的苦痛。京师大学堂在它演变为北京大学的进程中，同样充满了不离开中国国情的错综复杂，同样充满了痛苦与抗争。北大诚然美好，但也并非绝无杂质的纯粹，“老北大”或“穷北大”的谑称，大体也能说明北大的朝气与青春的另一面。时至今日，北大依然有它的积习与痼弊，把它想象为无可挑剔的完好，并不符合这所“太学”的实际，也不符合它的性格。

诞生于1898年的北京大学，是与中国的苦难与追求相联系的。1898是充满痛苦和灾难的年代，有很多的焦虑和困窘、有很多的流放、囚禁和牺牲。建立京师大学堂是有感于中国的贫弱与无边的悲痛。当日中国如狂澜中的一叶危舟。改变科举、建立学堂，旨在培养拯救国运的新型人才。因而，这所大学的诞生，是无边暗黑的沉云中，求生存的一线光亮。

北大诞生于无边的忧患中。那一场激情的梦幻破灭之时，许多志士仁人为此付出了代价。流产的改革使新政的一切构想都变成了空文，唯独这所大学却奇迹般地被保留了下来。这个站立在废墟上的幸存者，它既是苦难和阴谋的见证，又承担了那些死者的遗愿。所以，北大从它诞生之日起，就承袭了中国苦难与忧患的遗产。当然，上一个世纪末的理想和追求的火种，也在它的身上得到了绵延。

这是一个宿命。千年的梦想、百年的抗争、1840年开始的半个多世纪的苦难，死者无声的托付，生者的吁求，都遥遥地羁系在这片风雨迷濛中升浮而起的圣地之上。史载，戊戌那年突然降临的灾难，使京师大学堂未能如期开学，直至1902年方才正式上课。开学之后发生的第一件大事，却是非关学业的，1903年俄国没有按照条约从营口撤兵，当年4月30日，京师大学堂仕学馆和师范馆师生二百余人“鸣钟上堂”，集会抗议，他们的爱国行动推动了全国抗俄运动的发展。这是北大建立之后的第一次爱国行动。北大师生作为现代知识者的精英意识，第一次得到显扬。这是让人耳目一新的举动，黑暗沉沉的中华大地上，燃起了20世纪第一线觉醒的曙光。

这所大学，它诞生在灾难深重的年代，它承袭了这大地上的全部忧患，生发而为抗争和奋斗、追求和梦想。在“广育人才，讲求时务”的召唤中，走来的一代又一代学人，万家的忧乐、社会的盛衰充盈着这批最新觉醒的中国精英的心灵。当周围处于蒙昧和混沌状态时，这里的呼唤和怒吼是黑暗中国上空的惊雷！

北大是“五四”运动的摇篮和发祥地，民主广场的钟声，从沙滩红楼传向古老中国沉睡的大地。从抗议丧权辱国开始，北大人把思考转向深沉，把批判和抗议转向新思想、新文化的建设。蔡元培主政北大时，提出“囊括大典，网罗众家，思想自由，兼容并包”的方针。这十六字真正体现了北大的魂，是一种能够包容一切的大气度和大胸襟。蔡元培校长为改革当日北大的陋习，即确定学生以学业为目的的方针。为达到兼收并蓄的目标，他邀请各派学术巨擘来校任教，使古今、东西、文理互融互通成为北大学术一大景观。由于嗣后各届校长秉承蔡先生确立的方针，使北大在它校史的每一阶段都如一面旗帜，飘扬在中国教育阵地上。

北大人以精英使命自勖，他们从未曾忘却他们的社会承诺，但北大也从未降低过自己确立的学术标准。这种要求，早在一百年前酝酿建校之时即已确定，清政府《筹议京师大学堂章程》说：“京师大学堂为各省之表率，万国所瞻仰，规模当极宏远，条理当极详密，不可因劣就简，有失首善体制。”仅有第一等的才智还不够，还要有第一等的胸襟，第一等的怀抱。因为心系于天下，眼界自然开阔，神气自有不同。这是北大学生的常态，也造成北大学生常被人垢病的傲气。

这里是科学民主的故乡。北大人一直高举蔡元培校长倡导的学术民主、思想自由的旗帜，在艰难的年代，在困苦的岁月，为科学、为真理、为正义、为维护人性尊严，北大人从来没有放弃过独立的思考，勇敢的抗争。人们不会忘记那个春寒料峭的时节，思想如刚刚解冻大地上冒尖的草芽，一曲“是时候了”，呼唤人们高举“五四”火炬、拆去人间藩篱，表现出新时代的激情。当思想被禁锢，充满挑战勇气的“一株毒草”

赫然出现在墙上，那激情的宣扬让人耳目一新。那时胡风冤案既成，举国一片静默，是北大的莘莘学子发出了公开的质疑。在新时代，为了维护思想自由，一位张志新式的北大女诗人，悲壮地赴死在黑暗与黎明交会时刻。

一百年的青春，一百年的激情，一百年的奋斗，留下了一百年难泯的记忆。最难忘，年年岁首，大膳厅灯火辉煌，马寅初校长在新年钟声中，带着微醺致辞。他的潇洒不羁，在思想禁锢的年代，是一缕带着暖意的和风。马寅初终于以诤言获罪，他的《新人口论》遭到围攻。马寅初勇迎风暴，他的《重申我的请求》是一道惊世骇俗的雷电："我虽年近八十，明知寡不敌众，自当单枪匹马，出来应战，直至战死为止，决不向专以力压服不以理说服的那种批判者投降。"坚定的人格，坚贞的气节，凛然不屈的坚持，在马寅初沉重的金石之声的背后，人们不难发现那种年轻了一百年的北大精神。从京师大学堂到北京大学，从严复到胡适、陈独秀，从蔡元培到马寅初，这是一道永不枯竭的春天的长流水。这水已流了整整一百年，它将永远流下去，它是北大永远的骄傲。

（1998.03.19，07版）

作家 坐家

陆文夫

我听北京人讲话，分不清作家与坐家，也许北京人是分得清楚的，可我听起来好像作家就是“坐家”。认了，作家确实也是个坐家，大部分的时间是坐在家里伏案写作，天长日久，练就了一身的坐功，这是基本功，要坐得住才能写得出；坐立不安，神魂不定的人恐怕是写不出文章来的。当然，也有人是站在那里写作的，外国有，中国也有，这是一种特殊的写作习惯，我们也把它归入坐家之列，不能算是“站家”。还有一种人是坐在咖啡馆里或是住在高级宾馆里写作的。坐在咖啡馆里写作的是外国人，我们中国人一向是不管人家的事情，暂且不论。坐在高级宾馆里写作的倒是以中国人居多，不过，这也是一种暂时现象，因为一旦无人为他们付钱或免费时，他们也就只能是回到家里，回到“坐家”的原位。

作家、坐家总是离不开家，他们虽然是坐在家里写作，写的却是千千万万个家，别人的家或自己的家。曹雪芹写的大观园是自己的家，巴金更不用说，他的书名就是“家”，世界上的文艺作品总是离不开家。当然，话也不能说死，“样板戏”《龙江颂》中，那个叫江水英的英雄人物就没有家。能写出那样的“样板戏”来也不容易，一般的作家离开了“家”是难以操作的。海誓山盟，死去活来，好心的作家也只是愿天下有情人终成眷属，成眷属者成家也。男女移情，第三者插足，或破坏，或重组者家也，写爱情小说的人离开了家就没戏。写金戈铁马，疆场驰骋，那也离不开家，“烽火连三月，家书抵万金”。“可怜无定河边骨，犹是春闺梦里人。”即使写大禹治水，你也不能不写他的三过家门……

作家、坐家，坐在家里写千家万家，首先，他的坐处是在自己的家里。因此，他所坐的那个家对他的写作来说往往是决定性的。家庭和睦，夫唱妇随，那沈三白就写《闺房记乐》、《闲情记趣》。一旦爱妻有悖于高堂，芸娘病居扬州，连温饱都成了问题，这位苏州才子也就只能写《坎坷记愁》了。家对作家来说不仅是闺房记乐、闲情记趣，到了风雨如磐、泰山压顶时更是性命攸关的。在那史无前例的“文化大革命”中，作家们如果家庭和睦，夫妻谅解，如果不是被折磨至死的话，大都还能挺得过来。如果外挨批斗，内受责骂，那就觉得活着也没有什么意思，不如一死了之。我所知道的几个未能挺得过来的人都是如此。现在的日子好过，外来的、非经济的冲击不多，可在那三五年来一次的时候，一个倒霉的作家蓬头垢面，外创内伤，踉踉跄跄地滚回家来，家已被抄，徒然四壁，可是关起门来也能把一天风雨拒之门外，听不到嘲笑声、辱骂声、吼叫声。这时候有人给你端来一碗热汤，包扎你那流血的伤口，一家大小抱头痛哭，相互慰藉，用泪水把伤口洗净，用慰藉使人的心灵恢复了平静，觉得这世界上还有理解，还有真情，还有我值得为之忍辱负重，跌打滚爬的人，打起精神活下去，以待河清之日！作家可以从自己的家中看到文学所追求的人和人之间的理解、真情、爱心、相依为命等等不是虚妄的，是可以企求的。活着，不仅是为家人活着，也是为文学活着，家啊……

作家、坐家。坐在家里写作的人也不完全是写自己的家，家有小家和大家，有你家和我家，家家都有一本可念的经，难念的经。有真经，有假经，歪嘴的和尚念真经，馋嘴的和尚念假经，真真假假念不完的经。家庭是社会的细胞，每一个家庭都是社会的不可分割的部分，诸多家庭成员的活动便掀起了政治风云。政治是宏观世界，家庭是微观世界；宏观调整着微观，微观制约着宏观，互不可分。写小说的人说是从一滴水中看一个世界，那意思是说看一个世界，而不是看一滴水，是从一滴水中来看世界的折射，世界的缩影。所以说作家坐在家里写家，其内涵并不是局限于某个单一的家，而是从家庭辐射至社会，或从社会归纳至家庭。写家庭和写琐事并不完全相等，《闺房记乐》也只是《浮生六记》中的一个部分。

作家、坐家，坐在家里写家的作家如果能把家写好，写成一个社会的缩影，一个世界的折射，那也算得上是一个好作家。

（1998.03.28，06 版）

“二十四两”

苏叶

人世间的隔膜和误会是与生共存的，了解了这一点，你就不会因此苦恼，或许倒能收获意外的知识也未可知。

去年春天从台湾回来时，我曾带了一盘CD唱片，并贸然向一家媒体单位推荐。接收的人无比热诚地拿去了。过了三百天，没有听到回音。我想，那么好的作品，他们一定在安排制作播出呢，不然为什么不打包退回呢？所以今年我又从台湾带了几盘“大大树”制作的CD回来，又想给他们送去，谁知一问，去年的那盘根本打进冷宫了。朋友们告诉我说：“他们把你放在二十四两上呢。”什么二十四两？我摸不着头脑。她们说，二十四两就是子虚乌有，云里雾里的意思。你想，老秤十六两，新秤十两，哪有个二十四两的？所以，二十四两就是“糊得你”的意思，答应了你又不做，你认不得真的。

我暂且抛开CD的问题，对“二十四两”感了兴趣，这是发明于何时的民间语言？这么有趣！南京地区方言颇生动，有一种拙味儿，萝卜似的。这种歇后语式、猜谜式、考验人智商能力似的倒少见。

这更使我觉得民间的亲切。

其实，文学、美术、音乐、戏剧、陶瓷、雕刻、建筑……艺术门类中凡有些魅力的作品，无一不从民间艺术中汲取营养。这也就是我为什么要傻乎乎地推荐那些CD的原因。它们都是纯正的民歌民谣，真正的乡土气息。有台湾阿美族人在夜间篝火旁的吟唱；有西非女声控诉身为第三世界女人在婚姻关系中的无奈与愤怒；有芬兰新民谣的无伴奏人声；有比利时乡村的风俗；还有在北京录制的京剧，连同开演之前老北京剧场里观众席上呼茶递毛巾把儿的种种声响……这些 CD 唱片中，能闻到谷酒的芬芳，能听到风笛吹过英格兰乡村，有丛林中警骇的鼓，埃及的风沙、云、牧草，还有郭跃的竹笛——“抚水”。我是厌烦流行歌坛的有假若真的状况，才喜爱这些民族音乐的，它们能给都市疲累浮躁的心灵一份洗涤。

而更可贵的是，这些 CD 唱片在台湾像白莲出水一般脱俗。它的产量和听众群目前很小，制作者是一个貌似柔弱的女子，为了反抗工业文明社会中的浮华喧嚣，为了抗衡西方文明独占的思考空间，她用自己的一点点积蓄，坚韧不拔地做着回归自然的努力。她热爱质朴生活，摒弃浮艳伪饰，在那个物欲横流，刮着满天流行时尚风的地方，有所为，有所不为，绝不向庸俗妥协，实在让人感动。她的音乐制作社叫“大大树”，取扎根土地的意思。而且 CD 制作精良，能听到沙与雪静静落地的声音。

然而正如歌手所唱的那样，爱与恨源源不绝永远传唱，人与人之间产生知音或产生隔膜都是很正常的。我真的不在意我的热心和好意没有得到理解，那也许有超出于我所知的操作的难度，不能怪人。何况我已得到生活的回报，除了音乐，还有“二十四两”，多好，它们使我深感蕴蓄于草野民间的蓬勃生气。

（1998.07.02，07 版）

我爱清华图书馆

杨绛

我在许多学校上过学，最爱的是清华大学；清华大学里，最爱清华图书馆。

1932年春季，我借读清华大学。我的中学旧友蒋恩钿不无卖弄地对我说："我带你去看看我们的图书馆！墙是大理石的！地是软木的！楼上书库的地是厚玻璃！透亮！望得见楼下的光！"她带我出了古月堂，曲曲弯弯走到图书馆。她说："看见了吗？这是意大利的大理石。"我点头赞赏。她拉开沉重的铜门，我跟她走入图书馆。地，是木头铺的，没有漆，因为是软木吧？我真想摸摸软木有多软，可是怕人笑话：捺下心伺得机会，乘人不见，蹲下去摸摸地板，轻轻用指甲掐掐，原来是掐不动的木头，不是做瓶塞的软木。据说，用软木铺地，人来人往，没有脚步声。我跟她上楼，楼梯是什么样儿，我全忘了，只记得我上楼只敢轻轻走，因为走在玻璃上。后来一想，一排排的书架子该多沉呀，我光着脚走也无妨。我放心跟她转了几个来回。下楼临走，她说："还带你去看个厕所。"厕所是不登大雅的，可是清华图书馆的女厕所却不同一般。我们走进一间屋子，四壁是大理石，隔出两个小间的矮墙是整块的大理石，洗手池前壁上，横悬一面椭圆形的大镜子，镶着一圈精致而简单的边，忘了什么颜色，什么质料，镜子里可照见全身。室内洁净明亮，无垢无尘无臭，高贵朴质，不显豪华，称得上一个雅字。不过那是将近70年前的事了。

一年以后，1933年秋季，我考入清华大学研究院外国语文研究所。清华图书馆扩大了。一年前，我只是个借读生，也能自由出入书库。我做研究生时，规矩不同了，一般学生不准入书库，教师和研究生可以进书库，不过得经过一间有人看守的屋子，我们只许空手进，空手出。

解放后，我们夫妇（钱钟书和我）重返清华园，图书馆大大改样了。图书不易记忆，因为图书馆不是人，不是事，只是书库和阅览室；到阅览室阅读，只是找个空座，坐下悄悄阅读，只留心别惊动人；即使有伴，也是各自读书。我做研究生时，一人住一间房，读书何必到阅览室去呢？想一想，记起来了。清华的阅览室四壁都是工具书：各国的大字典、辞典、人物志、地方志等等，要什么有什么，可以自由翻阅；如要解决什么问题，查看什么典故，非常方便。这也可见当时的学风好，很名贵的工具书任人翻看，并没人私下带走。

有人问我钱钟书在清华图书馆读书学习的情况。我却是不知道。因为我做借读生时，从未在图书馆看见他。我做研究生时，他不在清华。我们同返清华，他就借调到城里去工作，每周末回清华，我经常为他借书还书——大叠的书。说不定偶尔也曾同到图书馆。“三校合并”后，我们曾一同出入新北大（即旧燕京）图书馆。那个图书馆的编目特好，有双套编目：一套作品编目，一套作者编目。查编目往往会有意外收获。可是我们不准入书库。我曾把读书比作“串门儿”，借书看，只是要求到某某家去“串门儿”，而站在图书馆书库的书架前任意翻阅，就好比家家户户都可任意出入，这是唯有身经者才知道的乐趣。我敢肯定，钱钟书最爱的也是清华图书馆。

（2001.03.26，A2版）

老街的意义

冯骥才

城市是有生命的，所以我们结识了一个城市之后，总会问一问这城市的由来。有的城市没有留下童年的痕迹，它的历史仅存于空洞的文字记载中；有的却活生生地遗存至今——这便是城中的老街。

有时徜徉在村镇中，会觉得它很像一个城市的雏形。如同一只羽翼未丰的雏鸡那样，说不定百年之后会壮大和发福，长成一个膀大腰圆的城市。村镇都是这样，一大片房子，中间有一条街，街上有店铺和作坊，有东西卖，有吃有喝，这条街很重要，供应这镇上居民一切生活之必需，自然也就是为这个群落的成长而输送能源的血脉了。我这话的意思是，城市的源头是一条街。最早的街，过后都叫做老街。

天津这城市，受益于海河水系。这无疑以码头为起点。那时四方货物都凭借着河水的运载进行流畅的交换。码头便是转运站，或称枢纽。码头首先都是吃喝不愁，东西充足，各地运来的物品全是利润极低的“源头货”。这一来，人就都聚到这儿来了。而且人聚在一起，需要用品多，买卖店铺也就应运而生。店铺愈多，活计愈多。供和需互动，买和卖相生，码头便孕育出一个有血有肉的城市的胚胎。

由码头演变为城市，要比由村镇发展为城市快得多。

这胚胎的一个重要特征便是生活性的街道的出现。而且这生活性渐渐又质变为社会性。待社会形成，才好说城市开始成形。

码头靠着河，所以天津最古老的街道都在河边，与河平行。主要是两条，分列在三岔河口的一东一西。东边一条是古文化街，以前称做宫前街，由于天津先民的民间崇拜妈祖的庙宇在那里，所以那条街更多文化色彩。

西边一条是估衣街。估衣街虽然不长，但在此地百姓的生活中至关重要。在天津城市的孕育时期，它的作用就像前边说的村镇中的那条大街一样。

这条街的历史可以追溯到元明时期，当时叫做码头东街。顾名思义，表明天津远在码头阶段即已形成这么一条古街；时间距今超过6个世纪，应在天津建城之前。对于城市史来说，街道两旁的建筑会不断推陈出新，街道本身却总是老样子。倘若没有发生地区毁灭性的天灾人祸，谁也不会把一座新房子盖在街道中央的位置上来。现在，估衣街两边的建筑多是本世纪初商业大发展时期涌现出来的，但也是一座一座新楼屋渐渐插进来的，街道的模样却不改初衷，依然故我。它狭窄细长，略略弯曲，属于那种典型的自然形成的原始形态的老街。

最初，这条街只是码头上居住群落中间的一条干线，兼有购物的作用。但并无“估衣”的功能，估衣街的大名也没有出现。

一条老街总是历尽沧桑。但估衣街还算幸运。它与早期的天津共同经历了数百年的繁华。1900年以前，天津的重心在城市的东面和北面，亦即三岔河口的两边。富商大贾一半居住在城中，一半居住在北城与东城外，尤其南运河边。估衣街正好从中穿过。商埠的特征是贫富之间风云多变。一夜间的暴发和转瞬间的破败全是此地世间的波澜。于是，当铺和那种将死当的衣服贱卖给平民的估衣铺，成了天津的热门买卖。这条花街由于估衣铺集中而得名“估衣街”。但是，估衣街决不仅仅做估衣买卖。天津老字号的名店全都云集这里。如绸缎庄之“谦祥益”和“瑞蚨祥”，药店之“达仁堂”和“乐仁堂”，鞋帽店之“盛聚福”和“同升和”，瓷器店之“瑞昌祥”和“同泰祥”，糖果店之“瑞鑫号”，南纸局之“文美斋”，以及皮货、香烛、眼镜、广货、银号、颜料等等，还有饭店、戏园、澡堂、理发店掺杂其间，几乎浓缩了整个天津的商业。在它的极盛时期，大约有一二百家名店夹峙在这仅有一里长的老街上。

估衣街的繁荣历经了两个高潮，一是清代中期（1800年）至庚子事变（1900年），一是从1900年至1930年。应该说第二个高潮期达到了历史上的巅峰。此时天津正由本土的商埠，急速转变为中国现代大都市。估衣街上应时出现了一批大型商店。建筑上将本地的磨砖对缝等传统技术与西式楼房结构相结合，将本地古色古香的刻砖艺术与舶来洋味十足的铁花护栏相融合，创造了非常独特又优美的民初时期的商业建筑。大概是临街的外墙高耸，装饰华美，形成一道十分新奇又气派的店面；店内两层楼，经营空间比老式的店铺大了一倍以上。应该说，这是我国本土最早的一种大型商厦。其中代表作如谦祥益保记和瑞蚨祥等，至今仍风姿绰约伫立在估衣街头。除去估衣街，不仅在津门——即便走遍全国，也很难找到同类风格的历史精品了。

1930年以后，一个现代的商业区——劝业场商业区在天津崛起。它将一种外来的极其便利的综合性商业形式，即集购物、娱乐、餐饮和旅店为一体的商业大楼生机勃勃地带给人们。津门的商业中心遂由西北迁至东南，也就是原法租界地区，即今滨江道一带。估衣街上的一些老店，也迁营拔寨，前来加入新一轮的竞争。这一来，估衣街便一步步移出商埠的中心位置，走向边缘，并一点点有了历史文化的价值。

今天，这条老街不仅仍旧保存那些名店，还有大量昔日的货栈、会馆、商业公所等等遗迹。近日我们在其中又发现一些记载着当年商业活动的碑刻，生动地体现了这条街昨日的经济活力。如果再加上史逾百年的总商会遗址，这一地区应是目前我国大都市中保留最完整的系统性的一座本土商业历史博物馆。对于后世，它在旅游方面肯定具有久远和持续的价值——当然，关于将老城区怎样开发为旅游区的话题，还不属于本文探讨的范畴。

一个城市可能有一条或几条老街。对于天津这种文化多元的城市来说，历史深厚的老街大致有四，一是老城中心的十字街，一是古文化街即宫前街，一是估衣街，一是解放路即旧租界中街。每条老街都有其独特内涵，相互不能替代。十字街是本土的政治与文化的核心；旧中街虽然讲究又漂亮，洋楼林立，近代史的积淀很深，但对于津门百姓来说，情感上却比较生疏；至于宫前街和估衣街，就像上海的城隍庙一带、南京的夫子庙地区、苏州的观前街一样，都是市井生活的中心地带，与本地百姓情牵意连，难舍难分。

一个城市的街道，倘从高天俯看，宛如一株大树成百上千条的根须。城市愈大，其根愈茂；这根须其中有几条最长最长的，便是这城市的老街。它与城市的历史一样漫长而悠远。它深深扎在这城市厚厚的历史文化的土壤里，也就是深深扎在这城市人们的心里。这街上的风雨，人们曾与之一起经受；人世间的苦乐悲欢，它也是无言的见证。人们不断地丰富它的故事，反过来它又施惠于人们——从古到今！从物质到精神！人们从老街可以找到的往日的东西真是太多了。故而，一个城市由于有了几条老街，便会有一种自我的历史之厚重、经验之独有以及一种丰富感和深切的乡恋；它是个实实在在的巨大的历史存在，既是珍贵的物质存在，更是无以替代的精神情感的存在，这便是老街的意义。

如果哪个城市还有条老街，那就是拥有一件传家宝！

今天的辉煌是一种实力，昨日的辉煌才是一种文化。1996年我在开罗，被主人邀请到他们的老城区——著名的汗·哈利利市场去游玩。那是几十条老街构成的最古老的市中心。这些曲折繁复交织如网的老街老巷中，挤着几千家小店铺，专门出售埃及人特有的铜盘、首饰、纸莎草画、罗钿镶嵌、皮件和石雕，店铺中还有一些两层楼的饭店，可以吃到埃及人爱吃的烤饼和手抓羊肉。身在其中，我觉得已经陷入开罗人独有的生活漩涡里，奇特又温暖。我说："在这里的感觉真是好极了。我读过你们的诺贝尔奖得主纳吉布·马哈福子关于这个市场的一些小说片断。现在不知道是他把这条街写活了，还是这条街使他写活了。"主人听了很高兴，他说："开罗也有一些国际化现代化的大街，很漂亮，很气派，但那不是开罗，这才是开罗，是埃及！哎——"他忽问我，"你的城市也有这样的老街吗？"我心里忽然冒出古文化街和估衣街来，不由得很骄傲地说："当然！"

（2001.09.26，B3 版）

百岁寄语

钟敬文

在医院养病多日，每天不是吊瓶打点滴，就是打针吃药，看起来煞是严重。其实，我自己心情很平静，头脑也十分清醒。百年人生一幕幕在眼前闪过，宛如昨日。总起来看，我这一辈子也就做过两件事：一是著文言志，二是教书育人。

我所言之志，是我个人的志，也是时代的需要。因此，当时每写了一篇什么，只觉得我是完成了一件任务，宣传了一个思想，说明了一个问题，从没想到要用来为自己派什么用场（诸如评职称、出文集之类）。至于教书育人，也就只想到不能误人子弟，要为国家、人民培养出有用之才。当年的工资顶多只能保证一日三餐、一件长衫、两袖清风。记得，老伴曾8年没为我添置过一件新衣。但我从未想过要为获得高薪而跳槽改行。当时的中国不是社会主义的，但许多人是以社会主义的思想，为未来的社会主义祖国而工作的，我以此而自豪。而我更敬佩那些为祖国、为革命事业而捐躯的先烈。多年前在石家庄凭吊革命烈士陵园时，曾写过一首诗，记得好像是：“勇以捐躯六十春，抚碑心事如泉涌。无计从君一叙论，灵山今日吊忠魂。”

今天的改革开放给我们的国家带来了勃勃生机，我所从事的民俗学研究也有了很大的发展，为此我很高兴。但是社会上人心不古的现象，却令人担忧。我和季羡林、张岱年等老朋友每谈起这些，总不免有些感慨。

这也许是杞人忧天。一种思想要得到普遍的认同是需要时间的。当年孔老夫子游学讲道，曾被人讥笑为发痴，然而，后来儒学却在中国历史上起到了极为深远的作用。我愿学孔夫子，不怕人笑痴。解放后我一直在北师大教书。50 年来，经过了风风雨雨，却仍然还待在这里。我坚持要求自己：能写点什么就写点什么，能教点什么就教点什么，反正是要尽可能做好力所能及的事情。我今年一百岁了，这里那里，许多朋友和学生都为我做寿。躬身自问，我钟某何德何能，岂敢如此惊动大家？大家这样做，也许就是因为我有这么点痴呆精神吧！

记得 1991 年参观孔庙时，也曾写过一首诗："知其不可尚为之，此事旁人笑如痴。我说先生真智勇，拈斤论两是庸儿。"就让我以这首诗寄语新世纪的学人和学子吧！

立立记录整理

附记：

去年 12 月 25 日下午到医院去看钟老，那天钟老精神挺好，见到我很高兴，就和我聊开了。我怕他老人家累着，但他说："心中有话，不吐不快，你就让我说吧！"离开前我说："伯伯，您今天谈得好极了，我回去整理下来，过几天拿来给您过目。"老人家高兴地点了点头。……而今天，我只能把这篇未及由钟老过目的记录稿奉献给大家了。

（编者注：立立即穆立立，为钟老的老友诗人穆木天和女作家彭慧之女，中国社会科学院民族研究所研究员。）

（2002.01.30，B3 版）

会议经济

蒋子龙

所谓“现代政治领导”，很大一块内容是通过“会议领导”。一切政治决议的形成，无不依靠会议；而方针政策的发布和贯彻执行，也要借助会议。所以在历史的每一个转折点都有一个著名的会议：如雅尔塔会议、通过《独立宣言》的美国费城第二次大陆会议，等等。

过去有顺口溜说这个党的税多，那个党的会多……其实，哪个党的会也不少。就连封建时代每天的“早朝”，也是一种例会，可称“御前会议”。领导的征服也要借助于在会议上的征服，许多领导者的风采是通过会议体现的，一个报告，一篇讲演，就轰动开来，树起威望，传为佳话，如林肯的葛底斯堡演说……

上世纪60年代初，我给曾经当过团中央书记的冯文斌做过秘书，每逢有他讲话的大会，就是全厂的节日。他不用讲稿，只在手心上记下几个数字，就能讲三四个小时，职工们听得如痴如醉，绝没有出出进进、提前溜号的现象。有句老话叫：“英雄美在嘴上”——所言不虚。嘴好就要表现在会议上。但是，什么事情一做过了，就会适得其反。

人们一定还记得“文山会海”的年代，试想老泡在海里谁能受得了？人们想出了许多逃会的办法——用一个“逃”字和会联系起来，让人想到了逃难、逃跑……足见人们对开会的惧怕或是厌烦。各级领导自然也想出了种种对付逃会的办法，诸如开会发钱，不参加会的算旷工，停发工资，扣奖金。以后干脆演变成一种惯例：开会必须发礼品，送红包，名之曰：材料费、阅读费、车马费……“车”可以理解，“马”从何来？想得何其浪漫！

有段时间我曾以为就我们中国人会最多，也最会开会，小会两三个人，大会可集结百万之众。1982年我第一次去美国，在纽约参观了联合国总部，看了一个厅又一个厅，都是开会的地方，才知道联合国就是专门开会的组织。我们从电视新闻里经常会看到联合国开会的场面，台上讲话的人煞有介事，台下听的人稀稀拉拉，会场上一片空椅子。这跟中国正相反，中国开会要求人多，你只要到场，听不听由你。会场上人多，显得郑重其事，头头作报告才有兴奋点。联合国则不然，你不来是你的事，有人听没人听并不重要，重要的是我开过会了，我讲过了。开过讲过就记录在案，就算做了一件事。

那么没人听的会算不算讲废话？开会不都是废话，开会又不可能没有废话。据说当今世界上最会讲废话的有三种人：一种以英国伊莉莎白女王为代表，高高在上，不掌实权，在参加重要的大会或会见什么人的时候都必须要讲话。女王每次都讲得非常得体，非常优雅，非常真诚，博得一阵阵热烈的掌声，却往往等于什么都没说。高，这叫精彩的废话，她的身份约束她，不能说“有用的话”。

还有一种人手握特殊的权力，一句话被人误解就会造成极大的混乱。以美国联邦储备委员会主席格林斯潘为代表，他是故意把有用的话变成废话来说，把地球人的语言说成外星人的话，这叫机智的废话。《金刚经》上说，所有言说皆为虚妄，你的思想一旦用语言表达出来就容易被人曲解。再有就是某些官员，把废话当有用的话说，把空话当实在话说，甚至当做指示发布，有时还把假话当真话说……这是最枯燥的废话。他们也是身不由己，无论哪个国家的官员都差不多，他的这个官当得好坏，能升还是会降，在一定程度上取决于他会不会开会，在开会的时候会不会讲话。

我这么不厌其烦地讲开会，就是想表达一种惊奇：有人竟想得出利用开会这样一种司空见惯的现象赚钱——靠给人们提供说话的机会，包括说废话、空话乃至假话，创造了一种“会议经济学”，并在世界范围内形成一种生气勃勃的经济现象！

我很想知道是谁最早想出这个主意，使沉闷的会议成为精彩的商业活动，但查不到资料，只回忆起许多年前去拉斯维加斯，下榻在希尔顿饭店。该城的所有酒店都是赌场，我以为他们的酒店就是以赌业赚钱，谁料陪同我的朋友第二天要去参加一个世界电脑会议，他说上午有比尔·盖茨的发言（那时他还刚刚出名），问我有没有兴趣去看一看。不用出酒店，通过甬道就可以进入希尔顿国际会议大厦，里面如一座浩大的迷宫，同时有3个国际会议在举行。朋友告诉我，希尔顿国际会议大厦每年要接待10万人的会议，其效益不比酒店的收入少多少。美国人赚钱真是赚绝了，他们把会议地点设在世界著名的赌城，参加者自然踊跃，这是不言而喻的。同时也给真想去赌的人提供了一个公差的理由。开会为酒店拉赌客，赌博吸引来开会的人……相辅相成，相得益彰。

据报载，北京和上海现在每天平均有至少5场国际会议和产品展示会在举行……现在，中国所有的酒店都愿意承接会议，派出销售人员到处揽会议。你看，在经济利益的驱动下，开会就这么不动声色地变得吃香起来了！

以前人们厌恶听会，现在听人作报告却要付费了。美国前总统克林顿，去年到深圳说了半个多小时就赚走几十万美元。其实他的那些话真对人有用的也不太多，免不了也有废话、套话和空话，他卖的是名。听中国人讲话要交钱的也多起来了，比如你去听某些国际知名的大公司介绍一下管理经验等等，那就要付费。这几年中国各地、各行业、各单位，不是以各种各样的形式纷纷组团出国去开会吗？发布会、招商会、展示会、交流会、短期培训，在国外的会议上自己也要象征性地讲几句做引子，主要是听外国人讲，那可是要花大钱的！

“会议经济”将会议分出了等级：花钱去开的会是有价值的，是自己真想去的。有些会议不要你花钱，反而给你钱，或者管你吃住，那也是用你在会上的讲话换来的，你的发言值这个价。如果你在会上不讲话也管吃管住，甚至给礼品，给红包，那是买你的时间，就看你自己觉得划算不划算了。如今能到处参加会的都是正风光的人，倘若成年累月没有会可开，于是，开会成了一个人或一个单位的标志，一个单位连会也开不起了，也就等于说快黄了！

从全局来看，当今世界充满了事件，事件多会议就多。开会多赚钱的机会就多，现代人摸着钱边钻钱眼的经营意识是会想出无数名堂，吸引人们凑在一起来开会的……所以，作为一种经济现象分析，“会议经济”方兴未艾，大有前途！

(2004.01.14，B3版)

写天地之大美

曹文轩

1969年5月的一天早晨，川端康成悠闲地坐在夏威夷海滨饭店的阳台餐厅里。此时，明媚的阳光正穿过透明的玻璃窗，纯净地照射着在长条桌上整齐地排列着的玻璃杯。他似乎突然发现了什么，心中一阵激动：被晨光照射着的玻璃杯，晶莹而多芒，正宛如钻石般发出多棱的亮光，美极了。

事后，他在夏威夷的那场著名的公开演讲中回忆了那个永不能忘怀的早晨。他对他的听众们说：这是我与美的邂逅；像这样的邂逅，难道不正是文学吗？

那个演讲的题目叫“美的存在与发现”。

文学家的天职，就是磨砺心灵、擦亮双目去发现美，然后用反复斟酌的文学昭示于俗众；千百年来，人类之所以与文学亲如手足，也就正在于它每时每刻都在发现美，从而使生活有了清新之气，有了空灵之趣，有了激活灵魂之精神，并且因这美而获得境界的提升。

美的力量绝不亚于思想的力量。托尔斯泰的《战争与和平》里面一个最经典的场面就是安德烈公爵躺在战场上，他受了重伤，万念俱灰，祖国、民族以及他的爱情都已经破碎，他觉得活下去已经没什么意义了。这个时候是什么东西使他又获得了生存的勇气？是俄罗斯的天空、森林、草原以及河流。庄子所讲的“天地之大美”使他获得了生的勇气。

一个再深刻的思想都可能变为常识，但美是永恒的。然而，在现在中国的语境里面却有一个非常奇怪的现象，“美”成了一个非常矫情的字眼。现在的中学语文选课文，很难从中国当代作家的作品里选出一些文本，只能从现代作家的作品里选一些文本。为什么？现在的作家很少有适合给中学生看的散文和小说，因为里边都有一些很脏的东西。很多作家把丑和脏混为一谈。西方的文学和艺术一直在写丑，这是没有问题的，丑是它里面很重要的一脉，但是它不写脏。丑和脏是两个完全不同的概念。

我曾建议一个学生写一篇论文：新时期小说中的厕所意象。以前看过一部电影，其中有一个镜头：一个人追着一个人办事，那个人说，我上一趟厕所，你等我一会。那人进了厕所，于是我们听到了一股水流声。等在外面的这位，等得不耐烦了，也进了厕所，于是我们听到了更为宏大的水流声。我还在电视里看过一个叫《厕所》的舞蹈，就见那些人从这个便桶挪到那一个便桶。用这种方式制造所谓的真实感，中国文艺究竟是怎么了？

不是说文学不能写厕所。

加西亚·马尔克斯在《霍乱时期的爱情》中的男主人公在年老时，上厕所解小便总是弄得便桶很脏，她的老伴就时常指责他，他很伤心。他回忆起他年轻时上厕所撒尿的情景——那是一番什么样的情景啊！又稳又准又狠。这里写的是生命流逝、青春不再的伤感。

我们的文学呈现如此景观，与片面追求“深刻”是有关系的。一个未经证明但感觉上仿佛是的观念是：深刻不存在于美的物象之中，深刻只隐藏于丑陋与肮脏的物象之中。这一观念来自现代派的实践与理论，几乎形成了一个公式：丑（脏）等于深刻。

我对现代形态的文学深表好感。是它们看到了古典形态之下的文学的种种限制，甚至是种种浅薄之处。现代派文学决心结束巴尔扎克、狄更斯的时代，自然有极大的合理性与历史必然性。是现代形态的文学，大大地扩展了文学的主题领域，帮助我们获得了更深的思想深度。然而，不得不说，它也在无意间将文学带进了冷漠甚至是冷酷的境地。

所以，现在必须重提这个似乎被文学遗忘的事实：这个世界上，除了思想，还有审美。作为完美的人性，这两者同等重要。

（2005.07.01，06 版）

从“人云亦云”到“人哄亦哄”

林希

一些没有独立见解的人，跟在他人后面随声附和，对于他人说的话，一不验证，二不思考，别人说什么，跟着说什么，对不对，反正有人说了，至少有个保险系数。也有跟着别人说错话的时候，好在人云在先，听来的，也不负什么责任，追究起来，玩个金蝉脱壳也就拉倒了。

人云亦云，到底还要“云”，也还要知道别人是怎样“云”的，总要用一点心思，费一点精力，还要有点起码知识。前些年盛行过的许多理念，人云亦云者不少，虽然没“云”出什么名堂，一风吹，人云无过，亦云无责，“云”了也就“云”了。

有人说，在中国，不知道一本什么滥书，就成了畅销书，而且人手一册，闹得沸沸扬扬。典型的例子就是前几年那位宝贝，不知道怎么就成了时尚，那一阵上海人若是不读宝贝们的书，就像没资格做上海人似的。事过之后，人们冷静下来，想想宝贝们的书到底给人们留下了什么？谁也说不出来，只得用宝贝们自己的话说：“反正我浮出水面了。”

时势造英雄呀，如今“人云亦云”也造出“英雄”来了，浮出水面，就有了卖点，跻身进时尚人物行列，似也俨然上流社会人士了。

于是就形成了一种定势，不怕你骂我，就怕你不知道我。一些人想出名，先行惊人之举，再放惊人狂言；做不出惊人之举和放不出惊人狂言的，就出丑，“挑战”自己，“挑战”社会，果然立奏奇效，一夜之间就天下扬名了。

天下扬名之后又如何呢，就作家了，也名人了。那一年在深圳，一个座谈会上，一位老作家坐在我旁边，突然他指着旁边座椅的名签对我说："你瞧，还有她也被邀请了！"我侧目一看，名签上写着当红一位"身体写手"的芳名。可真是故意寒碜我们这几把老骨头了，想不到坎坷一生，最后还要和"身体写手"坐在一起开会。那位老作家看我脸上似有愠色，便又问我："她真来了怎么办？"不假思索，我当即回答说："她来了，咱走呀！"幸好，那位"身体写手"打来电话说是有事不来了，如此，我们几个才留了下来，还蹭了一顿饭。

"身体写手"何以也跻身于作家行列了呢？"身体写手"也写书，她们写的书印量比老朽写手们写的书高上千倍，她不是作家，谁是作家？当今之时，有青年读者不知鲁迅者，却必知"身体写手"者，和人家坐在一起，赏你个脸吧。

人云亦云污染社会，混淆人生，不到吃了苦头，人云亦云者是不会醒悟的。只是社会风气愈演愈烈，人云亦云已经不算时尚，如今又已经是"人哄亦哄"了。

起哄，不需要知识，不需要见解，更不需要投入。有人起哄，你也出来跟着起哄，哄起来大家热闹，哄不起来，也不费什么力气，大家依然相安无事，再有机会一起出来起哄，总有哄成的一天。人云亦云的始作俑者，还要先"云"出点什么，然后才有人"亦云"；人哄亦哄的始哄者，什么也不需要，只要让人看着有起哄的卖点就可以了。那么，什么东西值得一哄？人身上什么地方值得一哄呢？心照不宣，大家心里都有数。

起哄是一种市民娱乐行为，而且还是闲散市民的娱乐行为，可万没有想到自有网络以来，起哄也普及化、日常化了。本来是一些无聊的做秀，或是一些近乎疯狂的话语，一起哄，就家喻户晓了，再起哄就社会现象了。如此，一些想一夜出名，借以行骗天下的男女，就变着法儿引诱人们来给他起哄，一旦哄出名堂，他等便有了出头之日，由此也就"立足"社会，有了生财之道了。

最近不就哄出来一个芙蓉姐姐，还马上跟出来一个石榴哥哥。芙蓉姐姐是什么人？生活边缘人物，身无一技之长，相貌平平，一不会表演，二不会唱歌，靠的就是出丑，每天在网上等人来给她起哄，最先是招来一片嘘声，后来便是一片骂声。谁知这一骂，就把许多爱起哄的无事之辈引来了，须知，有些人就是要看不堪入目的做秀，有些人就想听疯话，闲人太多，闲趣太重，每天在网上看芙蓉姐姐的网友多达五六千人，这一起哄，一时间芙蓉姐姐居然成了当今社会第一大名人了。此人有什么地方值得一哄呢？起哄的人也说不清；将此人哄起来有什么乐趣？起哄的人更说不清，反正人哄亦哄，哄起来就哄起来了，社会多一宗热闹也无伤大雅，起哄呗，哄出来垃圾，日久天长也就腐烂了。

我也多事，也跟到网上看看到底芙蓉姐姐和石榴哥哥是何等尊容？不看还罢，这一看实在不敢恭维，真不知道人们哄他们的什么。我点开网页的那一刻，石榴哥哥正光着身子，腰间围着一条大毛巾，向芙蓉姐姐挑战，那意思明明是叫板，问芙蓉姐姐敢像自己这样“挑战”自己吗？唉呀，不就是光身子吗，光了又如何，也值得挑战？

起哄就是如此无聊，招人起哄者，醉翁之意不在酒。据说芙蓉姐姐哄起来之后，生意不错，拍了个电视短片，收入数千元，还接了电视剧，日子好过了。只是让人担心，一个靠起哄出名的人，能有什么出色的表演呢？

石榴哥哥如何，不知道。石榴哥哥已经在网上光着膀子等了好长时间了，好歹有人出来起个哄，他就可以穿上衣服了，好可怜。人云亦云不可取，人哄亦哄不可为，人应该有自己的审美标准，也要有自己坚守的道德底线。人云亦云可能造成历史过错，人哄亦哄更在制造社会垃圾。有时间多看看书，多参加有益身心健康的活动，总比起哄有益。

（2005.07.29，07版）

天意

林斤澜

小说作家坐在小车的副驾驶座位上，斜挎保险带，直闭单眼皮。任凭车轮腾云驾雾，脑筋反复四句“真言”：“不懂之懂，不是装懂，若是真懂，懂者董也。”蒙董（懵懂），又有糊涂的意思。这四句绕嘴，绕得拱嘴。不但把做小说的噱头拱起来，连做人的大说也拱得痒丝丝了。

此刻，作家的笑容“破脸而入”，眼皮随着睁开。大地苍茫，暮色四合。小车右前方，一灯如豆。照见黑灰刷白：“大都小吃”，下边是菜单价目，小字横爬，大字醉倒。作家暗暗叫好，且把附近的灯光斑斓，只看做萤光山火，眼前便是荒村野店。吩咐停车，趔趄着投身玻璃柴门。

店门口有一中年汉子，正在拉窗帘上门板。

作家嘴里说着“看看，看看”，自问自答：“你是大都经理？还是小吃老板？”

汉子咳了一声，伸手阻拦，却眼睁睁地吃惊住了。

作家看见柜台上昏昏洞洞，角落缩着猪头肉。呀，好一个猪头肉！好久不见，一见不禁联想风雪夜归，作家落座。

不由分说，桌上推过来一碟盐水花生米。又一碟卤煮豆腐干，又是大盘的切片的猪耳朵、猪脸、猪拱嘴。这都是小吃老板又是厨师又是跑堂一人的忙活，又是筷子却两双，又是酒杯也两个，最后上来一壶酒。

诸多超过小说作家的想象。小吃老板一手举杯、一手抱拳、一声“请”、一饮而尽。作家纳闷，老板开门见山："台上台下，认得认不得，在下从小喜爱文学，早年称得起发烧友，现在还得称粉丝。二十年前，听过你老登台报告小说。"

小说作家嘀咕道："现在也还懂者董也，二十年前报告什么呢？小说？"

"小说。"

"小说的什么呢？"小吃老板毫不迟疑，笑道："忘记了，统统忘记了。"看见作家有些尴尬，补充一句："小说天生是记不住的。"

"可有记得住的天生吗？"

"有。"老板用筷子点点猪头肉。"你说猪，浑身是宝，猪头肉，宝中之宝。"老板夹起一块拱嘴："拱嘴天下无双，不腻，不柴，还经叨……"

"哪儿跟哪儿呢。"

"平生第一次听这么讲拱嘴，至今二十年没忘。"

"不是报告小说吗，肯定是拿拱嘴打比方，比方小说的哪儿？"

"小说顺溜，左耳进，右耳出。把拱嘴留下了。"

作家无奈，叹口气举杯。老板安慰道："顺溜。""美。""做梦一样。""美梦。""腾云驾雾。"老板连连伸大拇哥，连连端酒杯。

作家顺着猪头肉的思路，琢磨道："哪儿跟哪儿，拱嘴不腻、不柴、不肥又不瘦，还经叨，莫非就是拿这个比方那真言：不懂之懂，不是装懂。若是真懂，懂者董也！齐了齐了，这比方的尺寸跟定做似的……"

"可就是报告完了，跟梦醒了似的，全忘了，都不知道身子在哪儿了。"

"我给你解释解释吧，为什么不腻？非肥肉，可是滋润。为什么不柴？非瘦肉，可是入味。为什么经叨？非筋头，一不塞牙，二不落渣，越嚼越有滋有味。这就是比方四句'真言'，好比门上墙上把福字倒贴，取其精华弃其糟粕……你只点头做什么？"

"你眼色发亮，皮色透红。""你记住了。""这几句解释，算是留下了。不腻、不柴，还经叨。保证二十年不忘。平生没听过这么解释拱嘴的。"

作家长叹一声，举杯祝酒："天意，天意。"

(2007.01.01，03版)

漫与三题

绿原

一把火

这是旱季旷野无风自燃的
一把火，它悄悄
摇曳着，对陌生的
世界不免怀疑而
遐想，惟愿
早日改变自己
卑微的形象；于是
滚卷着身边枯草，由近而
远，由低而高，由深谷
爬到了山顶，居然一下子
呼呼拉拉地燃烧起来
触及无尽的氧，便烧得
更旺，直至把自己
烧光；让残骸化作
无数火星，随风
四散，其中

一粒两粒落在
一片凋敝的草原上
施施然，蓬蓬然，熊熊然
变成广袤无垠的火焰地毯
以冒失、横蛮而粗暴的咒语，直斥
久旱不雨的穹苍；终于物极必反
果真油然作云，沛然成雨，一阵
豪放的甘霖终于实现了
这把火最后的愿望：面临
大地由枯渴而滋润，它终于
对世界不再怀疑，不再遐想
并通过自己第二次新生
怡然迎接不期而遇的夭亡

放弃

放弃
最好遗忘
你对一切的
拥有，包括
你坐着走着
从没改变过的姓名
你从生命的坩埚里不断
舀出又不断泼掉
分分秒秒的岁数，和
你口袋里仅剩下的一枚
还沾着你的体温的钢镚儿，连同
你早晨向太阳奔跑时
震荡着撞击着你的视网膜
而后轰然喷发开来的

一个白昼的辉煌，或者在
飞禽走兽纷纷回归巢穴的黄昏
你从户外把它捡回来又让它
和一支苍白烛光相交融的
一束夕照的温柔。于是
你向世界宣布
你一无所有而又
无所不有：
你甚至没有一杯清水
浇灭燃烧的口渴
你却富足而慷慨到几乎
可以邀请天下穷人
光临茅舍一同喝粥：于是
你平凡的幸福可以
向世界证明
放弃即
拥有

卧游吟

你自幼
异想天开，立志要做
自己做不到的事，说
自己说不出的话，走
自己走不上的路，完成
自己完成不了的任务，成为
自己成不了的精灵
从不甘心于平凡
从不知平凡之可信、可靠并可贵
从不屑于与平凡共享快乐，例如

不会写字、却会画画儿的猴子
不会站立、却会蜿蜒前行的蛇
不会说话、却会唱歌的黄莺
不会俯卧撑、却会舞蹈的蝴蝶，以及
不飞则已、却一飞冲天的苍鹰
——“而今吾老矣，有幸仍能
卧游于经枯涩形象思维导引的
雾隐云迷的文字山水间
在一条荒寒的草径上
遥望童年与故乡冉冉汽化
竟不知自身之何去何从
诚不胜惶惑之至
乃霍然而起
茫然四顾
颓然跪倒
夕阳红处
不禁双手掩面
饮泣起来”——
而你瘦高的影子
却一直巍然直立
于时见加浓的夜色里
耳聪眼亮，手舞足蹈，汲汲于
凿破黑洞之险峻
缒探孤芳之幽深
充分准备最先站出来
扬臂拥抱
踏步而来的黎明

2006年岁末辑成

(2007.02.12，12版)

记忆中的星光

白桦

1948年11月24日我在中原野战军4纵13旅37团3营的一个连队里，那天上午，国民党军主力第12兵团司令黄维，在强渡浍河之后似乎发现了危险，立即又想撤到浍河以西。正在坚守南坪集的我军突然渡河西撤，假装着像是仓惶溃逃的样子。浮桥在河上剧烈地晃动，人喊马嘶。不时有一个想超过别人的战友坠入水中，在他被战友们拖上来的时候，水淋淋的棉袄很快就结冰了。

我们在河西进入阵地的时候，已是黄昏时分。饥肠辘辘的战友们立即开始挖掘掩体和壕沟，拼命地挖，拼命地挖。在挖掩体和壕沟的同时，我们班另有任务，在壕沟后面挖掘掩埋自己人的墓坑，虽然我们心里感到不是滋味，但这是每一次战斗之前必须做的工作。我在进行这项劳动的时候，很自然地会想到：这个墓坑将会掩埋谁呢？每一个熟悉的面孔都从我眼前闪过，都是那样年轻，都是那样生气勃勃。哪个都不应该躺进这冰凉的冻土。也许是我自己吧？想到这儿我情不自禁地打了一个寒颤。夜晚除了散乱的曳光弹和信号弹在天空划过之外，枪声极少。到了第二天早上，黄维才清醒过来，意识到他的兵团已经陷入重围了。所有的现代化武器和辎重都变成了累赘。当他知道他派出的侦察兵触角所及，纵横只有7.5公里的时候，他慌乱了！对于敌我双方来说，这一空间都是一个危险的极限。已经被捆住手脚的敌军如果突围失败，就是覆灭。

而我们，面对的是一个庞大的困兽的挣扎，战斗会空前猛烈。

果然，敌军的反扑在当天就开始了！白天，敌军以坦克、重炮为掩护，实行疯狂的突围。往往一个村庄都要经过反复的争夺。白天在敌人的手里，晚上我们又重新夺回来。在我们进入被占领的村庄的时候，必须从堆积得很高的尸体上翻越过去，那些奇形怪状的尸体都已经冻得像树根一样坚硬了。25 日清晨，连部通信员小李跃出掩体去捡一挺轻机枪的时候，被敌人坦克上的机枪击中，我才知道看似笨重的坦克不仅不迟钝，而且很灵敏。小李一头栽倒在地上，我的心像是被一团冰块击中了那样揪痛。今晚，我的被筒里只有我自己一个人了，从月初我军进逼徐州那天开始，他和我伙睡在一个被筒里，用他的被子当垫褥，我们相互用体温取暖。

26 日晚上反复浴血冲击，夺回一个被敌军占领的村庄之后，黎明时分我们连队被撤换下来了，兄弟部队接了我们的防。在阵地背后一个洼地里的小树林中集合的时候，连部只剩下了一个副连长了。副连长把连队的名单交给我，让我来替他点名。昨晚出发的时候还是 129 人的连队，现在能够大声应答的剩下了 25 人，负了伤呻吟着应答的 6 人，他们都在担架上躺着，或是坐着。点完名以后，副连长的眼眶里充满了泪水，他可能是怕哭出来，大喊了一声："向右转！"接着却听不见脚步转动的声音。他惊讶地擦了擦自己的眼睛，再喊了一声，队列依然没有移动。副连长用沙哑的声音问："怎么啦？你们的耳朵都被炮弹震聋了？点名的时候，你们不是都应了吗？"战士们不约而同地说："我们不撤！"副连长简直不相信自己的耳朵："什么？"回答他的仍然是："我们不撤！"副连长说："这是旅部的命令！"大家的回答还是："我们不撤！"副连长问："为什么？"所有的人都不回答，只有一个因为腿部受伤不得不坐在地上的伤员（我记得他是一个 60 炮炮手）含混地小声反问说："为什么？你还不知道？"副连长火了："三大纪律的第一条是什么？"接下来的是久久的沉默，连伤员也不敢说话了，但队伍仍然没有移动。副连长丢下队伍，一声不响地走了。我们在洼地里像冬日的小树林那样站着，一动也不动。

半个小时以后，副连长带着团长来了，团长胳膊上绑着绷带。团长在连队面前站定以后，仔仔细细地辨认着每一个战士的脸，然后喊了一声：

“向右转！”队伍“唰”的一声向右转了，连在担架上躺着和坐着的伤员都向右转了。当团长喊了“齐步走”的时候，却没有一个人移动脚步了。团长大声喊着：“怎么不走哇！”站在排头的一班长无论如何都憋不住了，他说：“团长！我们走不动啊！”“走不动？！”一班长“哇”地一声哭了：“团长！你也不看看，我们连有多少同志还留在阵地上！连长、指导员，文书、司号员、卫生员……一排长、二排长。三排长……我们能走得动吗？”团长和副连长紧紧地抿着嘴，默默地相向注视着。过了好一会儿，团长才又喊了一声妥协的口令：“向左转！”然后他和副连长把队伍丢下，肩并着肩走了。我们在洼地里像冬日的小树林那样站着，一动也不动。

又过了半个小时，副连长和团长带着旅政治部主任来了。旅政治部主任的肩膀上披着军大衣，他是个文雅的知识分子。他来了以后，没有喊口令，第一句话就是：“你们知道，为什么要你们往下撤吗？”连队全体大声回答说：“不知道！”旅政治部主任说：“要你们往下撤，是为了给你们休整、补充；休整、补充，是为了让你们很快再回到这个阵地上来！听明白了吗？”连队全体大声回答：“听明白了！”旅政治部主任接着喊出以下的口令：“把担架抬起来！向右转！齐步走！”连队虽然人数很少，步伐渐渐也整齐起来了。

我们撤到离阵地 15 里之外的一个小村里。虽然这个村一半的房子都被战火毁坏，我还是依稀能记得在合围之前我们连队来过这个小村。我们连在这儿停留的时间很短。在我们离开的前夜，我曾经看见村里一个小姑娘躲在墙角里等人，她并未发现我在站岗，因为我担任的是隐蔽哨。当一排长经过墙角的时候，那小姑娘往一排长手里塞了一双崭新的布鞋。我暗暗惊奇，她怎么这么快就能做好一双合脚的布鞋呢？他们相向注视的目光只是一闪而逝，我却看见了永远。26 日夜晚，在一排长中弹倒地、我用急救包给他包扎伤口的时候，他向我指了指自己的脚，我注意到他的脚上穿着那双新布鞋。战争时期，战友们中间有一个默契，在冲锋之前，尽量穿上新衣裳、新鞋和新袜子。后来，一排长因为流血过多，去世了。这次回来，那个小姑娘几次微笑着想走近我，我都由于无法面对她那怀着美好希望的目光而闪开了。有一次我在破冰打水的时候，她把我堵在井沿儿上，问我：“一排长咋没回来？”我没有撒谎，老老实实地对她说：

“一排长还在阵地上。”“啊！”她竟然高兴得抿着嘴笑起来，咯咯地笑着从井边跑开。

12月13日向黄维困守在双堆集的总司令部发起总攻的时候，我们的连队经过补充和修整，又重新在原来的阵地上前进了两公里。15日夜，我们攻占了黄维龟缩在地下的指挥部。那天夜里火光冲天，枪声就像过年时的爆竹。到处都是我军战士押解着敌军俘虏。我在繁星和照明弹的光亮下，又看见了那个小姑娘，她拦住所有她遇到的战士，在他们脸上辨认着。我当然知道，她是在寻找一排长。那天夜晚我胆怯了，面对敌人的炮口都没有躲开过，我却故意躲开了她。在她把眼睛转向我的时候，我把棉帽的护耳放了下来，匆匆地转身消失在人海里。

1949年元旦，我们从积雪的战场上撤退，中原大地锣鼓喧天。许许多多的标语中，其中有一条让我难以控制地潸然泪下。那条标语就是：“欢迎英雄归来！你们是人民的好儿子！”我当时情不自禁地喃喃自语说：那些最好的儿子都没能回来，他们留在淮海平原的冻土里了。

后来，经过渡江战役、广东战役、滇南战役……一直到“文革”后的1978年夏天，我又重新回到淮海战场，那里已是一望无际的金色麦地。在徐州淮海战役纪念馆里，我偶然发现展品中有一面很熟悉的锦旗，仔细一看，那正是当年我在淮海战场的阵地上手工制作的。自己的字迹使我异常震动！当晚在梦里我又看到了我的连队、我的连长、指导员、连部通信员、司号员、一排长和那位小姑娘，他们一下子又都来到我的记忆之中了，我立即在他们中间入列。连长的大嗓门儿还是那么响亮：“立正！向右看齐！向前看！报数！”“一、二、三、四、五、六……”一直数到一百二十九。报了数以后，指导员大声问我们：“同志们！我们流血牺牲、前赴后继是为了什么？”这是每一次点名时他都要提醒全连的一个问题。

全连指战员立即信心百倍地回答说：

“建立一个民主新中国！”——喊声在星空中回响。这句话我们重复过几百遍，每一次都还是让我们振奋不已。 当我在六十年前的呐喊中猛醒的时候，顿时，汗流如洗……

（2007.12.17，12版）

夜宿棚花村

李春雷

汶川地震过后几天，我随中国作家小分队入川。集中活动后，我申请去重灾区的一个点上采访。于是，就结识了棚花村。

从成都出发，经广汉、德阳，再过绵竹、遵道。汽车沿着龟裂的公路，小心翼翼地颠簸爬行，不足百公里的路程，竟走了四个多小时。大难甫降，余震方歇，正是极度恐慌的时候，路上行人大都心有余悸，惊魂未定。我下车时，已是日影西斜了。

在村头一片刚刚收割的油菜田里，铺着一张帆布，上面堆满了蓬蓬松松的油菜棵子。一个年轻的村妇赤着双脚，两臂猛力地挥舞着连枷，上下翻飞，噼噼啪啪，虽是在捶打脱粒，却更像在冲着地球撒气。一串串油菜荚带着金属般的响声爆裂开来，黑黝黝的籽粒纷纷滚落——这就是几千年来为川人提供了生命能量的油料。

我上前打问村主任的住处。她停下手，抹抹满脸汗水，定定地看着我，客气地询问从何而来？

我打趣地说那是一个遥远而偏僻的地方——北京。

村妇的眼中立时放出光亮来。她身材瘦削而结实，头上戴着一顶时髦的浅黄色旅游帽，红红的脸庞被太阳晒得有些发紫，像一枚刚刚成熟的桑椹。

我问她家里的情况，她叹息一声：“全洗白。”说着，又狠狠地跺了一下地壳，再一次表示了自己的愤恨。

“今年的庄稼好吧？”我赶紧转移话题。

果然，她的脸上立时多云转晴，笑一笑说：“今年春上雨水足，小麦、油菜都盈实，土豆也长得拳头大。唉，这老天爷啊，有时是魔鬼，有时是菩萨。”

攀谈了一会儿，我再一次请她指点去村主任家的路线。她肯定地说：“他不在家的。”“你知道他在哪儿吗？”

“晓得，晓得。”说着，她放下连枷，领着我走过几个路口，然后朝着村东面一片亮亮的水田指了指。

棚花村分布在一片片高高低低的岗坡地带，自然形成五十多个散碎的部落，零零星星的耕地就更多了，达上千块，大的似球场，小的如炕面。地震过后，房屋全部荡平了，田地却毫发无伤。天府之国的地理和气候特点类似江南，水网密布，极适合油菜、小麦和水稻轮茬种植。现在正是油菜、小麦收获季节，腾田之后马上要翻茬、筑坝、蓄水、插秧。耕牛们并不理喻人间的灾难，依旧在水田里一边尽力地劳动，一边尽情地歌唱。

绕过一堆堆新鲜的废墟和一道道泥泞的田塍，我终于找到了村主任。这是一个40多岁的汉子，中等个头，皮肤黧黑，胳膊粗壮，他和几个村干部正踩在水田里，弯着腰，帮一个受重灾的女人插秧。这个女人的婆婆和孙女都砸死了，丈夫也受了重伤，住在成都的医院里。

看得出，村主任不善言谈，对我的到来，似乎有些为难，尤其听说我还打算住一夜时，更是搓着手，皱起了眉头。

但他还是把我领进了他的家——一顶蓝色的帐篷。

说是家，其实是村委会，因为门口挂着牌子。说是村委会，更是村里的仓库，仅8平方米的地方，堆满了杂七杂八的货物，全是外面救济的日用品和药品。靠南侧的角落里，放着一张单人床，这就是他一家三口人的卧具了。紧挨着卧具，是一张破旧的书桌，书桌上有一个账本，这就是小村的行政事务中心了。

他给我倒了一碗水，不好意思地说：“杯子都砸碎了，别见怪。”又指指挂在床头的一包白白胖胖的泡腾片说：“水消过毒，放心喝。”

“你们村多少人？”我随口问道。

“1700 人，哦，不，不。”他猛地停住，一会儿后，嗫嚅着说，“1663 人。”说完，背过身去，又陷入了沉默。

地震时多亏是白天，村里的青壮劳力都在户外，可仍有 37 个孩子和老年人遇难，80 多人重伤。震后又下起大雨，全村人跪在山坡上，以手掘土，就地葬埋了死者，大人们像孩子一样嚎哭着，孩子们则像大人一样冷峻。恐惧像四周的大山一样黑黢黢的，那是鬼魅的影子？直到两天后，外面的援救才进来。但是，身受重伤的小村像一条刮去鳞片的鱼，时时疼痛，撕心裂肺的疼痛。

我们谈话时，不时有村干部和村民来找他办事，一个个来去匆匆，气喘吁吁。是的，现在正是最忙乱的时候，大量的救济物品林林总总，都要登记造册，一户户地均分下去。那么多的重灾户，都要帮他们料理家事。还要防疫、捕狗、搭帐篷……更别说迫在眉睫的农活了。

我越发感觉出了自己的唐突，便有了连夜赶回成都的打算。

他一把按住我：“莫客气，莫客气，住处已经安排了。”

天渐渐暗下来了，在滚滚黄尘中奔波了一天的太阳已经困倦了，西侧的蔡家山、鹿堂山、跑马岭像一个个巨大的枕头，静静地横卧在那里。耕牛们也饿极了，纷纷叫嚷着“回家、回家”，“吃饭、吃饭”，急切切地向着小村跑去。还有水田里那些刚刚定居的秧苗们，在晚风中欢快地唱歌、跳舞，像幼儿园里顽皮无忧的娃娃仔。它们哪里晓得小村的痛楚呢。但，生活恒定是要前行的，就像树一样，总往高处长，就像水一样，毕竟东流去。不错的，你看，四外的帐篷里，渐次亮起了蜡烛，烛光幢幢中，妇人们在准备着各自的晚餐。男人们呢？坐在帐篷外，抽着烟，似乎又恢复了原来的本性，开始吹嘘各自的传奇和历险。稠稠的暮色中，不时有笑声弥散开来。一簇簇炉火燃起来了，一缕缕炊烟飘起来了，小村的黄昏在慢慢地浑厚和丰富起来。

这时，一个女人背着一只硕大的竹篓，摇摇晃晃地走进了帐篷——主任娘子回来了。

我看着有些面熟，猛然想起竟是下午帮我引路的村妇。

她疲惫地冲着我笑一笑，弯腰从竹篓里搬出一袋沉甸甸的油菜籽——

那是她今天的收获了，又拿出两颗圆滚滚的卷心白菜，还有几个黄澄澄的土豆。

眨眼间，她不知从哪里变戏法似的拿出了锅和盆，油和盐，还有砧板和菜刀，已经开始洗菜淘米了。我发现，饭锅和锅盖竟然都是畸形的。

她惋惜地说："都被砸扁了，捏一捏，又圆了，还能用的。我们家还算幸运，从废墟里刨出了五个碗、一壶油。有的家更稀烂，连筷子都砸断了。"

这时，她又变戏法似的拿出一条猪肉。我真是有些惊奇了。

"作家兄弟，你真是福星哩。这几天，政府把米面油盐都发全了，每人每天还有十元钱，可就是没见荤。今天你一来，村里就分肉了，每人二两半。"

锅灶支在帐篷外，是用几块砖头垒起的。主任娘子往锅里注满水，放在灶上，从竹篓里抽出一束油菜秸，掏出打火机，点燃，又在上面架起几根细长木柴。猩红色的火苗"哔哔剥剥"地欢唱起来了……

她忽然想起了什么，便支使男人出门去借一撮味精，几粒花椒。

男人为难地搓起了手，嘴里直怪女人浪漫多事。

"要的，要的，第一次打牙祭，要好好贺一下哩，没有味精有啥子味道哦？"女人用力地白他一眼，又说，"现在是共产主义，谁也不存私货，前天我们家还赞助出去两只碗、半壶油和五双筷子呢。"

主任看了看我，不情愿地走了出去。

这时，主任娘子诡秘地告诉我，今天还是男人的生日，他42岁，属羊的。

等了好半天，寿星终于回来了，两个拳头攥得紧紧，生怕有所遗漏，想必是走了好几个帐篷吧。娘子小心地接过去，深深地闻了闻，灿然一笑，兴奋得双颊艳红，像刘备得了西川似的。

晚宴终于开席了：一盘炒白菜，一盘炒土豆，一盘土豆炖肉。味精、花椒果然是天生尤物，把肉香渲染得格外浓烈，像花粉一样弥漫了所有的空气。

主任娘子欣赏着自己的杰作，又拿出几瓶矿泉水："作家兄弟，你陪寿星喝几杯酒吧。"说着，拿来两只大碗，"咕嗵咕嗵"地倒满了，爽快地对男人说："往常不让你喝酒，今天你可以放开，一醉方休。"

我的兴致也一下子被点燃了，似乎闻到了浓浓的酒香。

那晚上的饭菜确乎简单了些，但因了味精和花椒的多情襄赞，因了寿星的厚朴和帐篷的别致，更因了主任娘子的美意和厨艺，竟变得别有滋味，别样丰盛，变成了天下最华贵的佳肴和盛宴，连那碗中清淡的白水也变成醇香浓郁的琼浆玉液了。我胃口大开，直吃得唇齿生香。酒也喝得别有洞天，我们一碗接一碗地碰着，痛快淋漓，都变成了梁山好汉。

慢慢地，主任便有了些醉意，脸上也终于绽开了笑容。

主任娘子的话也多了起来，她告诉我，今年小麦收了600多斤，油菜收了300斤，粮食够吃的，菜籽一半留着榨油，剩下的卖掉，2元钱一斤。另外，她的另一门手艺——蜀绣年画也要派上用场了，那是她和村上的30多名姑娘媳妇一起拜师学成的。蜀绣和绵竹年画是两门绝技，而把两者结合起来，便是独创。棚花村是绵竹最有名的年画村，国内外的商人每年都来订货呢。政府免费提供的安置房很快要完工了，住不了几年，他们将会盖起自己的房子，比以前的还要好！

说这些话的时候，主任娘子的眼中亮亮的，像一汪蓄满清水的稻田。

天已经很晚了。主任说，我们过去休息吧。

原来，下午的时候，他已经安排新搭了一顶小帐篷，就在他家的后面。

我打着电筒，走进去，发现地面上铺着一层厚厚的油菜秸，油菜秸上面是两床军用棉被，显然这是我俩今晚的新居了。

奔跑了一天的我，躺在松软的棉被上，有些昏昏欲睡了。

村主任却不肯躺下，他对我说："你先睡吧，我出去一趟。"原来，他还要去巡夜。村里这么多重灾户，他要去看一看才放心。

我提醒他，夜半天凉，多穿一件衣服。

他笑一笑说："晓得，晓得，没啥子事，我喝了酒的。"灯光明灭中，他走远了，村路上留下一串清脆的脚步声。

夜已经静下去了，躺在小村坚实的土地上，拥卧着油菜秸散发的香气氤氲，我反而睡不着了，总感觉有一种声音在耳畔回响着。我知道，那是小村的脉搏，那是小村的脚步声，那么浑厚、有力、齐整。听着这些脚步声，我似乎又看到了主任、主任娘子、那个失去婆婆和孙女的女人以及很多很多人的脸，虽然忧郁，却也坚定。是的，他们牵着手，正在一步步地走出灾难，走向阳光，由无序到有序，由慌乱到镇静……想到这些的时候，瞌睡虫们不知不觉地已经爬满了我的眼睑，浩瀚的倦意像温暖的海水一样把我淹没了。

我酣酣地睡着了，连梦里也开满了黄灿灿香喷喷的油菜花。

第二天醒来时，太阳已经高高，早不见了村主任的影子。隔着帐篷往外看，远远的山坡上，一片片闪亮的水田正在向着小村招手。人们或背着竹篓，或扛着连枷，或拎着镰刀，匆匆地向外面走去，连跟在身后的耕牛们也有些迫不及待了……哦，棚花村的五月忙忙的，只有我一个远方而来的闲人。

（2008.06.28，06版）

文学的“粥化”

李国文

要是没有敦诚、敦敏两兄弟，和张宜泉写给曹雪芹的诗，还真不大相信《红楼梦》里作者自己说的，他是在“茅椽蓬牖，瓦灶绳床”的贫困状态下，“披阅十载，增删五次”地进行创作的。

敦氏兄弟这两句诗，“满径蓬蒿老不华，举家食粥酒常赊”，举家食粥，也许有诗人的夸张，有酒可赊，说明还不到断顿的程度。但曹雪芹晚年的艰难，是确凿无疑的。尤其他在逝世前不久，在贫病交加、“饔食有时不继”的困境中，还能坚持不懈地写作他的《红楼梦》，一直熬到“壬午除夕”，也就是大年三十晚上，他生命的这盏灯熄灭为止，实在让后人敬佩。仔细琢磨，粥固然使他营养不良，造成英年早逝的不幸悲剧，其乃粥之罪也，但又不能不归功于粥，要没有这点卡路里，也许我们今天，连那八十回也看不到了。

喝粥的人能写出如此伟大的作品，真让我们吃干饭的人羡煞愧煞。

于是我相信，粥与文学或许有些因缘。郑板桥在山东做官的时候，给他家人写信，就说十冬腊月，凡乞讨者登门，务饷以热粥，并佐以腌姜，可见他是对粥比较了解的文人。苏东坡在《大风留金山两日》写过“半夜不眠听粥鼓”，描写了寺庙里的和尚，是怎样等待着天亮以后的这顿粥的。因为和尚没有晚餐这一说，连做梦也惦着那碗热烫的稀粥。

食粥，可分主动与被动两类。

主动食粥者多半系快活之人，为使食物更滋润地进入肚子，或“食不厌精，脍不厌细”，考虑到肠胃的消化能力实际需要，才喝粥的。这时候，粥是辅助食品，不唱主角。一旦粥挑了大梁，那就成了被动食粥，非喝不可，不喝不行，粥稀得可以照见人影，喝的人通常就不快活，或很不快活了。所以，饥饿只能产生现实主义，如曹雪芹，而吃饱了以后的作家，如当下你我之辈混迹于文坛者，只能写出打呃文学，大概也不是什么妄言。

粥之不能与饭比，系于营养价值，系于淀粉提供的热量。道理很简单，无非就是粥比饭所需米量，要少三分之二，或四分之三，灾荒年景，米甚至还要少些。虽然粥和饭成份相同，但形式颇异，一为流体，一为非流体，区别在于水和米的比例上。由此可见粥的最大特点就是水分比较多，而干物质比较少。粥可以填满胃部，但不耐久，两泡尿一撒，就饥肠辘辘了。在文学范畴里，凡兑水太多，言之无物者；凡米粒甚寡，内容空洞者；凡文字游戏，华而不实者；凡思想浅薄，识见鄙陋者；凡前车后辙，老调重弹者；凡鸡零狗碎，茶杯风波者；凡无病呻吟，感情廉价者；凡假冒伪劣，粗制滥造者……这些当代文坛屡见不鲜的现象，大概都可称之为文学的“粥化”危机。

社会需要货真价实的精神食粮，读者需要结结实实的文学营养，这是时代赋予作家的使命。

但是，不幸的是，在当下物质第一的世界里，那些自以为是永垂青史的大师级作家，那些自以为是千古绝唱的了不起作品，之所以愈来愈不堪入目，愈来愈被人不以为然，就是由于他愈来愈多地兑进太多的水，而愈来愈少地放进米粒。若是减去那些大家看腻了的老套路、变换不出新花样的性描写、令人恶心的陈词滥调，和大家都能猜想到的情节、故事、结局，就实在没什么干货了。文学出现了“粥化”现象，十之八九，是由于作家的那块地里，打不出几粒粮食的缘故。

如今，把煮粥的办法运用到文学上来，几乎成为作家的手段：本是短篇，硬拉扯成为中篇；本是中篇，拼命兑水，扩充膨胀，以长篇面貌出现。一部作品叫好以后，跟着拷贝出若干同类项的复制品，影视剧取得成功以后，立马一鸡两吃，长篇小说跟着上市。在经济效益上，也许能有可观的收入，但读起来，就很不舒服了。因为往粥里掺的是水，至少不硌牙；

可是往小说里掺的东西，味同嚼蜡，那就令人反胃了。说不定还会混入一点三聚氰胺，那可就害人了。

“粥”字若没有其中的“米”字，就是“弱”。因此，弱化的作家，写出粥化的文学，是一点也不奇怪的。让读者喝这样光灌大肚的粥，实在是有愧于掏钱买书的读者。其实，文学作品，有多少米，做多少饭，绝不拼命兑水，属于职业道德。《红楼梦》里有一回说到给贾母开饭，竟无法多出一碗来给别人吃，于是从贾母嘴里，便说了那句“可着头做帽子”的成语——这对作家来讲，倒是至理名言。

(2008.11.14，12 版)

玉树，你牵着我的心……

何建明

玉树，你有一个令人羡慕的好名字，曾经无数次拨动过我情感的心弦。30年前，我有一个战友就在你那里，他告诉我，你是一片神奇的土地，喷香的奶茶、纯朴的藏民、绿色的高原，还有那素面朝天、高立于山腰间的寺庙……

分别后的战友曾经多少次邀请我去你那儿，却因工作缠身终不能成行。渐渐地，你成了我心中一个遥远的符号。突然，在今天，你猛地将我从睡梦中惊醒——啊，你竟然在地震的灾难中受痛吃苦……

作为一名曾经的军人，我经历过1976年唐山大地震和那次的抗震救灾；作为一名作家，我经历过“5·12”汶川大地震时的4次采访与抢险。现在，我多么想飞到你的身边，去为你受灾的儿女们尽一份力，哪怕是帮他们拍一拍羊袍上被废墟沾满的尘土，或者给那些因为房屋倒塌而失去课本的孩子送上一本书……

着急呵，于是，我一天无数次地拨动我的手机，通过各种途径，去寻找我曾经的那位在玉树的战友。那份担心，就像是自己的亲人遇到了不幸和灾难一样。

在玉树地震两天之后的傍晚，突然有另一位战友告诉了我一个手机号码，说这就是我们在玉树的那位战友的号码。于是，我赶紧拨了过去：“喂，喂喂，你好，我的兄弟！你在玉树吗？你和家人都好吗？没遇到什么大事吧？”

“谢谢，难得你和战友们牵挂我。我和家人都好……房子虽然塌了，但没有生命危险。对不起，现在我要去参加抢救遇难的同事们，过些日子回电你们……”我的战友就这样关上了手机。从此之后，我一直没有接到他的回电。

他去抢险救灾了！后来，任凭我一次次地拨打他的手机，也没有回音，总是关机。

于是，我只有通过电视画面，去寻觅我的战友和地震灾区的情况。这样的日子很难受，甚至有巨大的担忧，我怕各种可能，因为唐山大地震和汶川大地震都曾经深深地刺痛过我的心——我的多名战友在那两次大地震的抢险战斗中献出了宝贵的生命！我不想再失去自己亲爱的战友，我们已经不年轻了，我们的孩子也快有自己的孩子了。人至中年，情愫悠长……

“报告老战友，我现在已经到达玉树了。我们武警部队已有千人队伍抵达这里，开始加入抢救被埋群众的战斗……”这是身为大校的一位武警战友，突然在前几天的深夜给我发来的一个短信。

一阵惊喜后，我赶忙顺着他的短信拨回他的手机，但就是不通。这是为什么？难道他……我不敢多想，不敢深想，因为，曾经在唐山大地震时，我眼巴巴地看着数位战友在抢救群众的现场，倒下了，并且永远没有回到我们的队伍中来！

玉树啊，你让人如此牵挂——牵挂你千千万万遇难的群众，牵挂我那些因你而投入战斗的战友！

于是，我的每一天时间里，除了工作和吃饭，总将眼神停留在电视、报纸和网络上。我不敢轻易离开它们，是因为我不想看到和听到更多遇难群众的数字上升，更不想看到和听到战友们的任何不测的信息……

“快，快来看，这不是你的战友吗？”今天是 4 月 17 日，周末。家人突然将我从书房叫出，指着电视屏幕喊起来。

可不！这是中央电视台新闻频道的“现场直播”节目画面。“在哪儿？我的战友在哪儿？”我紧张得似乎有些窒息，眼神一直盯在玉树那座倒塌的宾馆现场……

"同志们，再努力一把，一定要把这儿的人救出来！"镜头前，一位公安消防领队的少将在振臂动员。呵老兄呀，你也在现场啊！我惊喜地叫了起来：原来是我的另一位在公安系统的战友，他也在玉树地震抢救现场啊！这不由让我想起了前年在"5·12"大地震时，我们肩并着肩，一起奋战在北川县城的那些艰苦的日日夜夜。

"快看，那不是你的大校战友吗？"家人又一次叫起来。这时，一个挂着大校警军衔的军人，正同一群战友，小心翼翼地将一名藏族小姑娘从废墟里抢救出来，那是个万人欢呼的场面！

而我，则在这个欢呼的现场的另一侧，看到了那位20年未曾谋面的战友。此刻的他，已独自端坐在一堆废墟上喝着矿泉水，看样子已经筋疲力尽。如果不是他带着胜利者的眼神在向电视台的记者介绍情况，我无论如何也想不到，他就是当年在我手下工作的那位生龙活虎的年轻战士。

玉树啊，你因一场地震大灾而成为万众瞩目之地。抗震救灾的战斗依然在进行之中，而我的心依旧每天在关心你，牵挂你，那是因为那里不仅有千千万万受灾的人民群众，还有我亲爱的战友们……

急就于2010.4.17

(2010.04.20，A1;A2版)

泛槎泸溪河

陈建功

迷上了龙虎山，更迷上了从山中盘绕而过的泸溪河。

龙虎山是声名远播的，因为百态千姿雄浑奇险的丹霞地貌，因为创立了天师道的张道陵，甚至因为《水浒》第一回所写“洪太尉误走妖魔”的上清宫伏魔殿和镇妖井……这些，早在我来龙虎山之前就有所耳闻了。我不仅听到了人们讲古，而且还听到了人们论今——说是某闻名全国的省级贪官在被“双规”前曾来到龙虎山，在观摩“悬棺”表演时，向无闪失的表演者竟然失手，使徐徐升起的棺木突然落下，把“升棺”变成了“落棺”。岂料竟“一语成谶”，暗示了那贪官官落命丧的前景……就这样，未到龙虎山，历史人文、传奇说部乃至野史八卦，早已壅塞于脑海。

同样，泸溪河也是向往已久了。正因为有了这条最终汇入鄱阳湖的河流，才使祖天师张道陵57岁时称疾辞谢帝王的征召之后，得以携弟子王长从鄱阳湖溯流而上，来到时称“云锦山”的地方。张道陵历时三年，炼就“九天神丹”，“丹成而龙虎见，山因以名”。也就是说，没有泸溪河，就没有了张道陵到云锦山避世的通路，也就没有了龙虎山的得名。泸溪河啊，龙虎山应向你顶礼膜拜呢。

然而，当我随着主人从象鼻山公园出来，突然面对从峙立的群峰中缓缓流来，又缓缓漾开于眼前的一湾碧水时，还是惊喜得险些喊了出来——

这就是泸溪河吗？想象过它的水应该是清的，却没有料到它竟是这般的清，水底的鹅卵石、水中的游鱼，竟历历在目；想象过它的水应该是绿的，却没有料到它竟是这般的绿，翠色晶莹，天光山色，闪闪烁烁，绿得轻盈，绿得含情。绿莹莹的河面上，早已有几架竹筏等在那里，一想到它将带我们驶入壁立的群峰间，心早已悸动起来。

登上竹筏坐定，只见船工的竹篙伸进水中轻轻一点，那筏就顺势而漂了下去。竹筏的左右各站一位船工，手执竹篙，看似悠闲地时而前行，时而后退，时而左边一点，时而右边一撑，那竹筏便沿着他们选定的水路，缓缓地飘入了山水的画卷里去了。

泸溪河水面，波澜不惊，唯有近岸处，流水从浅滩的石面上跃起，汩汩而过。两岸山石壁立如削，或一柱摩天，或方台踞地，或如万矢穿空，或如巨兽眈眈。红褐色的山体，足显沧桑岁月的磨砺之美，墨绿色的植被，又呈生生不息的生命之力。山之阳刚，水之阴柔，相敬如宾，相得益彰。

热情的主人掩饰不住自豪，用“碧水丹山”来形容他们的家园。主人说，碧水，就是脚下的泸溪河，丹山，就是河边的群峰。龙虎山有99峰，24岩，108个景点。其峰其岩，皆为红色沙砾岩，就是地质学上所称的“丹霞地貌”。丹霞地貌我曾在广东的丹霞山领略过且知它正是因丹霞山而命名，但我看从竹筏旁流过的龙虎山诸峰，尽管也是赤壁丹崖，却显得格外变化多姿。主人说，这是因为龙虎山的丹霞地貌，融合了从幼年期、壮年期到老年期丹霞地貌的完整序列，所以它的风姿神韵，要比丹霞山更为千娇百态啊。

接着这话题，主人说江西作家程关森写的《龙虎山三绝》，比较过江西的四大名山——庐山、井冈山、三清山和龙虎山，前三个有山无河，只有龙虎山和泸溪河是联袂登场；佛教的四大名山，除了普陀临海之外，峨眉山、九华山和五台山也都没有河；道教的名山青城、罗浮、武当等等，也都没有河。同属丹霞地貌的武夷山，固然有九曲溪和崖墓，但九曲溪没有泸溪河的宽和长，崖墓也没有龙虎山的多，更没有道教文化和道教领袖人物；广东的丹霞山也一样，虽然有山有水，却也没有道教和崖墓，那水也不及泸溪河的宽和长……我微笑着看他，心想热爱家乡的人，或许各个都是“吾乡天下第一”的。你说人家武夷山丹霞山没有道教，人家有朱熹，有六祖慧能啊。但转念一想，爱乡之情谁不如此，我又何必较真呢。

不过我以为，龙虎山最使我动心的，是泸溪河畔的一个名为“许村”的小小村庄。

竹筏行过一座名为“迅翁石”的山峰，水面稍阔，就看见许村了。这是一座古樟掩映的村落，据说是龙虎山区最为古老的村庄。许村的原住民全姓许，应该是许由的后代。我吃惊地问：“是上古那个跑到颍水之滨洗耳的许由吗？”主人说：是啊，因此这村子的老门楼上写的对子是：“掬泉洗耳辞尧语，解字成书费段笺”，横批是：“绪衍箕山”。据村民讲，他们祖上是许由后裔的一支，魏晋时迁江西抚州定居，唐末又有一部分迁到龙虎山。这对子的上联，就是讲许由辞却尧帝传位，再辞九州长的任命，跑到颍水洗耳的典故；下联则以他们老祖宗中的一个，东汉著《说文》的许慎为荣。那横批已经说得很清楚啦，箕山就是许由归隐所在，绪衍箕山，可不就是许由的余绪？我默默地望着那绿意幽幽的村庄，想：这村子还真是一个归隐的好去处呢！

下了竹筏，沿岸边石阶而上，看见好客的主人已经在古樟树下摆好了茶具和干果，原来是请我们在这里观赏船民们的鸬鹚捕鱼表演。主人先送来一杯汤色红亮的大红袍，未品已闻到扑鼻的香气。随后又递来一碗豆腐脑，一勺送进嘴里，又把大红袍忘在脑后了。这时只见河面上漂出来几只小船，每条船的船头上都站着几只鸬鹚，那镇定自若的模样，俨然是表演的老手了。只见船儿在河面上围成了一个圈，忽闻呼喊声四起，据说是发现有鱼来也，那呼喊不知是驱鱼还是唤鹰。转眼间已见鸬鹚们扑棱棱飞入水中，有的在水面扑腾、张望，有的已经一头扎进水里。少顷，一只鸬鹚衔出一条尺把长的鱼来，欢欣地扑到船上，船工把鸬鹚嘴上的鱼取下，丢进鱼篓，又从腰间小篓子里拿出一条小鱼，大概算是给它的“打赏”？得到鼓励的鸬鹚们又扑棱棱回到水面，张望、寻觅，又一次潜入水中……一时间只听见水面上传来船工们欢愉的呼喊，只见鱼鹰们来来去去，翅膀扇起的水珠，被衔的鱼儿甩打起的水珠，在木船间腾起一片雾气……记起小时看过郑振铎的《鸬鹚》，还有一篇散文，叫《鱼鹰来归》，作者是谁，已然忘记了，但所写的鱼鹰捕鱼的场面，仍历历在目。谁能想到，老之将至，才算是实实在在看到了这欢欣畅快的一幕。心想，或许，这算得上是一幅富有哲理的画面吧？是鸬鹚们为了一条小鱼的“打赏”而拼死拼活让我想起了人类的悲剧，还是许由的后人沉浸于山野的放达令我嫉妒？又想，这算不算是一种机缘呢？尽管鱼鹰捕鱼是第一次得见，但躬耕垄亩樵夫唱晚之类，年轻时也看过，为什么只有这一次使我如此浮想联翩呢？

看过了鸬鹚捕鱼，就匆匆离开了许村，忽然想起刚才在古樟树下时，那杯大红袍还未及品尝呢。主人居然也看出了我的留恋，到了晚上，问我愿不愿意再到泸溪河漂流一次。

“晚上难道和白天还有什么不同吗？”

“当然不同，晚上有月亮啊！”

于是，皓月当空时，我们溯流而上，又向许村进发了。皎洁的月光下，只看得见两岸巍峨的山影，看得见粼粼的波光。船篙入水的哗哗声是细微的，却真切地传向夜色的深处。如果说白天的泸溪河如诗如画，月色下的泸溪河就如梦如幻了。

忽然想，我得写一篇文章，记下这次美妙的漂流。古人说过，于大海与天河之间，每每有浮槎通焉。乘着竹筏漂流于泸溪河上，还真有不知今夕何夕，不知人间天上的感觉呢。故小文题为《泛槎泸溪河》，或不为过。附记：民间的鸬鹚捕鱼已被禁止，在许村所见，不过是为了展示民俗事象的旅游节目而已，限时限量，且旅游部门每年都要往泸溪河投放大量鱼苗，以维护泸溪河鱼类的繁衍。

(2011.02.21，12 版)

惠州烟雨——对一位艺人的怀念

陈世旭

小楼一夜听风雨，晨起一城湖山如洗。

烟雨洇染着惠州，像丹青洇染绢绡。远处葱茏的山林，近处合流的江河，宽宽窄窄的街市，隐隐约约的拱门，老屋的飞檐，大湖的石桥……整个城市都化成流动的云霓，慢慢弥漫开来。白的淡然，黑的幽远，是湿润的唐诗宋词。

松林下迤逦一线沙痕，春水盈盈，烟横水际，翩跹几点飞鸿，长亭边的嫩柳染了微黄，怅然折柳的远客那是何人？长堤蜿蜒在绿波上，灰墙闪烁在古木中，小径铺满卵石，台阶结着青苔。一千年前的钱塘歌女，葬身在岭南的松林。僧人筑亭以覆其墓，榜曰“六如”。面对圣塔，日闻梵钟，“不负其宿性”（苏轼《与章质夫书》）。

墓茔沉稳，与闹市相对无言。

身体已凝成岩石，灵魂依然活着，歌女的目光忧郁而又明澈。冷风无声，瘦损了容颜。辜负了多少尊前花月，虚掷了大好青春。细雨湿了青衣，不放她双眉暂开。

“伤心一念偿前债，弹指三生断后缘。”（苏轼《悼朝云》）再没有执手，再没有伤别，再没有多情风月。但东风销不尽雪一样的记忆。那年出关，应该是而今的时节。钱塘是剑客的故乡，让放浪的诗人把功名换作浅斟低唱。侠义的痴心丽人，认定了不合时宜的诗人，不惜万里投荒。

长春如稚女，飘飖倚轻飔。卯酒晕玉颊，红绡卷生衣。低颜香自敛，含睇意颇微。宁当娣黄菊，未肯姒戎葵。谁言此弱质，阅世观盛衰。然疑薄怒，沃盥未可挥。瘴雨吹蛮风，凋零岂容迟。老人不解饮，短句余清悲。（苏轼《和陶和胡西曹示顾贼曹》）

从钱塘到岭南，是从繁华往凄凉的跌落；朝为云而暮为雨，印证了直白的偈语："一切有为法，如梦、幻、泡、影，如露，亦如电，应做如是观。"

世事漫随流水，算来真是一梦浮生。

多少个日暮，驻马解鞍，投宿旅舍。孤馆双影对青灯，前尘往事，纷至沓来，几多柔情！如今，只有梦魂超越时空，暂返乡关。恍然惊觉，孤枕寒衾，灯昏人静，天色渐明，窗外雨潇潇。梦里不知身是客，别时容易见时难啊。

那是什么时候，江南正是芳香的春日，云青青兮欲雨，水澹澹兮生烟，船上管弦江面渌，满城飞絮滚轻尘，车如流水马如龙。孤舟泊在芦花深处，箫管响起，明月挂在楼头；那是什么时候，云鬟裁新绿，霞衣曳晓红，欲歌未歌，凝然立在翠筵中。神女若彩云，不知何事下巫峰；那是什么时候，为谁和泪，凭阑悄然独立。数枝梅花吐蕊，装点新春；那是什么时候，清泪划破胭脂，淡酒红了芙蓉，青女初至，悽然悲秋。画楼举杯，歌喉将啭，"枝上柳绵"不能歌：

花褪残红青杏小。燕子飞时，绿水人家绕。枝上柳绵吹又少，天涯何处无芳草！

墙里秋千墙外道。墙外行人，墙里佳人笑。笑渐不闻声渐悄，多情却被无情恼。（苏轼《蝶恋花·花褪残红青杏小》）

"朝云不久抱疾而亡，子瞻终身不复听此词。"

诗人拙于谋身，直道而行，一再被贬，"多情却被无情恼"。声色艺慧兼备的歌女，拨动了诗人最深的心思。

"不合时宜，唯有朝云能识我；独弹古调，每逢暮雨倍思卿。"（苏轼）歌女奉侍诗人，诗人奉侍谁人？名满天下的诗人，不会不知道，朝云的命运，其实就是自己的命运；朝云的路途，其实就是自己的路途。杰出只在于旷达，没有人能击垮他的骄傲。竹杖芒鞋，一蓑烟雨任平生。

寺院的层门紧闭。庭院深深，断断续续的风，让庭前的落花徘徊。林花谢了春红，太匆匆。春天随春花的飘零远去，案上烛已残了，香已燃尽，香印成灰，心亦成灰。

长亭门外，望不断的远山遥岑。风回小院庭芜绿，年年春相续，自己却已不是当初的自己。雨打芭蕉，丁香兀自密集，白玉兰倚在窗口，常春藤爬上重门。何处的灯红酒绿，笙歌还在悠扬。无奈夜长人不寐，满腔悲怆无诉处，数声和月到帘栊。欲知方寸，又添几许新愁？夜已阑，人未老，竹影新月依旧，生命却走到尽头。晚凉天净，一任珠帘闲不卷。月华如水，空照湖山。

身世两相违，西流白日东流水。12 岁入苏家，20 岁为侍妾，34 岁竟长去，带走了失子的哀伤和病苦，连同妙曼的歌吟和灿烂的笑。与诗人始识于杭州西湖而永诀于惠州西湖，该是前生已定的安排。

噫此亦一西湖彼亦一西湖此西湖何似彼西湖；吁穷其号东坡达其号东坡穷东坡依旧达东坡。

流光容易把人抛，红了樱桃，绿了芭蕉。人人唱着念着的情缘，任你反复咀嚼。情缘总在那里，却是说不尽道不明地等你来流连，来不舍，然后天各一方。情缘是床边的蝴蝶，总在你醒来的时候飞走；情缘是迷迷茫茫的烟雨，总在你张开手的时候飘逝。似即若离，欲说还休，情缘便成了一种情结，一个无穷解读的传说。

荷池边的石凳，怀抱琵琶的女孩长裙曳地。玲珑剔透的弦歌，像珠玉一样滚落。她在唱什么？没有人能完全听懂，却让人靠近了歌者的情怀。那些才子佳人的故事，已经唱了千年。那是此地特有的微笑，老了，有点苍茫，有点寂寥，但谁又知道，它不会无限复活？

绿阴如水，荡漾在空庭。因为静谧，美丽才熠熠发光。生命可以在绽放的时候绚烂，也可以在幽闭的时候端庄。钱塘歌女静静地立在南国的一隅，默读岁月的掌纹。错过的，拥有的，逝去的，怀念的，皆变得平静。也许在未来的某个时刻，琴瑟又开始玄妙，裙裾又开始飘忽，烟雨的路途依旧迷蒙如梦。而我，会永远祝福你一路走好。

（2012.06.15，16 版）

图书在版编目（CIP）数据

记忆中的星光：光明日报65年文艺作品选萃 / 彭程主编. -- 北京：光明日报出版社，2014.6

ISBN 978-7-5112-6578-4

Ⅰ.①记… Ⅱ.①彭… Ⅲ. ①文艺－作品综合集－中国－当代 Ⅳ. ①I217.1

中国版本图书馆CIP数据核字(2014)第107728号

记忆中的星光：光明日报65年文艺作品选萃

主　　编：彭　程

责任编辑：高　迟　　许　怡　　　　责任校对：傅泉泽

封面设计：谭　锴　　　　　　　　　责任印制：曹　诤

出版发行：光明日报出版社

地　　址：北京市东城区珠市口东大街5号，100062

电　　话：010-67078248（咨询），67078870（发行），67078235（邮购）

传　　真：010-67078227，67078255

网　　址：http://book.gmw.cn

E－mail：gmcbs@gmw.cn

法律顾问：北京天驰洪范律师事务所徐波律师

印　　刷：北京盛源印刷有限公司

装　　订：北京盛源印刷有限公司

本书如有破损、缺页、装订错误，请与本社联系调换

开　　本：710×1000　1/16

字　　数：420千字　　　　　　　印　　张：28.25

版　　次：2014年6月第1版　　　　印　　次：2014年6月第1次印刷

书　　号：ISBN 978-7-5112-6578-4

定　　价：58.00元